向度批评家丛书

丛书主编：洪子诚 戴锦华

打开中国视野
当代文学与思想论集

贺桂梅 ◎著

图书在版编目（CIP）数据

打开中国视野：当代文学与思想论集／贺桂梅著.—北京：北京大学出版社，2020.10

（向度批评家丛书）

ISBN 978-7-301-31247-6

Ⅰ.①打… Ⅱ.①贺… Ⅲ.①中国文学—当代文学—文学研究 Ⅳ.①I206.7

中国版本图书馆 CIP 数据核字（2020）第 019910 号

书　　　名	打开中国视野——当代文学与思想论集 DAKAI ZHONGGUO SHIYE ——DANGDAI WENXUE YU SIXIANG LUNJI
著作责任者	贺桂梅　著
责任编辑	张雅秋
标准书号	ISBN 978-7-301-31247-6
出版发行	北京大学出版社
地　　　址	北京市海淀区成府路 205 号　100871
网　　　址	http://www.pup.cn　新浪微博：@北京大学出版社
电子信箱	pkuwsz@126.com
电　　　话	邮购部 010-62752015　发行部 010-62750672 编辑部 010-62757065
印　刷　者	大厂回族自治县彩虹印刷有限公司
经　销　者	新华书店
	965 毫米×1300 毫米　16 开本　18.75 印张　250 千字 2020 年 10 月第 1 版　2020 年 10 月第 1 次印刷
定　　　价	60.00 元

未经许可，不得以任何方式复制或抄袭本书之部分或全部内容。
版权所有，侵权必究
举报电话：010-62752024　电子信箱：fd@pup.pku.edu.cn
图书如有印装质量问题，请与出版部联系，电话：010-62756370

目 录

丛书总序 ………………………………… 戴锦华（ 1 ）

第一辑 重返80年代
重返80年代 打开中国视野 …………………………（ 3 ）
"叠印着两个中国"
　　80年代寻根思潮重读 …………………………（21）
"纯文学"的知识谱系与意识形态 …………………（41）

第二辑 21世纪的中国问题
重讲"中国故事" ……………………………………（77）
作为方法与政治的整体观
　　——读解汪晖的中国问题论 ……………………（97）
"文明"论与21世纪中国 ……………………………（117）

第三辑 性别问题
"延安道路"中的性别问题 …………………………（141）
三个女性形象与当代中国社会性别制度的变迁 ………（156）
丁玲的逻辑 …………………………………………（194）

第四辑 民族书写
"民族形式"建构与当代文学对五四现代性的超克 ……（209）
40—60年代革命通俗小说的叙事分析 ………………（244）
赵树理的乡村乌托邦 …………………………………（283）

丛书总序

戴锦华

若为这套丛书的作者寻找其共同点，那就是他们前前后后、参差错落地生于20世纪70年代。这样的共同点，似乎明确地将他们标识为一个代际，尽管他们诸人诸面，学术理路与个性迥异、鲜明。

对代际与断代的痴迷，似乎是20世纪中国的遗赠。一边是赶超逻辑内部的对"新""开端"的无限饥渴与索取，于是永远在终结抵达之前宣告开端，永远在接续未临之际尝试断代；一边则是震荡起伏、波谲云诡的社会激变，确乎在不同年龄段的人们之间，制造着难于通约、共情的生命经验、历史体认与知识系谱。

在关于20世纪诸多特定十年的故事之间，"70年代"绝少作为一个特定的"十年"、清晰的"时代"获得讨论与指认。尽管在这十年间横亘着一个不容无视的重要年份：1976。或许正是这个重要的年份"腰斩"了"70年代"，将其分隔在两个时代、"新""旧"之间。今天，当20世纪渐行渐远，被诸多世纪叙述所借重且略过的"70年代"，却开始渐次显现出其丰富的历史意味。这不仅由于它跨越并覆盖了当代中国一个重要的终结与开启，更由于它于不期然间显露了充斥在20世纪叙事之间的断代说或代际说的暧昧与症候。

70年代之于中国确乎包含着一次全新的开启，但这开启却大大先于标识开端的年代。这一个十年的揭幕时分，中美破冰、冷战破局，阵营间的思想与价值对峙开始碎裂纷落；国家文化产业与生产重启并再布局。在我们今日的回溯或日后见之明的视域中,尤为重要且清晰的是1973年:停滞了七年之久的文化机构复苏、恢复生产,事实上启动并准备了未来80年代"文艺复兴"的主要"硬件设施";50—60年代国家翻译过程与六七十年代两度"内参书"的规模刊行已然分娩了其孕育的"逆子":星罗棋布于全国的各类"读书会";"朦胧诗"的知名篇章已在书写或写就;再度鼓励原创的、各类国家与地方的"工农兵写作班"培养并赋权了将于70年代末端登场的政治文化"改宗者"……在我个人的思想视域中,"短20世纪"至此已然终结。20世纪,这个被19世纪的"世纪末"侵吞了第一个十年的世纪,至此已开始为一个曰"后冷战"的世界时段截去了二十余年的"末端"。

相对于日历上的70年代,"终结"的降临亦远在终结宣告之后。这不仅是指1976年之后的若干众声喧哗且喑哑失语的年份,亦是指历史戛然断裂之处绵长而浓重的拖尾:似于无声处炸裂的"伤痕文学"遍布着工农兵文艺的胎记,影坛"第四代"的登场无疑是对60年代苏联"解冻"电影的迟来应和;七八十年代之交、延伸到80年代前半期的思想与文化论争与实践,正是文化政治对政治文化的重新铭写。一场彼此交错、重叠,迅猛又迟滞展开的终结与开端。

然而,对于丛书作者们而言,再度勾勒或标识"70年代",并非旨在直接定义或图绘他们的历史属性或时代特质。如果它确乎构成了一个"代际":"生于70年代",或"70年代人",那么,他们也正是与"世纪儿"或"时代之子"的命名和指认渐行渐远的"一代"。他们与20世纪此前诸代不似,他们的个人与学术生命并非始终为大时代、大事件所裹挟并标识;但较之他们的后来者,他们的学术与社会事件的关系仍是千丝万缕、藕断丝连。如果一定将他们作为某种"代际"来描述,他们出生在一个被社会政治史切开的十年,成长于中国社会内部转轨的年代,登场于冷战终结的世界震荡之中。但他们共同的学术状态却并非未死方生或水土不服。相反,作为中国大学教育国际化、机构化的参与者与成就者,他们是20世纪中国第一批相对完备的大学人文教育的产物——他们几乎无一例外地是彼时全新的学位体制中的博士,在结束了连续十年或以上的大学求学生涯后于大学执教。也许正是始自他们,学院、学人,不再是某种修辞性的表述,而是成了某种真切、清晰的社会事实、特殊空间与社会角色。至此,"学人"不再是与"知识分子"几乎重叠的概念和自我想象,而是成为一组彼此区隔又充满张力的社会功能角色状态。换言之,与他们的思考、写作紧密相连的首先不是政治史、社会史的冲击,而是学术史的脉络与思想史的谱系。较之于后来者,他们尽管学术路径各异,却分享着某种间或迟疑迷惑却不能自已的社会关注与诉求。也许与他们的生命经验相关,也许与我们相关,他们另一重不能自已的则是朝向近代、现代与当代的中国史、一份因当下的社会关注而生的回眸凝视。这同样令他们在全球性的、关于20世纪的遗忘术里显现出异色。较之我们,他们的国际学术视野不再是得自书本、充满偶然性的断篇残简,而是生命中与身体性的就学、访问、旅行与交流,因此是内在的而非外在的模板与参数。丛书作者们成长、求学与治学的年代,个人主义在中国社会仍是无根飘荡的神话或曰幽灵,尽管后者正悄然在消费主义和独生子女一代的土壤与空气中降临;但他们亦生长于理想主义、集体主义消散的历史时刻。因此,他们的学术与思想间或显影出某种游移,某种不"纯粹",某种多重意义上的与历史、现实的纠葛、牵连和间隔。如果说,这正是昔日初登场的"80年代人"声称"不与70年代人交朋友"的理由,那么这也正是令他们的学术、思想各具特色与活力的原因。

承丛书的作者与发起者复生与桂梅的盛意，我追随师长洪子诚教授"充当了"丛书的主编之一。若说丛书编纂的初衷，旨在某种同代、同好、同门——也许更重要的是同立场的晚辈学人的际会，那么，经由一再的延宕、中断、变迁之后，动议之初的"后辈"学人们已各自扬名立万。际会、举荐之味已无，丛书多少成了学术历史档案的一隅。他们是 21 世纪人文思想与学术的启动者，也是间或高度自觉、间或不甚情愿的 20 世纪历史遗产的承接人。我，我们认同并寄望于他们。于我，难于治愈的"世纪病"之一，是耻于真情告白，耻于自居人师。不错，我曾在洪子诚老师的课堂上受教，我也曾教过丛书作者中的多数，不敢自居或奢望"薪火相传"，惟愿学院不封闭，思想、学术能参与守望并创造未来。

2020 年 8 月 8 日
新冠疫情暂退时

第一辑

重返80年代

重返80年代 打开中国视野

徐志伟(哈尔滨师范大学文学院教授):让我们从您近年来的主要研究对象"80年代"谈起吧,目前谈论80年代似乎已经很流行,您觉得学界现在热衷于谈论"80年代"的原因何在?

贺桂梅:"80年代"确实是我这些年关注的一个核心话题。我去年出版的《"新启蒙"知识档案——80年代中国文化研究》,是花了比较多时间完成的一本讨论80年代思想、文化和文学思潮方面的书。

关于这本书,与现在的80年代研究热,我想还是应该做一些区分。这本书并不是我最近几年才开始做的,而是从1998年前后准备博士论文写作时就开始了。当时选定的论文题目是"80年代文学与五四传统"。这篇博士论文在2000年的时候写完了,但我自己一直很不满意,于是就推翻原来的思路重新做了一遍。这是我这些年一直关注80年代研究的个人原因。

我感到不满意的地方,是我在讨论80年代文学与五四传统时,一直有一个潜在的思考框架,认为80年代文学的核心话题都是从五四传统中衍生出来的。在后来的研究与思考中,我觉得一方面需要对80年代与五四的关系作历史化的处理,讨论两者的同一关系怎么被历史地建构出来,80年代的文化实践为什么需要借重五四传统的合法性。另一方面,我也发现,80年代有其自身的复杂性和丰富性,并不能完全用五四传统加以统摄。即便是"文学性""人性""现代""传统"这些看起来很五四的话题,在80年代的具体内涵也已经发生了变化,是由"80年代中国"这个特定的时间和空间场域中,不同的思想与文化资源构造出来的。更重要的是,我发现,80年代谈论的"五四传统"以及"现代化""民主""自由""人性"等范畴,与五四时期中国语境中对于这些范畴的理解并不相同,实际上是一种由60年代美国社会科学界塑造出来、并在70—80年代发展为某种全球意识形态的"现代化理论"。80年代的新启蒙思潮,不管有意或无意,都与这种新的知识范式/意识形态关系更密切。五四传统只不过在这个认识论"装置"内得到了重新阐释而已。如果不去关注这个"装置",而只关心在这个"装置"里面的五四表述,大概就只能说是舍本逐末,还是在"新启蒙"的历史意识内部谈问题。

意识到这些问题后,我把研究重心放在了80年代,侧重在新启蒙思潮对"人性""现代性""传统""文学性"等表述方式本身的历史分析上,考察其特定的知识谱系与意识形态。这看起来是远离了最初"80年代文学与五四传统"那个题目,但其实问题意识还是一样的,就是想知道80年代表述"人性""现代""传统""文学性"的那些知识、那些思想资源,是从哪里来的,在80年代特定语境中作了怎样的改写和重构,并构造出了怎样的意识形态叙事。

这大致是我自己从事80年代研究中过程和思路的变化。

关于80年代如何成为了学界热衷谈论的一个话题,在我的理解中,有许多社会与文化心理以及历史语境方面的原因。

其实,80年代并不是21世纪这些年才成为核心话题的。80—90年代之交后,知识界的历次论争和重要话题,都与如何理解80年代及其启蒙意识密切相关。比如《学人》集刊关于"学术规范"的讨论、比如"国学热"及"激进"与"保守"的讨论,比如"后新时期""后现代"论述,特别是关于"人文精神"的大讨论,以及迄今仍在展开中的"新左派"与"新自由派"的论争等,如何理解80年代都是其中的核心问题。不过,这些讨论常常是以"论战"或"论辩"的方式展开的,在肯定或否定、有意义或无意义等价值判断层面有基本的分歧。在这种情形下,我觉得格外需要首先去厘清80年代展开的具体历史过程以及它通过怎样的知识表述建构自身的合法性。

90年代关于80年代的论辩,主要是在知识界内部展开的,而当前的"80年代热",却是一个扩散到不同社会层面的话题。比如在社会心理层面上,现在对于80年代的想象和关注的热情,带有很强的"怀旧"色彩。当80年代可以成为怀旧对象时,就说明人们意识到"80年代已经过去了",因此可以站在一种新的关于现实的感知和对历史的重新确认的位置上回过头来看80年代。这种社会心态的形成,当然与当下中国经济崛起,以及90年代以来中国社会的巨大变化密切联系在一起。可以说,今天的"80年代热",是带有距离感的对80年代的重新认知。如何认知80年代,也与如何判断、叙述中国社会的现实紧密相关。比如,如何看待中国的经济崛起,有人认为这是"告别革命"的结果,有人则认为正因为有了毛泽东时代的"革命",80年代的改革才能有今天的成果。又比如,怎么看待今天中国社会中存在的阶层、阶级分化,有人认为这是因为80年代的某些诉求没有被实践,而有人则认为需要在批判80年代某些实践的基础上重新思考其真正涵义等等。

可以说,在今天,80年代一方面成为了一段可以被称为"已经过去"的历史,另一方面如何评价它,又是人们理解当下现实的一个关键。在这种意义上,我认为目前出现"80年代热"是特别值得关注的。

徐志伟:您如何评价已有的关于80年代的研究成果?

贺桂梅:目前关于80年代的研究还在展开过程中,而且涉及不同领域,我只能就我个人的有限观察谈一点看法。

在思想史研究或知识分子研究的意义上,有两本书引起了颇为广泛的关注:一本是2006年出版、由查建英主编的《八十年代:访谈录》,一本是2009年出版、由北岛、李陀主编的《七十年代》。这两本书通过访谈或回忆录的形式,记载下了80年代文化变革的参与者们的一些回顾、回忆和历史思考。这些作者和受访者其实是一个特定的群体,也就是80年代的"新生代"文艺家与知识群体,80年代(尤其是中后期)文化变革的主力。他们以历史"当事人"的口吻,讲述了自己在特定历史情境下的经历与思想状态,以及参与重要文化事件的过程。这些为今天重新理解80年代,并借此去感知当时的历史氛围乃至情感结构,提供了特别重要的史料。另外,叙述者在80年代所处的不同位置、采取的不同态度,以及今天反思历史的不同立场,也为人们理解80年代思想和精神气质的复杂性,提供了弥足珍贵的观察视角。我感兴趣的是,他们的一些叙述还带有比较浓的属于80年代的历史意识,有对于一个"辉煌时代"的怀旧感。作为个人的历史记忆,这无可厚非,但对于历史研究而言,恰恰是这种"意识"本身,成为了需要探究的对象。

在文学研究领域,我对王尧所做的口述史,蔡翔、罗岗、倪文尖等人的80年代研究印象很深。特别是程光炜老师,带领他的学生们进行了多年80年代文学史研究,并联合其他老师(如李杨、李陀老师等)在刊物上组织研究专栏、出版相关的研究丛书,非常引人注目。他们对"80年代文学"重新成为文学研究界的重要话题,都起了很大的推动和引导作用。这些研究工作带有重新审视80年代文学与历史的意味。作为80年代"现状"的新时期文学批评,曾经是当代文学研究的中心。90年代中期以后,当代文学史研究主要集中于对50—70年代文学史的讨论,同时,对当代文学现状的关注,转向了90年代以来的文学实践,80年代文学研究逐渐"冷落"。21世纪再度将研究的焦点集中于80年代文学,一方面是将其明确地指认为"历史",是文学史的一个构成部分;另一方面,正因为之前关于80年代文学的研究与批评构成了当代文学学科的体制性力量,因此,"重新开始",也需要有一个自反性地审视这个体制自身的问题。新的研究不仅仅集中在重新解读文学作品,对研究者的研究语言和文学史叙述的反思,对文学体制的历史性呈现,也变成了这个时期研究的重点。另外,由于对当下文学现状采取的不同态度,如何重新评价80年代文学的历史意义,比如如何看待文学与政治的关系,如何看待80年代的"现代派"迷恋,如何重新评价现实主义文学传统等,也得到了较多讨论。

还值得一提的是,目前进行80年代文学研究的人,不仅有程光炜、蔡翔、李杨等80年代文学的亲历者,也有在90年代以来的学院训练中成长起来的新一代研究者,他们几乎是"天然"地带着距离感来看待80年代的。因此,历史的复杂性、个人经验的倾向性和学术研究的客观性之间,形成了颇为有趣的对话关系。不过,文学研究的丰富性也正因此而显现出来。

徐志伟:您研究80年代的基本出发点或问题意识是什么?

贺桂梅:我的研究集中关注的是80年代中期(大约1983—1987年间)形成的"新启蒙"思潮。从六个文学与文化思潮着手,基本上是在跨学科的视野中展开的某种宏观性知识清理。80年代知识界如何想象与叙述"人性""现代性""传统"与"中国""文学性",构成了我讨论的重心。我认为,正是基于对这些核心范畴的理解,形成了某种我们可以称为"80年代历史意识"的共同倾向。如果缺乏对这些总体性的知识结构和历史意识的清理,很难突破80年代研究的既有框架。

我研究的一个基本出发点,可以说是想将80年代"历史化"。"历史化"的意思,不是简单地宣判"80年代过去了",而是在一种更大的历史视野和新的现实问题意识中,来重新定位和理解80年代。

80年代在当代中国历史中占据了极其重要的位置,也可以说这个时期塑造了当下中国知识界的基本话语方式。在很多时候,我们谈"20世纪"、谈50—70年代的社会主义历史,甚至我们怎么谈90年代以来的当下中国社会,其实都是在80年代塑造出来的"话语装置"里面来谈的。有越来越多的历史与现实经验,使人们意识到20世纪、革命与当下中国,并不像80年代理解的那样,而有其自身的复杂性。因此,如何跳脱80年代历史意识、批判性地反思80年代的知识体制,就成了一个值得探究的学术与思想问题。我想做的,是一种批判性的自反工作,即那些我们今天视为常识、真理或价值观的东西,是怎么被构造出来的,它回应的是怎样具体的历史语境。这可以说是我的基本问题意识。这后面包含着我对80年代的基本历史判断和对当下知识状况的现实判断。

徐志伟:在您的一篇文章中,有"重返80年代"这样的表述,在您看来"重返80年代"是如何可能的?

贺桂梅:关于"重返",首先要考虑的是重返"到哪里"去?人们常用"回到""历史现场"这样的说法,强调一种带有质感的历史氛围与情境,要求呈现出那个原初场景的复杂性,以及某种"客观性":你不能随心所欲地"乱写"历史。但是"现场"这样的词,只能说具有一种关于何谓"历史"的理解导向上的"规范"性,而不能说存在着一种像客体那样自明的"事实"。因为即便在那个"现场"中,由于所处位置的不同,各人看到的东西、理解到的东西也是不一样的。更重要的是,这个"现场"需要被"说"/叙述出来,它的意义才能为人理解,而怎么说、由谁说、什么时候说、在怎样的情境下说、纳入怎样的意义系统里面说,这些都将导致"现场"的面貌很不一样。因此,要充分地意识到所谓"历史现场"的叙事性和建构性。

其次是"从哪里"重返?"重返"的"重"字揭示出的是研究者的当代立场:无论如何"客观",研究者总是在他/她置身的当代语境和意义系统里面来看待过去那段历史的。有的研究者把自己的研究视野普泛化,认为自己讲的就是"事实"与"正确的历史",这就缺乏对自身书写立场与书写语言的有限性的反省;还有的研究者则认为,反正像胡适说的那样,"历史是任人打扮的小姑娘",我想怎么说就怎么说,这就取消了关于"历史现场"的某种在约定俗成中逐渐形成的规定性理解。

我自己理解的"重返",是在当代性与历史性的对话关系中展开的。一方面需要充分理解生活在那段历史之中的人们的"内在视野",

也就是那个时期形成的主导叙述和意义系统,另一方面研究者也要对自身的当代立场和当代视野具有理论自觉,"重返"的过程,就是当代立场与历史的内在视野不断地对话、协调、再阐释的过程。一种可取的"重返",真正需要形成的是在当代视野中能够被人们接受的历史阐释,当代性赋予其"新"意,但却不是随心所欲的。如何协调不同层面的意义系统间的对话关系,构成了"重返"的不同方式和路径,也是研究者发挥"主体性"和创造性的地方。

我采取的基本研究方法,我称之为"知识社会学"。我不能说已经很好地解决了在"重返"的过程中面临的各种问题,但希望把当代视野、历史的规约性与我个人的阐释力这三个方面比较好地结合在一起。

关于"知识社会学"的方法,我在书中也做了一些说明。我特别关心的是它关于"视角"的论述。曼海姆把知识社会学界定为"一种关于思想的社会存在或存在条件的理论"。意识到"思想"与其"社会条件"之间关系的存在,是以一种"超然的视角"为预设前提的。这也就是说,你需要站在某个历史结构的"外面",才能看清一种知识或思想如何确立其与"社会存在"的关系,不然,你可能会觉得那些知识和思想都是"从来如此""天经地义"的。但是要把一种思想与其社会语境的关系尽可能客观地揭示出来,还需要理解其"内部"的视野。这可以通过深入地理解不同性质的历史文本,特别是它们具有的意义表述方式与内在逻辑而达到。曼海姆所谈的"总体意识形态"与"特殊意识形态",启发我去对历史研究的当代性、历史性及其对话关系进行理论性思考。

关于"知识社会学",我并不认为存在一种本体论式的研究路径,我关心的只是它提示的一种研究思路。我想用这个说法,和一些研究思路区分开来,比如"思想史研究"。思想史研究一般探讨的是某些基本观念、核心范畴的演变,研究者常常站在某种价值主体的立场上看问题,但却不能对使用这套知识的主体本身进行历史化的自反性思考。这基本上是一种在确认了何谓"知识分子"这个主体意识的前提下展开的批判实践。而知识社会学的独到之处,在于它能够在一种总体性的社会结构视野中来观察知识主体的特殊位置,并对知识主体的"特殊"视角与这种"总体性"之间的关系,做出有效的自反性的理论说明。我强调"知识社会学"与"思想史"研究的差别,是想突出一种"社会"视野,强调作为一个社会群体的"知识分子"的有限性,并在承认这种有限性的前提下,讨论知识与思想实践的力量。说到"知识社会学",我也想将我在书中使用的这个概念,与中文语境中人们一般对它的理解区别开来。我们一般说的"知识社会学",主要集中在知识分子群体的研究,比较偏向于社会学方面,关注一个知识群体的社会行动方式。但我的分析重点,放在知识与权力体制的关系上。一方面,我想说,那些在80年代被称为"真理""价值""信念"的东西,都必然借助一定的知识形态才能被表述出来;另一方面,这些"知识"虽然在当时的人们看来是那么"自然而然"、那么"充满血肉感",但它总是在一定的历史语境中被建构出来的,而如何建构、如何被人们自然地接受,则是一个时期的知识体制与权力结构塑造的结果。

徐志伟:在对80年代知识谱系的清理、反思过程中,您个人站在怎样的位置上?

贺桂梅:我采取的这种研究方式,可能会遇到一些质疑。比如我遇到一些80年代的亲历者,他们说我的书对80年代采取的分析方式,理性的味道太浓,太"知识""考古"了。我明白他们的意思,大约指的是对80年代缺少感性的体认和历史认同。这就涉及你问的"我个人"站在怎样的位置上来做80年代研究。

就个人经验来说,80年代正是我读中学的时间,我还能以不同方式切身地感受到那个时代的总体氛围。比起那些亲身参与80年代变革的年长者,我们这些"70后"可能像是80年代的"局外人";但是比照"80后"或"90后",我又深深地意识到自己怎样浸淫在80年代主流文化里面。我在一篇文章中也说过,我1989年来到北大读书,正赶上一个特殊的时间,那时北大校园的氛围已经和80年代很不相同,当时常有一种"没赶上好时候"的遗憾。不过,我的知识结构与思想气质,更多地还是被90年代的北大塑造出来的。就阅读经验和思想体验来说,我很快就"越过"了80年代流行、我个人也曾经十分热衷的萨特、加缪的存在主义哲学,"越过"了当时流行的刘小枫等人的"诗化哲学",也在"人文精神"论争中仔细琢磨"反思启蒙"的含义。可以说,90年代的北大校园让我吸纳了许多80年代主流知识之外的批判理论,比如"女性主义""后殖民主义""后现代主义""解构"理论、西方马克思主义理论等。而且,可能因为身在北京和北大的缘故,我对90年代知识界的论争会有更多切身的感性体认。比如现在我还能想起,当年我们一些博士生,常常在饭桌上为了知之不多的"新左派""自由派"争得面红耳赤,甚至不欢而散。这种知识结构和思想氛围,可能使我能更多地接触到"新启蒙"之外的东西。

我有一个关于"新启蒙"思潮的基本历史判断:"新启蒙"并不能全部地涵盖80年代文化,从70年代后到80年代中期,有一个从"思想解放运动"到"新启蒙"的变化过程。"新启蒙"大致描述的是80年代中期形成的颇为松散的主导性知识表述,它基本上被"现代化范式"所统摄。这种思潮在80年代后期的时候,其实已经有内在瓦解的趋向。但80—90年代之交的社会与政治变动,赋予了这一思潮以"悲情"的合法性,并使其在90年代逐渐成为一种主流知识。这种主流化,指的是成为"常识"层面的意识形态,和在知识生产体制层面上的中心化。相对来说,我在90年代的北大校园接受的批判理论,则是边缘性的和特异性的。当我说90年代的批判理论会帮助我从"新启蒙"主流知识体制中摆脱出来,采取一种批判的距离来看待它,指的是这样一种情形。

"新启蒙"知识在80年代是具有很强的批判力的,但正是在90年代以后的历史语境中,在它丧失了现实批判性的时候,却成为了一种普遍的"常识"。对这套知识的学术分析,常会被视为对一种普遍价值观的质疑:你说"人性"是被历史地建构出来的,难道你要"反人性"吗?你说80年代的"现代化"想象与一种全球性的后冷战情境相关,难道你认为"落后"的"传统社会"就好吗?这些质疑方式本身,表明人们内在地接受了80年代塑造的这套新知识,认为它是天经地义的真理、信念与价值,而没意识到在50—70年代,或许人们并不是这么理解"人性""现代化"的,但那并不意味着他们就是"非人的"或"不现代的"。因此,需要历史地理解一个时期的知识/权力体制如何将特定的"知识"塑造为"真理"。这不是在提倡一种相对主义价值观,更不是文化/价值虚无主义,而是在理论和精神气质的层面上对"启蒙"的重新认知和实践。

"启蒙"是80年代的主题词。但是,从康德那里引申出来的这个"启蒙",它与"批判"之间的关系,并没有得到过很深入的理论性探讨。康德把"启蒙"界定为"人类脱离自己所加之于自己的不成熟状态",但福柯说,康德对批判的理解本质上是"从知识的角度提出来的",因此启蒙的问题总是滑向知识的"真"与"假"的问题。福柯认为"批判"应当描述"一种知识—权力关系","启蒙"则相应地被界定为"一种我们自身的批判的本体论",一种"精神气质"和"极限体验"。这是对我们为什么是这样的人、我们为什么这样思考或说话、我们为什么这样行事而展开的自我批判。它首先意味着去反思我们如何被历史地塑造出来,在这个前提下,才能恰当地思考"自由"的可能性路径是什么。

很大程度上,这也是我尝试去实践的一种新的批判方式。对80年代知识体制的批判性分析,并不是把自己从历史中"摘"出来,"远距离"地进行一种学院式的知识操作。相反,我把这种历史清理视为一种理解我们从哪里来、如何被塑造,并思考我们"可能"到哪里去的批判方式。因此,不能把"个人"在研究工作中的位置,仅仅理解为感性的个人体验和个人风格,福柯意义上的"启蒙"提出的是更高的要求。我的做法是,不是简单地认同80年代提出的"人性""现代性""文学性"等价值观,而是去分析这些价值观如何以知识的方式取得合法性,并关注在这个历史建构过程中那些被粗暴地遮蔽、排斥因而丧失了合法性的偶然因素。也正是在后种意义上,历史地思考改变今天状况的路径才具备可能性。我认为,这种分析方式,在"精神气质"上,并没有远离80年代,甚至只有以这种方式重新实践"启蒙",才能真正继承与发展80年代的思想遗产。

徐志伟:对"80年代"的拆解过程也是对"50—70年代"的解放过程,对吧?那在你看来,我们今天该如何重建理解"50—70年代"的理论视野?

贺桂梅:这涉及如何理解"80年代"与"50—70年代"的历史关系。我想这个问题需要区分出三个层次:第一,80年代知识界的"主观"历史意识如何看待50—70年代;第二,80年代的变革过程与50—70年代的革命历史之间"实际上"是一种怎样的关系;第三,如何在跳出80年代的意识框架之后,在今天的历史语境下,来重新讨论50—70年代的历史意义。

我们现在经常说,80年代是在批判、反思和拒绝50—70年代革命的基础上展开的文化变革。这是就第一个层次而言的。也就是,在人们"意识到"的层面上,80年代的"思想解放""新启蒙""重写历史"等,都是针对50—70年代的革命实践而言的。这种"断裂"的历史观背后存在着一种二元对立的价值判断:50—70年代是"前现代的""封闭的"历史,而80年代则是追求现代化的、开放的、民主的新时代。由此,对"人性"的呼唤、对"文学性"的倡导、对"现代性"的召唤等,才成为可能。显然,这种看待80年代变革与50—70年代历史的方式,在今天的中国知识界仍旧影响深远。

不过,如果我们去关注80年代文化变革的具体过程和方式,就会发现,"断裂"的历史意识仍旧是在"延续"的历史关系中展开的。比如说人道主义思潮中讨论"人性""异化""主体性"等问题的方式,其实是50—70年代已经建构出来的,是内部的思想资源在"边缘"与"中心"位置上的反转。又比如,80年代现代主义文学思潮与20世纪西方现代派文艺的关系,揭示的是文学界如何通过将社会主义文化体制指认出的"他者"转化为"自我"的方式,来完成其创新实践。即便是"文学"与"政治"的二元框架,也是50—70年代反复争论的核心话题。

从这样的角度来看80年代与50—70年代的关系,可能会发现"断裂"的主观诉求,常常是借助延续性的历史结构来完成的。但是,这当然也不是说80年代与50—70年代之间实际上不存在"断裂"的关系。一方面,对"现代化"的强烈诉求,以及80年代中国总体地力求"融入"西方市场体系的社会变革,导致的是对"现代"的全新理解。我在书中不同的章节,特别着力地分析了80年代的"现代化"想象和叙述与"现代化理论"的关系。现代化理论范式如何理解第三世界国家的现代化进程,如何理解"传统"与"现代"的关系,如何理解"落后国家"与"发达国家"及"世界"想象,如何理解"人"的现代化标准等,都潜在地制约着80年代知识界想象和叙述"新时期"的方式与视野。这套历史叙述与世界想象,与50—70年代主导的"革命"范式是很不一样的,真正的认识论上的"断裂"发生在这里。也就是说,基于不同于50—70年代的基本历史情境(与西方世界"对峙"还是去"融入"),在历史意识与思想资源等不同层面上,塑造出了80年代的新的"主导"或"统合性"文化。

考虑到这些不同层面的因素,在今天重新理解50—70年代历史,一方面要打破80年代塑造出来的那种二元对立的意识形态框架,另一方面,也要打破那种在谈论80年代与50—70年代这两个历史时期的关系时,总是自觉不自觉地采取的非此即彼的思路。我认为需要在更大的历史与理论视野中,来探讨这两个历史时期实际上达到的历史效应和各自的主导文化,以及它们之间既非简单断裂也非简单延续的复杂关系。

在今天如何重建理解 50—70 年代的理论视野,也是一个全面地反思当代中国历史的契机。这涉及如何反省 80 年代式的现代化理念,如何更为历史化地理解 50—70 年代的社会主义实践,更重要的是,如何在全球资本主义历史中理解第三世界国家的"社会主义"与现代化道路的关系,如何理解社会主义理念在今天的意义。

徐志伟:在 80 年代,除了"新启蒙"知识以外,还有没有另外的知识脉络?如果有的话,您如何看待它们的价值?

贺桂梅:当然,除了"新启蒙"知识之外,在 80 年代还存在别样的思想脉络,我所谈的主要是 80 年代的"主导文化"。

关于这一点,我想也需要做一些解释,就是如何理解"主导"这个词。我在一定程度上借用了杰姆逊的概念,他在谈论西方 60 年代的时候说,"只有在某种程度上先搞清历史上所谓主导或统识(hegemonic)为何物的前提下,特异的全部价值才能得以评估",这个"主导"指的是"就那基本情境(不同的层次在其间按各自的规律而发展)的节奏和推动力提出一个假设"。80 年代中国的基本情境,大致就是要"融入"西方主导的全球市场体系,并改革 50—70 年代形成的国家体制。"断裂"意识、"创新"诉求,都是对这个基本情境的回应。但是,强调"主导",并不是说 80 年代思想文化的不同方面就是"有机统一"的。一方面,这种"主导"是一种基本的社会"情势",共通的历史意识;但另一方面,这种"势能"和"意识"的展开,总是在各自的文化传统、知识脉络、社会关系结构中展开的,这种实践并不是"同质"的。

具体来说,"80 年代"首先就存在着阶段性的文化特征。比如70—80 年代之交这个时段的思想解放运动,和 80 年代中期的"新启蒙"主潮,以及 80 年代后期"新启蒙"的内在分化等。就知识形态来说,除"新启蒙"知识之外,社会主义文化在 80 年代也自有其复杂性。我们一般谈论的是所谓"正统"的、以国家话语出现的社会主义文化,但其实在 70 年代后期,以及后来被称为"地下"的运动中,也存在别样的社会主义文化实践;即便是以国家主流话语出现的社会主义文化,在与"思想解放""新启蒙"对峙中,它们的形象和理论意义某种程度上也被漫画化了,其复杂性需要更为细致的辨析。

另外,在"新启蒙"知识内部,其与现代化范式的关系也是复杂的。比如"文化热"中甘阳等人"对现代性的诗意批判",主要借重的是批判资本主义现代性的现代主义哲学与思想资源,并开始对"现代"抱持一种既认同又犹豫的态度。我读到一种观点,认为甘阳他们这个脉络的思想其实是"反现代"或"批判现代"的,不能用"现代化范式"概括。我觉得,重要的并不是他们用了什么样的思想资源,而是他们怎么翻译、阐释和"调用"这些思想资源。如果把他们对西方现代哲学所做的翻译与研究工作,和他们对"现代化"的理解,尤其是他们所秉持的现代想象对照起来,可以看出他们当时并没有真正逾越现代化范式的视野。历史研究需要关注的,恰恰是这种错位、悖谬及其发明出来的创造性整合形态,关注它们与现代化范式之间那种看似游离实则更为内在化的独具意味的历史形式,而不是简单地做一种是或否的价值判断。

徐志伟:经由对"80 年代"的清理和反思,您对"中国道路""中国模式"等问题有什么新的看法吗?

贺桂梅:如何理解"中国道路""中国模式"等是现在思想界争论的大问题。这和 21 世纪以来中国经济的崛起密切相关,一方面是中国在全球格局中的位置变了,另一方面,所谓全球化从来不是中国的外部,它也带动了中国内部的社会组织方式,包括社会阶层分化、族群认同与边疆关系、中央与地方的权力格局、城市与乡村及东部与西部等区域关系的变化。在这种全新的历史语境下,重新思考何谓"中国",如何评价中国的现代化道路,都是至关重要的现实问题。

我所做的研究只是非常粗浅层面的工作,这大致是一个"跳出来"和"打开"的过程。我觉得很多人是在 80 年代形成的这套知识体制

"里面"谈问题,背后有一系列同构的二元对立,如传统与现代、中国与西方、国家与市场、专制与民主等。用这一套知识来谈中国问题,大概就只能在一种启蒙主义的思路上,把西方式现代、市场和抽象的民主概念作为讨论问题的规范,并以此指责中国,而不能在反思这些范畴的前提下,结合中国社会和历史的实际情况,来针对性地提出创造性的解决思路。

"打开"80年代的知识体制,可能获得更为开放、更复杂的历史眼光来理解80年代、理解当代中国的历史,乃至整个近现代以来中国的现代化道路。比如,如果我们并不把今天中国的经济成就理解为仅仅是80年代"改革、开放"的结果,而认为它与50—70年代的社会主义实践构成同一现代化过程的不同侧面,可能看待当下中国社会问题的方式就会发生变化。在今天,中国的主体性(包括政治合法性、历史道路、文明形态、文化系统等不同层面)变成了一个广受瞩目的问题。讨论这种独特性,并不是要说明中国如何永远是世界史的一个"例外",而是要讨论中国如何可以作为一个文化与政治的主体,创造性地回应当下中国社会面临的现实问题。国家主权与全球政治经济结构、社会公正与真正的民主实践、文化自觉以及新的价值认同,都需要在这样一种问题意识下展开。这种思路,在80年代新启蒙知识体制里面,是无法被问题化的;而一旦80年代的知识体制与思想实践被放置在这种新的历史视野中加以思考,它在当时的历史与全球格局中如何创造性地确立中国主体性的方式,无疑也可以成为我们今天思考"中国道路"问题时的重要参照。

徐志伟:您如何理解人文学术在今天社会的价值?

贺桂梅:相对于文学在80年代的中心位置与人文学者的活跃程度,90年代以来,人文学术总体来说是趋于边缘化的。也可以说,在90年代以来的知识界,社会科学逐渐占据了主导位置。这可以从许多具体的原因上去解释,比如学术"与国际接轨"的影响,比如专业化的学科知识体制的完善等,但我认为最重要的原因在于,80年代通过文学、艺术与人文学术所表达的核心理念和价值观,其实背后有其社会科学的依据,大致可以称为一种现代化范式。但在当时,人们并不认为他们对人性、现代化、民主、传统等的理解,是一种理论形态,更不认为那只是一种特定的知识,而认为那是一种普适的价值观。到了90年代之后,一方面,中国主流社会的发展,就是按照那套看起来很客观的社会科学理论展开的。如果说80年代文学、艺术以及人文学术是在宣扬、扩散和传播这套理念的话,那么90年代之后就是实打实的社会实践了。文艺与人文学术本身就构成这个社会进程的一部分,它可以支持或反对、肯定或否定,但要跳出来批判性地介入社会发展,却需要对整个知识体制进行反省。另一方面,90年代后社会现实的展开却与人们曾经预期的"现代化蓝图"有很大的不同。因此,当人们对这些共享的价值观和信念发生分化和怀疑的时候,追根溯源地讨论那些价值观背后的理论预设和知识脉络,就成为了需要面对的问题。90年代中国知识界的多次争论,以及人们常常说的"分化",其实是基于何谓"社会""国家""市场""民主"等这些社会科学的基本范畴展开的。

这意味着首先要意识到社会科学知识本身的叙事性和意识形态特性。这种常常被人们认为是"客观的""科学的"知识,其形成历史与组织方式也是有其意识形态导向的。比如如何理解"现代化",社会科学家们提出了一系列的"指标",用以衡量一个第三世界国家是"发达的"还是"不发达的"。但是,如果去深究,就会发现这些所谓"标准",其实是依照西方国家(更确切地说,是二战之后的美国)的历史与现实提炼出来的。我并不想把问题简单化,认为社会科学都是一些意识形态虚构,而是想指出,一是今天我们所谓的"社会科学"确实是伴随资本主义全球化过程而发展起来的,它本身就是现代民族国家体制的一部分,另一是社会科学知识都包含关于何谓"好社会"、何谓"国家"等的特定理论预设和认知前提,其叙事性就隐含在这些前提之中。

意识到这些特点,可以帮助我们重新理解人文学术的意义。与其说社会科学是客观的科学的知识,而人文学术是主观的价值观的知识,不如说这种区分本身就是现代知识体制内部的分工。最重要的可能是如何反省和变革整个现代知识体制。90年代其实已经发展出了一些这样的研究思路,比如文化研究、思想史研究、社会人类学、历史社会学、政治哲学等,大都强调一种跨越学科边界的整体性视野,强调理论性的自反能力和社会介入的问题意识。文艺、人文学术的"特长",如果是想象力、对叙事媒介的自觉和对主观世界的关注的话,那么需要在重新思考何谓"世界""社会""中国"等这些看起来很"不"人文的问题的前提下,来重新确认世界观、价值观与认识论前提,并以此激活自身的力量。我想,这也是人文学术的价值所在。

徐志伟:最后再谈谈您现在的工作吧,您现在对现代文学研究有没有新的设想?目前有哪些新的研究计划?

贺桂梅:我现在比较集中地做的一个研究课题,是讨论当代文学"民族形式"的建构。这也是从我的80年代研究中发展出来的一个题目。我在做"寻根"思潮这一章时,觉得最难处理。一是50—70年代的"民族形式"与80年代的"寻根"这个过程是怎么转换的,另一是如何理解在文学创作、美学史、民族史、考古学、大众文化等不同层面存在的重新想象/叙述中国的动力和方向。这使我意识到,当我们谈论"中国当代文学"时,其实常常只关注"文学"与"当代",而以为对"中国"的理解是自然而然的。但实际上,如何理解"中国",才真正决定着"当代性"与"文学性"的建构方式。所以,我会把研究的重心一段时间都放在"中国"叙述上。这好像是一个在目前的现当代文学界比较时髦的题目吧。我希望能提出一些有意思的思路。比如我不想掉在"民族国家"叙事里,用一套民族主义知识来解释这个问题,也不想完全把民族主义叙事与社会主义叙事对立起来,而想在某种全球结构和比较长的历史视野中,考察不同层面的力量如何将特定时空关系中的中国塑造为一个文化与政治主体。

我现在还比较关注的一点,是希望将分析的重心,更多地放在文学上。我这里所说的"文学",理解得比较宽泛,它固然主要指以前我们所说的文学创作,但也想涵盖电影、戏剧以至大众文化等诸种文艺表述形态。熟悉当代文学历史的人都会知道,在1940—1970年代,当代文学不叫"文学"而叫"文艺",它涵盖的范围比我们今天所理解的"文学"要宽泛得多。我们今天把"文学"缩小到对文学创作的理解,其实是80年代的"纯文学"实践的结果。我关注的"文学"比较接近"文艺"这种说法。

另外,也是考虑到我的"80年代"研究,主要讨论思潮、理论与核心范畴,想的是打破不同学科和研究领域之间的界限,从"知识体制"这样的角度相对宏观地研究80年代,而对文学文本的分析部分比较薄弱。如果能够在一些章节深入到文学文本内部,我觉得这样的讨论可能会深厚一些。这也使我反复思考文学的"位置"到底在哪里。我不认为文学是"个人的""感性的""形象思维"的,也更不认为是"纯审美的""非政治的"。拆解"纯文学"的知识体制,反思当下的学科体制建构等,就是要不断地揭示出文学的历史性与政治性。但是"文学"独特的地方,也正在于它是作用于人的感性和想象力的,并以整体性的方式叙述"客观性"的世界结构与人的"主观世界"之间的关系。某种程度上可以说,重新瞩目于"文学",也就是瞩目于人创造世界的能力。我们需要在具备某种世界史和社会结构的整体视野之后,来重新思考和探寻"撬动"世界的支点。因此,在文学扮演了如此重要角色的20世纪中国,如何从一种新的整合性视野中来重新理解文学的位置与意义,我想是特别值得思考的问题。我以前用"走出去"和"再回来"表述这个过程,我想不太准确。这个"再回来",不是重新"回到文学",而是关注整个的社会结构、文化体制和意义表述过程,以及其中文学/文艺如何发挥历史作用。

(《现代中文学刊》2012年第3期)

"叠印着两个中国"

——80年代寻根思潮重读

在80年代,以西方为规范的现代化想象可以说支配了中国知识界的历史想象与文化实践。不过,这并不意味着当时就不存在对这一新主流意识形态的质询或反抗。其中最值得关注的或许便是80年代中期出现的寻根文学思潮。至少在这一思潮倡导者的自我表述中,寻根是在对西方现代派文学甚至中国现代化进程的某种疑虑或批判意识下发生的。它尝试通过对民族文化传统的重构,来重新确立中国的主体位置,并形成某种或可称为文化民族主义的新表述。与现代化诉求中"反封建"或"反传统"姿态不同,这种文化民族主义表现出了某种跨越本土文化传统"断裂带"的姿态,期望与中国文化传统建立新的关联形式。但这种关联又并未完全超越现代化逻辑,而是在接纳"新启蒙"思潮、批判传统中国文化的前提下,把挖掘和建构主流之外的"非规范"文化作为其主要叙事策略。这无疑是80年代中期两个方向的历史力量同时作用的结果。因此那个以"根"的形态被指认的中国,就成为了"古代中国"与"现代中国"的交错与重叠。重新探究这一文学思潮的历史构成与知识谱系,或可呈现出80年代一处较为复杂的文化场域。

一 "寻根"意识的发生:历史的耦合

反拨西方现代派文学在中国文坛的强大影响,常被视为"寻根文学"发生的主要动因。如果说在80年代前期,"西方"被视为中国现代化"缺席的理想自我"的话,那么,当这个"理想自我"作为"在场者"出现时,它便将引起追随者丧失自我的焦虑。显然,这是第三世界国家在其现代化进程中会以不同的方式必然面对的经典时刻。寻根文学的突出特征在于它对"现代"之西方属性所表达的某种疑虑,并希望重建中国主体性。在这样的意义上,当时所称的"拉美文学爆炸",尤其是1982年加西亚·马尔克斯获得诺贝尔文学奖这一事件,对中国作家产生了格外重要的示范效应,使他们意识到以一种既"现代"又非"西方"的身份进入"世界文学"的可能性。不过,如果因此将寻根行为视为后殖民主义式的"自我东方化",却无疑会使问题简单化。由于有着50—70年代从世界体系中"脱钩"的现代化历史,所以"西方"与中国的关系在80年代语境中显影的层次和方式,既不像"西方冲击/中国回应"这一经典现代化叙事那样简单,也不能等同于殖民与反殖民关系。在50—70年代,民族主义话语的主要表述形态是"反帝反封建",其国族主体便是"工农兵"(或"人民")这一阶级主体,它在批判西方资本主义和反对封建文化这两个面向上确立自身的合法性。而70—80年代转型的结果或标志,一是通过强调国民(人民)基于共同的地缘与血缘关系的民族共同体命运,民族主义话语被作为克服和转移"文革"时期阶级/政党政治实践造成的伤害、怨恨和厌倦的主要政治形态;另一则是由"反帝"到"与世界接轨"的转变,抹去了中国与西方之间的意识形态冲突,把两者改写为"落后"与"先进"的关系。于是,强烈的民族情绪与中国认同始终被一种落后民族的自我改造焦虑所缠绕,"做现代人"和"做中国人"之间有着难以弥合的矛盾。在这样的关系格局中,寻根的发生并非只因"外部"西方现代派文学的刺激,而是内部与外部多重合力作用的结果。诸多在不同的维度和层面上发生的民族想象与叙事,得以在这个时刻耦合为一种新的表述形态。

（一）历史情境："现代化"与"乡愁"

首先值得分析的，或许便是汪曾祺在当代文坛的特殊位置及其"示范"效应。作为唯一一位跨越了"现代"与"当代"的作家，汪曾祺以1980年发表的短篇小说《受戒》出现在新时期文坛。这篇小说所开启的文学路径或许是汪曾祺自己也并没有自觉考量的：不是当时受到广泛称道的表现"健康的人性"这一主题与情节，而是小说的抒情性文体以及关于江苏高邮的风俗描写，成就了当代文坛的一种独特小说样态。这就是批评界所称的"风俗画小说"或"新笔记小说"。汪曾祺在新时期文坛的经典化，联系着现代中国文学一种独特的文学传统，这就是常常会把废名、萧红、沈从文等纳入其中的抒情小说传统。尤其是汪曾祺与沈从文的互文关联，在反复的叙述和构造中得到不断的指认。而有意味的是，正是沈从文，成为被新时期文坛最早"重新发现"的现代作家。如果说这与他60—70年代被美国的中国学界经典化的命运，形成极富意识形态意味的互动的话，那么，"沈从文热"的历史内涵却不止于此。这位擅长描写"优美健康的人性"的文学大师，更是一位擅长表现中国"常"与"变"的现代化命运的历史观察者。在《边城》里，牧歌情调与那种巨变前夕"风雨欲来"的紧张氛围形成了强大的张力关系，如沈从文自己所说，那表达的是他对一个民族命运的隐忧。而80年代初期，当代中国以农村改革为主导内容的现代化变革引发的剧烈社会变迁，无疑也为这种"乡愁"的浮现提供了历史契机。汪曾祺小说多以怀旧的笔调书写故乡高邮的风土人情与故人旧事，无论这种节制态度之下的叙述显得多么平淡，但终归流露出一种浓郁的乡愁。不过，与《边城》相比，汪曾祺小说并没有那种现实与历史之间的张力，没有那种巨变行将来临前的忧患。正如《受戒》所写的，不过是"一个43年前的梦"。因此，这里的乡愁毋宁说乃是一种"想象的怀旧"，它所怀之"旧"并没有明确的现实指向，只是将一种现实中所匮乏的情感投射至民族记忆的重写之中。但不管怎么说，在现代化高歌猛进的 80 年代初期,在即使作者看来也洋溢着新时代的温暖与希望的时期,这些怀旧格调的小说的出现和流行,多少显得有些不合时宜。而这或许正显露出某种历史无意识。

这种无意识在 1983—1984 年间出现的一批有着类似的怀旧情调但却暧昧得多的小说、电影中,得到了明确表达。在一篇关于 1983 年小说综述的文章中,王蒙首先以一种热烈而宽容的语气确认,"正在发生历史性的深刻变化的中国应该是一个歌者的国家,我们应该有最多最好的赞歌、壮歌、战歌、情歌、酒歌和进行曲,甚至也不妨有一些哀歌和挽歌",不过使他"不安"的是,"有愈来愈多的作品,而且是优秀的作品,把笔触伸到穷乡僻壤、深山老林里的'太古之民'里去,致力于描写那种生产力即使在我国境内也是最落后、商品经济最不发达、文化教育程度很低的地方的人们的或朴质善良、或粗犷剽悍的美"。① 其典型代表便是李杭育的"葛川江系列"小说,以及那些后来在寻根宣言中得到指认的文学作品。这种让完全认同现代化变革的王蒙感到迷惑不解的现象,同样出现在了电影界。这也是戴锦华名之为"后倾"② 的第四代导演第二高峰期的诸多代表作。与汪曾祺小说所表达的怀旧与乡愁的明净相比,这些小说与电影表达的是一种"挽歌"般的叹息,但同时叙述者与其表现对象间始终保持着某种暧昧不明的张力。戴锦华在这些文本中解读出"两套话语的冲突":"一边是关于人类的,关于进步与现代化的;另一边则是民族的,自然的,传统的。……前者作为一种'古旧的'第一世界的话语是想象的他者的显影;而后者则是一种充满了怀旧情调与挽歌意味的民族主义的微弱抗议。"③ 一些文学批评家则称这些作品所表现的乃是"历史与伦理(道

---

① 王蒙:《创作是一种燃烧》,第 172—173 页,北京:人民文学出版社,1985 年。
② 戴锦华:《雾中风景:中国电影文化 1978—1998》,第 16 页,北京大学出版社,2006 年
③ 戴锦华:《雾中风景:中国电影文化 1978—1998》,第 68 页。

德)的二律悖反"①,从而相当具有症候性地将现代化与民族主义分别置于历史理性与情感道德的两端。显然,在这里,经典的现代化话语框架即中国/西方、传统/现代、愚昧/文明的同构发生了错乱。关键在于,"现代化"显露出了其疏离于中国的"西方"品性,而那个在"文明与愚昧的冲突"叙事中曾被视为"封建主义幽灵复辟"和"铁屋子"的中国,却显露出一种因地缘与血缘共同体关联而生发的情感认同。如果说曾经是"封建主义复辟"和"民族浩劫"的"文革"叙述,在确认着新时期与现代化的合法性的话,那么,当现代化自身显露出其"西方"品性时,一种对于中国的民族主义认同也就同时发生了。只不过,"文革"参照下的那个隐喻性的封建中国,和通过对现代化的他性体认而激发出来的民族认同的中国,尚处在错乱状态中,正如电影《逆光》中的台词:"在我心中叠印着""一个古老的中国与一个现代的中国"。内部参照("文革")与外部参照("西方")的交错,在这里构成了民族认同的悖论。

在江曾祺那里,这种矛盾是以一种无意识方式呈现的。而到80年代中期,当现代化成为重构中国乡村生活秩序的现实力量时,"乡愁"便成了"挽歌",成为对即将消逝的世界中那些"最后一个"的注目礼:如李杭育的最后一个渔佬儿、画师、弄潮儿,如邓友梅的最后一个画家、最后一个旗人,以及贾平凹描绘的那些残存于荒野山村里的奇风异俗。第四代电影导演胡柄榴曾这样描述他拍摄《乡音》的动机:站在铁轨的这一端,眺望"现代文明"之外深山中的小村庄。这一叙事位置象征性地呈现了其主体认同的尴尬。这是一个置身"理想他者"(现代文明)对曾经的自我(乡村中国)所行的告别式,但其情感认同指向的却是那个小村庄;于是,无论是铁轨所代表的"文明世界",还是小村庄所代表的"故土",此刻都成了叙述者的"他者"。这一点,事

---

① 中国作家协会创作研究部选编:《新时期争鸣作品丛书·鲁班的子孙》,长春:时代文艺出版社,1986年。

实上构成了寻根思潮确立中国主体认同的基本历史情境;叙事主体纠缠在两种不同方向的话语张力之中,顾此失彼。

(二) 书写主体:一代人的精神归属

尽管寻根文学有着不同的话语脉络和书写形态,但它的真正书写主体,却并不是汪曾祺及其追随者,也非邓友梅、冯骥才、陆文夫等中年作家,而是韩少功、李杭育、阿城、郑万隆等知青作家。是他们在1985年于不同媒体上同时发表文章,把"寻根"作为一种创作宣言明确提出来。因此,"寻根文学"常常被视为这一作家群体乃至一代人具有象征意味的历史登场。

孟悦曾将精神分析的理论框架置于对莫言"红高粱家族"小说的分析,并指出"寻根"这一叙事行为的发生,正是为了克服知青作家在历史中的"孤儿意识"①。同样的分析模式,在戴锦华关于第五代电影的阐释中有了更为深入、繁复的推进和发挥。② 精神分析理论在这里格外适用的原因,或许源自这一代人在如何被纳入新时期社会秩序这一问题上存在的主体认同困境。具有"革命接班人"、造反的"红卫兵"小将和接受贫下中农"再教育"的知青这些复杂"前史"的一代人,如何介入和参与新时期的现代化变革,无疑有其独特性。不同于右派作家,他们在60—70年代遭受的痛苦和磨难并不能为他们在新时期换来"文化英雄"的徽章,反不如说因其作为"造反的一代"而在许多时刻被指认为"历史的施害者",至少是"帮凶"。许多"知青小说"以受骗—幡然醒悟—重归秩序为基本叙事模式,正是新时期所能给予他们的意识形态主体位置。在这样的叙事层面上,知青经历和乡村经验如果不算"惩罚"的话,至少也是一种"虚度"。而另一方面,不同于右派作家与秩序的共生性(认同/臣服),"造反"/"革命"经验确实在很

---

① 孟悦:《历史与叙述》,第117页,西安:陕西人民教育出版社,1991年。
② 戴锦华:《断桥:子一代的艺术——论新中国第五代电影导演》,《电影艺术》1990年第3—4期。

大程度上唤起了这一代人的主体意识(弑父/更高的"父之名")。这就使得进入新时期的知青一代既有着强烈的主体意识,又无法在主流秩序内获得相应的主体位置。或许可以说,寻根文学之于知青一代,其最重要动机就在于为其历史经验寻求一种合法表述。

80年代中期,当"伤痕文学"式的控诉过后,尽管仍被视为隶属于"反思文学"思潮,但知青作家的重要作品,已经显露出诸多与高歌猛进的主流叙述不相吻合的倾向。从知青点开出的列车的终点站上海,不过是平庸、琐屑和鸡零狗碎的日常生活,"他感到一种莫大的失望,好像有一样最美好最珍藏的东西忽然之间破裂了",于是他会想起那"月牙儿般的眼睛",想到"几个公章可以把这段历史不留痕迹地消灭。可是,既然是历史,就总要留下些什么,至少要给心灵留下一点回忆"(王安忆《本次列车终点》)。城市生活的嘈杂,尤其是在这里的"多余人"生活,使得那曾经生活过的乡村似乎成了"真正的家园"(铁凝《村路带我回家》),成了等待归去的"南方的岸"(孔捷生《南方的岸》)。知青作家在小说中表达的这种回归情绪,或许并不能简单地用"恋旧"或"表达对现实的失望"加以概括,应视作他们看待知青生活经验的基本态度的转变。而这正是在对新时期现代化主流话语产生某种质疑的前提下发生的。史铁生的《我的遥远的清平湾》关于知青生活的讲述,沉浸在一种暖暖的怀念情调之中,却并不只是怀旧,同时还包含着某种关于人类、历史与民族生存的感悟。或许可以说,回城后艰难而庸常的日常生活本身,打破了那种永远朝向未来的意识形态幻梦,使得他们再次注视乡村生活,并看见了"时间"之外那似乎永恒的民族生存状态。那是他们认知"中国"的时刻。汪曾祺读了《棋王》后写道:"我很庆幸地看到(也是从阿城的小说里)这一代没有被生活打倒。……他们是看透了许多东西,但是也看到了一些东西,这就是中国和人。中国人。他们的眼睛从自己的脚下移向远方的地平线。"①这种对于民族生存状态的"发现"和书写,为知青一

---

① 汪曾祺:《汪曾祺文集·文论卷》,第121—122页,南京:江苏文艺出版社,1994年。

代人构筑了一种超越性的精神归属。这种超越性表现为基于地缘与血缘的共同体关联,使个体意识到某种并非出于个人"选择"的、具有崇高意味的归属感。而这正是民族主义作为"想象的共同体"所发挥的意识形态功能。

似乎应该说,乡村生活在这个时刻成了知青作家的"意识形态的崇高客体"①。这一客体指向那无法被表述的"无字"的历史,正如《红高粱》中无字的纪念碑,或如《棋王》中母亲遗赠的无字棋。它既不存在于被五四运动所割断的主流中国文化传统中,也不在经典的阶级话语中,更不在新时期现代化主流话语中,但在乡村的"一梁一栋、一檐一桶"中却均可见其身影。这一切"像巨大无比的、暧昧不明的、炽热翻腾的大地深层",等待着知青作家们去发现与讲述。于是,寻根成了一次打碎也是重建主体的象征行为,他们渴望把自己投入那崇高客体,并成为它的化身。或许,这正是被耦合到对80年代主流意识形态秩序的某种疏离、对西方"现代派"的批评、对拉美魔幻现实主义文学的倾慕、对现代化进程暧昧不明的"后倾"姿态中的、属于一代人的集体无意识。

(三)个案或寓言:王安忆和她的美国之行

王安忆介入寻根写作,看似偶然。中短篇小说集《小鲍庄》"后记"提到,她那些寻根小说,都是1983年美国之行的产物。还在1985年时,她就将美国之行导致的震撼期称为"于我一生都将是十分重要的时期"。美国之行不仅造就了王安忆的寻根写作,也影响了作家此后的写作方向,或许,它同样可以被视为寻根文学之所以在80年代中国发生的某种历史寓言。

1983年到美国爱荷华大学参加"国际写作计划班"的四个月,对王安忆而言,构成了一次"文化震惊"体验。她感觉到在美国所见的乃

---

① 见[斯洛文尼亚]斯拉沃热·齐泽克:《意识形态的崇高客体》一书,季广茂译,北京:中央编译出版社,2002年。

是"与自己三十年生活绝然两样的一切"。在这个高度发达的现代化国度,她觉得自己仿佛置身一个"童话世界"。但正是这个童话世界,却使她感到一种"排斥":"你永远进入不了";同时就"陡然地觉出了身心的疲惫和苍老"。① 在美国的时间里,她"总是心神不定,六神不安,最终成了苦恼"。而有意味的是,她的心绪恢复平静,正是回到中国的日常生活中的时刻——"回到自己熟惯的世界中,蜷在自己狭小却舒适的小巢里,回想着那遥远而陌生的一切,便像有了安全感似的,放松下来,有了闲暇生出种种心情"。正是在这个时刻,民族认同涌现出来:"这时,我忽感到,要改变自己的种族是如何的不可能,我深觉着自己是一个中国人。百感交集,千思万绪涌上心头。"②或许应当把王安忆看似个人的经验和描述,读作一个关于第三世界知识分子主体意识发生的历史寓言。事实上,王安忆的这种经历在新时期的其他作家那里也同样发生了,最典型的或许便是张洁的《只有一个太阳》和王蒙的《活动变人形》。这都是作家游历西方国家之后的产物,尽管反应方式和文学表达方式各有不同,但他们都有意无意地裂解着启蒙神话,并直面作为第三世界国度的中国人在现代化进程中真实地承受着的历史压力。王蒙称《活动变人形》是自己"写得最痛苦"的小说,张洁则干脆反讽性地把小说的副标题命名为"一个关于浪漫的梦想"。但或许构成代际差异的是,不同于王蒙的痛苦与张洁的绝望,王安忆选择的是认可与背负。王安忆使用了"种族"一词,并想到过"改变",但就像她努力尝试着融入美国足球场的狂欢,最终感到的却是"我们这两个中国人在这欢乐的海洋中是多么寂寞"。如果说"种族"一词意味着一种比"民族"更强烈的血缘关联,意味着那种"产生于我们各自出生之前就已开始的经验的旅途之间"的联系的话,王安忆在此关于"中国人"身份的体认所突出的,正是"个人的非选择性"。她称之

---

① 王安忆:《乌托邦诗篇》,收入《王安忆自选集·香港的情与爱》,第263页,北京:作家出版社,1996年。
② 王安忆:《〈小鲍庄〉后记》,《小鲍庄》,第452页,上海文艺出版社,1986年。

为"宿命"。她因此而承担了作为一个"中国人"必须去面对的苍老、沉重、混乱、窘迫乃至一切与之关联的苦难。在这个时刻,她"似乎博大了许多,再不把小小的自己看在眼里":她"长大成人"。

如果说知青一代始终遭受着"无父无根无家无史"的困扰的话,那么王安忆在这里以某种历史寓言的方式,建立起了与一个超越性的民族共同体的关联。事实上,正是在王安忆的寻根小说中,"浪子归来"(《大刘庄》中的百岁子)和"父子相认"(《小鲍庄》结束在拾来和老货郎的对视),成了一种别具意味的文本再现形态。这种皈依和认可,不是对既存秩序的臣服,而是对生养自己的土地、亲人与族群的重新注视。正是在这样的时刻,知青经历中的乡村体验浮现至王安忆创作的前景,"乡村"与"中国"完成了一次似乎无意而又似乎必然的耦合。而这一切叙事的底景,乃是在美国所遭遇的"童话"与"狂欢节"震惊。这种在异国遭受的刺激,不仅是"文化的冲突",更是一个"苍老疲惫的民族"在一个"年轻的国度"遭受的震惊体验。也许更准确地说,是一个第三世界国度的知识分子与发达西方国家——被80年代中国视为现代化的"理想他者"——"亲密接触"时所产生的梦想与现实相撞的错愕。正是在这样的正面接触中,王安忆意识到那个代表着现代化历史顶端的文明的绝对他者性——那"人类的背景"不过是"人家的山头"。这种对发达国家的亲身体验,无形之中刺破了那种进化论式的现代化幻象。意识到"进入不了"西方的"童话"世界与"狂欢节"的时刻,也是民族主体意识诞生的时刻;意识到自己作为"中国人",也就是意味着将作为主体背负起第三世界民族沉重的历史与现实。

可以说,尽管寻根意识发生于多种情境和不同话语脉络之中,但它们都是作为"现代化"及其逐渐被辨识的西方属性的"倒影"而出现。那微弱而暧昧的民族主义抗议之声,显影的是"新时期"历史中那些犹疑、困扰、凝重乃至忧愁的时刻。它使我们在一段高歌猛进的明亮历史中,看见一些层次不同的混沌光影与色调。正是在这一意义上,探询寻根文学的文化民族主义表述,也便是尝试去打捞并重新审视80年代历史中的那些被启蒙现代性话语所淹没和席卷的话语实践。而叠印在一起的古代中国与现代中国的两张面孔,则使得那关于"根"的追寻成为一次"关于不可表达之物"的艰难表达。

二 "根"的构成:重构族群文化与地域文化

寻根思潮关于民族文化的想象始终包含着一个"深度模式"。如同"根"这一隐喻形象地显示的那样,对于文化的认知建立在由表/里、深/浅、外壳/内里等构成的等级序列上。在这种等级关系中,文化(民族)能够包容并且超越政治(国家),因为后者代表着短暂的、非本质的中国,而前者则是永恒的、本质的中国的化身。有意味的,是这种去政治化的文化观中所隐含的"文化中国"的想象方式。民族文化被看作在历史的原初就已经成型的有机整体,它是中国本质的化身;但因为这种文化在民族发展的历史过程中不断被遮蔽或遭变异,到现在仅仅留下一些面目模糊的残迹,所以,需要一个寻找或重新发现本质的过程。在这种论述中,"文化中国"被看作某种"本体"或"实体"性存在,一个超越性的主体认同/归属的对象。而寻根作家没有意识到的是,这种附着于碎片似的古迹或符号上的文化共同体,乃是一种现代想象和叙事的结果。很显然,寻根并不是一个找到丢失之"根"的过程,而是构造并重新讲述"根"的过程。这一"颠倒"机制,恰是寻根文学的基本叙事动力所在。

寻根小说所关注的民族文化,多是"活着的传统",即那些尚存活于独特地域或族群中的风俗、世情和生存样态。这种民族文化表述有着颇为醒目的"去中心化"表象。作为中国内部的边缘文化,这有时是带有几分魔幻色彩的少数民族文化,有时表现为带有明显的区域性色彩的地方文化,更表现为由远古残存至今的古风民俗和方言土语。这种对中国文化内部差异性的强调,基于一种中心/边缘的二元想象,并先在地将批判的矛头指向中心文化;而确立起新时期意识形态合法性的"历史反思运动",则正是将古代中国的正统文化(马克思主义表述的"封建文化"和新启蒙话语表述的"传统文化")视为主要的敌人。由于文化批判和政治批判之间存在着这样的等价关系,同时文化又被看作民族的本质性也是拯救性的因素,所以,与文化反思同时进行的,就必然是一种文化辨析工程:哪些是"活"的哪些是"死"的,哪些是"好"的哪些是"坏"的。美国学者艾恺认为,这种辨析工作是生发于后发现代化国家的"文化民族主义"的普遍特征①。寻根倡导者将民族文化内部的"他者",作为民族活力和希望之所在。韩少功把"非规范文化"比喻为地壳下的岩浆,李杭育则写道:"我以为我们民族文化之精华,更多地保留在中原规范之外。""规范"与"非规范"、"死根"与"活根"的二分,都建立在一种文化主义的民族文化有机整体想象的基础上。如果能找到有生命力的"根",它将重新"开出奇异的花,结出肥硕的果"。通过"寻找"这一行为,一种进化论式的过去(自在的历史)、现在(寻找并重铸)、未来(民族腾飞)的线性时间想象被确立起来。而这正是现代民族国家认同得以产生的关键所在。

寻根小说文本所呈现的"非规范文化",大致可以概括为两种表达形态。第一类是汉族以外的少数民族文化。比如韩少功写的是古代楚地的苗族文化,扎西达娃写的是西藏和神秘的藏族文化,而乌热尔图书写的则是大草原上的鄂温克族文化。这些少数民族文化,在现代民族国家内部往往同时具有族群和地域上的双重边缘化特征。郑万隆的"异乡异闻"系列写的是汉族淘金者和鄂伦春族猎人杂居的边境山村。他特别要强调,那个遥远的山村"失却和中国文化中心的交流"。② 在这里,"国与国"的边境和历史中"文明的极限"是重叠的,意味着民族国家的领土边界与民族主义想象的族群边界重叠在了一起。这种少数民族文化无疑有着"去汉族中心"的表象,但它们却并不

---

① [美]艾恺:《世界范围内的反现代化思潮——论文化守成主义》,第207—208页,贵阳:贵州人民出版社,1991年。
② 郑万隆:《我的根》,《上海文学》1985年第5期。

是为特定族群写作,也不是为了建构关于特定族群的身份认同。毋宁说,这些少数民族文化主要是作为中国文化内部的"他者"而出现。就像"异乡异闻"这样的标题所显示的,它书写的是与"同"(自我)相对的"异"地和"异"族文化,而其"自我",则是书写者寄身其中的居于中心地位的现代汉族文化/民族国家文化。这种作为中心文化之"他者"的异族文化,被想象为遥远而神秘的形态,同时具有主流文化所缺失的诸多品性与价值观。对这种"他者"族群文化进行书写的历史前提,建立在对汉族中心文化的批判之上。而这种自我批判,无疑与"历史反思运动"对"文革"时期僵化的国家政治体制,以及由此展开的对中国传统/封建文化的批判联系在一起。因此,完全可以将这些对于少数族群文化的呈现,看作主流或中心文化的理想自我形象的投射。

第二类"非规范文化"是相对于中央/中心文化的地方(区域)文化。这种地方文化又有着两种不同的表现形态。一种是大一统的汉文化内部的区域性的、同时也是历史性的差异文化,比如韩少功作品中湘楚地区的楚文化,贾平凹作品中商州地区的秦汉文化,李杭育作品中葛川江流域的吴越文化。另一种地方文化则是在当代社会仍然作为风俗留存的地域文化,比如"京味"文化、天津的市民文化、苏州的饮食文化和江苏高邮地区的风俗等。地方/区域文化的特点,在于它的非中心、非主流特征,其间潜藏着中心/边缘或中央/地方的对立。有趣的是,如果说"中国"一词本身就有着"中央之国"的含义的话,那么寻根思潮所呈现的地方文化,恰恰具有"去中心化"的表象。这两类地方文化的共同点是,它们都凸显了中国文化的地域差异,但又包含了一种关于民族文化成长或衰老的历史叙事。或者说,不同地方、区域文化的空间差异,显示的是作为整体的"文化中国"时间变迁的痕迹。也正因此,湘西地区的文化被命名为"楚文化"、商州地区的文化被命名为"秦汉文化",而葛川江流域的文化被命名为"吴越文化";前者是作为主权国家的特定区域,后者则标识的是"文化中国"发展的不同历史时期。也就是说,对不同的地方/区域文化进行指认的前提,是将其纳入有着共同的起源、发展历史的"文化中国"共同体想象当中,其中没有受到怀疑的恰恰是"文化中国"的历史叙事。因此,与其说地方性风俗文化的存在,在证明着中国文化的差异、分裂,不如说,这些地方文化本身就是"文化中国"肌体上的附着物,它们构造着并且见证着民族文化的整体。书写这些风俗,对于作家而言是"故国神游",是作为"中国人"的主体发现"自我"的时刻。因此,对地方/区域文化的强调,并没有导向对中央/中心文化的挑战,而是在重叙地域文化的基础上,对支配地方与中央关系模式的"文化中国"整体想象的重建。

就其基本文体特征而言,寻根小说总是以某种类人类学或民俗学的冷静而客观的方式书写着边缘文化。值得分析的是,任何人类学式的描述都是建立在"内部"与"外部"相区分的前提下的。这或许同样是那个站在铁轨这一端眺望深山中的小村庄的故事的复沓。只是在这些故事中,书写主体的存在被隐去了,同时隐去的还有决定这些故事以这样而不是那样的形态出现的历史机制。它们无疑可被视为当代中国在世界格局中所处位置的"民族寓言"式呈现[①],更可被视为当代中国人在现代化与民族认同之间自我分裂式的主体表达。

三 "根"的知识谱系:考古、美学与民族史叙事

在很长的时间中,研究界对寻根文学的讨论有意无意间都采取了和寻根倡导者一致的态度,即将"文化中国"的历史叙事看作某种本体性事实,而很少进一步追问这种叙事如何被建构出来,其知识表述如何构成且源自何处。事实上,寻根作为一种理论表述形态,并不是自然而然地出现的。在韩少功等人提出寻根倡导之前,汪曾祺、贾平凹、邓友梅等的小说,以及杨炼、江河等人的文化寻根诗中,就已经存在着对民族文化传统的重

[①] 张颐武:《从现代性到后现代性》,南宁:广西教育出版社,1997年。

叙,当这种共通的文化取向被表达为明确的理论诉求时,它所能使用的语言就与 80 年代特定的知识状况关联在了一起。

在"寻根"口号提出的当时,寻根作家在文化选择上的分歧就已经被明确谈论。李庆西概括道,不同于阿城和季红真等所关注的"中国传统文化—心理构成中的儒、道、释的相互作用",两位南方作家韩少功与李杭育认为"许多富于生命力的东西恰恰存在于正统的儒家文化圈以外的非规范文化之中"。① 寻根宣言中影响最大、也被讨论最多的两篇宣言,正是韩少功的《文学的"根"》和李杭育的《理一理我们的"根"》。前者以寻找"绚丽的楚文化"为起点,认为这种以楚辞为代表的南方文化,"崇拜鸟,歌颂鸟,作为'鸟的传人',其文化与黄河流域的'龙的传人'有明显的差别"。后者则将这种南北文化的冲突表述得更为明确,即远古时代的中华文明包含着"黄河上下的诸夏与殷商,长江流域的荆楚和吴越",此后的历史发展是"殷商既成规范作大,其余三种形态的文化便处在规范之外"。当代作家寻根的基本诉求被表述为这样的问题意识:假如"不是沿《诗经》所体现的中原规范发展",而以南中国文化资源为基础,中国文学将是另外一番面貌。尽管并不是所有寻根小说都认可韩少功、李杭育这种"南方文化正统",但大致可以说,寻根倡导者不仅建构出了"儒家正统文化"与"边缘文化"的差异,更形成了"南方中国文化"与"北方中国文化"的知识表述。有意味的是,在此,中心与边缘的价值表述被构造为北方与南方的空间差异。

如若详细解读这种"南方文化"的具体文本构成,可以较为清晰地看出 80 年代极具影响力的新启蒙思想家李泽厚,尤其是他那本引动"美学热"的名著《美的历程》的明显影响。韩少功在论述"鸟的传人"与"龙的传人"之差别后写道:"这也证实了李泽厚的有关推断。"他提及的正是《美的历程》在"龙飞凤舞"一章对远古中国氏族文化中图腾

---

① 李庆西:《寻根:回到事物本身》,《文学评论》1988 年第 4 期。

形象的描述。更重要的是,韩少功在阐述寻根如何区别于"恋旧情绪和地方观念"而成为"对民族的重新认识"和"审美意识中潜在历史因素的苏醒"时,也可看出李泽厚的"积淀说"和"民族文化—心理结构"说的影响。① 甚至可以说,唯有在这种理论基础上,试图达成民族历史与当代现实之间关联的"寻根"才成为可能。李杭育有关"文化中国"的历史叙事也在很大程度上接近《美的历程》。他在"中华民族"内部建立了一种多元文化的关系史,并构造出一种由"多元"走向"单一"的历史叙事,因此寻根也就成为重新寻找并构造起源的过程。这事实上也正是《美的历程》的基本论述框架:中华民族文化的源头,被追溯到上古社会的巫术—宗教文化;从春秋战国开始,逐渐确立的"先秦理性精神"及其构造的"儒道互补"成为中华民族文化的主流;到西汉时期,便形成了"南中国"与"北中国"文化的对峙;经历"罢黜百家,独尊儒术"的儒学主流化后,北方文化侵入并占领南方文化体系。尤有意味的是,《美的历程》同时还确认了楚汉文化作为"中华本土"文化的特性。这种对"纯根"的指认在李杭育的《理一理我们的"根"》中得到重述。也许可以说,《美的历程》关于中华民族的起源论述,即氏族社会形成的巫史传统和先秦时期形成的理性精神的某种对立,也正是所谓"南中国"/"北中国"之说的缘起。事实上,将中华文化的源头指认为巫史文化,也是李泽厚一以贯之的观点,他后来更明确地提出了"巫史传统"。② 这种历史研究的理论论断,虽然李泽厚直到2000年仍认为"好像注意的人还不多"③,但其实在80年代的寻根文学中就已得到极大彰显了。

自然,讨论韩少功、李杭育的寻根倡导与李泽厚的《美的历程》之间可能存在的关联,并不是要将寻根文学的众多面向化约为对《美的历程》的"复述",而是为了显现作为一种文学思潮的寻根表述的知识

---

① 李泽厚:《美的历程》,第18、213页,北京:文物出版社,1981年。
② 李泽厚:《历史本体论·己卯五说》,北京:三联书店,2003年。
③ 李泽厚、陈明:《浮生论学》,第13—15页,北京:华夏出版社,2002年。

语境和文化氛围。更重要的是,就其想象"文化中国"的方式即"规范"(北中国文化)/"非规范"(南中国文化)之冲突而言,《美的历程》显示出比"寻根宣言"更系统且更富于症候性的话语构成。作为"美学热"的发端之作和经典之作,《美的历程》与80年代民族主义文化想象间的关联尚很少得到研究。不过,这本看似讨论"超越性"美学问题的书籍,明确表示它展示的正是中国这个"文明古国的心灵历史"。它将自己比作民族的"艺术博物馆"。正如安德森提出的,博物馆并不只是历史文物的罗列,它同时展示的是民族历史的叙事/知识。① 而《美的历程》正是借助丰富的历史文物、文献的展示和分析,构造出一种新的文化中国叙事。与此前的中国美学史、中国哲学史论述的最大不同是,《美的历程》极大地借重了众多的考古新资料。几乎可以说,李泽厚提出"美"起源于"龙飞凤舞"和"青铜饕餮"的原始图腾形象,并将中华民族文明/艺术的起源指认为具有浓郁宗教性质的巫史文化,正得益于其对20世纪中国尤其是70年代考古新发现的倚重。

《美的历程》开篇即论述"70年代浙江的河姆渡、河北磁山、河南新郑、密县等新石器时代遗址"的发现,与中国文明史论述的关系。书中论及的新石器时代的陶器与遗址、夏商周文化的青铜器与甲骨文、汉代的画像石与工艺品、北魏与唐宋的石窟艺术等,大部分都是1949年后尤其是1970年代的考古发现。② 这些考古新史料,成为《美的历程》用巫史传统与儒家理性精神、南中国/北中国的二元叙述结构,构造一个关于中华民族起源、冲突、兼并、发展的历史共同体故事的主要依据。更有意味的是,这种关于中华民族历史起源的重构,并非李泽厚的独创。事实上,在80年代初期,由于60—70年代的考古学突破而导致的民族史叙事的最大变化,便是传统上认为中华民族与文明起源

---

① [美]本尼迪克特·安德森:《想象的共同体——民族主义的起源与散布》,吴叡人译,第187—215页,上海:上海人民出版社,2003年。
② 中国社会科学院考古研究所编:《新中国的考古发现与研究》,北京:文物出版社,1984年。

于黄河中下游然后向四周扩散的"一元中心说"得到了修正,众多考古学家、民族史研究者和历史学家开始提出中华民族的"多元起源说"①。李泽厚的巫史传统说,不过是这一时期众多中华民族"多元起源说"中的一种表述而已。这也可见考古学与民族叙事间的紧密关联。

重要的是,这种因新的考古发现而形成的国族叙事,并不纯粹是一个知识层面的问题,而必然与特定历史语境中的国族想象和文化认同发生互动。唯有经由后一层面,这种民族史叙事才被作为"自然知识"而接受下来,并展示其"叙事的政治性"之所在。"多元起源说"与"多元一体"的中华民族格局所造就的新叙事之独特性在于,一方面它把中华民族由"多元"向"一体"的演变作为了主要叙事线索,从而反拨此前以"阶级斗争"为主线的中国史叙述,以呼应70—80年代的历史转折;另一方面,通过对"多元起源"的描述和对"一体"之重构的可能性的强调,与80年代中期成为新主流的"历史反思运动"和"新启蒙"话语构成直接的对话关联。启蒙话语在面对中国文化传统时,一直存在着内在的悖论,即在批判民族文化传统与形成民族文化认同之间的张力。李泽厚在为《美的历程》台湾版作序时,将其中"'偏爱'传统的倾向"与"爱国主义"联系起来,并视之为对近代中国"一连串'国耻'"的反拨。② 需要为其"偏爱传统"辩护,正因为这个"传统"一直被"新启蒙"话语指认为"封建""超稳定结构"或历史惰性之类的衰朽象征。这种批判与认同间的张力导致了《美的历程》的新民族史叙事,即借助考古发现,重新讲述中华民族历史的起源,并从这一历史中提取出一种与儒家正统不同的"巫史传统",以作为民族认同的新依据,从而绕开了"新启蒙"话语的质询。

这种重构民族史的基本叙事策略在寻根文学中得到极大的发挥。

---

① 费孝通主编:《中华民族多元一体格局》,第320页,北京:中央民族大学出版社,1999年。

② 李泽厚:《〈美的历程〉在台湾》,《人民日报》1988年4月22日。

如果说由于60—70年代的考古大发现,"多元起源说"成为考古学界和史学界的新知识,李泽厚呼应学界这一新动向,将其中的民族史新叙事转化成通俗易懂、影响广泛的美学史表述,从而在80年代初期造就风行一时的新常识的话,那么,正是寻根文学使得这种知识成了不言自明的意识形态。考古学知识、美学和民族史叙事经由文学(主要是小说),而成为影响广泛且几乎不言自明的民族认同依据,或许也正印证着民族主义理论家关于"文学"在现代民族国家构造中占据核心地位的论断①。同时也表明,寻根文学形成的民族文化表述,并非空穴来风或无中生有,而是与80年代层层播散的知识体制密切相关。唯有在这一知识的历史平台之上,寻根作为一种意识形态实践行为才成为可能。

结语

揭示出寻根文学思潮的文本实践及其知识谱系,尤其是文学叙事与历史语境、美学、考古知识、民族史叙事等的关联形式,显然并不是为了确证80年代历史的统一性。毋宁说恰恰相反,展示这些不同脉络的、处于特定散布状态的知识形态间的关联性,正是为了瓦解那种新启蒙式的历史本质主义想象,而把特定历史语境中的民族主体想象视为"叙事的政治"的结果。寻根文学试图确立的中国主体,既是在抗拒西方现代性这一基调上的民族主义申诉,又是在批判中国主流文化基础上对边缘文化的重建,这其中隐含的三元结构(即中国/西方、中国的中心/边缘)似乎某种程度上回复到了50—70年代反帝反封建的论述结构。不过,在基本批判方向上的最大变化在于,它将对西方国家的意识形态批判(反帝),转移到对中国文化传统的重构(寻根)。这无疑又是现代化理论"文化优先论"的变奏形态。这种论述将民

---

① [日]柄谷行人:《日本现代文学的起源》,第221—222页,赵京华译,北京:三联书店,2003年。

族—国家这一西方国家主导的现代世界发明,视为各民族自身文化属性导致的结果。而只要"文化"被视为决定民族国家先进或落后的"根"据,那么,对中国内部"非规范文化"的挖掘,对中国"起源"的重叙,便必然是在"西方"这一现代主体注视下对"中国"所进行的倒影式呈现。这也正是导致寻根难以为继的话语困境。不过,寻根所提出的问题,即后发现代化国家的主体性问题,却并不因此而失去意义。某种程度上应该说,作为90年代以来中国社会最大的意识形态,民族主义话语一直以不同的方式呼应着寻根思潮所勾连的话语脉络与历史面向,只不过其具体的表述形态已经发生了重要变化。

(《上海文学》2010年第3期)

"纯文学"的知识谱系与意识形态

引论:"文学性"如何作为问题

有关"文学性"问题的讨论自90年代后期迄今,一直是文学研究界的一个重要议题。这一议题涉及文学的"边缘化"、文学社会批判力的削弱,也包括文化批评和文化研究的兴起导致研究界对文学研究方式,乃至对现当代文学学科体制和知识生产体系的自我反省等。这些问题的提出,显然与三十余年来文学在社会结构中的位置所发生的巨大变化直接相关。在80年代,围绕着文学的自律性、文学的社会功能以及文学实践的具体方式等问题,产生过比90年代激烈得多也热闹得多的争论(甚至可以说,这几乎是80年代文化变革的中心议题),不过,90年代以来的文学性讨论却具有不同于80年代的内涵。换句话说,当前研究界有关"文学性"问题的讨论,正是以对80年代文学实践的历史反省和自我批判作为前提的。

德国理论家比格尔在《先锋派理论》中曾用"体系内批判"和"自我批判"这两个范畴区分不同层次的批判工作。他认为两者的关键区别在于是否有着对"艺术体制"的自觉,前者是在"体制内"发生,后者则跳出了艺术体制而着眼于对"体制"自身的批判。借用比格尔这两个范畴,大致可以说,80年代的文学争论是一种文学体制的"体系内批判",是各种不同的文学观念之间的冲突;而90年代迄今的"文学性"讨论,则可以说是文学体制的"自我批判"。比格尔如此定义"艺术体制":"既指生产性和分配性的机制,也指流行于一个特定的时期、决定着作品接受的关于艺术的思想";他同时概括道:"艺术发展的总体性只有在自我批判的阶段才能清楚地表现出来","自我批判是以批判所指向的社会构成或社会子系统的完全进化出它自身的、独特的特性为条件的"。比格尔更富于洞见的观点在他关于文学艺术进行"自我批判"的可能性的历史条件的界定。他认为,如果我们承认文学艺术有着自身的相对自律性领域,那么就不能简单地以社会整体的判断来代替对文学自我批判的历史条件的判断。照这样说来,我们不能简单地认为,90年代的文学危机仅仅是"商业化大潮"的冲击、市场体制运行的结果。比格尔首先认为有必要区分"艺术作为一个体制(它按照自律的原理在起作用)与单个作品的内容",进而认为"艺术在资产阶级社会中,是依赖于体制的框架(将艺术从完成社会功能的要求解放出来)与单个作品所可能具有的政治内容之间的张力关系而生存的"。进行艺术的自我批判,"只有在内容也失去它们的政治性质,以及艺术除了成为艺术之外其他什么也不是时,才是可能的"。①

较为详细地介绍比格尔有关先锋派的理论,对于我们观照和讨论"文学性"问题或许是相当有必要的,因为目前关于这些问题的理解事实上仍处在某种含混状态之中。表现之一,是有关"文学性"问题的提出,以"文学丧失了介入社会能力"作为分析对象,但相关的理论批判却仅仅止于对"纯文学"观念的挖掘。② 文学的自律体制,大致可以说在80年代后期便已经确立,但借用比格尔的话,"在这个体制中,具有彻底的政治性的内容仍在起着作用"③。导致文学在90年代"失效"和"失势"的原因,并不在"纯文学"观念自身,而在"纯文学"(或"纯艺术")的体制与具体作品内容的政治性之间的张力关系的消失。

---

① [德]彼得·比格尔:《先锋派理论》,高建平译,第87—94页,北京:商务印书馆,2002年。
② 参见李陀、李静:《漫说"纯文学"》(《北京文学》1999年第3期)及有关"文学性"讨论的文章。
③ [德]彼得·比格尔:《先锋派理论》,高建平译,第93页。

因此,如若将90年代中国文学问题诊断为"纯文学"观念的束缚,无疑是开错了药方。比格尔的先锋派理论值得重视的理由之二,是他提醒我们,在当前的历史处境下,我们应当以怎样更为恰当的方式讨论文学性问题。可以说,文学乃至文学研究的"危机"和"无效性"几乎成为讨论者的某种共识。在这种情形下,坚持"文学性"或否弃"文学性"无疑只是一种表态性的价值判断,或不过是以一种"文学性"去争议另一种"文学性",这种讨论仍旧停留于80年代那种"体系内批判"的水准。真正有效的研究或许应当是将相关的讨论提升到对文学(研究)的"自我批判"的层次上来,因为90年代以来的文学处境正显示其已经具备了进行自我批判的历史条件。如同马克思理论所昭示的:"为了实现资产阶级社会的自我批判,就必须首先存在着无产阶级。由于无产阶级的出现才使人们认识到,自由主义是一种意识形态。"① 同样,我们可以说:为了实现对文学(研究)的自我批判,就必须首先对那些仍内在地制约着我们认知和理解文学的"文学体制"进行一种自觉的历史清理。只有跳出这一体制,"纯文学"作为一种意识形态才能被认知。

尝试从"自我批判"的高度来重新思考当前的"文学性"议题,必须将80年代的历史和文化语境纳入思考范围。"文学性"问题从来就不能超越特定的历史语境,尽管文学与政治关系的争议几乎始终伴随着20世纪中国文学,但是我们今天用以讨论"纯文学"的语汇、观念和思维框架,却都形成于80年代。大致可以说,80年代是我们今天有关"文学性"问题的发生期。所谓文学的"内部"与"外部"之分、"让文学回到文学自身"的自律性同时也是政治性的声明、文学的审美特性以及文学与"人文精神"之间的关联等,诸种有关"文学"的知识表述都是在80年代建构起来的。因此,考察80年代语境中"纯文学"的知识谱系问题,就并非纯然关乎历史或仅仅属于80年代的问题,而正是

---

① [德]彼得·比格尔:《先锋派理论》,高建平译,第89页。

当下的"文学性"讨论必需的构成部分。

　　正如目前有关80年代的越来越深入的研究所显示的那样,"80年代"并非一个单质的、统一的历史时期,而是有其异质性和阶段性的历史构成。就"文学性"问题而言,尽管文学的独立性始终是80年代的一贯诉求,但并不是一开始就形成了统一的表述,而是在不同的阶段有不同的表现方式。大致可以说,80年代前期,关于"文学"独立内涵的建构始终处在文学与政治的二元结构之中,"文学性"始终是以"反政治"或"非政治"性作为其内涵的,文学的内涵由其所抗衡的政治主题的反面而决定。在这样的意义上,伤痕文学、反思文学、寻根文学、朦胧诗等创作潮流,以及"文学是人学""文学的主体性"等批评范畴,仍旧处于社会主义现实主义的话语体制当中,并没有形成新的自我表述的话语方式。但到80年代中后期,以"诗到语言止"和"形式革命"为口号的先锋小说、第三代诗的出现,表明"纯文学"诉求开始表现其"非政治"的特性。相应地,文学批评和理论领域开始构造文学的自足性内涵,其突出表征,是一种有关纯粹"文学性"或"审美"的知识谱系开始建构出来。这种关于"纯文学"自身知识谱系和合法性依据的建构,在不同的领域同时展开,既包括当时被称为"诗化哲学"的哲学、美学领域内的批评实践,构造出了一种普泛性的审美知识谱系,也包括文学理论领域内对有关文学自身理论谱系的确立,还可纳入现代文学研究领域内构造出一个新的文学经典序列的"重写文学史"思潮。正如福柯理论阐释的那样,知识/权力的基本运作方式主要是依靠设定不同的专业领域来完成的[①],而80年代后期在美学、文学理论、文学史领域依靠构造新的知识谱系而进行的专业化研究取向,事实上也可以看作"纯文学"确立自身地位的具体历史表征。

---

① 参见[法]米歇尔·福柯:《知识考古学》,谢强、马月译,北京:三联书店,1998年。

一　美学谱系:"诗化哲学"

在80年代的历史语境中,"让文学回到文学自身"作为一种同义反复的表述方式,曾经有着强烈的政治批判意涵。其所反抗的,是那种"阶级斗争工具论"的文学规范,以使文学从特定政治主题的限制中挣脱出来。但是,由于缺乏对"文学自身"内涵更为自觉的历史反省和有效的知识表述,这种关于文学的想象事实上仅仅只是文学/政治二元对立结构中一个"空位"。也就是说,离开了政治主题,"文学"无法说明自身。正因为此,在80年代前期影响最大的两种关于文学的表述——人道主义思潮和主体论——中,"文学"只能作为"人学"的同一内涵,陷入彼此关联的循环阐释。但是,1985年德国哲学家卡西尔《人论》的翻译出版,某种意义上成了新的"人"之表述的转折点,形成了一种被称为"文化哲学"(或称"诗化哲学")的美学/哲学理论思潮。很大程度上可以说,正是这一美学、哲学思潮提供了有关"纯文学"表述的最为坚固的理论基石。

80年代中后期的文化热当中,"诗化哲学"成为思想界影响极大的一脉。如不同的回忆或研究文章都概括到的,80年代存在着三个"知识圈"或三种思想动向:其一是以金观涛、刘青峰为核心的"走向未来"丛书派,其二是以李泽厚、汤一介、乐黛云等为核心的"中国文化书院派",其三则是以甘阳、刘小枫、周国平等为代表的"文化:中国与世界编委会"①(也称"文化丛书派")。与前二者偏重介绍西方科学主义思想或中国传统的现代转化不同,"文化丛书派"主要从事西方

---

① 相关论述参见:陈来:《思想出路的三动向》,原载《当代》杂志(台北)第21期(1988年1月),收入甘阳主编的《八十年代文化意识》,上海人民出版社,2006年。苏炜:《八十年代知识界的圈子》,文学视界(http://www.white-collar.net)。仲维光:《北京文化丛书派的工作及思想——八十年代大陆知识分子研究》,《当代》杂志(台北)第73期(1992年5月)。另见《八十年代:访谈录》中的甘阳部分,查建英主编,第166—245页,北京:三联书店,2006年。

现代哲学的翻译与研究,并具体落实为三联书店出版的"现代西方学术文库"和"新知文库"两套大型丛书。它当时的主要成员是北京大学和中国社会科学院研究现代西方哲学的年轻学者,强调一种"非政治"性的专业研究。不过,正是这种"非政治"的研究取向使得他们成为80年代后期影响最大的社会思潮。通过对20世纪西方现代哲学的译介,"文化丛书派"提供了一种相对于80年代体制化的主流话语而言的一种"新"话语——"不需要成天好像还要一半的时候和这个传统的 discourse 作斗争,你可以直接用新的 discourse、新的语言谈问题,这个是编委会最大的贡献了"①。一种急切地冲破体制化主流话语的诉求,使得中(体制内)/西(体制外)的思想冲突事实上被构造成为"新"("现代")/"旧"("传统")的时间落差。这也正是甘阳在那篇编委会"宣言"般的文章中所提出的:"问题的实质就根本不在于中西文化的差异有多大,而是在于:中国文化必须挣脱其传统形态,大踏步地走向现代形态。"②显然,中/西、古/今这一同构二元对立项事实上正是80年代"文化热"的核心意识形态坐标。历史研究的工作除却反省这一坐标本身,或许更重要的是考察当时所谓"西学"的知识谱系,即在这种"西学热"中,被看见和被选择的是怎样的西学,并建构出了怎样的叙述方式。

被认为能够代表编委会倾向的重要成果,是甘阳编选的《八十年代文化意识》③一书。这本书的"上编"综述当时美术、建筑、文学、电影等状况的文章,主要并非编委会成员所写,倒是其"下编"评述韦伯、贝尔、本雅明、马尔库塞、海德格尔等西方现代哲学大师的文章,更能显示编委会所做的工作。与《八十年代文化意识》"下编"的知识构

---

① 查建英主编:《八十年代:访谈录》,甘阳部分,第225页。
② 甘阳:《八十年代文化讨论的几个问题》,《文化:中国与世界》第1辑,北京:三联书店,1986年。
③ 甘阳编:《中国当代文化意识》,三联书店香港有限公司,1989年;台北:时代风云出版公司,1989年。上海人民出版社2006年更名为《八十年代文化意识》重印。

成和思想取向相似,并且更能作为其代表性研究成果的,其一是刘小枫的《诗化哲学——德国浪漫美学传统》(1986),其二是周国平主编的《诗人哲学家》(1987)。

甘阳回忆道:"实际上很有代表性的一个书就是刘小枫刚毕业时发表的《诗化哲学》,是在他硕士论文基础上扩大的书,但是某种意义上包含了好多人共同的关切,比如说他最后一章谈马尔库塞,这是赵越胜专门研究的。他里面谈的卡西尔部分和我有关系,谈马丁·布伯是和陈维纲有关系。他那个书里面有一个 mood,海德格尔是中心。从北大外哲所开始到编委会,实际上我现在想起来,可以称做'对现代性的诗意批判',基本上是一个非常诗歌性的东西。小枫这本书是比较可以反映很多人讨论问题的这个域。"①如果说刘小枫的《诗化哲学》以个人专著的形式实际上体现了编委会共同关注的问题,那么,周国平主编的《诗人哲学家》则更是编委会成员对同一哲学脉络的诗人哲学家的研究论文集。这两本书共同勾勒了一个"诗化哲学"的知识谱系或"伟大的传统"。这一哲学谱系由德国浪漫美学传统构成,以 18 世纪康德、席勒、谢林等德国古典哲学为源头,成型于施勒格尔、诺瓦利斯等德国早期浪漫派,"以后经过了叔本华、尼采的极端推演,转由狄尔泰、西美尔作了新的表达。第一次世界大战前后,新浪漫派诗哲们(里尔克、盖奥尔格、特拉克尔、黑塞)以充满哲理的诗文继续追问浪漫派关心的问题。二次世界大战以后,海德格尔的解释学,马尔库塞、阿多诺的新马克思主义又把它推向新的高峰"②。《诗人哲学家》仍旧以德国哲学家为中心,仅增加了 17 世纪法国哲学家帕斯卡尔、20 世纪法国诗人瓦雷里和哲学家萨特、加缪。这份以德国人为主要线索的哲学经典清单,包括了 20 世纪前的德国古典哲学、早期浪漫美学,也包括了 19—20 世纪之交的尼采、叔本华的"生命哲学"、早期象征派

---

① 查建英主编:《八十年代:访谈录》,甘阳部分,第 198—199 页。
② 刘小枫:《诗化哲学——德国浪漫美学传统》,第 10 页,济南:山东文艺出版社,1986 年。

诗群,同时还有现象学、阐释学、存在主义和法兰克福学派等20世纪哲学。

使得这些基本取向不尽相同的哲学与文学思潮被纳入统一脉络的,是"美学"这一80年代的关键词。以马克思主义/人道主义为主要资源的"美学热"在80年代前期兴起,很大程度上是因为"美学成了使文学与人学沟通的中介"①,也就是说,美学成了表述文学独立性和人道主义思潮的一套特定语汇。尽管这里所谓的"美学"并非指涉由德国哲学家鲍姆加登所发明的现代学科领域,而是80年代一个特定的话语场,但《诗化哲学》和《诗人哲学家》则大致吻合于欧洲现代美学传统的基本构成。英国理论家特里·伊格尔顿在处理同一问题时也不得不承认:"我在本书中所讨论的思想家几乎都是德国人……似乎有理由认为,对于美学的探索,以唯心主义为其特征的德国思想模式是比法国的理性主义或英国的经验主义更令人容易接受的中介。"②但是"诗化哲学"的倡导者们并不将自己看作"美学热"的构成部分,因为就其思想资源而言,"诗化哲学"已经摆脱了马克思主义/人道主义的话语限定;就其思考的场地而言,"诗化哲学"完成的是从"美学"向"文化"的转移,并尝试以一种"非政治"的专业态度为之寻找哲学支撑(这在很大程度上成为"文化哲学"的内涵)。

事实上,"诗化哲学"是否吻合欧洲现代美学的经典序列这一问题并不重要,因为构造这一知识谱系的方式乃是基于80年代对于"20世纪欧洲大陆哲学"的特定理解,即甘阳在《从"理性的批判"到"文化的批判"》③中以科学主义/人文主义之对抗而描述的历史线索,并且

---

① 杜卫:《走出审美城——新时期文学审美论的批判性解读》,第78页,北京:东方出版社,1999年。
② [英]特里·伊格尔顿:《审美意识形态》,王杰、傅德根、麦永雄译,第?页,桂林:广西师范大学出版社,2001年。
③ 甘阳:《从"理性的批判"到"文化的批判"》,主要内容刊于《读书》(北京)1987年第7期;全文刊于《当代》杂志(台北)第20期(1987年12月)。收入甘阳编选的《八十年代文化意识》。

认为"哲学研究已经日益转向所谓'先于逻辑的东西'"。这种科学主义/人文主义的二元框架,既有着80年代语境的特定针对性(即陈来所描述的,对"走向未来"丛书派的科学主义的反动①),同时也是80年代一系列二元对立的话语结构的具体呈现。"文化丛书派"通过构造出20世纪欧陆哲学这一"认识论转向"(其间隐约回响着20年代的科学/玄学论战的余音),而尝试探询"人类的全部知识和全部文化"的"根本",以为80年代文化革命确立更为"非政治化"的知识论述。

真正有意味的,是"诗化哲学"叙述其知识谱系的方式以及造就这种叙述方式的历史动力,这也正可成为我们考察其在80年代中国文化格局中所负载的意识形态功能的入口。或许最能显示"诗化哲学"知识谱系的建构特性的关节点,是卡西尔在其中所占据的重要位置。在《从"理性的批判"到"文化的批判"》中,甘阳把卡西尔看作"认识论转向"的起点,并认为他是海德格尔思想的先驱。这一观点曾使台湾学者刘述先感到迷惑不解。在刘述先看来,卡西尔继承的是康德以来的理性主义传统,其所作的努力是扩大理性思想,并用来考察社会文化现象;而海德格尔继承的则是胡塞尔之后的非理性主义思想传统,两者之间是背道而驰的。②事实上,这种在刘述先看来的"常识错误",却恰好是80年代"新生代"知识精英构造"诗化哲学"知识谱系的关键环节。他们正是从卡西尔那里确立了"诗化哲学"的基本立足点,而这个立足点却是建立在有意无意的"误读"之上的。

作为80年代的畅销书③,《人论》风行的原因并不因其繁复的理论阐释,而在其提出的"人是符号动物"这一定义。这本书的翻译者甘阳把卡西尔的全部哲学概括为一个"基本的公式",即"人——运用符

---

① 陈来:《思想出路的三动向》,《当代》杂志(台北)第21期(1988年第1期)。
② 刘述先:《思想危机还是现实危机——刘述先谈大陆思潮、传统文化与现实政治》,《九十年代》月刊(香港),1988年4月号。
③ 甘阳回忆:《人论》的出版,"真的立即就是全国头号畅销书,一年内就印24万本啊,而且评上什么上海图书奖。当时印量都大,但是我那本呢,哲学书里面最大"。参见《八十年代:访谈录》,查建英编,第203页。

号——创造文化"或"人的哲学——符号形式的哲学——文化哲学",于是,"人首先转变为'符号',而世界则转变为'文化',因此生活和历史的全部多样性都被归结为'符号'对'文化'的各种关系了"①。由于"人"的本质被概括为"符号"或"文化",更关键的是,"人"可以通过创造符号或文化来创造自身的意义,因此,人道主义思潮和"主体论"中有关"人"的讨论被转移到"文化"上来了。这一思路很大程度上可以视为80年代"文化热"兴起的内在逻辑。但卡西尔将人的文化活动视为"符号"活动的同时,他也强调了语言的系统性即语言本身的"独特形式",并将其归结为"逻各斯"这一"宇宙原则"。也就是说,在世界与人之间存在着"符号"的中介,但这个中介绝非人可随心所欲地左右,而是一个结构性的自足体。不过这恰恰是甘阳表示无法认可的一点。他在译序中批评道:"在人的意识结构中有一种'自然的符号系统'亦即先验的符号构造能力。进而,人类全部的文化都被归结为'先验的构造',而不是历史的创造。所有这一切,都反映了卡西尔哲学的唯心主义性质。"而他以为正确的解释则是:"文化作为人的符号活动的'产品'成为人的所有物,而人本身作为他自身符号活动的'结果'则成为文化的主人。"②也就是说,语言符号这一"中介"在卡西尔那里是一个限定性的因素,而在甘阳这里,却成为人的创造性的直接呈现。

"诗化哲学"(或"文化哲学")的核心论述也正由此衍生出来:"人之为人,并不只是在于他能征服自然,而在于他能在自己的个人或社会生活中,构造出一个符号化的天地,正是这个符号化的世界提供了人所要寻找的意义","所谓审美现象,实际上就是生活在世界中的人自己绘出的一个意义世界,一个与现实给定的世界截然不同的世界";而语言符号是审美世界的客观性的依据——"审美的世界在本质上固

---

① 甘阳:《人论》中译本序,[德]恩斯特·卡西尔:《人论》,甘阳译,第9页,上海:上海译文出版社,1985年。
② 甘阳:《人论》中译本序,《人论》,第9页。

然是一种心境,但它的现实性却是要由诗的语言符号来给定的。卡西尔指出,由艺术的语言符号所给定的现实与物理实在的现实具有同样的实在性。语言符号使纯粹情感的内在性客观化了,从而,诗的领域,成为与实在领域、技术领域相隔绝的一个自主的领域。但又作为实在的因素无不渗透到人的生活世界之中。"①由于人的生存意义是以语言符号"这种能动的创造性活动为中介、为媒介"而创造出来的,因此"创造"语言符号便成为"人之为人"的"真正第一性的东西"。②

显然,这种对语言符号的误读,表明"诗化哲学"其实并没有脱出人道主义思潮的脉络,因为人道主义的核心内涵是秉持一种浪漫主义的主体性认知,将人视为世界的中心,并认为人将决定自身的命运和创造出自己的意义。事实上这正是刘再复的《文学的主体论》③的核心论点。不过由于对语言符号的"发现","诗化哲学"形成了有别于"主体论"的崭新论述。"诗化哲学"将它的基本问题设定为每个个体面临的生存问题,即人与其所生存的世界之间的分裂:"经验与超验、现实与理想、有限与无限、历史与本源的普遍分裂。"支撑这一分裂描述的背后的知识构架,正是科学主义与人文主义的二元对立。"诗化哲学"提供的是解决这一分裂难题的路径,这一路径的源头来自康德,他在《判断力批判》中"开启了以审美者沟通两个领域、两个互不相涉的世界这一全新的思路"。

这一思路包含着充满张力的两个层面的内涵。一方面,审美被作为一个自律的空间,即"艺术有自己的对象、自己的人类学的依据、自己的形式组织。它并不依赖于生产力、生产关系这些外在经济因素的规定,也并不总是屈从于特定的社会阶级的利益和观念。……艺术的普遍性就在于它超越出某 特殊的经济范畴、阶级观念,紧紧依持于

---

① 刘小枫:《诗化哲学——德国浪漫美学传统》,第 31、142 页。
② 甘阳:《〈人论〉中译本序》,《人论》,第 7—8 页。
③ 刘再复:《论文学的主体性》,《文学评论》1985 年第 6 期、1986 年第 1 期。

人类的个体本身"①。"诗化哲学"一开始就放弃了马克思主义人道主义将审美作为"人的本质对象化"的表述，而直接接续了康德关于认识（"我们能认识什么？"）、伦理—政治（"我们应该做什么？"）、利比多—审美（"我们被什么东西吸引？"）这三个领域的划分。审美领域的独立性，源自其所遵循的非功利主义的"无厉害的愉悦"原则。"诗化哲学"所做的一个重要改动或重构，是通过勾勒出从康德到马尔库塞的哲学知识谱系，将审美放置于"高"于另二者的核心位置，即"审美、诗，就成为设定这个世界的依据，或者说，审美的世界成为现实世界的样板。审美、诗被摆到最高的地方，具有一种统摄的作用"。因此，审美世界不仅不是与现实无关的，而且成为世界的"本体"，即"艺术总是从一个更高的存在出发发出呼唤，召唤人们进入审美的境界，规范现实并向纯存在转变"，因为艺术作用于人的感性并塑造人，"只有美的途径才能达到自由，恢复人性的和谐"。于是，审美革命具有了前所未有的重要性："一场真正的社会革命要想获得成功，一个真正自由的社会要真正建立起来，首先得经历一场人自身的审美革命，只有通过审美状态才能进入自由。"②

可以说，"诗化哲学"提供的是一种典型的现代主义美学思路，即杰姆逊所概括的"写诗是为了改变生活，不能为了写诗而写诗"的现代主义乌托邦冲动，因此它将自身界定为"不是艺术理论，不是一般艺术哲学，不是审美关系的科学"，"而是对人的审美生成、价值生成的哲学思考"。③ 于是，诗、文学与艺术不仅可取代哲学，而且成为实践本真性生存的主要方式——"诗、文学与艺术却总是牢牢把握着人的生存的意义问题，很少离开这一轨道。每当哲学忘却了自己的天命之时，文学、诗就出来主动担当反思人生的苦恼。……所以，诗的历史揭

---

① 刘小枫：《诗化哲学——德国浪漫美学传统》，第266页。
② 刘小枫：《诗化哲学——德国浪漫美学传统》，第35、258页。
③ [美]F. 杰姆逊：《后现代主义与文化理论》，唐小兵译，第176页，北京：北京大学出版社，1997年。

示了人们感受和领会生活的意义的无限可能性,以及人性与世界的关系的真实价值。诗人乃是真正的人"①。

可以看出,"诗化哲学"将文学(也包括艺术)的自律性诉求发挥到了极致,文学不仅不再作为"政治的婢女",相反,成了"现实世界的样板"。正是在这一意义上,这种"非政治化"的诉求本身与现实世界处在一种紧张的张力关系当中,其政治性也因此表现出来。如果说,在80年代后期,"非政治的政治"成为文学、理论和学术研究的普遍诉求的话,那么相对于"先锋文学""纯学术"等实践,"诗化哲学"有着更为广泛的感召力,因为它作用的是每一"个体"和个体的"感性"(即非理性的身体)本身。这也意味着它将召唤任何有着乌托邦解放冲动的个体。或许正因为这一美学方案的有效性,80年代前中期有关"人的自由"和"解放"的议题,到80年代后期都集中到"审美"的讨论当中。作为"诗化哲学"产生巨大社会影响的表征之一的,是90年代前期发生于文化界的"人文精神"大讨论。当知识界以通俗文学、电影等流行文化的风行作为文坛"堕落"的标志,大声疾呼"人文精神"的失落时,其中隐含的关于"文学""诗意"的理解正来自"诗化哲学"所构建的知识谱系。

但是,因为"诗化哲学"仅仅是一种美学上的激进主义,也就是说,它将变革社会的希望仅仅寄托于每一个体创作和阅读文学艺术这一行为中,所以,它必然只能发生于"语言符号"之内。并且,"诗化哲学"所着力凸显的美学自律观念,正如伊格尔顿指出的那样,这种"完全自我控制、自我决定的存在模式,恰好为中产阶级提供了它的物质性运作所需要的主体性的意识形态模式"②。因此,作为80年代后期"非政治的政治"构成部分的"诗化哲学",事实上却在相当程度上为90年代自由市场体制塑造着相当惬意的主体及主体意识。如果说90

---

① 刘小枫:《诗化哲学——德国浪漫美学传统》,第154页。
② [英]特里·伊格尔顿:《审美意识形态》,王杰、傅德根、麦永雄译,第11页。

年代文学的"边缘化"主要表现为文学丧失了曾有的社会冲击力的话,那么其根源或许正在于"诗化哲学"所提供的审美解放方案的真正实现,因为"审美"摆脱文学(文化)/政治的结构而独立之时,也恰是比格尔所说的艺术体制与单个作品间张力的消失之时。

二 文学理论谱系:转向语言

如果说"诗化哲学"建构的是一种有关审美的普遍性知识谱系,那么,对于文学批评和文学研究而言,更为切近的是有关文学自身的知识表述的构造。正如戴锦华曾经概括的:"80年代,整个中国知识界都在寻找新的理论和学术话语,希望从旧的准社会学式的思想方法和话语结构中突围出去。当时的文学、艺术批评是最活跃的领域之一,像一个大的理论试验场,许多理论都被挪用到文学批评中来。"①也就是说,探询新的话语资源是整个80年代的文化动力,文学批评则是其中极为活跃的领域。事实上,与80年代中期寻根小说、现代派小说尤其是先锋小说和第三代诗歌的出现同时,也出现了一种被称为"新潮批评"的形态②。其中以倡导"文学语言学"和"叙述学"为重心的批评走向,被人概括为文学批评的"语言学转向",即"以寻求文学的审美特性为价值导向、以'向内转'为基本研究策略、以现代语言学方法为主要研究方法"③。

很大程度上可以说,对语言媒介的自觉意识,不仅是文学创作界事实上也是文学研究界乃至文化界的重要"事件"。如果说"诗化哲学"的历史起点是卡西尔的人是"符号动物"的界定,那么,韦勒克关于文学是"符号体系或者符号结构"的定义则成为新的文学理论谱系

---

① 戴锦华:《犹在镜中——戴锦华访谈录》,第4页,北京:知识出版社,1999年。
② 参见李洁非、杨劼选编的《寻找的时代——新潮批评选萃》,北京:北京师范大学出版社,1992年。
③ 杜卫:《走出审美城:新时期文学审美论的批判性解读》,第149—150页。

的基点。不过有历史意味的是,这种对"语言"的发现始终没有穿越人道主义思潮的"主体论"。因此,如果说20世纪60年代以来西方人文研究的"语言学转向"导致了批判性文化理论的繁盛的话,那么,80年代后期中国人文学界的转向语言则仅为"纯文学"构造了另一种自我言说的知识谱系。

就文学批评与文学理论的关系而言,在80年代后期,"文学批评在观念的更新和理论的探索上走在了文学理论研究的前面"[①]。文学理论的主体仍旧是50年代成型并已体制化的马克思主义文艺学理论,文学批评和文学研究的新的探索尚缺乏足够的理论语言。也因此,对西方文学理论著作的翻译和介绍,并不是一种与文学实践无关的行为,而是其直接的思想源泉。不过有趣的是,80年代"西学热"的主要构成部分是哲学界的"走向未来丛书"和"新知文库""现代西方学术文库",而最活跃的文学界对西方文学理论的译介却并不那么丰富。在80年代,曾有三本影响较大的以"文学理论"命名的译介书籍。一是韦勒克、沃伦合著的《文学理论》(三联书店,1984),一是特里·伊格尔顿的《二十世纪西方文学理论》[②](陕西师范大学出版社,1986;中国社会科学出版社,1988);另一则是与《文学理论》同属"现代外国文艺理论译丛"序列,由佛克马、易布思合著的《二十世纪文学理论》(三联书店,1988)。

其中影响最大的是《文学理论》。译者在2005年重印本前言中写道:"1984年,我们翻译的《文学理论》由三联书店出版,在国内学术界产生了很大的影响。此书连续印刷两次,发行数万册(第一次印刷

---

① 杜卫:《走出审美城:新时期文学审美论的批判性解读》,第157页。
② 伊格尔顿这本书在80年代即出版了三个译本:伍晓明译本名为《二十世纪西方文学理论》,陕西师范大学出版社1986年;王逢振译本名为《当代西方文学理论》,中国社会科学出版社1988年。伍本和王本在具体内容的翻译上略有出入,一般认为伍本更接近原著。王本增加了伊格尔顿的中译本序言,这个译本2006年更名为《现象学,阐释学,接受理论——当代西方文艺理论》,由江苏教育出版社重印。80年代的另一译本名为《文学原理引论》,刘峰译,文化艺术出版社1987年。

34000册,第二次44000册——笔者注),使许多人文学者了解了他的理论。从那时至今的20年间,《文学理论》被许多高校的中文系用作教科书,还被教育部列入中文系学生阅读的100本推荐书目中。"①一位研究者则评价道:"一时间,'外部研究'和'内部研究'的区分、注重内部研究和文学形式的重心转移、重视现代语言学方法的运用等观点和方法,在中国文学理论界接受者甚众。"②

有意味的是,这三本文学理论中,除了佛克马、易布思的书是对西方20世纪文学理论的概括和介绍,即仅提供"审慎而精确的情报"③,另两本则毫不掩饰作者的研究立场。韦勒克和沃伦在其序言中写道:这本书延续的是"诗学"和"修辞学"的传统,其基本立场是"文学研究应该是绝对'文学的'"④。就其在欧美批评史中的位置而言,《文学理论》被中国研究者称为为40年代欧美文艺学中盛行的"形式主义流派"之一的美国"新批评"派,"作了一次很好的总结"⑤。而《二十世纪西方文学理论》突出的则是文学与文学理论的"政治性",它几乎是针锋相对地提出:"'文学理论'和文学批评不论显得多么公允,从根本上来说它们永远是政治性的"⑥;那种所谓纯文学理论"只是一种学术神话",并且正是那些试图表明自己纯粹性的理论,"在任何地方都不像它们在企图无视历史和政治时那样能够清楚地表现出自己的意识形态性"⑦。在为中译本所写的前言中,伊格尔顿提出这本书介绍

---

① 刘象愚:《韦勒克与他的文学理论(代译序)》,收入[美]雷·韦勒克、奥·沃伦:《文学理论》,南京:江苏教育出版社2005年重印本。
② 杜卫:《走出审美城:新时期文学审美论的批判性解读》,第149页。
③ [荷兰]佛克马、易布思:《二十世纪文学理论》,作者前言,林书武、陈圣生、施燕、王筱芸译,第2页,北京:三联书店,1988年。
④ [美]雷·韦勒克、奥·沃伦:《文学理论》,刘象愚、邢培明、陈圣生、李哲明译,第18—19页,北京:三联书店,1984年。
⑤ 王春元:《中译本前言》,[美]雷·韦勒克、奥·沃伦:《文学理论》,第2页。
⑥ [英]特里·伊格尔顿:《当代西方文学理论》"中译本前言",王逢振译,第10页。
⑦ [英]特里·伊格尔顿:《二十世纪西方文学理论》,伍晓明译,第245页。

的20世纪60年代以来的"文学理论",正是对此前居统治地位的"新批评"进行挑战的结果①。也就是说,从其发表的时间和讨论的内容而言,韦勒克和沃伦的书所表达的观念正是伊格尔顿挑战的对象。不过,在忙于追逐西方学术"前沿"的80年代,这回文学界却没有忙着与更新的理论"接轨"。因此,正如美学、哲学界对卡西尔的误读一样,对《文学理论》的广泛接受也正是一种历史选择的结果。

《文学理论》广受欢迎的原因,或许在于它将文学研究区分为"外部研究"与"内部研究"这一核心观点,与当时中国学界力图使文学"非政治化"的历史诉求一拍即合。它不仅认为"文学研究应该绝对是'文学的'",而且提出"文学并不能代替社会学或政治学。文学有它自己的存在理由和目的"②。也就是说,这种关于文学的内/外区分被明确地指认为文学/政治的分辨。它认为"文学研究的合情合理的出发点是解释和分析作品本身",并围绕着文学作品划定了一个封闭的界限,文学与作家传记、创作心理学、社会、思想及其他艺术的关系的研究被视为"外部"的,也就是"非文学"的。不仅如此,它为当时的中国文学界提供了比人道主义或主体论"专业"得多的分析作品的"技术"。文学作品被定义成"一个为某种特别的审美目的服务的完整的符号体系或符号结构",可以区分为"几个层面构成的体系,每一层面隐含了它自己所属的组合",包括声音、意义、作为文体风格的意象和隐喻、存在于象征及其体系中的"世界"等。文学作品被置于文学研究当之无愧的中心,并且借助一定的符号学、现象学理论,提出了明晰的作品分析的可操作性指标。

内部/外部的区分和作品分析的技术化,极大地补足了中国文学界追求"纯文学"时知识表述的匮乏。但是,正如并没有多少人领会

---

① [英]特里·伊格尔顿:《当代西方文学理论》"中译本前言",王逢振译,第8—9页。
② [美]雷·韦勒克、奥·沃伦:《文学理论》,刘象愚、邢培明、陈圣生、李哲明译,第112页。

《人论》有关历史语言学和结构语言学的"综合"一样,也并没有多少人领会韦勒克对文学作品所做的主观主义和客观主义研究的协调,80年代人们关注的是在人作为"符号动物"和文学作为"为某种特别的审美目的服务的符号体系或符号结构"这种定义方式中对"符号"的发现。如特里·伊格尔顿概括的:"符号学所代表的是被结构语言学改变了的文学批评。这样,文学批评就成了一种更严格的和较少依赖印象的事业"①。也正是这种尽管还颇初浅的符号学理论,为中国文学研究划定"纯"文学的边界提供着相对客观的依据。但是,这里对"符号"客观性的理解并不彻底。与韦勒克强调存在着决定作品的"文学性"的"动态"但却稳定的"结构"不同,中国的研究者始终突出的是文学语言的"自我生成性":"如果人们能够承认文学作品如同人一样是一个自我生成的自足体的话,那么我可以直截了当地说,这种生成在其本质上是文学语言的生成","文学的这种语言形式的本质性,不是它的实体性,而是一个生成的过程性,即文学语言及其形式结构的创造过程"。②与诗化哲学一样,"文学语言学"(或类似的理解)一方面借助对"符号"(语言)的觉察而划定了审美/文学的自律场地,另一方面却并没有放弃人道主义和主体论的"中心化主体"的认知方式,于是,对文学语言的发现也就变成了对语言创造意义的强调,并使文学作品成为向社会散发意义的中心场地。也就是说,那种内在的文学/政治的结构并没有改变,而只是借助"语言"这一中介,将曾经的"政治(社会)决定文学"的模式颠倒为"文学决定政治(社会)"。于是,与"诗化哲学"一样,尽管这种新的文学思潮是以发现"符号"为生发点的,但并没有真正达到"语言本体论"。

事实上,80年代对西方文学理论的介绍和接受始终有一个极有意味的偏向,即特别强调文学的"形式"研究。比如"大致说来,现代西

---

① [英]特里·伊格尔顿:《二十世纪西方文学理论》,伍晓明译,第128页。
② 李劼:《试论文学形式的本体意味——文学语言学初探》,《上海文学》1987年第3期。

方文论经过了从形式主义到结构主义再到结构主义发展起来的各种理论亦即后结构主义这样几个阶段"①。伊格尔顿的译者将其介绍的20世纪西方文学理论概括为三个脉络,即"一条是形式主义、结构主义到后结构主义,一条是现象学、诠释学到接受美学;一条是精神分析理论"②。在80年代中国的文学批评和研究当中,影响最大的是第一条脉络,接受美学(区别于其在哲学界尤其是"文化:中国与世界"编委会的情况)与精神分析理论(区别于其在电影理论界的情况)的影响相对小得多。而且,即使是形式研究一脉,操持这一理论的人真正跨入结构主义的也并不多。因此有一种说法认为:"1986—1987年间结构主义在中国的'登陆'(事实上构成了'语言学转型'的发生)对我这一代学者说来是一次考验,看你能否跨过去。"③而从新批评和俄国形式主义转向结构主义的关键在于,索绪尔的结构语言学被应用于文学研究,"文学于是不再只被归结为言语,也不只被看成是文学性事物。在捷克结构主义里,结构活动的轮廓首次清楚地显示出来了"④。这种语言观彻底地否弃反映论和表现论关于人的控制语言能力的基本假设,而强调"现实不是被语言反映而是被语言创造的";同时它也抽空了审美理论建基其上的经验主义假设,即"相信最'真实'的东西就是被经验到的东西,而这种丰富、微妙和复杂的经验的家就是文学本身"。结构主义把文学研究的全部意义设定为去探询在经验和文学作品内容之"下"的"深层结构"。这一结构是超越历史的,也是"非人"的,因为"新的主体实际上是系统自身"。⑤

---

① 张隆溪:《二十世纪西方文论述评》,第8页,北京:三联书店,1986年。书中的11篇文章曾于1983年第4期开始在《读书》上连载。这是国内较早对西方文论的系统介绍。
② 伍晓明:《二十世纪西方文学理论》"译后记",第305页。
③ 戴锦华:《犹在镜中——戴锦华访谈录》,第5页。
④ [比]J. M. 布洛克曼:《结构主义:莫斯科—布拉格—巴黎》,李幼蒸译,第62页,北京:商务印书馆,1986年。
⑤ [英]特里·伊格尔顿:《二十世纪西方文学理论》,伍晓明译,第136—140页。

因此，如果说人道主义和主体论在80年代曾产生过笼罩性的影响的话，那么，结构主义则成为跨出来的一条路径。事实上，当刘再复发表的一系列有关主体论的文章风靡文学研究界的时候，《电影艺术》上发表了法国结构马克思主义者路易·阿尔都塞的《意识形态和意识形态国家机器》，他将主体定义为意识形态结构的"空位"。于是，电影研究界的学者做出如此判断："当中国的人道主义还只是被人们隐秘地憧憬、成为阵发性的呼喊与细语之时，却已有年轻人站出来以不屑而狂妄的口吻宣告：人道主义已经死亡。"①因此，如果说"新批评派和形式主义及结构主义相比，是经验主义的和人文主义的"②，那么也正是由于其与人道主义思潮吻合的主体想象，决定着是新批评派而不是"对语言或哲学再现性本质的越来越深、越来越系统化的怀疑"③的结构—后结构主义理论成为被80年代"选中"的文学理论，决定着是强调"文学研究应该绝对是'文学的'"的《文学理论》，而不是强调"我认为凡是有语言的地方也总有权力"④的《二十世纪西方文学理论》，成为在80年代中国发挥巨大影响的文学理论读物。在很大程度上也可以说，这不仅是两本文学理论的选择，同时更是80年代文学批评对自身理论谱系和研究路径的选择。

还值得一提的，是由美国理论家F.杰姆逊1985年在北大有关西方当代文化理论的演讲编辑而成的《后现代主义与文化理论》。这本书曾对80年代文学研究的语言学转向产生过较大的影响，可以说90年代转向文化批评与文学研究的许多学者都曾受益于这本书，甚至被视为"后学"的中国源头。这本书关于自身的定位，一开始就确定在结

---

① 戴锦华：《"人道主义"的死亡与理解人》，《拼图游戏》，第333页，济南：泰山出版社，1999年。
② [美]A.杰弗逊、D.罗比等：《现代西方文学理论流派》，李广成译，第84页，北京大学出版社，1992年。
③ [美]F.杰姆逊：《后现代主义与文化理论》，第42页。
④ [英]特里·伊格尔顿：《当代西方文学理论》"中译本前言"，王逢振译，第11页。

构主义之后的"文化理论"上,即"我讲的理论方面的问题并不局限于文学理论,因为结构主义于50—60年代出现的时候并不是文学理论",并且他所谓的"理论"并不是立足于文学批评与文学研究的文学理论,而是具有自足性的"理论论述"。相比于强调文学内部研究的《文学理论》,这本书并没有在80年代产生相应的影响,它在90年代的影响更应该说是80—90年代历史转折造就的另一选择。那种认为《后现代主义与文化理论》改变了中国文学研究的方向,致使人们对新批评的忽略成了当前必须"填补"的一项"缺失和空白"[①]的观点,其实并非准确的历史判断。

或许比对于"符号"的人文主义式发现更重要的,是80年代中国文化界与新批评共享着将文学研究划分为"内部"与"外部"的意识形态诉求。正如不同的有关新批评理论谱系的介绍都会提到,新批评的形成与发展有其明确的"对手"。其所批判的对象是19世纪以实证主义理论和浪漫主义表现理论为代表的历史—社会学的文学观念[②];就美国20—30年代的历史语境而言,新批评批判"外部研究"的具体指向,"一是19世纪圣佩孚和泰纳等在实证主义影响下开创的文学外缘因素研究法,本世纪上半期这个学派在美国一直是较强大的潮流;另一股潮流就是从本世纪初开始兴起的马克思主义文学批评,美国三十年代产生的强大左倾思潮使不少知识分子接近马克思主义,也使文学理论界更注意社会问题对文学的影响"。[③] 更有研究者从美国新批评的南方集团(30年代以兰色姆及其学生退特、布鲁克斯、沃伦为代表,称"南方批评派")—耶鲁集团(40年代维姆萨特、韦勒克、布鲁克斯、沃伦聚集在耶鲁大学)的人员构成,描画出一幅美国知识界的地域构图,即"盛行于东部和北方的'社会历史批评'潮流拥有三大基地,分

[①] 李欧梵:《西方现代批评经典译丛》"总序",收入雷·韦勒克、奥·沃伦:《文学理论》,南京:江苏教育出版社,2005年。
[②] 张隆溪:《二十世纪西方文论述评》,第35—36页。
[③] 赵毅衡:《"新批评"文集·引言》,第66页,天津:百花文艺出版社,2001年。

别是芝加哥大学、纽约哥伦比亚大学和哈佛",与新批评"形成南北对峙局面"。① 新批评的极盛期则是第二次世界大战之后,"战后左翼运动退潮,社会历史批评失掉了政治运动依托,声势急转直下。新批评一俟遇到政治不再当饭吃的时代转机,它的纯文学理论便成为人人争相果腹的救灾粮"②。

这些描述大致勾勒出新批评在40—50年代占据美国文学批评主流的历史原因。也就是说,新批评所批判的"外部研究",与80年代中国文学研究界与之抗争的政治批评,有着极为亲近的血缘关系。更重要的是,新批评的极盛期,也正是全球冷战阵营形成的时期,为文学划定的"内"与"外"的界限,事实上也成为意识形态对峙的鸿沟和不可撼动的历史结构。更具历史症候性的是,如果说80年代中国社会的改革开放是以内爆的方式主动打开封闭的冷战界限,那么文学界引介新批评以重新定义文学的"内"与"外",重新定义文学与政治的关系,则在某种程度上可以视为一个80年代社会与文化变革的自我否定的"寓言"。这一点在现代文学经典重构的过程中,充分地显示了出来。

三 现代文学经典谱系:"重写文学史"

80年代中后期,"纯文学"观念运作的另一重要领域是文学史研究,尤其是中国现代文学研究。这突出地表现为1985年"20世纪中国文学"概念的提出和1988年第4期至1989年第6期《上海文论》杂志上的"重写文学史"专栏,其焦点在于如何重构被"现代文学""当代文学"所切断的现代中国文学的历史图景和经典序列。这一文学史重构行为,是整个80年代重写历史的构成部分,被重写的是50—60年代确立、并以左翼文学为主线的"革命"范式的文学史写作体系,而代

---

① 赵一凡:《美国文化批评集:哈佛读书札记(一)》,第198—201页,北京:三联书店,1994年。
② 赵一凡:《美国文化批评集:哈佛读书札记(一)》,第202页。

之以"现代化"范式的历史叙述。在一种后设的历史视野看来,这种重写行为本身的意识形态特性几乎是毋庸置疑的。不过,值得更进一步分析的,是"纯文学"(审美独立性)观念在其中所扮演的角色及其如何表述自身。事实上,正是在批判既有文学史叙述体系过程中,对经典作家作品的重新命名,使得"纯文学"观念深入人心并成为新的文学常识。这里的关键问题不仅在于"新"文学史叙述中文学/政治的内在框架,更在于它如何将新的文学经典序列阐释为"纯"文学的。也就是说,在以沈从文、张爱玲、周作人、钱锺书、梁实秋等曾被革命文学史剔除出去的作家构造出一个现代文学新的"伟大的传统"时,"文学"的内涵是被如何重新定义的,并且形成了怎样的知识表述。

现代文学研究成为80年代的"显学",并在"新启蒙"文化思潮中扮演重要角色并非偶然,可以说,现代中国民族国家想象和意识形态运作一直极大地借重于现代文学及其阐释。也正因此,现代文学经典序列一直是不稳定的,而现代文学经典的构造则常常成为意识形态冲突的核心场域。如果说1935年良友图书公司出版的《中国新文学大系》可以看作现代文学经典构造的第一次大行动,表明的是五四作家"凭借这种象征权威而自命为现代文学的先行者,同时把其对手打入传统阵营,从而取得为游戏双方命名和发言的有利地位"①,那么,50—60年代确立并在唐弢主编的《中国现代文学史》(三册)中集中表述的鲁、郭、茅、巴、老、曹经典序列,既延续又重构《大系》的经典构造行为,则可以视为社会主义文化实践所创造的另一套知识体系和文学表述。80年代的"重写文学史"则可看作现代文学第三次大的经典构造行为。从这样的历史视野来看,现代文学经典始终是被"构造"出来,有关经典的"文学"和"非文学"的区分正是意识形态运作的结果。其关键正如刘禾提到的那样,需要经受严格考察的是"制造经典的做

---

① 刘禾:《跨语际实践——文学,民族文化与被译介的现代性(中国,1900—1937)》,宋伟杰等译,第330页,北京:三联书店,2002年。

法"及其"为自己的合法性编造的说辞"①。"重写文学史"的倡导者将50—60年代的文学史范式称为"政治学的现代文学史研究",而将80年代的文学史研究称为"从文学角度进行的现代文学史研究",则正是"为自己的合法性编造的说辞",因此值得对之做"严格"的历史考察。②

"重写文学史"思潮关于自身合法性的表述始终在"政治"(教科书)/"文学"(审美)的二元框架中展开。革命范式的文学史叙述被概括为"仅仅以庸俗社会学和狭隘的而非广义的政治标准来衡量一切文学现象,并以此来代替或排斥艺术审美评价的史论观"③,而被提倡的新的文学史研究,"它的出发点不再是特定的政治理论,而更是文学史家对作家作品的艺术感受,它的分析方法也自然不再是那种单纯的政治和阶级分析的方法,而是要深入运用各种不同的方法,尤其是审美的分析方法"④。不过有意味的是,在如何具体表述这里所谓"艺术感性"和"审美的分析方法"时,倡导者始终是语焉不详的。它有时被表述为对文学历史的"主观的描述"和"对作品的情感体验",具有"强烈""根深蒂固"的"个人性",因此,"文学史是那样一个主观性和个人性都很强的东西"⑤;有时则被概括为"情绪性的心理的层次,表现为各种模糊的'政治无意识',存在于人的各种情绪和下意识冲动,包括人的审美情绪当中"⑥。从这些表述当中可以听见"诗化哲学"的直接回响,其间存在着一系列对应的二元结构:客观/主观、集体/个人、理性/情感、历史/审美等。也就是说,"文学"的内涵需要由其批判的对

---

① 刘禾:《跨语际实践——文学,民族文化与被译介的现代性(中国,1900—1937)》,第325页。
② 王晓明:《主持人的话》,《上海文论》1989年第6期。收入《刺丛里的求索》,第263页,上海:上海远东出版社,1995年。
③ 陈思和:《主持人的话》,《上海文论》1989年第5期。
④ 王晓明:《主持人的话》,《上海文论》1989年第6期。
⑤ 王晓明:《重写文学史》,收入《刺丛里的求索》,第245—247页。
⑥ 王晓明:《旧途上的脚印》,收入《刺丛里的求索》,第264页。

象来确定。正因为此,"重写文学史"专栏的主要成就也仅是"冲破原有那些'公论'的束缚"①,而并非如其所预期的那样"探讨文学史研究多元的可能性"②。这一号称"从新的理论角度提出对新文学历史的个人创见"的工作,事实上主要完成的只是一种批判和否定,其展开批判的思路则是高度类同的。

大致可以说,这里进行的还只是一种"反经典"的工作,其批判对象从早期左翼文学经典《女神》《子夜》到50—60年代的社会主义现实主义经典《青春之歌》《创业史》;从丁玲的"转向""何其芳文学道路"到"赵树理方向"以及"文革"期间的姚文元"文艺批评道路"等,主要囊括的是20年代的革命文学、30年代的左联文学、40年代的延安文学和50—70年代的当代文学这一20世纪左翼文学的脉络。如果说这些作品和作家曾经在"革命"范式的文学史叙述模式中被作为核心经典的话,那么这里的"重写"只是要完成一种否定性的评判。其评判的依据,事实上并非"深入运用各种不同的方法,尤其是审美的分析方法",相反,这些作家和作品之被批判的原因,几乎无一例外地被认定为他们和当时的政治主题之间关系的过分密切。

可以说,正如"让文学回到文学自身"这一文学创作界的表述一样,"重写文学史"思潮所表达的也仅仅是一种抗议的姿态。在文学/政治的二元结构当中,被召唤的"纯文学"事实上还只是一个充满批判能量的"空位"。因此,"重写文学史"所完成的还只是一种打破"旧"论的工作,而未曾建立起新的文学史知识谱系。甘阳在评述"走向未来丛书派"时曾说道:"他们所讨论的语言老是半官方语言,因为当时他们老是在和官方辩论,他要辩论就得使用官方能够接受的一套东西,所以当时老实说我们是很看不起的,就是那一套东西很不理论化。"③或许,按照甘阳的说法,"重写文学史"的话语构成也只是"半官

---

① 陈思和:《主持人的话》,《上海文论》1988年第5期。
② 王晓明:《主持人的话》,《上海文论》1988年第4期。
③ 查建英主编:《八十年代:访谈录》,第197页。

方语言"。甘阳的这种表达方式和"新"/"旧"意识当中透露的历史内涵是相当有意味的。关键问题是,在80年代"新潮"的追逐氛围中,究竟何谓"新"以及"新"从何而来?

如果说"文化:中国与世界"编委会因其特殊机遇和学科位置而接触到的西方思想资源,使其成为当时的"精英中的精英",那么,基于对现代文学史书写体系的不满而完成的新的经典序列的重构,则也并非一个纯粹在"本土"完成的行为,而与海外中国学研究有着密切的互动关联。正是这种"互动",显露出"纯文学"文学史实践充分的意识形态意味。

80年代"重写文学史"思潮的最突出成效,不仅表现为新的学科范畴("20世纪中国文学"、新文学整体观)的提出,更主要的是对经典作家作品的重新评价。这种重评过程自80年代初期学科重建时就已经开始,其重心在逐渐恢复"革命"范式文学史叙述剔除出去的那些作家、作品、文学思潮的位置。比如曾遭到批判的左翼作家丁玲、艾青、冯雪峰、瞿秋白,比如曾被视为"反动"文学思潮的新月派、新感觉派、现代派;还有对经典作家作品序列的重构,如对鲁迅的小说《彷徨》、散文《野草》以及《故事新编》的肯定,并将其置于比《呐喊》《朝花夕拾》更重要的位置;如对曾遭到批判的丁玲延安早期作品《在医院中》《"三八节"有感》《我在霞村的时候》的重评等。在当时,这种重评以"还原历史事实""还历史以本来面目"①为其合法性依据,其整体的文学史图景也大致要恢复到以"新民主主义"定性的"新文学"历史描述(以王瑶的《新文学史稿》、唐弢主编的《中国现代文学史》为代表)。这仍旧是"革命范式"的文学史,不过其衡量尺度相对于50年代后期和"文革"期间的激进文学史要宽松得多。尽管80年代前期已经开始重新"发现"沈从文、张爱玲等完全被革命范式的文学史抹去

---

① 参见严家炎:《从历史实际出发,还事物本来面目——中国现代文学史研究笔谈之一》《现代文学的评价标准问题——中国现代文学史研究笔谈之二》等,收入严家炎:《求实集——中国现代文学论集》,北京:北京大学出版社,1983年。

的文学家的作品①,但是,将他们(包括钱锺书、周作人、梁实秋等)纳入现代文学经典序列,甚至占有着比鲁郭茅巴老曹更重要的位置,则并非对既有"革命"范式的文学史叙述的"恢复"和"扩充"所能完成。也正是在对这些作家的"发现"及其经典地位的构造过程中,一种足以与"政治学的现代文学史研究"相抗衡的"从文学角度进行的现代文学史研究"才真正得以确立。

而在这一经典重构的过程中,海外中国学研究(尤其是美国中国学)事实上扮演了相当重要的角色。在对鲁迅内心"黑暗"的发现和作为文学家的"另一个鲁迅"的阐释中,李欧梵的《铁屋中的呐喊》是提供原创性论述的最早著作之一。对沈从文的重新"发现",美国汉学界尤其是金介甫研究的影响一直是相当重要的一个因素。80年代最早一篇为沈从文翻案的文章提出"目前全世界提到公认的中国新文学家,也只有沈从文和老舍"②的说法,事实上主要是以美国为标准的英语世界。而张爱玲、钱锺书的"经典化",则更是与华裔美国中国学研究者夏志清的《中国现代小说史》关系极为密切;到了90年代,广受注目的"重排大师"事件,声称"以纯文学的标准重新审视百年风云"③,并用张爱玲取代了茅盾的经典地位。另一本由香港学者司马长风完成的《中国新文学史》(三卷)对周作人、凌叔华、林徽因、萧乾、徐訏等人的重视,也在很大程度上助推着新的经典序列的构成。这里并不是要判定究竟是谁最先"发现"了这些作家,问题的关键是将这些作家构造为现代文学的经典并将之指认为"伟大的传统"时所依赖的知识表述是如何形成的。

特别值得分析的是《中国新文学史》和《中国现代小说史》。这两

---

① 参见温儒敏主编:《中国现当代文学学科概要》,第19章,北京:北京大学出版社,2005年。
② 朱光潜:《从沈从文先生的人格看他的文艺风格》,《花城》1980年第5期。
③ 王一川、张同道主编:《二十世纪中国文学大师文库·小说卷》,封面文字,海口:海南出版社,1994年。

本由海外学者完成的现代文学史学著作曾在80年代产生过"潜在"而巨大的影响。其影响之所以"潜在",乃是因为这两本书并未正式出版,所以真正阅读原著的范围其实是很小的;但这种影响又并非是匿名的,而是作为政治批判的对象显影出来。① 或许最具意识形态意味的,恰恰是这两本书在80年代中国作为"缺席之在场"的存在方式所显露的历史结构。这包括两个层面:一方面是作为两本论著的文本构成同时也是决定其存在方式的冷战历史非此即彼的政治结构,另一方面,则是以"纯文学"标举的文学史历史图景和新的经典序列。

司马长风将文学的纯粹性表述为"文学自己是一客观价值,有一独立天地,她本身即是一神圣目的",因此《中国新文学史》试图成为"打碎一切政治枷锁,干干净净地以文学为基点写的新文学史"。② 夏志清则在其序言中声明:"我所用的批评标准,全以作品的文学价值为原则","身为文学史家,我的首要工作是'优美作品之发现和批审'"。③ 在与普实克关于《中国现代小说史》的论战中,夏志清批评那种将文学看作"历史的婢女""把文学纪录当作历史和时代精神纪录"的观念,并提出"我的'教条'也只是坚持每种批评标准都必须一视同仁地适用于一切时期、一切民族、一切意识形态的文学","文学史家必须独立审查、研究文学史料,在这基础上形成完全是自己的对某一时期的文学的看法"。④ 这些表述内在地由文学/政治(非文学)的二元结构所支撑,而其视为"他者"的,既是"重写文学史"意欲颠覆的革命文学史范式,也是社会—历史批评的文学评价标准。司马长风将新文学概括为"反载道始,以载道终",并用与"道"的争斗关系划分了新

---

① 参见1983—1984年"清除精神污染"运动期间,发表在《文艺情况》《文艺报》《鲁迅研究动态》等内部或公开刊物上的批判《中国现代小说史》的文章。
② 司马长风:《中国新文学史》卷一,香港:昭明出版社有限公司,1976年。
③ 夏志清:《中国现代小说史》,刘绍铭等译,香港:友联出版社有限公司,1979年。
④ 夏志清:《论对中国现代文学的"科学"研究——答普实克教授》,原载《通报》(荷兰莱登)1963年,吴志峰译,收入夏志清:《中国现代小说史》,上海:复旦大学出版社,2005年。

文学的历史轮廓,因而有了诞生期(1917—1921)、成长期(1922—1928)、风暴期(1938—1949)、沉滞期(1950—1965)的将历史有机体化的描述。但具体到不同时期的文学,则大致是按文体进行的罗列和介绍,并未形成"自足"而系统的文学观。或许更有意味的是夏志清在其1979年中译本序提示的两点,其一是《小说史》写作时期的冷战氛围以及著者自觉的冷战意识,另一则是"新批评"理论,尤其是英国批评家F. R.利维斯的《伟大的传统》对于著者的影响。而他与普实克之间的论战,"进一步表明了当时的意识形态斗争是何等激烈"。①

可以说,正是冷战氛围显示出了构造文学/政治(非文学)二元结构的历史语境,而"新批评"理论则提供着有关"纯文学"的系统的知识表述。这里的关键问题并不在于"新批评"倡导的以"内部研究"取代"外部研究"的观念本身,而在于正是二元对立的冷战历史结构使得"新批评"评价标准具有了"纯文学"的充分有效性,因为"新批评"倡导的"内部"与"外部"如此准确地契合于冷战格局的"内"与"外"(中国/美国或香港、社会主义/资本主义)。如果说冷战历史的基本结构便是一种非此即彼的历史逻辑,一种关于"内部"与"外部"的切分,那么,"新批评"理论无疑正提供着如何划定文学"内部"和"外部"标准的专业化知识表述。也就是说,正是由冷战历史形成的文学/政治的二元结构本身在召唤并重新阐释着"新批评"。并且,就其知识来源在冷战结构中的位置而言,因为80年代所完成的恰是从"内"(社会主义中国)向"外"(全球资本市场)的社会与文化进军,所以,海外中国学这种"外部"表述(其位置相当于"诗化哲学"中的"西学")便伴随着对新的现代文学经典的关注热情而迅速地被内化。

从上述中国/海外、内部/外部的"互动"关系来看,大致可以说,中国现代文学历史图景和经典序列的重构,是两种历史合力产生的结

---

① 刘禾:《跨语际实践——文学,民族文化与被译介的现代性(中国,1900—1937)》,第328页。

果。如果说在中国本土("内部")形成的主要是一种"反经典"的历史批判,那么构造新的文学史知识谱系的,则并非纯然是中国现代文学研究界,而是冷战历史结构中内部与外部的流动、渗透和呼应的结果。事实上,直到今天这种内在的历史结构也并未消失,仍在很大程度上塑造着海内外中国现代文学研究的基本格局。也正是在这一过程中,借助曾经被革命范式压抑的现代作家的经典化过程,由"新批评"理论支撑的"纯文学"观念成为看似超越而实则加固这一历史结构的意识形态表述。

结语:"纯文学"的自我批判

勾勒出 80 年代后期"纯文学"表述的知识谱系,及其在不同领域中的具体运作方式,显然是"历史化"80 年代的清理工作之一。不过,"历史化"的诉求却绝非将 80 年代放置到历史深处而将其遗忘,相反,这种清理工作是为了更为清晰地理解现实,因为正是 80 年代建构出来的文学观念成了当前的常识和体制性知识。有关"文学性"问题的讨论,正是向这些常识和体制性知识提问的一种方式。如本文引言中提到的,对"纯文学"进行一种知识谱系学式的考察,其目的是为了完成对 80 年代构造的文学体制的一种"自我批判",即显示"纯文学"知识体制的历史轮廓及其所呈现的意识形态特性。也就是说,只有从"自我批判"的高度上,"纯文学"才可能被视为一种意识形态,那些支撑着"纯文学"表述的潜在历史结构和认知框架才得以显影出来。也唯有如此,有关"文学性"问题的讨论才可能不沦为毫无生产性的、非此即彼的争辩,而成为思考当前历史条件下文学及文学研究重新寻找批判性立足点的步骤之一。

可以看出,在上述美学与哲学、文学理论、现代文学经典这三个领域运作的"纯文学"观念,尽管知识表述的具体构成有其差异性,但却共享着相似或一致的认知框架。其意识形态性并非呈现为知识表述的具体内涵,而表现在这些认知框架和历史结构所呈现的权力关系。

这种认知框架之一,是文学与政治的二元结构。如上文反复提及的,造就80年代探询文学自律性的强大历史动力,是50—70年代形成并在80年代已然僵化的文艺体制。事实上,如果不了解社会主义现实主义的文学成规和中国化马克思主义文艺体系,尤其是这种文艺体系的历史实践("文革"是其极端表现)造成的社会后果,显然就无法理解80年代想象文学的方式及其情感强度。"纯文学"之"纯"的诉求,正是为了反抗并挣脱这种文艺体制。不过,在80年代的历史语境中,50—70年代形成的文艺体制并不被作为一种对等的文艺观念,而被视为压抑和控制文学的"政治"。也就是说,文学/政治这种二元对立的表述方式,完成的实则是充满意识形态意味的价值判断,而非有效的历史批判。正如杰姆逊提出的"只要出现一个二项对立式的东西,就出现了意识形态,可以说二项对立是意识形态的主要方式"①,文学/政治的对立固然宣判了"纯文学"反叛的对象为非法,不过同时它也以"政治"的方式返身定义了自身。可以说,"纯文学"的强大历史效应并不在于它如何表述自身,而在于它替代自己所批判的对象成为新的政治理想的化身。可以想见,一旦造就"纯文学"批判能量的历史语境发生变化,这种批判效能也将丧失。

而更值得讨论的是,由于在80年代的历史语境中,"纯文学"主要被作为"反政治"或"非政治"的说辞,填充进这一结构性"空位"中的具体内容本身携带的历史内涵反而是被视而不见的;当其政治批判效能丧失之后,它自身就将构成现实的政治。这也是比格尔所描述的艺术体制和单一作品之张力关系的消失。因此,在90年代后新的历史条件下追溯"纯文学"如何在80年代建构其自身的知识表述,事实上也是挣脱80年代的意识形态限定而"复现"并探讨所谓"政治"和"文学"的具体历史内涵,及其实际扮演的历史角色。伊格尔顿把文学理论最终归结为"政治批评"在80年代曾引起许多人的反感,不过他反

---

① [美]F.杰姆逊:《后现代主义与文化理论》,唐小兵译,第27页。

复强调说,他所谓的"政治""仅仅指我们把社会生活整个组织起来的方式,以及这种方式所包含的权力关系",他所谓"政治的批评"是指对"语言(或含义)形式和权力形式之间的那种多重关系"①的发掘。或许可以说,清理"纯文学"的知识谱系和意识形态特性也正属于这种"政治批评",它试图揭示的正是"纯文学"以"非意识形态"的方式所完成的意识形态功能。

构造"纯文学"观念的历史认知框架之二,可以说是一种浪漫主义或人道主义式的主体论。"文学是人学"这一表述中隐含着人/非人、文学/非文学的对等结构,也就是说,如何想象理想的"文学"是与如何想象理想的"人"分不开的。正如"纯文学"通过把80年代的主流文艺体制判定为"政治的"而发挥自己的批判效能,"主体论"也是通过将阶级斗争理论判定为"非人"的而使抽象的"人"的表述负载充沛的批判能量。在建构"纯文学"知识表述的过程中,尽管对于语言、符号的"发现"构成了新表述的支点,但是正因为主体论划定的疆界,语言、符号始终只能是作为"人"的创造性的中介。这也决定了对于"文学"/审美自律性的理解,并非要将其视为绝对客观的符号体系,而视其为创造理想人性的替代性场域。当90年代后的历史变化,例如贫富分化和社会阶层重组,将"抽象的人"还原为具体的等级序列中的有阶级、性别乃至世代、民族等差异的人时,建立在浪漫主义主体论基础上的"纯文学",在某种意义上已经蜕变为中产阶级意识形态之一。

构造80年代"纯文学"观念的历史认知框架之三,是一种中国/西方的二元框架。这一地缘差异框架同时可以被演化为"传统"/"现代"乃至"旧"/"新"的价值判断框架。其所以如此,乃是因为80年代的文化变革事实上是从冷战结构所造成的"闭关锁国"状态挣脱出来的中国,完成的一种自我否定和自我变革的过程。"改革开放"的口号本身显示着清晰的"内部"与"外部"的历史结构,来自"外部"("西

---

① [英]特里·伊格尔顿:《当代西方文学理论》,王逢振译,第289、11页。

方")的思想成为了内部变革和再生的资源。这一历史过程构造了一种新的历史进化论和新启蒙主义的总体表述。在一种"地球村""与世界接轨""中国自立于世界之林"的全球化想象当中,"现代"的、"进步"的西方,成为80年代中国文化界尝试挣脱既有意识形态框架的思想源泉。正因此,"纯文学"的知识表述始终以西方(实则为欧美)为其资源,即使极为"本土"的现代文学研究也未能幸免。可以说,纯粹的、不仅跨越阶级也跨越民族国家界限的"纯文学"大同世界般的想象,正是80年代"全球化"想象在文学观上的投影。90年代以来,"真实"地置身全球政治/权力格局的历史体验,则在很大程度上改写着人们关于"世界"的理想化想象。有关后殖民的论述也在提醒着人们80年代的中国/西方二元框架中隐含的权力关系。或许,这样的历史条件,同时也应当成为人们反省"纯文学"并据以建构自身的知识谱系的合法性的基点。

总而言之,揭示80年代"纯文学"观念的知识谱系及其意识形态意味之所以成为可能,正因为90年代迄今的历史进程已经将那些曾经支撑"纯文学"观念但未显影的认知框架"暴露"出来。在这种新的历史条件下完成对"纯文学"观念的自我批判,并非简单地舍弃追求理想文学的诉求,而是试图探询一种更有效地释放文学与文学研究的批判能量的路径。正如伊格尔顿评述美学时所说的那样:"美学既是早期资本主义社会里人类主体性的秘密原型,同时又是人类能力的幻象,作为人类的根本目的,这种幻象是所有支配性思想或工具主义思想的死敌"①,文学事实上也正是这种"极其矛盾"的现象。呈现"纯文学"的意识形态,固然是为了揭示它曾以怎样的方式参与历史权力构造,同时更是为了释放它在想象人的更合理生活时的乌托邦能量。

(《山东社会科学》2007年第2期)

---

① [英]特里·伊格尔顿:《审美意识形态》,王杰等译,第10页。

第二辑

21 世纪的中国问题

重讲"中国故事"

沃勒斯坦(Immanuel Wallerstein)曾将民族—国家(nation - state)视为现代世界体系的一大"发明"。在他看来,正是16世纪在欧洲形成的资本主义世界市场,使得创造民族—国家这一"想象的共同体"成为必需。① 美国学者杜赞奇(Prasebjit Duara)则提出:在欧洲,是先有state这一国家建制,然后才创造出nation这一文化共同体;而对于近代中国而言,顺序则颠倒过来,即是在被强行纳入现代世界体系而刺激出的强烈的民族主义情绪和关于文化共同体诉求的推动下,创建现代的国家机制才构成了中国现代化进程的基本内容。② ——类似的理论思考提醒我们,对于现代中国国族叙事问题的考察,需要纳入全球经济体系的观察视野,才可能给出更为深入透彻的阐释。可以说,决定着"中国"叙事以这样而不是那样的形态出现的关键因素,并不是诸多有关中国的历史故事和文化符号,而是特定时期的中国在全球体系中所处的位置以及关于这一位置的自我认知。正是后者决定着对前者的选择和叙述,或者说,前者恰是后者所构造出来的"想象的共同体"的具体表征。

从这样的思考角度出发,当我们观察21世纪中国社会的变化时,恐怕没有什么比经济全球化和"中国崛起论",以及与之相伴的中国

---

① [美]伊曼纽尔·沃勒斯坦:《现代世界体系》第一、二卷,罗荣渠等译,北京:高等教育出版社,1998年。
② [美]杜赞奇:《文化、权力与国家——1900—1942年的华北农村》,王福明译,南京:江苏人民出版社,1994年。

国族叙事发生的变化,更为引人注目的文化现象了。这其中,作为一种在 21 世纪出现并引发广泛注目的文化产业与文化现象即"中国大片",因此也成为格外值得关注的对象。它既是经济全球化在电影工业领域的具体实践,又作为大众文化产品在建构着有关中国的主流国族想象,因而在全球化与国族叙事的双重面向上,为我们提供了一个讨论的重要媒介。

一 中国大片:"全球化"与好莱坞化

自 2002 年《英雄》创造出票房奇迹以来,"中国大片"便成了中国电影工业和大众文化中一个格外引人瞩目的新类型,指称那些由中国电影业(包括内地、香港等不同的生产实体)制造出来的如美国大片一样的商业影片。有人曾概括出它的三个主要特征:"一是大投资、高科技、强阵容的制作规模,二是跨民族、跨文化而进入全球性主流市场的制作目标,三是看它是否拥有全球性主流市场上的票房业绩。"[①]这也意味着"大片"首先指的是电影的制作规模,并以国际化的资金背景和市场诉求作为其主要特征。中国大片的名单上,至少可以列出:张艺谋导演的《英雄》(2002)、《十面埋伏》(2004)、《满城尽带黄金甲》(2006),何平导演的《天地英雄》(2003),陈凯歌导演的《无极》(2005)、《梅兰芳》(2008),冯小刚导演的《夜宴》(2006)、《集结号》(2007),唐季礼(成龙)的《神话》(2005),于仁泰(李连杰)的《霍元甲》(2006),吴宇森导演的《赤壁》(2008)等。这些影片在制作方式和美学特征上,有着颇为相似的特征,这也使得我们可以将之作为一个具有某种内在统一性的商业电影类型而加以讨论。

大投资是中国大片的首要特点。无论从投资上"海外资金占到了一半",还是其采取的"全球同步放映"的发行渠道和方式,所谓"中国

[①] 姚玉莹:《中国大片:戴着镣铐跳舞》,《中国报道》2007 年第 3 期。

大片"都成了名副其实的"全球化"产品。大投资表现在电影制作上,则是由名导演、名演员、名制作组成的豪华班底。大片的导演基本上由两部分人脉构成,即内地导演张艺谋、陈凯歌和冯小刚,与香港导演徐克、唐季礼(成龙)、于仁泰(李连杰)、吴宇森等。如果说前一部分导演的影片,乃是2001年中国加入WTO之后,中国国家电影管理政策调整的产物的话,那么,后一组电影则与2003出台的《内地与香港关于建立更紧密经贸关系的安排》(CEPA)直接相关。依据这一《安排》,"香港公司拍摄的华语影片经内地主管部门审查通过后可不受配额限制,作为进口影片在内地发行;香港与内地合拍的影片可视为国产影片发行"。正是在这一背景下,闯荡好莱坞的李连杰、成龙、吴宇森等转而投身中国内地电影业,香港影人和港资也以不同形式快速进驻中国电影市场。

分析这些大片的演员构成,也可有助于了解国际市场在什么意义上决定着演员的选择。几乎每部大片都包括了二到四位在华语电影界占有重要位置的著名演员。在人们熟悉大片之后,也很快熟悉了那几张反复出现的面孔。明星之间的等级是清晰的,这是以其在亚洲文化市场和华语电影中的知名度与票房号召力来衡量的。正是在这种等级阵容中,中国大陆的重要演员也只能成为"地方性明星"。导演、演员之外的制作班底,也是很快便能够熟悉的那些名字,这大致包括袁和平、程小东、林迪安的武术指导,谭盾、梅林茂的音乐,叶锦添、和田惠美的服装设计,鲍德熹、赵小丁的摄影等。这一组合的基本人员构成最早形成于李安的《卧虎藏龙》,并依据影片的具体需要而略有调剂。从这些制作班底的构成来看,称这些"中国大片"为已被纳入全球市场的华语电影的国际组合或许更合适。

国际化运作使得大片在文化表述上的特点,便是前所未有地突出"中国故事"/"东方情调"为其商业卖点。它们基本上都属于古装动作片,剧情一定包含武侠与爱情两部分内容,并格外强调叙述内容上的"中国文化"特性和影像风格上的"东方情调"。很大程度上,大片将其叙事内容集中于"中国故事",程度不同地关联着21世纪中国的经济崛起及其在世界格局中位置的改变,以及由此而形成的某种全球性"观看中国"的热情。这一点因张艺谋执导2008年北京奥运会开幕式的文艺表演,而得到了直观诠释。

不过,大片在讲述"中国故事"时,其题材和类型的单一性,却直接受制于中国电影在全球市场上的位置。由于大投资和大制作使得中国大片无法仅仅依靠国内市场收回成本并获利,于是国际市场就成了关键因素。因此创造一种相应的国际认可策略,便成为这些大片首先考虑的问题。张艺谋曾将中国电影视为海外市场这一"大饭局"上的"一碟花生米",并认为正是这一现实决定了中国大片狭窄的生存空间①。但有意味的是,大片导演与制作者的这种国际化取向,与国内观众对此的一片骂声形成了鲜明的对照。对于许多中国观众而言,大片单调的类型、过度的奢华场面、粗陋的故事与引人笑场的台词,使得它们几乎变成了"烂片"的同义词。在考察这种因国际化诉求而导致的中国电影市场与全球市场关系的变化时,显然不能仅仅在商业/美学、商品/艺术、电影工业/电影艺术等诸多二项对立冲突中去解释问题,也不能简单地把中国观众的骂声读解为大片"缺乏本土市场",把大片制造者的全球化取向简单地概括为"崇洋媚外"。或许,将之理解为全球化格局下中国电影的去/再区域化与自我定位的调整,一定程度上会更具阐释力。

如果把视野相对拉开,将电影史上好莱坞以外的民族/区域电影工业进入国际市场的方式,纳入思考视野的话,会发现中国电影大片与欧洲艺术电影、印度电影以及韩国电影工业的国际化策略都会有所不同。中国大片最主要的特征在于,它看起来并不以保障区域性的电影市场为目标(尽管美国大片的限额进入当然在一定程度上保护了中国电影市场),而是以直接进军北美市场作为其主要的商业策略,并在

---

① 孟静:《大片之谜:为什么一定要拍大片?》,《三联生活周刊》2006年总第406期。

文化表述上呈现出自我东方化色彩。《卧虎藏龙》对这一电影模式的形成,有着极其重要的示范作用。这部制作费仅1700万美元的影片,赢得了2亿1千万美元的高票房,从而为中国大片跻身国际市场展示了一条成功的捷径。

不过有意味的是,在2000年大放异彩的两部华语影片中,恰恰是在北美市场取得成功的《卧虎藏龙》,而不是在欧洲市场叫好的《花样年华》,成为了中国大片的榜样。这其实已经清晰地显示出,中国电影的国际化诉求,已经从80—90年代锁定的欧洲艺术电影市场,转向了21世纪以来的北美商业电影市场;而中国大片所谓"国际市场",毋宁说是"北美市场";所谓"国际化",不如直接地说就是"好莱坞化"。甚至可以说,以"外语片"的形式进入好莱坞全球市场体系,构成了中国大片进军"国际市场"的具体诉求。这也使得中国大片在理解所谓"世界/全球语言"时,往往指称的乃是所谓"好莱坞语法"。

最突出的例证,或许是《赤壁》。这是一部典型的华语大片,大投资、大制作、大场面、东方美学和武侠世界,并将之发展到登峰造极的地步。支配其叙述基本法则的,是好莱坞大片《最长的一天》和吴宇森自己的动作美学加兄弟情谊,而在中国家喻户晓的赤壁之战的历史故事,也就被改写成了银幕上两个男人争夺一个女人的中国版《特洛伊》。

在其他大片中,这种"好莱坞语法"是以"人类""人性""世界"的名义出现的。中国大片一贯的缺陷被指认为"编剧不合格""叙事上有缺陷",而事实上,这些大片共有的突出特征在于,它们往往借助于一个成型的故事模式,比如《英雄》所借重的日本电影大师黑泽明的《罗生门》式的重复叙述,比如《满城尽带黄金甲》所搬用的中国话剧经典《雷雨》的故事,比如《夜宴》借用了莎士比亚戏剧《哈姆雷特》的故事原型等。借用成型的故事模式,固然是为了减少观众在接受时的阻力,从而把最大的关注点都放在对电影所营造的视觉奇观的注视和欣赏上,但是,这同样也深刻地显示出中国大片面对国际市场时的"翻译语法":它尝试将古代中国的故事,以一种现代/西方人可以理解的方式转译出来,从而将中国大片制造为一种可以进入国际市场的产品。

中国大片作为一种新的商业电影类型的出现,很大程度上改变了华语电影产业的基本格局。作为一种电影工业模式的"华语电影",在很长时间内指称的主要是60—80年代发展成型的香港电影业。它在东南亚与东北亚地区都形成了相对稳定的票房市场与观影传统,并一定程度上构成了与好莱坞相抗衡的"另类"区域电影形态。不过,这种格局在90年代中期发生了重要变化,其重要制作成员和主要美学元素都被好莱坞电影工业所收编。这突出地表现为重要电影人诸如成龙、李连杰、吴宇森等纷纷转战好莱坞,并使得中国功夫事实上成为了好莱坞主流商业电影中的"必杀绝技"。

这一状况在中国大片出现之后有了新的转机。中国大片的国际化诉求使它逐渐消泯了"中国电影"与"华语电影"之间的界限,而制作资金、人员和市场纷纷向中国大陆转移,则使得"中国大片"与"华语大片"事实上已难分彼此。这显然直接关联着中国在全球体系中位置的改变,也是"中国故事"拥有广泛观众的政治经济学背景。中国大片在重组华语电影的基本格局的同时,也很大程度上改变了亚洲电影市场与好莱坞全球市场体系的关系。

正是在这样的历史情境之下,重新思考所谓"全球化时代的华语电影",才成为具有现实意义的问题。或许可以将中国大片的国族叙事,概括为三种因素耦合的结果:中国故事、好莱坞语法与华语电影工业的重组。这也构成了中国大片"国际化"的具体内容。不过,在将自己纳入好莱坞全球市场体系的主观诉求,和实际的电影制作水平与方式中,还存有技术与文化上的不小的距离和错位。这似乎也构成了中国大片的"中国特色"之所在,并透露出了颇为复杂且暧昧的政治/文化潜意识表征。

二 "欲望的透视法"与中空的主体位置

由于《卧虎藏龙》在中国大片形成过程中扮演的重要角色,所以值得将这部深谙好莱坞语法的华语大片作为分析的起点。

《卧虎藏龙》2000年在北美票房市场和美国电影界取得的双重成功,常常被认为获益于其古装武侠电影类型。不过,武侠片却并不是其成功的全部理由。关于《卧虎藏龙》,李安曾写道:"我想拍武侠片,除了一尝儿时的梦想外,其实是对'古典中国'的一种神往。……一心向往的是儒侠、美人……的侠义世界,一个中国人曾经寄托情感及梦想的世界。我觉得它是很布尔乔亚品味的。这些在小说里尚能寻获,但在港台的武侠片里,却极少能与真实情感及文化产生关联,长久以来仍停留在感官刺激的层次,无法提升。"①李安对港台武侠片的批评,在于它们未能与布尔乔亚式的"古典中国"的体认联系起来,对这一点的克服也就成就了《卧虎藏龙》区别于一般武侠片的独特之处。影片对"古典中国"的呈现是全方位的,不仅有情节层面的与中国传统道德"发乎情止乎礼仪"相吻合的性爱纠葛,也有江湖世界的打斗与乡愁式的中国景观,以大提琴和鼓点演绎出的东方风格的谭盾音乐,也在不断地强化着影片的"中国情调"。

更重要的是,影片创造出了这个古典中国的江湖世界与"真实情感及文化"之间的具体关联。也就是,它同时也是一个观影个体可以投射欲望于其中的对象。这种关联或可称为一种"想象的乡愁",它"颠倒了幻想的时间性逻辑,创造出比单纯的羡慕和模仿、欲望还要更深层次的愿望"②,仿佛银幕上那个幻想的世界代表着我们更真实的过去的自我。

---

① 李安关于《卧虎藏龙》的导演阐述,见 http://baike.baidu.com/view/27115.htm。
② [美]阿尔君·阿帕杜莱(Arjun Appadurai):《放松缰绳的现代性》(*Modernity at Large:Cultural Dimensions of Globalization*),University of Minnesota Press,1996年。

有意味的是,尽管在技术上和影像风格上都基本仿制了《卧虎藏龙》,但《英雄》对"古典中国"的呈现,却并没有创造出这种"想象的乡愁"的韵味。最值得分析的,或许是两片有关中国景观呈现方式的差异了。这种呈现都带有"异国风情"的特点,将中国著名的景区风光如西部的大漠戈壁、南方竹海、九寨沟山水等搬上银幕,作为人物活动的场所,同时也作为独立的影像构成。不同的是,《卧虎藏龙》的风景因之成为了人物形象与之水乳交融的"风景",而《英雄》中的风景却成为了平面化的景观,被人戏称为"风光片""MTV"。

关于"风景"的理论阐释,恐怕不能不提及日本学者柄谷行人的论述。他写道:"所谓风景乃是一种认识性的装置",这个"装置"是一种中心透视法的视觉呈现,它在创造"外面的风景"的同时,也创造了"内面的人"。① 如果说《卧虎藏龙》的"风景"确实能引动人们对于"古典中国"的乡愁的话,那么也许在于它成功地创造出了一个能发明"内面的人"的透视性观影主体的位置。只有当银幕上的"中国"影像,能够与个体(也是观影主体占据的位置)的内在欲望构成"能指"与"所指"的深度关系时,中国风景才可以成为"被看见"的对象。在《卧虎藏龙》中,中国风景并不是它自身,而成为了特定的"能指",即通过它们创造出了一个内在的情感世界——"武侠世界对我最大的吸引力,在于它是一个抽象的世界,我可以将内心许多感情戏加以表象化、具体化,动作场面有如舞蹈设计,是一种很自由奔放的电影表现形式"。② 中国风景与这个情感世界的关系,构成了"能指"与"所指"的关系,后者由中国风景所呈现,但又左右着中国风景的意义阐释。因此,中国风景事实上成为了"欲望的能指"。

而在叙事层面上,《卧虎藏龙》所讲述的情爱故事的主题或可概括为"压抑":李慕白与俞秀莲、李慕白与玉娇龙、玉娇龙与罗小虎,甚至

---

① [日]柄谷行人:《日本现代文学的起源》,赵京华译,第12页,北京:三联书店,2003年。
② 李安关于《卧虎藏龙》的导演阐述,见http://baike.baidu.com/view/27115.htm。

碧眼狐狸与玉娇龙,都构成不同层次不同侧面的被抑制的引而不发的欲望关系。显然,再没有比"压抑"机制更能显示出欲望与主体的互相构造关系了,他/她们共同成为了持有摄影机的导演(同时也是观影者占据的位置)与银幕上的江湖世界之间关系的象征。因此,中国风景不仅是"欲望的能指",关于它的呈现方式还成为了"欲望的生产"。它在创造出一个"内面的人"的同时,还生产出了这个"内面的人"对中国影像的观看欲望。由此,也将观影个体安置在其对中国影像之间的透视法则与欲望关系之中。

这里针对电影语言如何将观影个体安置在其对中国影像的观看方式中的讨论,并不是一种"本体论"式的电影语言分析,而力图揭示的是这种电影语言的意识形态。关键所在,便是那个被创造出来的作为"内面的人"的个体。有关"古典中国"的"想象的乡愁"之所以也能够被北美市场乃至全球的国际观众分享的原因,正如李安自己准确地提示到的,因为这是一个"布尔乔亚式"的主体。这才是那个分享"世界语言""普遍人性"的主体。戴锦华在讨论1990年代中国大众文化中的"想象的怀旧"时指出,在"怀旧感"与构造"中产阶级'个人'"之间存在着几乎直接对应的关系。① 其实这或许是"想象的乡愁/怀旧"的全世界通用法则。甚至也可以进一步说:正是这种视觉透视法及其创造的内在欲望个体和"欲望的能指",也构成了好莱坞"世界语言"的关键所在。正如让-路易·博德里和劳拉·穆尔维在讨论电影机器和影院机制如何创造欲望化个体时,所分析的对象都是好莱坞主流影片,可以说好莱坞电影正是依据这一"世界语言"来讲述"主体"/"人性"/"人类"的故事。②

---

① 戴锦华:《隐形书写——90年代中国文化研究》,第106—128页,南京:江苏人民出版社,1999年。
② [法]让-路易·博德里:《基本电影机器的意识形态效果》,[美]劳拉·穆尔维:《视觉快感和叙事性电影》,均收入李恒基、杨远婴主编:《外国电影理论文选》,北京:三联书店,2006年。

而这一"欲望的透视法",显然也是詹明信(Fredric Jameson)在论及跨国资本主义时代的"第三世界民族寓言"时,所提到的那个"第一世界文本"的基本特征。詹明信如此写道:"资本主义文化的决定因素之一是西方现实主义的文化和现代主义的小说,它们在公与私之间、诗学与政治之间、性欲和潜意识领域与阶级、经济、世俗政治权力的公共世界之间产生严重的分裂","我们一贯有强烈的文化确信,认为个人生存的经验以某种方式同抽象经济科学和政治动态不相关"。① 这些描述事实上也同样甚至更精确地被实践在好莱坞这样的"第一世界文本"和"世界语言"之中。

可以说,恰恰在如何领会和实践作为好莱坞语言精髓的这一"欲望法则"上,中国大片表现出了自身的暧昧性。与《卧虎藏龙》构成对比的是,同样是自我放弃的主题,《英雄》却将之转移到"个人"与"天下"关系的叙事模式中:"个人的痛苦与天下相比,便不再是痛苦。"可以说,《英雄》讲述的不是关于压抑/欲望的故事,而是暴力(权力)与(自我)阉割的故事。这不止表现在"残剑"和"交剑"这一直观的影像表层,而且表现在权力以他的肉身形象(陈道明饰演的秦始皇)始终高高在上地俯瞰着反抗的主体(李连杰饰演的刺客无名),并最终以其智慧与人格驯服他,使其自愿就戮。更具反讽意味的是,那被无数利箭钉在大门之上的尸体,隐约地呈现出一个"人"字形状。伴随着画外音"秦王下令厚葬无名",这"人"字大约不是无心之举,而似乎意味着:只有在自愿被发自权力宝座方向的箭阵射成肉酱的时刻,无名才成为真正意义上的"人"/"英雄"。

这种受虐/自我阉割的故事及其透露的对权力的态度,其实不只是表现在《英雄》中,而几乎可以说构成了中国大陆导演拍摄的商业大片如《天地英雄》《夜宴》《黄金甲》的内在主题。或许可以把中国大

---

① [美]詹明信:《处于跨国资本主义时代的第三世界文学》,张京媛译,收入《晚期资本主义的文化逻辑》,第523页,张旭东编,北京:三联书店,1997年。

陆导演的大片概括为一个与"欲望的透视法"截然不同的故事:关于阉割的故事,以及由此呈现的对于权力/秩序的效忠与臣服。它不是以内在个体的透视法来创造一个"欲望的能指",而是讲述权力秩序自身,以及权力与反叛之间的和解。由于主体的欲望对象本身成为不可欲的,并且正是它阉割了主体,所以最终呈现的乃是一个权力所许可和需要的被掏空的主体位置。显然,当内在主体/个体无法确立时,那外部的"风景"也将是无法"被看见的"。它们不能成为被欲望驯服的对象,而在很大程度上就是它们自身,并且带着奇观式的视觉效果使人感到不适。缺乏内在主体指向的中国风景和诸多文化符号,因此在某种意义上成为了"空洞的能指"并造就了一种"震惊美学"。

或许正因为此,这些中国大片会格外地需要使得有关中国的一切都呈现为"可看的"。事实上,影片中充满的其实主要是物像和视觉的奇观。所有有关中国的符号:风光、武术、琴棋书画、中药、京剧、宫廷等,都成为独立的、可以游离于叙事之外的、超真实的"物"。甚至对于《无极》那样的影片来说,其叙事的主角并不是人而是物,不是奴隶昆仑、大将军光明、公爵无欢和王妃倾城,而是鲜花盔甲、千羽衣、黑袍和权杖。中国大片的所谓张艺谋式的"大场面",其实便是这种物的呈现的极致:那是由无数的人组成的、却没有人的面孔的视觉奇观。应该说,这种奇观与那个抽空的主体位置,与那种"欲望的透视法"的匮乏,有着内在的关联。

三 两种"和解":一个新的国族主体出场?

中国大片以反欲望的故事形态所讲述的主体空位,和以"震惊美学"呈现的视觉奇观,显然可以很容易地被阐释为一种西方中心主义视野下的自我东方化表述。不过,如果我们摆脱那种简单的东/西方二元格局限定来观察大片里的国族叙事的话,却可看出颇为复杂的历史内涵。如果说,如同柄谷行人指出的那样,所谓"内在的人"其实是现代西欧式民族—国家制度尤其是文学制度建构的产物,它建基于个人与民族国家的二元对立模式,那么对于中国大片来说,在缺乏这一主体透视法则中呈现的中国影像,或许也在某种意义上显示出了不同于一般民族—国家模式的国族叙事特征。尤其重要的是,当国际市场的诉求与被"中国崛起论"支撑的主体意识组合在一起的时候,将在不同程度上改写着大片关于中国内部权力格局的呈现,同时也改写着其作为国际化策略的东方表象与亚洲市场及其国家关系的再现形态。

(一)内部的"和解":江湖与朝廷、国家与天下

首先值得分析的或许是大片将中国想象重叠在中华王朝国家的盛世之上。当被问及《黄金甲》的"灵感"来源时,张艺谋笑称:"当然是'唐朝来的'。"事实上,大片的叙事时段,基本集中于唐朝,《十面埋伏》《夜宴》《天地英雄》都是如此。《英雄》和《神话》,则将古代历史背景放置在秦朝。这些似乎都并非偶然。它显然联系着关于"盛世""大国"的理解:文治武功、开疆辟土、万方来朝、太平盛世。或许没有什么比重温中国历史的辉煌时期,更能传递出那份在"东亚的复兴""中国崛起"的现实中的民族自豪感了。

迄今为止为数不多的几部大陆导演的大片,在其故事形态上,也有着奇妙的互文关系。《英雄》与《天地英雄》之间,《夜宴》与《黄金甲》之间,都有着颇为接近的叙事格局和影像风格。如果说前两者讲述的是"江湖",它关联着异域化的中国风景(尤其是西部景观)、身怀绝技的侠士、浪漫情爱与武术奇观,后两者讲述的则是"宫廷",关联着奢华、美色、纵欲、东方式的冷酷、杀戮和阴谋。这种相似显然不只是偶然为之,对于投资近亿的电影产业而言,这当然意味着关于消费市场的测定和判断。如果说"江湖"乃是武侠电影一直致力表现的世界的话,那么"宫廷片"则大约应当算是中国电影产业所创造的新品种了。

而有意味的是,在中国文化传统中,向来就有"江湖"与"庙堂"之

分,并将之视为权力的两极。在江湖/朝廷的对抗关系模式中,中国皇权/宫廷很少成为影片的正面形象和主要表述对象。在50—70年代,"帝王将相的历史"与"人民大众的历史"也是被严格地区分的。可以说,正是在"江湖"/"庙堂"、"帝王将相"/"人民大众"的区分和对抗中,所有的反叛才具有其自身的合法性。参照于此,中国大陆导演的商业大片从"江湖"向"宫廷"的转移,不仅表现为将认同的对象指向中央王朝的正统,同时也可解读为"江湖"与"朝廷"之间的一种和解姿态。当《英雄》中的无名转过身来,平静地面对秦王的军队和皇宫,那似乎也是一种吁请的姿态:他将以自己的血肉之躯,来为刺客与秦王共同追求的"天下"理想献祭。在这个时刻,两种权力被书写为了一个,就好像权力的占有者与反叛者都共同地融入了那"想象的共同体"。这恰恰是现代民族主义的特征:"民族被想象为一个共同体,因为尽管在每个民族内部可能存在普遍的不平等与剥削,民族总是被设想为一种深刻的、平等的同志爱。"①

更有意味的,是分析这"共同体"意识在怎样的情境中诞生。在《英雄》里,刺客们所归属的"国家"(国恨家仇),正是在与超越国家的"天下"理想面前,丧失了其合法性。尽管这里的"国家"显然并不是现代意义上的民族—国家,但在今天的语境下观看电影《英雄》的人们,却显然可以"自然"地将之与"全球化"的某种理解关联在一起。在《天地英雄》里,护宝故事是在一种跨国语境即唐王朝与突厥的冲突中展开的。正是在国际角逐的语境中,男主人公校尉李才得以摆脱了他作为江湖英雄的身份,并将这一身份掷给了那个妖冶而邪恶的替身——独霸一方、代表着分裂中央的地方力量并勾结外国势力的安大人。

而《夜宴》和《黄金甲》在讲述儿子们的乱伦故事的同时,最值得

---

① [美]本尼迪克特·安德森:《想象的共同体——民族主义的起源与散布》,吴叡人译,第7页。

注意的地方或许在于：权力是以男/女、父亲/母亲这样的两张面孔出现的。这两种权力无论在视觉形象还是在情节依据上，都呈现为某种分庭抗礼的格局。母亲/女人权力最终的失败，带有某种悲剧色彩，并正是她唤起着儿子的暧昧认同。这种权力形象的双重肉身和作为儿子的主体认同的暧昧，或可做出一种全球化时代中国国族体认的政治潜意识的解读：如果说在80—90年代的语境中，权力的形象可以轻易地被理解为国家政权的话，那么在21世纪的全球化语境中，国家权力与资本权力（或代表着资本全球化的强势国际政治权力）则构成了互相"媾和"却不可化约的象征性分化格局。这间或成了戴锦华对"刺秦系列"隐喻式解读的一种直观呈现：正因为"新自由主义在国内、国际政治逻辑与政治实践，占据、填补了秦王/秦始皇所象征的权力/强权的空位"①，所以，权力呈现出它的双重面孔，并似乎在国内/国际的双重脉络中被理解。而正是在真正强势的西方/资本权力面前，"中国"或许必然地占据着那张女人/母亲的面孔，并在一定意义上构成了中国内部权力/反叛之间"和解"的理由。

江湖/朝廷、国家/天下界限的消泯，似乎必然会造成某种"国家主义"的权力立场。《英雄》中的"天下"和《天地英雄》中的护宝故事，以及《夜宴》《黄金甲》中的宫廷乱伦故事，都采取了权力/秩序的暴力法则，通过取消/掏空反叛者的合法性，而将"中国"的历史叠合在"王朝"的历史之上，使关于国族（nation）的历史书写成为了国家/政权（state）的历史。民族（国族）主义与国家主义由此而形成了亲密无间的关联。

但问题似乎还存在着另外的理解面向，即对中央王朝的这种归附和向心力，是否就只能在国家—社会的对抗模式中被解读为"国家主义"呢？张旭东在关于《英雄》的解读中提出，《英雄》的天下观对《荆轲刺秦王》那种"当代自由主义个人主义原则"的改写，在一种国际语

---

① 戴锦华：《性别中国》，第189页，台北：麦田出版，2006年。

境的参照下,似乎也可以使人在民族主义与世界主义这两极之外,来讨论"中国"作为现代民族—国家的独特性。① 由古代中国转换为现代民族—国家的"中国",从来就不是标准意义上的以欧洲为模型的民族/国民—国家。因此,是否可以用基于市民社会理论的社会—国家的二元模式来分析中国,就成为可以讨论的问题。

事实上,中国大片无法形成内在个体的欲望透视法则、它与"民族寓言"模棱两可的相似,乃至它以国家主义形态呈现的民族向心力,都与这一关键理论问题可能有着不同层次的关联。不过,将这一理论问题落实到对中国大片的讨论,或许还需要更多的转换环节,因为商业大片的影像呈现与理论问题的阐释,毕竟是两个不同脉络上展开的问题。至少在视觉层面上,从《英雄》的"天下"到《黄金甲》《夜宴》的"宫廷",同时也在呈现着立足于宫廷/朝廷/统治者立场的所谓"天下观"的伪善与残忍。

(二)"东方"表象、亚洲市场与历史的幽灵

有意味的是,正是在中国大片里,基于"天下观"的古代中国的朝贡体系表象,与全球市场体系中的当代中国之间,建立了某种暧昧的历史连接。似乎是,作为中国电影产业全球化运作的产物,大片的资金来源、演员阵容和制作班底的跨国组合,确在某种程度上从文化表象上唤回了那个居于朝贡体系顶端的"中央之国"的幽灵。这显然主要导源于中国大片所采取的华语电影/东方情调的国际化策略。它将自己的语言确定为汉语/华语,这一奥斯卡的"外语",却有着港台电影工业所创造的广泛的亚洲市场和大众文化传统;它也将自己的叙事对象和范围确定为古装历史,这一西方眼里的神秘的古代远东世界,与当前全球化格局中亚洲区域的电影制作市场与消费市场发生了直接的互动。这样一种超国家的亚洲表象,却不仅关联着中华帝国朝贡体

---

① 张旭东:《在纽约看〈英雄〉》,《文汇报·笔会》2003年1月17日。

系的历史,也关联着现代亚洲被西方殖民与亚洲内部殖民的历史。因此,也正是在国际市场的诉求之下,亚洲区域市场以及它所召唤出的文化表象,反而比华语大片导演们瞩目的以北美为典范的"全球市场"和"世界语言",带出了更多的问题。在很大程度上,中国大片似乎成为了亚洲国族身份汇聚与冲突的一个重要场域。

中国大片的华语制作和古装历史题材,造成了中国历史与现代亚洲国族之间的暧昧关联。最早的例证是2003年出品的《天地英雄》。护宝故事的地点主要发生在古代丝绸之路的西域与唐朝的西部边疆,但是关于这个故事的讲述却穿越了与现代中国领土相仿的中华帝国的疆界。影片主角之一是日本遣唐使来栖大人,这一角色也由当下日本著名影星中井贵一扮演。此后这种做法成为了大片运作的一种惯例:通过纳入韩、日、印度等国的明星,而扩大其在亚洲的票房号召。显然,这种出于经济动力的商业运作,无法不在视觉呈现上加入关于电影影像的意义创造,从而把遥远的唐帝国与现代中国,把古代日本与现代日本暧昧地连接在一起。事实上,正是来栖大人和从印度取经回来的和尚所表征的唐朝与亚洲的交往关系,被直接地理解为当代中国在亚洲的国际处境。演员姜文如此说道:"这部电影选了一个好的历史背景,这是中国刚刚开始和周边国家交流的时期。"显然,这一说法换成另一更时髦的表述会更合适:那是唐代中国"全球化"的时期。

在《无极》中,国族表象和亚洲市场的票房号召力,更密切地联系在了一起。它的主要演员阵容:中国内地影星刘烨和陈红、中国香港演员张柏芝与谢霆锋、韩国明星张东健、日本影星真田广之,直接对应着影片的资金来源和市场定位:中国内地/中国香港/韩国/日本。尽管书写的是一个远古时代没有明确身份的"海天和雪国之间"的"自由国家",但影像自身却无法不唤起这个"东方奇幻"故事与现代国族身份诸如韩国、日本的关联。

最具症候性的,是2005年出品的《神话》。这是2003年中国颁布《内地与香港关于建立更紧密经贸关系的安排》(CEPA)之后,成龙和唐季礼转战中国/亚洲市场的首部港式中国大片。影片在现代香港、现代印度与古代帝沙国、中国西安和古代秦王朝、古代高丽国/现代韩国之间建立起叙事的关联。这种关联的方式颇为意味深长：它们被组织在一个现代香港的考古工作者杰克寻找他的前世（秦朝将军蒙毅）记忆的故事中。杰克反复梦见的古代女子，就是他前世的恋人，那个服用了不老仙丹、两千年来一直在秦始皇陵墓中等待他的、和亲至秦朝的高丽公主。影片把秦代中国的历史，书写为一个现代香港人"心灵深处的记忆"，这种叙事无论如何都是别具意味的。这种影片的事实，和成龙由好莱坞转移到中国大陆市场的举动这一"电影的事实"关联在一起时，无法不使人意识到"中国崛起"、中国庞大的"吸金黑洞"般的市场，以及它在重新组合亚洲区域市场（表象）时的影响。导演唐季礼在韩国为《神话》做宣传时就直接提出"亚洲应该整合电影资源与好莱坞竞争"。[①] 可以说，正是经济全球化过程中的亚洲作为区域市场的整合，唤回了那个古老的帝国的影子，从而在最表层涵义上，呈现出一个超国家的东方/亚洲影像。

这个东方/亚洲影像似乎并非偶然地需要依托于中华帝国的朝贡体系表象。作为一个有着与《神话》近似的投资背景但却求助于另外的文化表象的影片，2006年出品的《霍元甲》似乎构成了某种意义上的反例。

（三）亚洲"大和解"和民族主义

和成龙同样作为80—90年代香港电影的代表人物，同样于90年代中期进军好莱坞，又同样是2003年后转而投资中国大陆电影产业，李连杰出演《霍元甲》，便和成龙出演《神话》一样，构成中国大片的另一代表性序列。尤有意味的，是霍元甲这一被述对象的选择。人们当

[①] 《导演唐季礼：亚洲应整合电影资源与好莱坞竞争》，http://ent.sina.com.cn/x/2005-10-11/0749862618.html，2005年10月11日07:49 新华网。

然不会忘记,1983年,中国大陆改革开放初期,正是一部名为《霍元甲》的香港电视连续剧,激起了中国民众普遍的文化民族主义热情;同样容易记起的是,1994年,彼时正当盛期的李连杰出演电影《精武英雄》中霍元甲的大弟子陈真,所着力凸显的民族正义感。年轻英俊的李连杰/陈真跪在被日本人毒害的师父霍元甲灵堂前,将一块写着"忍"字的横匾劈得粉碎,这一细节与2006年出现在银幕上显得有些憔悴的李连杰/霍元甲,忍受着毒药发作的剧痛,面带笑容地被日本武士打得口吐鲜血倒地身亡,两相对照,恐怕其中的意识形态意味再清楚不过了:霍元甲从一个代表受侵略民族反抗的"民族英雄",变成了一个化解现代亚洲历史中的仇恨的圣徒。他宽恕了所有的人,包括敌人,尤其是日本人。被日本商人投毒身亡的仇恨,不是中国与日本之间的民族仇恨,而是个别的"日本败类"利欲熏心所致;中国人面对西方和日本的侵略,不应以暴抗暴,而需要化解仇恨专力于"自强不息"。

《霍元甲》的这种历史书写,是经济全球化的后冷战时代一个绝好的隐喻。"大和解"的故事情节显然联系着包括日本在内的亚洲市场诉求,同时也或许包含着始终只能在好莱坞电影中出演"功夫玩偶"角色的李连杰,对于华语/中国电影文化的民族主义热情。不过这种和解,却是中国人以"爱你的敌人"式的受虐方式完成的。这显然可以被作为民族主义抨击的对象。不过有意味的是,这部电影并没有激起多少民族主义的抗议,相反,人们从那个圣徒式的霍元甲身上,看到的是"大国民风"。影评这样写道:"中国已今非昔比,我们是该终止'雪耻'的呼声了。于是,李连杰在《霍元甲》中为我们讲述了这个时代需要的神话,这个时代需要的霍元甲。……当中国宣称要和平崛起的时候,我们需要通过'自强不息'来赢得世界的尊重和敬畏,而不是以暴制暴去计较上一个世纪的耻辱。"①看来,资本全球化、中国崛起似乎在创造着另一种新的国族叙事:它以"大和解"的姿态,化解了20世纪中国作为"落后民族挨打"的民族主义怨恨记忆。

事实上,自2006年的《夜宴》《黄金甲》《霍元甲》之后,中国大片呈现出了不同于前的引人注目的重要叙事特征:它们都将叙事的目光转向了现代中国/亚洲历史,并不约而同地表现出某种对民族主义的借重与"超越"。这表现为《无极》之后的陈凯歌拍摄的《梅兰芳》,艺术与国族之间似乎显示了前所未有的紧密关联,使得这位艺术家始终被有意识地确立为一个民族英雄。不过,也正是京剧(这一带有浓郁国粹意味)的艺术,征服并超越了国族界限:它可以使日本人为之付出自己的生命;而当梅兰芳艺术生命辉煌的顶点被放到美国百老汇剧场时,那更像是陈凯歌写就的一个关于东方与西方的浪漫的白日梦。《夜宴》之后的冯小刚拍摄了《集结号》,国家最终补偿了那些它曾无意间伤害的个人,这显然可以读作对1980年代以来当代中国"告别革命"的政治情绪中浓郁的怨恨情结的化解。论及2006年后的华语大片与民族主义,显然不能不略提及李安2007年出品的《色·戒》和陆川2009年出品的《南京!南京!》。它们都以不同方式触及中国民族记忆中最敏感的区域:中日战争,尤其是南京大屠杀。不过有意味的是,在《色·戒》里,王佳芝假戏真做爱上了汉奸易先生,似乎性/爱穿越了哪怕最不可穿越的国族界限;而《南京!南京!》则让一个日本士兵做了影片的主人公,那个"没有被妖魔化"/"人性化"的日本兵的困惑和痛苦,似乎承受住甚至盖过了南京城成千上万中国人的尸体。如果考虑到《南京!南京!》乃是大片里第一部官方资金背景占绝对主导的中国大片的话,这种历史记忆的书写方式就更有意味。

可以说,基于不同经济、文化脉络的中国大片,其国族叙事的具体

---

① 川江耗子:《〈霍元甲〉:大国民风》,作者博客:https://movie.douban.com/review/10638731/。

形态也各不相同,不过无论是内部权力关系还是外部国族关系的呈现,它们的共同特征乃是"大和解"。这似乎也是由新自由主义意识形态主宰的后冷战时代的"主旋律"。全球流动的资本在以更为现实和强大的力量塑造着新的国族想象。中国大片既是其构成部分,也以它独特的方式在参与着新国族的塑造。它在加固着作为全球市场构成部分的民族—国家的内部凝聚力的同时,又在建构着一个基于全球市场的超民族—国家的普遍人类的幻象。这两种相反相成的叙事张力,与中国电影在其国际化诉求与华语电影业的重组中所形成的多重去/再区域化的再现形态,或许将意味着一个新的中国国族主体的出场。

(《天涯》2009 年第 6 期)

作为方法与政治的整体观

——读解汪晖的中国问题论

一 总体性视野中的当代中国问题

90年代后期以来,汪晖对当代中国问题的分析和探讨,在知识界产生了颇为广泛的影响。很大程度上,正是这些研究造就了他作为思想家(或用他自己的说法——"批判的知识分子")的重要位置。阅读汪晖这些文章,一个突出的印象在于他跨越学科界限而总体地回应中国问题的能力。或许,以是否跨越学科界限来描述这种总体性视野,并不是一种准确的方式,因为汪晖跨学科的目的,并不是为了操演不同学科的语言而展示一种百科全书式的博学,而是因为只有总体性的历史—社会视野才可能全面把握问题的不同侧面。因此,这种总体视野并不是各个学科相加,而首先需要打破那种19世纪式的西方社会科学分类体制,才可能把握到对象自身的整体性;但这也并不是回到了正统马克思主义那种经济基础/上层建筑的总体论,而是对马克思主义思想运动传统的批判性重构;某种程度上或可将其概括为一种重构的政治经济学视野。这当然也不是说他的研究沦为了一种宏大叙事的构造,而是指唯有在这种总体性视野的参照下,对当代情境中具体问题的批判性分析才成为可能。

这种思考特点,格外鲜明地表现在汪晖的三篇重要论文当中。在

1997年发表《当代中国的思想状况与现代性问题》①(后文称《当代中国》)之前,汪晖在许多人眼中,还是一位现代文学学科领域的新锐学者,以研究鲁迅和现代中国思想著称。正是在这篇被称为引起了90年代最重要的一场思想论战的文章中,汪晖表现出了杰出的对当代中国思想状况的总体把握能力。他是把80—90年代中国知识群体作为整体的"思想界"来把握的,这个"界"涵盖的不仅是人文学界的研究,也包括了社会科学领域那些产生过重要影响的理论论述。这种研究方式按照一般的学科分类应称之为"思想史研究"。这曾经是80年代的重要研究方式,特别强调的是知识分子与社会问题间的互动。不过,90年代后知识群体在社会结构中位置逐渐边缘化,思想史研究在不同层面上面临着质询,并逐渐沦为学科体制内部的一种专业研究类别,而丧失了80年代的那种冲击力。这一变化曾被李泽厚描述为"思想家淡出,学问家突显"。而汪晖正是以突破思想史研究的内部视野,重新建构思想与社会间的互动关系,来作为他召唤"批判的知识分子"的开端的。

在《当代中国》的续篇《中国"新自由主义"的历史根源——再论当代中国大陆的思想状况与现代性问题》(后文称《再论当代中国》)中,汪晖进一步把80年代后期的社会运动,纳入对当代中国思想的讨论视野中,强调知识界的理论活动与制度创新、社会民主实践间的历史关联。这并不仅仅是一种方法论上的突破,而意味着他不再将讨论的视野局限在知识界内部,更关心从总体的社会关系结构中,来探讨一种批判性的理论/实践的可能性。

某种程度上,汪晖2006年完成的重要论文《去政治化的政治、霸权的多重构成与60年代的消逝》(后文称《去政治化的政治》),可以视为前两篇文章的进一步推进。这三篇文章首先在讨论对象上有着

---

① 发表于《天涯》1997年第5期。收入《去政治化的政治:短20世纪的终结与90年代》,北京:三联书店,2008年。本文讨论的几篇文章均收入此书。文中的汪晖引文如不特别注明出处,均见此书,仅注明页码。

关联性,即它们都把"新自由主义"及其变奏形态的"现代化意识形态"作为批判对象;讨论的都是当代中国问题。所论历史时段的侧重点各不相同:如果说《当代中国》讨论的主体是80年代知识界的"现代化意识形态"及其在90年代的衍生形态,那么《再论当代中国》阐释的则是80年代如何终结与"新自由主义"意识形态在当代中国的起源,而《去政治化的政治》则侧重讨论60年代(即"文革")的历史意义与80—90年代主流政治形态的形成。就其关注的理论问题和基本批判思路,这三篇文章也有着内在的层层推进关系。如果说《当代中国》主要在意识形态批判的意义上,展开对当代中国思想的内部清理的话,那么《再论当代中国》则力图揭示出隐含在思想问题背后,那个"真正"需要去面对并回应的社会问题,以及知识群体的批判性思想实践如何可能。但是,这时社会问题与思想实践之间的转化关系还没有作为讨论的重心,而这一点则构成了《去政治化的政治》阐释"政治"内涵的基本框架。后者格外突出的是"新自由主义""去政治化"的政治运作方式和全球化语境下中国问题具有"霸权的多重构成"这样的历史特点。它把讨论重心放在阶级、政党与国家这种"短20世纪"的主要政治形态上,进而思考90年代后新的政治实践如何可能。

总之,如果我们把汪晖对当代中国问题的讨论,落实在对这三篇重要论文的考察的话,可以看出,汪晖的探讨始终是在一种总体性的历史—社会视野中展开的。某种程度上,这也决定了汪晖把握和回应中国问题所达到的深度、广度以及由此而产生的广泛影响。因此,解读汪晖,首先需要对他这种总体性视野本身做出分析。需要讨论的是,总体性的历史—社会视野在汪晖这里如何可能?它基于怎样的现实问题的判断而提出?这一思路的具体展开过程是怎样的?进而,这是一种过时而老套的"宏大叙事",还是一种新的知识运作与思想批判的路径,即结合中国问题复杂性的理论与制度创新?更重要的是,在怎样的意义上,这种总体性视野可以展示一种新的批判性思想/政治实践的可能性?

二 "全球资本主义"与现代性问题

问题的讨论,可以从《当代中国》对80—90年代知识界的诸种思想形态所展开的批判方式入手。就其基本方法而言,《当代中国》表现出了颇为鲜明的"意识形态批判"的特点。正如曼海姆在阐释他的知识社会学研究时所概括的,现代意识形态理论的基本特征在于,通过将对手的思想指认为"不切实际的",而否认其"思想的有效性"。① 这种批判方式尽管被马克思主义理论尤其是后来的阿尔都塞、齐泽克等人大大复杂化了,但其基本工作大致是指认出一种思想的"虚假性"及"无效性",并假定一种"真实"而"有效"的思想存在的可能。正是在这一意义上,《当代中国》指认那些形成于80年代的、针对社会主义历史而展开的批判思想实践,不再能应对90年代以来的新的历史情势而沦为了"现代化意识形态"。被汪晖归入"现代化意识形态"名下的思想现象,几乎涵盖了80—90年代所有一度产生过重要影响的理论论述,比如三种当代马克思主义形态,比如80年代的新启蒙主义,以及90年代衍生出来的诸种人文与社会科学理论形态。这篇文章对当代中国思想批判的广度与深度自不待言,它一经发表即产生的巨大反响本身,就说明了这种批判的"有效性"。在一种重读的视野中,文章的最奇特之处,是它那种总体地宣称既有思想形态失效的批判方式,那种以"一己"之力挑战"全体"思想界的巨大勇气。一个基本的问题是,如果说90年代后的当代中国思想几乎是整个地被"虚假意识"所引导,那么一种跳出这个"界"外的批判是如何可能的?这也关涉《当代中国》得以展开论述的批判性支点建立何处。

很大程度上可以说,这种批判的可能性基于一种更广阔的历史视

---

① 参见卡尔·曼海姆:《意识形态和乌托邦》,艾彦译,第80—82页,北京:华夏出版社,2001年。

野的获得,即对"全球资本主义"的指认。《当代中国》把1989年事件视为"历史性的界标",认为此后中国社会与知识界的文化空间,相对于80年代发生了深刻变化。变化的关键在于,全球性资本市场的成型,已经使中国社会深刻地卷入全球化进程。90年代中国知识界丧失批判能力的关键原因,就在于他们仍旧把"批判视野局限于民族国家内部的社会政治事务,特别是国家行为"(92页),因此而无法理解和应对跨国资本主义时代中国问题的复杂性。这种通过强调历史变化与知识运作之间的错位关系而展开批判的思路背后,正如台湾学者赵刚指出的,包含着深刻的"新时代"意识:新的时期来了,赶快寻找新语言。①

不过,汪晖的这种"新时代"意识与80年代知识界认同并建构"新时期"意识的方式又并不相同。在一种"告别革命"的强烈诉求下,"新时期"思想与文化界特别厌倦那种建立在马克思主义理论基础上的"宏大叙事",尽管人们同样毫不犹豫地使用着另外一套由"时代""世界""民族"等启蒙话语构成的宏大叙事。这使得思想文化的问题常常被理解为"独立"的对象,并将召唤这种独立性作为基本诉求,而无法意识和观察到思想与文化问题据以形成并运转的政治经济学基础。汪晖强调80—90年代中国社会转型的意义,指认"全球资本主义"事实上已经渗透到中国问题的不同层面,恰恰是希望重新建构观察思想/知识问题的社会视野。他首先强调的是,如果知识界无法观察到推进历史发展的基本动力机制,就可能拘囿于过时的思想模式,而导致"知识"与"社会"的脱节,从而使得实际的社会状况完全滑落出知识界的视野之外。显然,这很大程度上表达出了80—90年代之交政治、经济与社会变迁对于当代知识群体所产生的那种"断裂感""意外感"与"挫败感"。知识群体对社会变迁的无视与无知,被汪晖

---

① 参见赵刚:《如今,批判还可能吗?——与汪晖商榷一个批判的现代主义计划及其问题》,《台湾社会研究季刊》2000年3月总第37期。

解释为他们拘囿于现代化意识形态,而无法准确地认知自己的历史位置和历史作用。

最重要的一点是,在 80 年代知识群体的自我意识中,他们一直将自己定位为针对僵化的社会主义国家政权与主流意识形态的"反体制"力量。而汪文通过讨论知识界与 80 年代改革进程的关系,认为他们的主要历史作用在于为改革提供合法性意识形态,而并没有获得外在于国家体制和现代化诉求的批判支点。当社会的基本组织形态(即市场社会的成型)和知识群体自身的存在方式都因全球化而发生了巨大变化时,曾经的批判思想其实已经变成了新主流权力秩序之一部分并为其提供合法性。正是在这样的意义上,汪晖认为需要"重新确认"批判思想的基本前提:批判什么、用什么来批判、怎样的批判实践才能真正应对中国问题的复杂性。

汪晖把他的批判思想实践确立在"从现代性问题出发"。在他看来,中国思想界认知"现代性"的基本方式,恰恰成了作为推进全球资本主义之主流意识形态的"新自由主义"的构成部分。他把当代马克思主义和启蒙主义称为"现代化意识形态"的原因在于,它们都把自己限定在传统/现代、中国/西方的二元对立框架内。这种思维模式一方面"援引西方作为中国社会政治和文化批判的资源",另一方面则以民族国家现代化为基本诉求,因此无法逾越现代化视野而对现代性本身展开批判。基于这样的考虑,为回应全球资本主义所导致的中国现实问题,首先便需要把"现代性"这一基本范畴问题化。

值得分析的是汪晖如何理解"现代性"的确切历史内涵。他指认出"现代化意识形态"的具体表征,在于它们拘囿于民族国家的现代化诉求而无法展开对全球资本主义的批判,这意味着"现代性"的基本内涵大致等同于"资本主义现代性"。不过有意味的是,他把 50—70 年代的社会主义思想也看作"现代化意识形态"之一种,因为这种"反资本主义现代性的现代性理论","不是对现代化本身的批判,恰恰相反,它是基于革命的意识形态和民族主义立场而产生的对于现代的资本主义形式或阶段的批判"（64—65页）。显然，在80—90年代中国思想界，这一关于50—70年代的历史判断本身就是极具批判力的，因为在启蒙主义的现代化叙事中，50—70年代并不是作为现代历史，而是作为"前现代"的"封建""传统"社会而遭到批判。事实上，这种判断历史的方式正是"现代化理论"的传统/现代二元论运作的结果，它通过把50—70年代的另类现代化实践纳入"前现代"或"封建"范畴，而否定其历史意义。在50—70年代，"现代化"常常被表述为"革命"与"工业化"，而并不是现代化理论所理解的历史内涵。

不过，尽管汪晖强调"中国语境中的现代化概念与现代化理论中的现代化概念有所不同"，但他在文章中并没有把"现代化理论"彻底历史化。"现代化理论"形成于50—60年代的冷战氛围中，它是美国社会科学界为了与苏联争夺新兴第三世界国家，而创造出来的一套关于后发展国家的发展范式。可以说，"现代化理论"的现代化概念，是冷战时代，为了对抗包括中国的社会主义思想在内的"反资本主义现代性"范式而被制造出来的。正是通过这一套理论范式，西方国家的现代化历史才被普泛化和非历史化了，并且在70—80年代的转折过程中，被第三世界国家普遍接纳为描述自身现代化进程的某种"全球意识形态"。这也构成了80年代中国把"现代化"视为一种意识形态或价值观，而非理论形态的基本历史语境。因此，在对现代性展开批判之前，或许需要就冷战时代"反现代的现代性"、80—90年代中国知识界的现代化意识形态，与汪晖所强调的"全球资本主义时代"的现代性批判之间的历史关系做更多说明。

显然，使用"现代性"而不是"现代化"这一理论范畴，就意味着对现代历史展开一种超越性的批判，无论这种批判是after（之后）还是post（内在批判）。值得一提的是，"现代性"作为一个批判性/反思性的理论范畴，在西方语境中出现于60—70年代，是在质疑或批判现代化理论的过程中形成的；这也导致了"后现代"范畴的出现。而对当代中国而言，这个超越现代的历史契机，在于"全球资本主义"带来的既新且旧的问题。所谓"新"在于,与以前的资本主义不同,这个新资本主义的首要特征在于它的跨国运作:"灵活累积"的资本的全球流动及其文化运作,使得此前那种把视野局限于单一民族国家内的批判思想落入一种顾此失彼、捉襟见肘的矛盾和困境中。可以说,是"全球资本主义"本身,使得一种超越单一民族国家而观察中国问题的总体性批判视野成为可能和必需。因此汪晖判断说:"当代中国思想界放弃对资本活动过程(包括政治资本、经济资本和文化资本的复杂关系)的分析,放弃对市场、社会和国家的相互渗透又相互冲突的关系的研究,而将自己的视野束缚在道德的层面或现代化意识形态的框架内,是一个特别值得注意的现象。"(62页)而所谓"旧"则在于,这种新资本主义并没有消除现代社会的危机,相反,它使得曾经的"另类"也成为危机的另一表征:"社会主义历史实践已经成为过去,全球资本主义的未来图景也并未消除韦伯所说的那种现代性危机。作为一个历史段落的现代时期仍在继续。"(97页)因此,随着"全球资本主义"时代的到来,在"现代性批判"的高度上,不仅需要反思社会主义历史实践,而且批判资本主义也成为迫切的时代问题。可以说,"现代性批判"首先就意味着一种既反思50—70年代的社会主义实践,又批判资本主义现代化历史的总体历史批判。

汪晖特别强调的是,反思现代性问题的根本目的,在于从诸种以"现代化"为诉求的理论模式与制度拜物教中摆脱出来,从而能够"将实质性的历史过程作为历史理解的对象"。他认为"现代性批判"要完成的,其实是一种"解放运动":"一种从历史目的论和历史决定论的思想方式中解放出来的运动,一种从各种各样的制度拜物教中解放出来的运动,一种把中国和其他社会的历史经验作为理论创新和制度创新源泉的努力。"(158页)在这样的意义上,《当代中国》中论及的"现代化意识形态"与《再论当代中国》中批判的新自由主义,是同样的拘囿于现代化内部视野的现代化叙事。汪晖对新自由主义的批判和指认也在此基础上展开。不过,对于曾在80年代作为批判思想的现代化意识形态,与90年代出现的"新自由主义"意识形态,汪晖还是进行了区分,从而把自己视为80年代思想遗产的"批判的继承者或继承的批判者"。

新自由主义是80—90年代转变过程中,"国家通过经济改革克服自身的合法性危机"而形成的一种新霸权形态。在汪晖看来,90年代中国知识界的真正冲突并不在"新左派"与"自由派"的分歧,而在"不同的思想力量与新自由主义的对峙"。新自由主义并不是一种统一的理论形态,而是作为"强势的话语体系和意识形态,它渗透在国家政策、知识分子的思想实践和媒体的价值取向中"(117页)。也可以说,这是全球资本主义的主流意识形态在中国语境中的具体实践与自我表述。但这也并不是说新自由主义就没有自己的理论——80年代末以降出现的"'新威权主义'、'新保守主义'、'古典自由主义'、市场激进主义和国家现代化的理论叙述和历史叙述(包括各种民族主义叙述中与现代化论述最为接近的部分)",都不同程度地参与了新自由主义意识形态的建构(99页)。并且,这种建构常常是以科学与科学主义的理论形态来表述自身的,其基本范畴包括自由市场、市民社会、发展、全球化、共同富裕、私有产权等,其基本理论预设乃在"计划"与"市场"、"国家"与"市民社会"间的对立,并以强调经济与政治的分离以及"自由市场""市民社会"的自我调节能力,作为其政治构想的核心内容。

可以说,全球资本主义及其新自由主义意识形态,构成了汪晖思想批判的基本对象。对全球资本主义这一巨型历史运转机器的把握,使得批判思想实践必然需要一种总体性视野。在后来的《去政治化的政治》一文中,汪晖进一步提出了全球化语境中当代霸权"多重构成"的特点,提出应该在"国家的、国际性的(国家间的)和全球性的(超国家的和市场的)三重范畴及其互动关系内"来讨论霸权和意识形态的运作方式(51页)。这也进一步深化了他在《当代中国》一文中主要从历史维度展开的现代性批判,而将批判视野拓展至权力的社会构成维度。

显然,如果资本的运转及其意识形态运作是全球性或总体结构性的,思想批判的工作如果仅仅局限于国家行为,便无法把握住问题的症结所在。不过,汪晖的总体视野又并不单纯是批判对象的反转。这里所谓的"总体",并不是简单地用"全球的"或"跨国的"总体范畴来取代此前作为总体的"国家"范畴,而是力图把对这些范畴的分析置于"权力网络的关系"之中,并批判新自由主义那种从"单一方向上将自己塑造成反对者"的做法。在他看来,新自由主义的真正问题在于它拘囿于"形式主义的理论"阐释,而缺乏对当代中国复杂历史情境的分析与批判能力;其看似激进实则保守的政治立场也正是以此为基础。这可以说是汪晖经由现代性问题的讨论而发展出来的一套更为深入复杂的历史研究与理论批判的路径。

三 "形式主义的理论"与"实质的历史关系"

关于如何展开对新自由主义的历史批判,汪晖如此描述:"我的目的是在新自由主义的理论话语……与社会进程之间建立历史的联系,揭示它的内在矛盾,尤其是它的表述与实践之间的复杂关系。"(99页)在《是经济史,还是政治经济学?》一文中,他将这一批判思路阐释为探讨"形式主义的理论"与"实质的历史关系"间的关系。

有意味的是,这里构成对立的不仅是"理论话语"与"社会进程",也是"理论"与"历史"、"表述"与"实践"。在他看来,从知识的角度来看,新自由主义的最大问题在于它把自己表述为一套从来如此的形式主义的理论/真理,比如它如何看待"市场",如何看待"市民社会",如何看待"产权"等。而汪晖展开的批判工作在于,通过"回到"具体的历史关系和历史过程中,来揭示出这些理论/真理是出于怎样的政治诉求而被建构出来的。比如他通过布罗代尔(Fernand Braudel)、博兰尼（Karl Polany）的历史研究揭示出，19世纪资本主义社会"经济"与"政治"的分离，"与其说是一种历史现实，毋宁说是资产阶级社会的自我认识"。因为"经济是镶嵌在政治制度、法律、日常生活和文化习俗内部的活动"，与其说存在"自我调节的市场"，不如说这个"市场"始终是政治安排与社会控制的结果。因此，由所谓"自我调节的市场"所支撑的独立经济运作，并不是一种"历史现实"，而是一种建立在以经济为中心的自然秩序观念基础上的"形式主义的理论"。而恰是这些基本的理论预设，构成了新自由主义的核心依据。

理解汪晖关于当代中国问题的三篇文章，还需要了解他在此前后完成的几篇重要理论文章，尤其是《"科学主义"与社会理论的几个问题》《是经济史，还是政治经济学？——〈反市场的资本主义〉导言》《韦伯与中国的现代性问题》。这些文章构成他"得以展开自己对当代问题的看法的理论视野"。①

在《"科学主义"》一文中，他针对作为新自由主义经典的哈耶克著作，指出那种国家/社会、计划/市场的二元思维框架，其实根源于一种自然/社会的二元论。"自然"被理解为处于"社会"之外、并为"社会"实践提供永恒法则的范本。而事实上，对"自然"的理解与控制始终是社会控制的一部分："看不到对自然的无穷征服的过程本身就是一个社会过程，看不到作为近代科学对象的自然已经是有待征服的自然，即一个与社会无关又有待人类社会去征服的领域，就等于放弃了对社会控制机制的理解。"②他因此而力图拆解新自由主义最根本的理论前提：那种以"科学主义"的方式来理解并塑造"市场"与"市民社会"的基本理论模式，即源自自然/社会的二元论。但是，批判新自由主义的二元论，并不是要重新回到整体主义的一元论，而是要将被二元论遮蔽或舍弃出去的那些历史因素，重新纳入历史分析的视野。具

---

① 汪晖：《别求新声——汪晖访谈录》，第470页，北京：北京大学出版社，2009年。
② 汪晖：《别求新声——汪晖访谈录》，第469页。

体到对当代中国问题的讨论：那种基于科学主义前提的激进市场主义理论，恰恰掩盖了国家与既得利益群体如何借助政治控制而行使的垄断行为；那种私有产权神圣化的观念，也正是把当代中国不公正的财产再分配过程中的既得利益合法化了。

在《是经济史，还是政治经济学？》中，汪晖对新自由主义的基本理论论断进行了更系统也更历史化的讨论。借助博兰尼的两个概念即经济的"形式含义"与"实质含义"的区分，他提出，有关"市场经济"/"计划经济"的形式主义描述，无法解释经济体的实际运作，因此，"按照这一站不住脚的描述建构宏观经济理论的基础是极为危险的"。对市场主义的批判显然不应理解为对国家主义的赞美，汪晖要强调的是，看似自我调节的经济运作，其实始终是社会控制与政治运作的结果。因此他提出，要"对经济体的实质性活动"进行描述与分析。这里所谓的"实质"概念，与政治经济学的基本预设一致，指的是"镶嵌在政治、文化和其他历史关系中的经济过程"。追踪这一经济过程所需的政治经济学考察，"并不是社会科学的一门学科，它就是社会科学本身"，或"作为社会科学总体"而存在。因此可以说，相对于西方19世纪形成的社会科学学科分类体制，政治经济学乃是一种"总体知识/历史视野"，它探寻的乃是经济体运作的"实质"或总体的过程。这其实也正是汪晖在用"历史过程"或"历史研究"来批判"形式主义的理论"时，所理解的"历史"的基本内涵。因此他称布罗代尔和博兰尼为"以历史方式探讨理论问题的政治经济学家"，他们的研究则是"以历史研究（实证的）方式进行的理论探讨"。

应该说，汪晖对科学主义的批判、对政治经济学传统的重新阐释，不仅仅是一种理论描述，也是在展示一种批判思路的方法论。事实上，他对中国新自由主义的批判，大致都在这样的思路上展开。由于新自由主义是一种"以经济理论为中心"的意识形态，他格外关注对市场、国家、计划经济与市场经济、经济与政治的关系、市民社会、公共空间等理论问题的讨论。不过，这并不意味着汪晖的政治经济学视野关心的就是经济学问题或政治问题,相反,他认为经济、政治、文化等问题,应该在一种总体的关系视野中展开讨论。在《当代中国》中他就提出,"中国的新马克思主义者"的问题之一,就是没有把经济民主的讨论扩展到文化与政治领域,而"争取经济民主、争取政治民主和政治文化民主事实上只能是同一场斗争"。他由此提出90年代批判的知识分子应该在方法论的意义上探寻"文化分析与政治经济学的结合点"(86—86页)。事实上,这种"作为社会科学总体"的政治经济学批判视野,正是汪晖展开对中国问题的分析时的基本特点所在。他一方面针对的是形成于80年代的那种或可称为"文化主义"的批判思路,即抽离政治经济学维度而强调思想与文化问题的独立性;另一方面他也试图通过强调经济运作的"实质性活动",而在普遍关联的意义上打破学科分类体制造成的区隔视野。正是在这样的意义上,如赵刚所敏锐地指出的,"一个包含政治、经济与文化的整体观"才得以被提出。

如果说对全球资本主义的关注,使得汪晖力图建构一种超越单一民族—国家和现代化意识形态限定的总体性历史视野的话,那么可以说,借助政治经济学传统而关注经济体的实质性历史运作过程,则使汪晖尝试建构一种批判性地考察问题的总体性社会视野。显然,这里强调"历史"与"社会"视野的不同,不过是为了表述的方便,并不意味着这两种视野可以分开,毋宁说它们乃是一种具有"解放作用"的总体性视野的不同侧面。不过,这种"总体性"的分析框架,尽管借鉴了政治经济学传统,但也并不是要回到建立在19世纪政治经济学和哲学基础上的"总体结构"论。汪晖批评了卢卡奇那种把经济、法律和国家作为"严密的体系"看待的"总体论",在他看来,卢卡奇的问题在于没有超越民族国家的政治结构,"用单一的社会模式来观察经济活动及其与政治和文化的关系";同时也没有超越那种源自黑格尔理论的历史阶段论和历史本质主义想象。对这种区分的强调是必要的,这也使得汪晖试图重构的批判性总体视野与黑格尔—马克思脉络上的总体论和大叙事区别开来。但他同时总结道:"当代理论的重要任务不是抛弃政治经济学的传统,而是要在当代条件下重构这一传统。"(268页)他格外重视布罗代尔提出的三层结构,即"日常生活、经济和资本主义是相互区别的历史存在",并认为这种区分为社会斗争提供了一种"非总体化的方向"。

可以说,重构政治经济学的总体视野,并不因为存在着一种类似于系统论那样的社会整体;关键在于,考察实质的经济体运作过程,需要一种超越19世纪式的现代学科体制,也超越以民族国家为分析单位的分析视野,才可能理解并面对"更为广阔的历史本身"。

四　政治化实践的"内在视野"

对于理解汪晖思想而言,如果认为总体性历史视野的主要作用就在于解构那种"形式主义的理论",揭示它们的遮蔽性和内在矛盾,无疑并不全面。真正有意味的,也是打破那种制度拜物教式地理解所谓"新左派"与"自由派"对立的地方,在于汪晖思想的某种"反转"或"跳跃",即将这种历史视野与一种"社会运动的内在视野"结合起来,从而把理论研究转化为一种真正的政治实践。

当他用"实质的历史关系"来解构"形式主义的理论"时,他并不是要一般地讨论"理论"与"历史"的对立,也不是要回到"实证主义"的历史研究,而是思考如何把这一冲突关系转化为一种"解放力量"。他这样阐释道:正如博兰尼和布罗代尔是通过历史研究而展开对自由主义和传统马克思主义的质疑一样,许多对于博兰尼和布罗代尔历史描述的追问,"也是从实质性的历史关系出发质疑理论构架的解释力",因此可以说,"实质与形式的区分本身就构成了一个不断颠覆的动力"(272页);但是当这种针对既有形式主义理论的新的实质历史视野与一种社会运动的取向关联在一起时,实质与形式(也包括事实与价值、历史与规范尤其是理论与实践)之间的二元循环关系就被打破了。马克思对这一困境的克服具有示范意义,即通过"从解释世界转向改造世界"而打破理论与实践的二元循环关系。

汪晖在这里要说的是,"实质"并不真正是实证主义意义上的历史事实,而是另一种新的理论建构;不同于之前那个"形式主义的理论"的地方就在于,这是在一种"实质性的历史"而非理论的自我预设中所展开的理论建构,因此它将导向一种真正"自觉"的、同时也将是"民主"的实践的可能。汪晖举了布罗代尔关于"解放市场"的例子来说明这一转向如何可能发生。表面上看,布罗代尔"解放市场"的构想与新自由主义"自由市场"的表述完全一致,但其政治诉求却"正与之相反"。"因为布罗代尔的政治经济学视野击溃了自我调节的市场的神话,展示了经济与政治之间的关系,不会也不应落入那种彻底的'自我调节'的想象之中。在这里,一种关于市场的民主制度的思考正在诞生。"(274页)同样的理论建构,在新自由主义那里是将其政治与经济垄断合法化的借口,而在政治经济学的批判视野中,则能够转化为民主制度的批判性构想,因为这将是在实质性的历史关系中展开的实践。汪晖因此提出,"一种实质性的历史只有在实质性的社会运动之中才能真正展开"。

理解汪晖思想在这里的"跳跃"无疑是重要的,他由此而将一种抽象的"理论"/"历史"之间两难关系的论辩,转化为一种理论/实践的可能性探索。也正是由此出发,汪晖重构了"政治"这一核心范畴的基本内涵。

这一重构是通过将"实质性的历史"转化为"社会运动的内在视野"而完成的。在这一转化过程中,"社会运动"实践构成了重要环节。应当说,如同如何理解经济民主一样,汪晖对社会运动的重视也是在批判新自由主义关于"市民社会""公共空间"的形式主义理论过程中形成的。作为新自由主义政治构想的重要组成部分,"市民社会"与"公共空间"理论将国家与社会看作权力关系的两极结构,并认为通过市场的自我运动将"自然"地导致民主社会的实现。汪晖认为

"市民社会"理论的问题,正如"自由市场"理论一样,在于"没有清楚地区分规范式叙述与历史进程之间的关系",它"将理论的诉求与实际的历史进程等同起来,以至把不平等的市场过程视为通达民主的自然进程"。当代中国的"市民社会"本身就是由国家力量推动而形成的,并形成了政治精英与经济精英合二为一的社会结构,因此所谓"市民社会"并不能构成制衡国家的力量;相反,二者在许多时候是互相重叠的,并常常联手对抗真正的社会保护力量。"市民社会"理论关于民主的构想,是以扩大国家与市民之间的距离为诉求的,但中国具体情境中的问题却正需要建构大众参与的民主实践来制衡国家与利益集团的专制与垄断。因此,这种去政治化的理论构想与中国的政治民主实践本身几乎是背道而驰的。汪晖在论述这一问题时,特别提到崔之元等提出的以普通公民参与为核心的国家、精英与大众"三层结构"的构想,即强调如何通过把民众的诉求转化为国家政策,从而抑制新的贵族制度以及国家与利益集团的二元联盟。这种民主构想的基本前提在于:"普通公民通过社会运动、公共讨论等形式在不同层次推进关于公共决策的公开讨论。"(132—133页)汪晖认为这是一个"特别重要的中间环节",因为只有在社会运动的内在视野中,理论实践与制度创新之间才能形成真正的互动关联。

汪晖在《再论当代中国》中推进对当代中国思想状况的讨论时,一个最大的变化,便是将社会运动纳入考察视野。他不认同那种把1989年的社会运动解释成知识分子对抗政府的定型化阐释,而认为这是一场针对改革过程中出现的社会问题的自发性社会保护运动。汪晖特别强调促使1989年社会运动发生的历史条件及其基本诉求,正在于中国城市改革过程中不公正的财产再分配过程而导致的社会抗议。但是这种"自发"的社会抗议活动提出的问题,非但没有在进一步推进的市场改革中得到解决,反而被合法化了。中国的新自由主义正起源于这一困境并垄断了对这场社会运动的历史阐释。更值得注意的,是汪晖对知识群体在这场运动中所扮演的历史角色的分析。他认为知识群体无法历史地理解自身与这场社会运动之间的关联,才是导致90年代批判思想失效的关键。由于缺乏对80年代社会运动的实质历史关系的理解,也缺乏与这种历史理解关联在一起的政治构想和自觉实践,所以尽管社会运动发生了,但却并没有转化成自觉的民主实践。在这里,汪晖格外强调的是社会运动如何能够转化成政治民主实践的可能性。在他看来,社会运动在具体的历史条件下发生,和社会运动的参与者如何将抗议活动转化成政治民主斗争,前者并不必然地导致后者,将两者关联在一起,需要一种"政治化"的过程。

这也构成了汪晖在《去政治化的政治》一文中关注的核心问题。这种讨论是与检讨当代中国的60年代(即"文革")的历史遗产直接关联在一起的。与一般的看法相反,汪晖认为导致"文革"失败的原因并不在于"过度政治化",而在于政党政治自身的"去政治化"。他将20世纪中国革命的主要特点概括为政党政治的实践,这种实践的关键在于"阶级"范畴的重要位置。如同博兰尼关于经济的形式概念与实质概念的区分,汪晖将阶级区分为"结构概念"与"政治概念",前者指的是由生产方式、经济地位等指标决定的客观范畴,而后者指的是"一个从运动的内在视野出发才能展示其内涵的概念,即阶级是一个过程——一个形成阶级的过程、一个将阶级建构为政治主体的过程"(25页)。基于这样的区分,汪晖重新讨论了政党与阶级的关系,进而讨论了中国革命主体的锻造问题。他认为农民成为中国革命的主体,"与其说源自一种结构性的阶级关系,毋宁说源自一种导致这一结构关系变动的广阔的历史形势,一种能够将农民转化为阶级的政治力量、政治意识和政治过程"(25页),"斗争与转化是这一政治概念的两个相互关联的环节"(33页)。尽管汪晖在这里对"政治"的讨论,是在针对20世纪中国革命历史的反省中提出的,但是,也可以理解为他对"政治"内涵的一般探讨。他格外强调的是政治实践中的理论建构与主体意识的重要性,即"政治化"的实践过程。

理解"政治"概念乃是"一个在主观能动作用下产生的主客观统一

的领域",必须与汪晖所谓"一种实质性的历史只有在实质性的社会运动之中才能真正展开"关联起来。在突出阶级的政治范畴的主观性时,他一直强调的是这种主观性不能脱离结构性的阶级存在,而必须是一种既超越具体阶级的自我认知,又能在更大的结构关系中锻造出新主体的"综合视野"。这意味着,首先必须超越那种经验主义式的理解阶级构成与阶级意识关系的思维模式,而强调阶级意识是由自觉的政治化实践赋予的;但这也并不是说阶级意识的获得是纯粹主观的行为,而需要在一种更能把握"实质的历史关系"的综合视野中才能完成。正是在这里,政治经济学的总体视野与具体的政治化实践关联起来了。

或许可以参考曼海姆在他的知识社会学理论中提出的"特定意识形态"与"总体意识形态"的区分,来理解这一思路。① 所谓"特定意识形态"指的是特定历史情境中的个人出于利益动机的自我认知,比如一个工人的爱好、兴趣或生活习惯;这或许接近于汪晖所谓阶级的结构概念下的自我意识。而"总体意识形态"则是在社会总体关系结构中创造出来的一种历史主体意识,比如工人所具有的"无产阶级"世界观;这或许接近于汪晖所谓阶级的政治概念下的阶级意识。可以说,曼海姆讨论的是如何塑造一个具有总体社会视野的政治性主体,他认为正是因为这种主体的存在,"乌托邦"实践才是可能的。50年代美国社会学家米尔斯,进而提出了"社会学的想象力",强调要把具体环境中的个人困扰和社会性的总体话题关联起来。② 这一社会理论之所以能够成为激进民主实践的重要口号,正在于它以一种新的方式把握住了个体与总体,乃至理论与实践之间辩证而非对立的关系。汪晖对于"政治化"实践的思考,于此也有相通之处。

汪晖较为详细地阐释了农民阶级如何"被锻造"为革命主体的问

---

① 参见[德]卡尔·曼海姆:《意识形态和乌托邦》,艾彦译,第68—69页。
② 参见[美]C. 赖特·米尔斯:《社会学的想象力》,陈强、张永强译,北京:三联书店,2001年。

题。如果说革命政治"鼓励通过斗争获得主体性的转化",那么使农民成为革命主体的就并不是一种结构性的阶级关系(比如农民与地主的关系),而是一种"全球性的、帝国主义的政治—经济关系"所决定的中国社会革命的动力和方向。这是一种比具体的农村阶级关系更"实质"的历史关系,而农民却无法通过自身的结构性阶级存在意识到这种历史控制因素。因此可以说,正是毛泽东勾勒的"世界性视野",将农民"创造"为革命主体。这也正是"政治化"实践的具体内涵。

不过有意味的是,在将农民转化为革命主体的过程中,更关键的问题应当是"谁"在推进这一政治化进程。这也涉及汪晖提及的政党与阶级的关系问题。汪晖强调,"'使无产阶级形成为阶级'并最终实现'推翻资产阶级的统治,由无产阶级夺取政权'这一使命",才是决定政党性质的关键所在(26页)。这是一个相当有意味的"无主句"。如果说正是政党的"政治化"实践使"农民"成为"无产阶级",那么应当如何理解政党与知识分子的关系?虽然美国社会学家古尔德纳那种将知识分子视为"新阶级"的理论阐释是成问题的①,但这并不意味着政党政治实践与知识分子的关系是自明的,因为政党仅仅是一种政治运作的"形式",而其具体实践最初往往是由知识分子推动的,尽管纳入政党组织之后这些人不再叫"知识分子"。

这里的关键问题在于,作为推动"政治化"实践的主体的知识分子,在这一实践过程中到底处在一个怎样的历史位置?进而,如何理解"政治化"实践与"批判的知识分子"之间的一般关系?这一点却没有在《去政治化的政治》一文中得到明确讨论。某种程度上,这也正是由其"内在批判"的思路所决定的。就汪晖设定的理论实践、制度创新与社会运动之间的互动关系这一政治目标而言,"批判的知识分子"不应被理解为某一结构性的社会群体概念,而应被理解为一个有机地

---

① 参见[美]阿尔文·古尔德纳:《新阶级与知识分子的未来》,杜维真等译,北京:人民文学出版社,2001年。

结合到政治实践中的主体范畴。强调实质性的社会运动才可以展现实质性的历史,意味着一种总体的批判思想视野本身就是历史创造的一部分,并构成了社会运动的动力所在,在此基础上形成广泛参与的民主实践才是可能的。在这里,"综合视野"不是一种外在的理念输入,而是政治化实践的起点,一个创造出政治主体的自我"培力"过程。也正是在这里,汪晖对政治经济学总体视野的重构,由"理论"转向了"实践"。

或许可以说,汪晖对以"普遍联系"作为基本方法的总体性视野的强调,意在探寻一种"作为方法和政治的整体观"。这种"整体观"既不同于历史本质主义的宏大叙事,也与作为"形式主义的理论"的体系化知识建构相区别。这首先是基于全球化时代中国问题的复杂性与独特性而展开的一种批判性思想实践。作为"方法",它能够帮助人们面对"广阔的历史本身",并总体地把握自己存身其中的历史机器如何运转;作为"政治",则是唯有具备这样的视野,人们才能对那些结构性的监控力量(诸如资本主义、学院体制、社会垄断集团等)保持着警醒和批判力,从而使得民主实践成为可能。

在一个批判性知识实践越来越被拘囿于学院体制内部的时代,在一种"去政治化"的总体氛围中人们越来越难以凭借自身经验去把握权力机制的总体轮廓的时代,这种总体性视野或许是尤为必要的。它首先在拓展着人们"社会学的想象力",那就是:在广阔的历史—社会视野中理解自身的存在,并将这种理解转化为创造历史的动力。

(《天涯》2010年第4期)

"文明"论与21世纪中国

如何阐释和理解中国,在21世纪的中国知识界发生了可称范式性的转型。一种从"文明"论角度展开的中国研究和阐释,取代了曾经的诸种中国论述,比如民族—国家论、现代化论、以社会主义与资本主义冲突为主要内容的冷战论等。这里的"文明"范畴,不是一个与"野蛮"相对的形容词,也不是一个大写的普遍价值体,而是一种宏观且复数的独特构成体单位。"中国文明"作为世界史上为数不多的文明形态之一种,具备历史的连续性和稳定性内涵,成为当代知识界阐释中国的一种主要方式。在这种阐释视野中,中国社会被视为"中华文明体"的当代延续,其国家形态是区别于西方式民族—国家的独特政治体,而其文化认同则需要重新深植于古代传统的现代延长线上。

这一范式的转型起源于20—21世纪之交关于"中国崛起""中国模式""中国经验"等的讨论中,并被思想界持续实践于其理论研究中,进而扩展为一种影响广泛的知识范型。与这一知识形态出现同时,21世纪中国社会也出现了"传统文化热"。这种热潮并不仅仅是一种文化现象,同时也作为一种社会、政治、经济的实践,很大程度改变了关于中国的认同方式。

可以说,在理论与实践两个层面上,"文明"论成为阐释与建构21世纪中国的一种重要范式。阐释者的立场、导向和理论谱系并非一致,有种种复杂的声音交织其中,它们不仅尝试阐释21世纪的中国,也力图阐释全球化时代的世界。较为深入地勾勒并分析这一知识形态,因此成为一种批判性思想实践展开的契机。

一 "文明—国家"的崛起?

从文明史视野来勾勒当下世界秩序,始于美国学者亨廷顿(Samuel P. Huntington)1993年发表的"文明冲突"论。八九十年代之交苏东解体之后迅速出现的两种重要历史叙述,一是福山的"历史终结"论,一是亨廷顿的"文明冲突"论。虽然它们在出现之初都引起了激烈论争,但是,两种论述的命运却有所不同。不同于"历史终结"论遭到的普遍贬斥,"文明冲突"论固然引起了许多争议,但有意味的是,迄今它仍是最有生命力的一种历史叙述形态。这里的关键不在"冲突",而是用"文明"这样一个范畴来解释今日世界,被以不同的方式延续或复制。

亨廷顿将"文明"理论视为理解冷战之后世界政治格局的新范式,并声称它是取代"冷战范式"的唯一可能:"在冷战后的世界中,人民之间最重要的区别不是意识形态的、政治的或经济的,而是文化的区别。"亨廷顿所谓"文明",主要指"文化"特性,即"用祖先、宗教、语言、历史、价值观、习俗和体制来界定自己",因此"文明"被视为"一个最广泛的文化实体"。[①] 他提出当今世界存在八大文明,"中华文明"与"印度文明""伊斯兰文明""日本文明""东正教文明""西方文明""拉丁美洲文明""非洲文明"并列。在这样一个"多元文明"的世界里,中华文明构成了对以美国为中心的西方文明的重要挑战。亨廷顿特意突显了"中华文明"与"儒教文明"的区分:"虽然儒教是中国文明的重要组成部分。但中国文明却不仅是儒教,而且它也超越了作为一个政治实体的中国",因此他使用"中华(sinic)"来描述"中国和中国以外的东南亚以及其他地方华人群体的共同文化,还有越南和朝鲜的

[①] [美]塞缪尔·亨廷顿:《文明的冲突与世界秩序的重建》(修订版),第5、21页,周琪等译,北京:新华出版社,2009年。

相关文化"。① 在这样一个中华文明圈中,中国并不占有特殊位置,由于"4只小老虎中有3只是华人社会",亨廷顿更强调"华人"这一族群的重要性。

亨廷顿的"文明冲突"论发表之初,即在1990年代的中国知识界引起了反响。但在当时,这种论述并没有与重新阐释中国直接关联起来,而更多地与阿诺德·汤因比的《历史研究》、奥斯瓦尔德·斯宾格勒的《西方的衰落》等文明史与文明形态学研究联系在一起。不过,当2010年,英国人马丁·雅克在他那本于中国人来说有些惊世骇俗意味的《当中国统治世界》②中,将中国称为"文明国家",而且这种称呼没有任何贬低的涵义(比如不是落后于现代民族国家的"文明帝国",也不是美国政治家白鲁恂所谓"一个佯装成国家的文明"),相反,倒是对支撑中国崛起的那个巨大文明充满敬意时,"文明"作为一个阐释性理论范畴,似乎才与中国建立了更直接的联系。继而,张维为在《中国震撼世界》③中,将中国称为"文明型国家"。虽然只是多了一个"型"字,涵义却有所不同:"文明型国家(civilizational state)——文明国家(civilization state)——前者融'文明'与'(现代)国家'为一体,而后者中的两者是个矛盾体。"在这样的表述中,"文明国家"是一种与西欧式"民族—国家"相对立的前现代形态,而"文明型国家"则糅合了传统"文明国家"与现代"民族—国家"的两种特点,是一个现代却非西方模式的国家。张维为总结了中国作为"文明型国家"的八大特点,以说明中国的崛起代表的是一种新的发展模式的崛起。

用"文明"范畴来描述中国的国家特性,有着明确的历史语境,那就是对中国经济"崛起"的判断和指认,以及由此在全球化格局中重新认知中国的诉求。汪晖提到,"在1989年之后,中国几乎是当代世

---

① [美]塞缪尔·亨廷顿:《文明的冲突与世界秩序的重建》(修订版),第24页。
② [英]马丁·雅克:《当中国统治世界:中国的崛起和西方世界的衰落》,张莉、刘曲译,北京:中信出版社,2010年。
③ 张维为:《中国震撼:一个"文明型国家"的崛起》,上海:上海人民出版社,2010年。

界上唯一一个在人口构成和地域范围上大致保持着前20世纪帝国格局的政治共同体",但是,"在各种有关中国具体问题的讨论中,'何为中国'始终是一个核心的但常常被掩盖了的问题"。① 正是中国经济的崛起和中国作为一个大国在全球格局中日益重要的地位,使得重新讨论这一问题成为可能。用"文明"范畴来描述中国的国家特性则是回应这一问题的一种重要方式。可以说,如果没有中国经济的崛起,"文明"论与中国挂上钩,或许还有待时日。

事实上,这种论述方式并非始自马丁·雅克或张维为,国内知识界于21世纪之初就已形成类似的叙述。其中影响最大的,或许是甘阳从政治哲学角度展开的"文明—国家"论。

甘阳早在2003年就提出中国应当从"民族—国家"走向"文明—国家"。与他80年代在"文化热"中的表现相比,如何看待中国传统,甘阳的立场和态度发生了某种逆转。似乎并非偶然的是,他借用亨廷顿的相关理论描述,区分了现代化的两个阶段:第一阶段"现代化"被等同于"西方化",其特征是对自身文明传统的激烈否定和批判;进入第二阶段,则"现代化进程越发达,往往越是表现为'去西方化'和复兴'本己文化'"。甘阳认为,21世纪的中国已经进入第二阶段,必须树立一种"新观念":"中国的'历史文明'是中国'现代国家'的最大资源。"②

"文明—国家"的提出也意味着对中国的全新认知方式,甘阳认为中国并非联合国上百个国家中的普通一"国",而应是一个"文明母体"。③ 作为一个"历史文明共同体",中国从古迄今表现出了共同特征,即"共同的文化认同""统一的最高主权"和"高度的历史连续性"。

---

① 汪晖:《东西之问的"西藏问题"(外二篇)》,第147页,北京:三联书店,2014年。
② 甘阳:《从"民族—国家"走向"文明—国家"》,《21世纪经济报道》2003年12月27日。
③ 甘阳:《"文化:中国与世界"新论·缘起》,《通三统》,第1页,北京:三联书店,2007年。

甘阳是在全球格局的差异性视角下使用"文明体"这一语汇的,一方面他批评西方中心主义的"世界史"范式,认为中国不仅是"非西方文明",而且"中国在历史上和西方没有任何关系,是完全外在于西方的,西方也完全外在于中国",所以,用黑格尔那样的"世界史"视野无法理解中国;另一方面他强调了中国文明具有内在同一性与延续性,当下中国需要完成的是新一轮的传统整合,将现代、当代与古典传统重新融汇起来。甘阳由此提出著名的"通三统"说,即"孔夫子的传统、毛泽东的传统、邓小平的传统,是同一个中国历史文明连续统"。① 他用"大跃进"时期的地方分权与改革开放时期海外华侨的文化认同,论证邓小平时代的中国、毛泽东时代的中国与传统中国的连续性,并提出应该用"儒家社会主义共和国"来概括当下中国社会的"新改革共识"。②

甘阳强调 21 世纪中国作为"文明—国家"的特性,最重要的立论便是用"文明"传统的连续性来构建中国国家的文化认同,并与他的通识教育、重读经典等实践活动紧密结合。背后的理论资源,很大程度地借鉴了美国哲学家列奥·施特劳斯和德国政治家卡尔·施密特的古典政治哲学思想。③ 这也使他在整体文化取向上表现出某种"保守主义"立场。④ 这里的"保守主义"与 1990 年代倡导"国学""儒学"的文化保守主义有所不同,更多地强调从"中国文明"整体的连续性角度重新认知中国历史与现实。事实上,21 世纪中国知识界值得注意的一种现象就是,在 1990 年代被区分为"社会主义"(左派)、"保守

---

① 甘阳:《三种传统的融会与中华文明复兴》,《21 世纪经济报道》2004 年 12 月 29 日。
② 甘阳:《通三统》,第 23—38 页,北京:三联书店,2007 年。
③ 相关论述参见甘阳:《政治哲人施特劳斯——古典保守主义政治哲学的复兴》(牛津大学出版社,2002 年)、《文明·国家·大学》(三联书店,2012 年),他主编的"文化:中国与世界新论"丛书和"经典通识讲稿",以及刘小枫主编的"西方传统:经典与阐释"丛书等。
④ 甘阳:《社会主义、保守主义、自由主义:关于中国的软实力》,《21 世纪经济报道》2005 年 12 月 26 日。

主义"与"自由主义"的知识群体,于近年呈现出某种混溶状态,尤其是曾被称为"新左派"的知识群体,大都在"文明"的理论视野中探索重构中国现实与历史传统的可能性。2004 年,由甘阳等牵头组织的"中国文化论坛",几乎囊括了中国人文与社科界的重要前沿学者,其宗旨"重新认识中国文明的过去、现在和未来,促进对全球化时代中国文明主体性的理论思考和实践关怀"①,也可以说表达了这一群体的普遍诉求②。

如果说甘阳侧重从历史延续性即纵向的时间轴上理解"中国道路",那么潘维联合多个社科领域的学者提出的"中国模式",则更倾向于从共时性角度建立某种关于"中华文明"的模型。潘维的问题意识也是从理解当代中国的历史经验出发,他把"中国模式"看作"关于人民共和国 60 年'成功之路'的理论解释",而这个"模式"的基础是"中华文明的延续性"。在这种文明史视野中,不仅 30 年与 60 年的当代中国是一个连续展开的过程,而且当代中国与"百年""三千年""五千年"历史也构成了内在的延续关系。"模式"的特征在于结构性要素的稳定性,潘维概括出中国模式的三个子模式,即国民经济、民本政治与社稷体制,每一子模式又可以分成几种更细微的要素。潘维还联合社会科学界的诸多学者,从经济学、政治学、社会学以及法律、医疗、乡村治理等不同领域和角度对中国模式的具体特征和问题序列加以阐述③。

潘维等的"中国模式"与马丁·雅克、张维为的论述有不同之处,后者更倾向于用"标准化"方式抽象地概括中国作为"文明(型)国家"的特点,用以论证"中国崛起"的"必然性",而潘维等则更关注当代中

---

① 有关"中国文化论坛"的简介和活动情况,见"经典通识讲稿"(甘阳主编,三联书店出版)诸书附录。
② 相关论述参见贺桂梅:《"文化自觉"与知识界的"中国"叙述》,收入《思想中国:批判的当代视野》,广州:广东人民出版社,2014 年。
③ 潘维主编:《中国模式:解读人民共和国的 60 年》,北京:中央编译出版社,2009 年;潘维、玛雅主编:《人民共和国六十年与中国模式》,北京:三联书店,2010 年。

国社会实践中的独特历史经验。尽管并非《中国模式:解读人民共和国的60年》一书中所有学者都认可"中国模式"这个提法,但他们阐释中国的共同立场和诉求,是打破西方中心主义范式而从中国自身的历史传统和实践经验出发来解释中国的发展道路。在这样的分析视野中,"中国文明"意味着一种新的阐释平台和研究范式,不再是用西方社科知识来解释中国,也不是用以西方(美国)为模板的现代化范式来规范问题范围,而是打破古/今、中/西乃至社会科学/人文科学的种种区隔,站在中国主体性视野中探询当代中国历史经验的复杂性和丰富性,并尤其关注将那些在实践中"行而不知"的经验转化为自觉的理论探讨。可以说,在知识研究范式的层面,"中国模式"作为一种理论范畴的提出,意味着某种立场的转型,即从西方中心范式、现代化范式向"中国学派"①的转变。

与理论层面上的"文明—国家"论述相关,21世纪以来中国出现的"传统文化热",是一种特别值得注意的社会与文化现象。这里所谓"传统文化",在宽泛的意义上指涉古典中国不同时期、不同形态的文化。它有各种各样的称呼,如"中华文明""中国文化""国学""儒学""传统经典"等。对这些文化形态的关注、讨论、研究、建构与实践的热情,是21世纪中国的一种文化现象,也是一种政治、经济现象,在国家治理、文化市场运作、社会生活组织和民族心理及精神状态等各个层面都有所表现。②

这种社会实践层面的"传统文化热"与理论层面的"文明—国家"论,构成了彼此塑造的复杂关系。虽然在不同脉络上展开,参与其中的社会力量也纵横交错,难于被统一到某种理论形态中,但是,其共同特征在于:正是在"文明"与"国家"勾连的视野中,21世纪中国的国

---

① 吴志攀在为潘维主编的《中国模式:解读人民共和国的60年》所写的序言"旧邦新命"中,提出了"中国学派"这一说法(第3页)。
② 相关描述参见贺桂梅:《传统文化热:"国家"与"文明"交互塑造》,《社会科学报》2014年1月9日。

家形象、社会组织、文化认同等都发生了某种根本性的改变。这是人们在描述、分析21世纪中国时几乎难以回避的。

二 "文明"与"中国"

上述"文明—国家"论述中，论者关于"文明"这一范畴常常在描述性和自然化的意义上使用。比如在甘阳那里，"文明"的含义除了表明"三统"的连续性和中国区别于西方式"民族—国家"的特性，并没有做出清晰界定；"文明"往往是"传统"的同义词，而中国文明的内涵又常常缩小为"儒家文明"。如何从理论上界定"文明"的内涵，并探讨"中国"与"文明"间的独特关系，也构成分析21世纪知识界相关论述的重要问题。

"文明"作为一个大于"国家"而小于"世界"的人类构成体单位，其特征一方面在于文明体内部超越时间的某种连续性和稳定性，另一方面则在其"边界"的模糊性，法国人类学家莫斯称之为"没有清晰边界的社会现象"①。与"民族—国家"所追求的"均质性"和"清晰边界"不同，一个文明体能够包容内部的差异性，同时，与他种文明体之间也存在着既交融又区隔的复杂关系。由此带来的三个问题，其一是文明体与政治体的关系。比如汪晖提出这样一个看法，"在欧洲的语境中，国家的边界与文明的边界并不重叠，而中国历史始终存在着一种将文明的边界与政治的边界相互统一起来的努力"②，这也是将中国视为"文明—国家"的前提。其二是文明体与"民族—国家"的差别。源发于18世纪西欧的现代民族—国家，作为一种现代政治形式，其首要特征在于"一个民族一个国家"，以及建立在"国民"与"国家"

---

① ［法］马塞尔·莫斯、爱弥尔·涂尔干、亨利·于贝尔：《论技术、技艺与文明》，蒙养山人译，北京：世界图书出版公司北京公司，2010年。
② 汪晖：《东西之间的"西藏问题"（外二篇）》，第149页。

的直接对应关系上的均质性。① 而"文明—国家"及文明体内部则总是包含了多种民族、多个区域的差异,因而呈现出混杂性特征。当中国被视为一个由"文明"界定的国家时,其国家特性也发生了变化。其三是文明体间的关系与"世界"想象。亨廷顿的文明理论接近汤因比的文明形态学,强调文明体之间的隔绝、对立而非流通、融合的关系,因而构造的是一种"冲突"的世界图景。在上述三个关键问题上,费孝通、王铭铭与汪晖的中国研究做了值得关注的推进。

1988年在香港的一次讲座上,费孝通提出了"中华民族的多元一体格局"这一说法,将中华民族的形成描述为两个相关联的历史过程:其一是"几千年来的历史过程中形成"的"自在的民族实体",其二是"近百年来中国和西方列强对抗中出现"的"自觉的民族实体"。"自在的民族实体"并非单质的,而是"许许多多分散孤立存在的民族单位,经过接触、混杂、裂解和融合,同时也有分裂和消亡,形成一个你来我去、我来你去、我中有你、你中有我,而又各具个性的多元统一体"。他同时说,"这也许是世界各地民族形成的共同过程"。也就是说,"民族"并非如民族主义理论描述的那样具有单质性,而总是在"交融"中形成,中华民族"大混杂、大融合"的历史不过更突显了这一过程而已。从"自在的民族实体"转化为"一体性"的"自觉的民族实体",则意味着一个政治性的"国族体"构建过程。②

这种描述突破了一般的民族国家理论,而与"文明"论视野中的中国论述关系密切。1990年代后期,为回应亨廷顿的"文明冲突"论,费孝通提出了"文化自觉"说:"生活在一定文化中的人对其文化有'自知之明',明白它的来历、形成过程、所具有的特色和它发展的趋向,不

---

① 参见[英]厄内斯特·盖尔纳:《民族与民族主义》,韩红译,北京:中央编译出版社,2002年;[美]本尼迪克特·安德森:《想象的共同体——民族主义的起源与散布》,吴叡人译,上海:上海人民出版社,2003年。
② 费孝通主编:《中华民族多元一体格局》(修订版),第3—4页,北京:中央民族大学出版社,1999年。

带任何'文化回归'的意思,不是要复旧,同时也不主张'全盘西化'或'坚守传统'。"①王铭铭对此写道:"费孝通先生读了亨廷顿的'文明冲突论',提出'文化自觉'与之对垒,认为冲突背后有一种秩序,这个秩序也是理想,可以用'各美其美,美人之美,美美与共,和而不同'来理解与期待。"②可以说,在费孝通这里,"文化自觉"的中国诉求与"和而不同"的世界构想是一体两面的,在看似平实的历史性描述中,包含了涉及中国认同的重要理论设想。

王铭铭承续费孝通的思考,从人类学、社会学和民族学的视野出发,强调"中国"不应理解为一个"民族体"而应是"文明体"。"民族体"有着将"社会"与"文化"等同于"国家"的局限,固化了一些实际上是历史地构成的社会单位,因此王铭铭提出"文明人类学",以期形成一种新的宏观研究视野。人类学领域注重传播、交融的"文明"研究,往往采取一种普遍主义的文明观,由于这一理论范畴常与"进步的信念"这种启蒙主义思想相关联,使得强调地方性知识的二战后人类学研究者常常避之唯恐不及。不过,王铭铭却认为,放弃"文明"的这一范畴同时也意味着人类学抛弃了与传播论相关联的宏观研究视野。他重新钩沉出1920—1930年代法国人类学家莫斯的理论,将"文明"界定为一种"超社会体系",借此分析地方性的"文化"与作为复合体的"文明"之间的互动关联。

在体系性的"文明"和结构性的"文化"("社会")之间,王铭铭倡导的"文明人类学"力图打破凝固性的结构主体,特别是社会共同体的民族国家和普遍而单一的世界体系这种二元论。这里的"文明"涵义不同于"文明—国家"论的理解。最大的不同在于,它并不将"文明"视为与国家同一的凝固特性,比如"中国模式"那样的"模式",或张维为归纳的"八大特点",而将之视为"体系性"又不断传播、交流、

---

① 费孝通:《文化的生与死》,刘豪兴编,第185页,上海:上海人民出版社,2009年。
② 王铭铭:《"中间圈"——费孝通、民族的人类学研究与文明史》,收入《乡土中国与文化自觉》,黄平主编,第61页,北京:三联书店,2007年。

融合的过程。与之相应的是,被视为"文化"("社会")的那些差异性结构,从来就不是自我生成的,毋宁是"外生的",其独特性总是在"文明"的宏观体系中才能成立。因此他说:"脱离了'超社会体系'研究中的'互为主体'的人文世界观,世界史将是不可能的",对于文明而言,"'融合'同时是历史与价值"。①

具体到中国研究,"从历史上看,过去的中国确实是超社会的,它既不同于世界体系,又不同于文化,历史上无疑是一个帝国,一个我们叫做'天下'的东西,但过去这个超社会体系是有价值和伦理定义的,过去的政府处理内外关系,很大程度上依赖某种既非政治经济又非文化的'技巧',这些'技巧'跟莫斯所说的'文明'有些接近,但又不同于他所说的'超社会的宗教'"。② 如何理解这样一个"超社会体系",是王铭铭重新认知"中国"的基本内容。他提出"三圈说"(即汉人核心区、少数民族"混杂区"和国家边界之外的"世界"),以描述中国这一文明体的内在世界观。作为一个圈式结构关系中的文明体,其中心与边缘的关系并非固定,而存在着圈与圈之间互为主体的可能性。由此,中国既不是民族主义意义上的"国家",也不是普遍主义意义上的"帝国"或"世界",而是包含了诸种混杂性族群与区域("圈")的"超社会体系"。

汪晖以与王铭铭的"超社会体系"概念对话的形式,提出了一种关于中国的新的界定方式即"跨体系社会",并将其实践于对西藏、琉球等"边疆"问题的讨论中。汪晖在这一概念中颠倒了"社会"与"体系"的位置,显示出其中国研究的不同侧重点。莫斯/王铭铭的"超社会体系",是要将"社会"从民族主义知识构造的社会—国家一体结构中解放出来,将其放在复数文明的体系性关系中加以考察。而汪晖"跨体系社会"概念的重心,则强调中国作为一种具有内在差异性(跨体系)

---

① 王铭铭:《超社会体系——文明与中国》,第321、319页,北京:三联书店,2015年。
② 王铭铭:《超社会体系——文明与中国》,第127页。

的"社会"即"一体"性面向。他认为任何社会构成体(包括国家、区域、地方、村庄乃至个人)都是"跨体系"的,是在体系性的互动关系中形成的。因此,理解"社会"的前提是其在变动历史关系中形成的"跨体系"性。他由此提出了"区域作为方法"这一基本方法论原则,瞩目于"区域"范畴包含的"独特的混杂性、流动性和整合性",一方面破解"民族主义的知识框架",另一方面考察"更广阔的区域内的各政治共同体连接在一起"的历史形态。① 比如他对西藏问题的阐释,特别强调了"民族区域"作为政治认同单位的建构如何区别于"民族"(自决)与"区域"(自治),从而为当代中国民族和边疆问题提供了创新性的阐释思路。②

但正如费孝通"自在"与"自觉"的区分,诸种多元性结构或体系最终形成一个统一的政治体是如何完成的呢?汪晖突显了特定"政治文化"在构造一体性认同时的重要性。"多元性"存在于中国多民族、各区域的互动关系中,"一体性"则源自一种超越族群、区域身份政治的普遍政治文化的构建。"社会"与"体系"是互动互生的,其关系既是历史性的,也是价值性的(或政治性的)。"历史性"指的是诸如朝贡体系、现代世界体系、殖民体系、王朝中国的政治体制、区域关系、地方性形态等建构与发展的历史过程,"政治性"指的则是特定政治实践与这些历史结构的关系乃是一种自觉建构的产物,总是建立在自觉的政治文化或合法性表述基础上。比如,在论及历代中国王朝的连续性问题时,汪晖如此说道:如果没有用公羊思想特别是"大一统""通三统"和"别内外"等政治文化构想来确立新朝之"正统"的过程,"讨论王朝之间的连续性是完全不可能的"。③

事实上,所谓文明的连续性、整合性,既涵盖了制度、宗教、心态、习俗、技艺与技术等层面,更包含了自觉的理论认知和政治化实践。

---

① 汪晖:《东西之间的"西藏"问题(外二篇)》,第149—150页。
② 汪晖:《东西之间的"西藏"问题(外二篇)》,第72—96页。
③ 汪晖:《亚洲视野:中国的历史叙述》,第82页,香港:牛津大学出版社,2010年。

在断裂性的诸历史形态与话语构成之间,缺少"政治化"这个环节,文明的连续性并不会自然生成。

三 文明的当代性:从过去寻找未来

在中国文明的连续性视野中,"传统"(或"古典")得到了极大的重视。从当代中国经验中追溯出"传统"的影响,强调在长时段视野中思考中国文明的当代性,可以说是 21 世纪中国"文明"论的主要内容。但这一态度和取向与 20 世纪"反传统"的主流思潮形成了明显的对比,可以说这种对文明当代性的关注显然也是 21 世纪中国政治化实践的产物。因此需要追问的,一是为什么"传统文化"会在 21 世纪中国社会成为不同力量的"共识",并以此作为主要资源来建构中国身份与文化认同呢?二是"传统"的确切内涵及其意义怎样理解,它如何与当代中国发生关联?

就第一个问题而言,"文明"论的兴起确与亨廷顿所谓世界性的"后冷战"处境密切相关。"文明"被视为一种"非政治"或"超越政治"的运作方式,替代了社会主义与资本主义冲突的冷战论述。在"去政治化"的普遍趋势下,"中国文明"这种看似非意识形态的文化身份,更易为人接受。国家形象的建构如此,"新儒家"的兴盛如此,文化市场与文化产业的叙事策略如此,大众社会的认同心理也是如此。同时,"传统的复兴"也与高速发展后的民族心态和在全球格局中重新定位中国的主体性想象密切相关。

但是,由于对"传统的复兴"这一现象缺少足够的政治化自觉,传统文化往往成为民族主义意识形态运作的主要场地。对内而言,是通过对"传统"的不断发明和再制造,将国族认同建构为一种基于地缘与血缘、看似"自然"的共同体意识,以强化社会凝聚力,并有效地调解、转移结构性社会矛盾。对外而言,资本主义/社会主义意识形态对抗的失效,使得已然进入全球格局的中国在确立其主体性身份时,可以有效借用的重要资源,主要是前现代帝国的历史与文化传统。在这样的意义上,"全球化"并未能真的"消灭"民族—国家及其身份认同,甚至应该说,民族主义本身便是全球化的副产品。正是全球化格局本身,使得基于国家领土范围内的"文明"传统来重新构造身份认同成为必要的发明,其最大问题在于无法逾越国家(主义)视野。在此,称这一国族体是"民族"还是"文明",并没有太大差别。这样的问题在将中国视为"文明—国家"的理论阐释,与在现代民族—国家装置内重新发明和构造"传统文化"的热潮中,都同样存在。

同样值得注意的是,在民族主义意识形态之外,中国知识界也存在着将传统文化转化为批判性思想资源的可能性。霍布斯鲍姆曾将"传统的发明"视为现代社会的普遍现象,不过,21世纪中国的传统文化热却包含着既与西方社会相同又与之相异的因素。就其同而言,这次热潮确是一种现代的发明,它并非一种"复古"行为,而是市场社会、消费时代与全球化语境下对传统的现代性构造。霍布斯鲍姆关于传统发明阐释的两个要点:一是"被发明的传统之独特性在于它们与过去的这种连续性大多是人为的",由此需要将之与实践性的"习俗"区分开来;二是被发明的传统是一种"形式化和仪式化"的过程,它不同于"实践中的惯例或常规"。① 在中国的传统文化热中,情形常常更接近后一种,即"习俗"或"实践中的惯例或常规"。比如"恢复传统节日"并不是无中生有的"发明",而是原本就一直在民间社会中流传,只是现在以法律形式正式确定为国家法定节日。在许多时候,这些被重新"发现"的传统,更接近"复兴"的含义,其实践性内涵也远大于仪式性含义。"传统文化"在许多人的体认中,是那些一直存在但没有得到承认或理论化的东西,一种"日用而不知"的形态。

知识界的"文明"论在讨论"传统"问题时,更愿意突显后 层面

---

① [英]E.霍布斯鲍姆,T.兰格:《传统的发明》,顾杭、庞冠群译,第2—4页,南京:译林出版社,2004年。

的含义。费孝通所谓"文化自觉",甘阳所谓"熟知不是真知",王铭铭所谓"既非政治经济又非文化的'技巧'"等,都是如此。特别值得一提的是,李零依据地理山川、经典文献、考古材料、制度形态等考察长时段中国的稳定性内涵,则更深入地显示出中国文明的延续性并非全然是一种"虚构"。① 这也是探讨中国"传统"和文明当代性问题时的独特性所在。

不过,对于"传统"如何转化为当代形态,研究者的立场和思考方式并不相同。比如甘阳对古典政治哲学的推崇,特别强调问题的关键乃在"古今之争"。他认为列奥·施特劳斯的不同寻常之处,"在于他坚持必须从西方古典的视野来全面批判审视西方现代性和自由主义","在他看来欧洲十七至十八世纪的那场著名的'古今之争'或'古典人与现代人之争',虽然表面上以'现代人'的全面胜利为结果,但这场争论本身并未真正结束"。② 施特劳斯所从事的这场争战,显然也是甘阳的立场与选择。他回归古典的前提,是对西方现代性危机的诊断,并以立足"古今之争"弥合"中西之争"的方式,将中国古典思想置于西方古典的同一平台。甘阳据此展开的通识教育实践,则强调"精英教育",将教育理念设定为"教育未来的管理者"。这种思想实践在知识界产生了广泛影响,但其保守主义和精英主义立场如何避免新的西方中心主义,"通三统""文明—国家"等论述如何区别于民族—国家主义仍有可讨论之处。

王铭铭瞩目的,则是以"中国文明"破除西方式现代民族—国家观念。他沿用费孝通的说法,称 20 世纪是"新战国"时代,"这个时代,以民族为单位建立国家,成为一条世界性纲领,但矛盾的是,国与国之间的竞赛,又是这个时代的另一大特征","所谓'冷战'、'后社会主

---

① 李零:《我们的经典》,北京:三联书店,2014 年;《我们的中国》,北京:三联书店,2016 年。
② 甘阳:《政治哲人施特劳斯:古典保守主义政治哲学的复兴》,第 2 页。

义'、'文明冲突'、'全球化'不过是'战国式竞赛'的具体表现"。① 他提出的"超社会体系""三圈说""文明"与"天下"是可以互相替换的概念,目的是重构一种新的"世界"观。中国古典社会的结构方式是"'家、国、天下'和'乡民、士绅、皇权'三者之间,相互分阶序交错着,形成不对应的关系体系",其实践主体则是士大夫阶层,他们构筑的观念体系"规定行为规范并支持这个结构"。近代以来,这种"社会"观念的衰落导致三层结构各丧失了一层,即"天下"观念的缺失和士大夫作为社会中间层的消失,"只剩下家与国或国与家——即我们所理解的'国家'"。② 但在王铭铭这里,"天下"的世界观和"士"的社会功能如何转换为当代形态,则缺少更明晰的理论构想。

与之相比,汪晖更侧重探询新的以"人民"为主体的普遍政治的可能性,他对古典和传统的重估也是在这一立场上展开的。在研究现代中国思想如何兴起时,他说,需要关注传统中国的"内在视野","这不仅仅是用古代解释现代,或用古代解释古代,也不仅是用现代解释古代,而且也是通过对话把这个视野变成我们自身的一个内在反思性的视野"③。在这种反思性视野中,古典与现代处于同等的、"互为主体"的思想平台上,共同为研究者回应当代问题提供批判性资源。

上述研究者的差异性和深层对话关系,尚需更深入讨论。不过,构成知识界"文明"论述的共识,在于破除进化论的现代性意识形态和西方中心主义范式。正是在这样的视野中,中国文明的"过去"得以浮现出来,成为人们探询未来时的一种重要思想资源。

---

① 王铭铭:《超越"新战国":吴文藻、费孝通的中华民族理论》,第 8 页,北京:三联书店,2012 年。
② 王铭铭:《经验与心态:历史、世界想象与社会》,第 157、163 页,桂林:广西师范大学出版社,2007 年。
③ 汪晖:《亚洲视野:中国的历史叙述》,第 69 页。

四 中国与世界:文明史视野中的批判实践

"文明"这一范畴,如同"文化"一样,涵义极为模糊,将其理论化存在着很大的风险。焕发出这一范畴的批判活力,需要厘清三种不同的文明观:一是普遍主义的文明观,一是民族主义的文明观,另一是介于两者之间的复数的文明观。重构"文明"理论,特别是不使其为民族—国家主义所限,需要更广阔的文明史视野。

最早于18世纪法国和英国出现的"文明"概念,是在启蒙主义的视野中,在与"野蛮"相对的"开化"这一意义上使用的。这是文明的基本涵义之一,并形成了一种普遍主义的文明论。"它主张存在文明这样一种东西,这种东西与进步的信念相关,仅为少数特权民族或特权集团(也就是人类的'精英')所拥有"①;同时还认为,人类社会最终将统一于一种最高文明,并以此"成为对国族进行世界性的等级排序的手段"②。这也使普遍主义的文明论成为殖民主义、帝国主义扩张的意识形态。文明的另一含义等同于"文化",这是18世纪德国为对抗法英的普遍主义文明论而发明的一种"特殊主义的文明论",其中"文化"的含义等同于"民族",成为民族主义的具体表征。普遍主义/民族主义的文明论,其实是一体两面,都将文明视为一种单质的价值实体,其特殊性与普遍性同处一个可以互相转化的结构中。

布罗代尔考证,在1819年前后,出现了一种新的文明论,即复数的文明论。③ 对于这一范畴,王铭铭做了极其耐心和深入的关键词梳理。④ 他回溯到1920—1930年代法国年鉴学派民族学研究者涂尔干

---

① [法]费尔南·布罗代尔:《文明史纲》,肖昶等译,第27页,桂林:广西师范大学出版社,2003年。
② 王铭铭:《人类学讲义稿》,第318页,北京:世界图书出版公司北京公司,2011年。
③ [法]费尔南·布罗代尔:《文明史纲》,肖昶等译,第26页。
④ 王铭铭:《超社会体系——文明与中国》,第3—70页。

和莫斯,瞩目于他们提出但未受到重视的"复数的文明论",即人类社会存在多种文明,并且它们都具有同等的主体位置。"文明"作为一种"超社会体系",既超越了被民族—国家限定的"社会",具备国际性的流动性,同时也不同于普遍的世界体系,而有其传播、扩散的地理限度。实际上,"复数的文明论"也是作为法国年鉴派史学代表人物的布罗代尔研究的特点。在《文明史纲》中,布罗代尔从地理空间、社会、经济、集体(无)意识等四个方面概括了"文明"的基本特点,并描述了伊斯兰、非洲、远东(中国、印度、日本)等"欧洲以外的文明"和欧洲文明(欧洲、美洲、俄罗斯)的历史演变过程。对"文明"范畴的关注,显示的是布罗代尔的一种新的世界史构想。在被称为"总体的社会学"的观照视野下,布罗代尔对特定文明的存在方式(如地中海文明)、诸文明的传播交流形态(如15—18世纪的物质文明、经济、资本主义)做了典范式研究。这种曾被人概括为"长时段、大范围、跨学科、日常生活"的宏观研究方法,被沃勒斯坦等学者结合马克思主义理论而发展为现代世界体系研究。

追溯文明史研究的形成,1960年代是重要时段。在布罗代尔写作了《文明史纲》(初版于1963年)的年代,一种新的史学形态出现了:麦克尼尔写作了《世界史》①(初版于1967年)、斯塔夫里阿诺斯写出了《全球通史》②(初版于1970年),而巴勒克拉夫则确立了不同于"现代史"的"当代史"概念,认为这种"全球的历史观"与19世纪西方中心主义历史观的最大不同在于,它纳入了"欧洲之外的世界"。③ 就更不用说,阿诺德·汤因比自第一次世界大战期间开始构想,历时三十多年终于在1961年出版的巨著《历史研究》。可以说,"文明史"是一

---

① [美]威廉·麦克尼尔:《世界史:从史前到21世纪全球文明的互动》(第四版),施诚、赵婧译,北京:中信出版社,2013年。
② [美]斯塔夫里阿诺斯:《全球通史》(第七版),吴象婴等译,北京:北京大学出版社,2006年。
③ [英]杰弗里·巴勒克拉夫:《当代史导论》(初版于1964年),张广勇、张宇宏译,上海:上海社会科学院出版社,1996年。

种新的"世界史""全球史",突破了欧洲中心主义和黑格尔意义上的世界史的局限。① 复数的诸"文明",它们各自的历史与相互的交往融合,构成了这一"世界"/"全球"历史图景的内容。在同为"地方性知识"这一点上,复数的文明论超越了西方中心主义;在强调诸文明体的交流与融合这一点上,复数的文明论超越了民族主义。这使得真正意义上的"世界""全球"理解成为可能。不过,需要区分的是,同为复数的文明观,汤因比的文明形态学和文明比较研究更倾向于将诸文明理解为历史"有机体"式的存在,并偏于文化主义的描述,而布罗代尔等则更突出文明作为一种社会—文化—经济的总体性存在。在这一点上,亨廷顿采纳的,更主要是汤因比式的文化主义文明观。

1960年代出现这种新的史学并非偶然。那是一个欧洲殖民体系瓦解、第三世界崛起、非西方国家成为主权国家、"黑人也是人"的解放时代。尽管这仍是一种"西方文明"内部的史学变革,但通过"复数的文明"这一范畴,非西方国家与文明得以确立其主体地位,"世界史"不再是"西方中心的历史"。但是,在殖民主义意识形态延续和冷战历史结构支配下,诸种非西方文明主体很难逾越民族国家主义与现代中心主义,并将自身的合法性建立在对资本主义/西方主义批判的基础上。很大程度上可以说,冷战历史的终结,也使得这种文明史叙述范式丧失了批判的核心支点。正是在这一意义上,亨廷顿的"文明冲突论"丧失了文明史研究曾有的批判性,而成为对历史危机的一种表述形态。他一方面立足于美国利益将"国家"视为"文明"的真正代理人,另一方面,则使"文明"变成了一种非历史的范畴。"文明冲突论"不仅无法应对冷战后民族主义、文化复古主义、不同形式的原教旨主义及宗教力量的兴起,它自身就是这种现代性危机的具体表征。

对文明范畴与文明史研究的知识谱系考察,可以为从文明论视野

---

① 近年来也有西方学者对布罗代尔的文明史研究提出批评,认为其未能从根本上超越"西欧中心主义范式"(参见[英]杰克·古迪:《偷窃历史》,张正萍译,杭州:浙江大学出版社,2009年)。

展开中国研究提供更可靠的批判支点。复数的文明观的出现与1960年代以来的文明史研究实践,都瞩目于破除西方中心主义而从真正"多元"的意义上理解人类历史,但悖谬的是,"反西方中心主义"常常是西方学者与西方学术内部的一种研究和论述。在这一意义上,21世纪的中国学者提出"从中国的视野"或"以中国为本位"①去描述中国和世界历史的变迁,无论如何评价都不为过。而复数的文明观,则提供了一种真正"多元世界"的批判性视野。

在现代中国的语境中,"文明"常被视为一种普遍性的价值范畴,而"文化"一词则与民族特性的描述相关。自五四时期开始,"文化"就一直是知识界探讨中国特性的关键词。即便在知识界关于东西方文明的大论争中,人们使用的也主要是"文化"而非"文明"一词。这种思维方式一直延续到1980年代的"新启蒙"思潮中。在如何使用"文明"与"文化"这两个基本范畴的方式背后,实际上隐藏着一种普遍主义的现代化意识形态,其中"中国"与"西方"、"古"与"今"、"传统"与"现代"是一种不言自明的同构关系。这也意味着有关"文明"的理解始终是在民族主义与世界主义的二元对立框架内展开的。21世纪中国知识界的文明论,在将中国视为一个文明体时,已经提出了一种区别于这一二元框架的不同理解方式,包含了在多个文明体的世界图景中理解中国这一特殊文明的复数文明观。

但由于对"文明"这一核心范畴的界定与阐释不清楚,文明论述中"国家""文明体""世界"这三者的关系常常是含糊的。引入复数的文明论有助于说明三个重要关系维度:

其一是可以同时破除特殊性的"国家主义"与普遍性的帝国/世界主义。作为"没有明晰边界的社会现象",诸文明体之间存在着"国际间"的流动性。这使得人们有可能在民族主义与普遍主义这两个极端之外,来观察特定区域群体之间的交流融合形态。"中华文明"论述若

---

① 韩毓海:《五百年来谁著史》,第1页,北京:九州出版社,2009年。

能超越"中国主义"及其变形的"大中华主义",而关注作为"世界经济体"/"文明体"的中国在复杂地缘政治格局中的交往形态,显然更有助于批判性地理解中国的主体性。其二是可以同时超越复古主义与现代中心主义。文明论所强调的"历史连续性",可以帮助人们理解长时段视野中的历史关系。但是这种连续关系既是实践性的,也是"解释性"的,所以布罗代尔将"文明史"称为"用过去解释现在""用现在解释过去"这两个双向过程。① 这使我们可以从现代中心主义的世界(观)中解放出来,看到前现代的社会与历史,但又并非坠入复古主义,而能够在一种整合性视野中,理解中华文明体的全部历史生存。其三是"文明"这一边界模糊的体系性存在同时也是总体性的。这种"总体性"不同于"整体",后者是现代国族主义构造的"社会""文化""民族"这样的整一性存在,而"文明"却是互相关联而又并非整一的总体性构成体。布罗代尔对之做了非统合性的分层,如物质文明、经济、资本主义②;莫斯则区分了技艺、社会生活团体、制度等可传播性的"文明现象"与缺少传播性的"社会现象"③;王铭铭进一步将其概括为三个层次:宏观方面,可以理解"各种大的文明板块互动的复杂局面";中观方面,可以"在区域的范围里研究文明互动方式";微观方面,则可以理解"'生活世界'中的跨文明关系"。④ 这使得人们可以在多重交互的关系中来理解中国内部与外部不同社会体系的交流融合,而又不凝固于某种边界。

在这种复数文明论的前提下重新思考中国,可以成为一种重要的批判性思路。传统中国作为区域性国家形态(帝国)、市场形态(经

---

① [法]费尔南·布罗代尔:《论历史》,刘北成、周立红译,北京:北京大学出版社,2008年。
② [法]费尔南·布罗代尔:《15至18世纪的物质文明、经济和资本主义》,顾良、施康强译,北京:三联书店,2002年。
③ [法]马塞尔·莫斯、爱弥尔·涂尔干、亨利·于贝尔:《论技术、技艺与文明》,蒙养山人译。
④ 王铭铭:《超社会体系——文明与中国》,第418—426页。

济)以及独特的世界观体系(文化),不仅可以成为今天重新阐释中国的"活的传统",也是跳出"现代"之外来思考人类社会的重要资源。这并不是指"回到中华帝国",而是将其作为一种批判性思想资源吸纳进来,重新构建中国在全球格局中的主体性位置。缺少这样的批判性文明史视野,不仅世界史是不可能的,而且要从民族主义(及其变形的"中华中心主义")的羁绊中摆脱出来,从世界史高度理解 21 世纪中国的意义,也是不可能的。

(《文艺理论与批评》2017 年第 5 期)

第三辑

性别问题

"延安道路"中的性别问题

1941—1943年中国共产党在以延安为首府的陕甘宁边区施行的一系列政治、经济和文化的新政策,不仅成为此后共产党夺取全国政权的基础,也为新中国确立了基本的建国模型。这一新体制被称为"延安道路"①。尽管许多研究者都承认中国共产党取得抗战胜利和夺取政权,与其妇女政策有密切关系,如杰克·贝尔登(Jack Belden)写到的:"在中国妇女身上,共产党人获得了几乎是现成的、世界上从未有过的最广大的被剥夺了权力的群众。由于他们找到了打开中国妇女之心的钥匙,所以也就是找到了一把战胜蒋介石的钥匙"②,但关于"延安道路"的研究中,性别问题却没有得到应有的重视③。

关于从延安新政策开始的社会主义妇女解放史,形成了一些影响广泛的"定见",比如革命政权并不特别关心女性本身的问题,而仅将其作为此前未被利用的劳动力从家庭中解放出来;比如革命实践尽管赋予了女性广阔的社会活动空间,但却剥夺了女性在社会角色和文化表达上的独特性等。但类似的"定见"并没有在复杂的历史语境中得

---

① [美]马克·赛尔登(Mark Selden):《革命中的中国:延安道路》,魏晓明、冯崇义译,北京:社会科学文献出版社,2002年。
② [美]杰克·贝尔登:《中国震撼世界》,邱应觉等译,第395页,北京:北京出版社,1980年。
③ 《革命中的中国:延安道路》指出当时的农村政策"将农民问题视为男性村民的问题",同时著者检讨道:"《延安道路》以及包括我在内的后来的研究者所出版的著作都没有认真探讨性别及家庭问题。迄今人们对这些问题依然语焉不详,部分地是因为党与政府很少系统地论述这些问题。"(第270页)

到具体讨论。自"文革"结束以来,当代女性文化则在批判50—70年代妇女政策的基础上,侧重于女性问题与阶级议题的分离部分,即强调女性生理、心理和文化表达的独特性。其中,一个未曾自觉的重要方面是,80年代以来女性话语关注和表达的主要是"知识女性"的问题,从与新启蒙主义话语的结盟到引进西方当代女性主义理论,女性话语始终潜在地以中产阶级女性作为女性主体想象的基础。于是,50—70年代的工农女性形象逐渐从文化舞台上消失了身影,而代之以充满中产阶级情调和趣味的知识女性形象。一方面是女性主义与左翼话语的分离倾向,另一方面是女性主体想象的中产阶级化,当代女性文化的这些特征事实上都源于中国共产党的妇女解放历史造成的繁复后果。重新回到对于形成社会主义中国的女性文化和政策具有关键意义的"延安道路",考察革命实践与女性话语间的冲突和磨合过程,就不仅仅是一种历史研究,同时也尝试为当代女性话语实践提供一种理论参照。

一 "四三决定"与"妇女主义"的冲突

1943年开始全面施行的延安新政策,一个重要方面包括关于性别问题的新决议,这指的是由中央妇女委员会起草、经毛泽东修改后于2月公布的《中国共产党中央委员会关于各抗日根据地目前妇女工作方针的决定》(简称"四三决定")。这一决定的重要偏向之一,是把组织农村妇女参加生产作为"首要任务"和唯一的衡量"尺度"。在考量这一政策的意义时,新决定说:"多生产、多积蓄,妇女及其家庭的生活都过得好,这不仅对根据地的经济建设起重大的作用,而且依此物质条件,她们也就能逐渐挣脱封建的压迫了。"它并不否认动员妇女生产主要是为解决根据地的"经济建设"问题,但同时也认为妇女经济地位的提升将帮助她们"挣脱封建的压迫"。不同的妇女运动文献和当时的介绍资料都强调,参与生产运动使农村妇女的家庭地位得到提高,她们的社会活动范围也扩大了;且由于边区政府采取一些鼓励妇女参与生产的特别措施,比如评选女"劳动英雄"①"劳动模范"、有比例地选择妇女参与农村政权组织等,也提高了农村妇女的社会地位。但新决定同时强调,提高农村妇女的地位,必须以保证"她们的家庭将生活得更好"为前提,也就是说,妇女地位的提高不得破坏原有的家庭结构和家庭关系。也正是在这一点上,"四三决定"和此前的妇女政策之间形成了较为明显的冲突。

"四三决定"的出台,事实上也是延安整风运动的一部分。1941年秋天,中国共产党高层发起整风运动不久,即改组了中央妇女委员会,由蔡畅接替王明担任中央妇委书记,并于9月,中央妇委、中央西北局联合组成妇女生活调查团,调查根据地妇女运动现状。② 新决定一开篇便批评了原有妇女组织的工作方式"缺少实事求是的精神",缺乏"充分的群众观点"。在列举具体的事例时,除指责她们没有把经济工作看作"妇女最适宜的工作"之外,主要强调妇女工作者"不深知她们的情绪,不顾及她们家务的牵累、生理的限制和生活的困难,不考虑当时当地的妇女能做什么,必需做什么,就根据主观意图去提出妇女运动的口号",尤其批评那种经常招集她们出来"开会"的运动方式所造成的"人力物力"上的浪费。蔡畅在1943年3月8日发表于《解放日报》的社论文章《迎接妇女工作的新方向》中,对过去工作中的"错误"偏向说得更为具体:"特别是妇女工作领导机关的知识分子出身的女干部,有不少是只知道到处背诵'婚姻自由'、'经济独立'、'反对四重压迫'……等口号,从不想到根据地实际情形从何着手;……当

---

① 1943年3月8日,陕甘宁边区组织了纪念"三八妇女节"会议,农村妇女们"手里打着毛衣、纳着鞋底、织着袜子,以崭新的姿态庆祝自己的节日",并评选出7位农村妇女作为"陕甘宁边区劳动英雄","多少年来被人们所轻视的妇女竟成为英雄,这巨大的变化实在太令人兴奋了,整个边区为之轰动"。《中国妇女运动史》,第514页,北京:春秋出版社,1989年。

② 参阅中华全国妇女联合会:《中国妇女运动史》(新民主主义时期),第508—519页。

着为解决妇女家庭纠纷时,则偏袒妻子,重责丈夫,偏袒媳妇,重责公婆,致妇女工作不能得到社会舆论的同情,陷于孤立",进而更尖锐地批评她们"甚至闲着无事时,却以片面的'妇女主义'的观点,以妇女工作的系统而向党闹独立性"——蔡畅在此激烈批判的"妇女主义",在很大程度上可以视为与"延安道路"在性别问题上构成冲突的对立面。尽管难以找到行诸文字的直接史料来说明"妇女主义"如何阐述自身及其具体的行为方式,但可以断定,这种由"知识分子出身的女干部"所持的观点,大致是把女性(尤其是其中居弱势地位的年轻女性)利益视为主要衡量标准的,因此,在具体处理农村家庭纠纷时,才会"偏袒妻子,重责丈夫;偏袒媳妇,重责公婆"。

"妇女主义"造成的问题是,鼓动农村年轻女性的独立和个人要求,势必造成乡村矛盾,尤其是与根深蒂固的乡村男权观念,及通过家庭/家族秩序实施的男权控制之间形成冲突。在不同的材料中都可以看到,作为一种革命力量的中国共产党妇女工作者的出现,对于乡村男性形成了某种威胁。如蔡畅的文章在介绍示范地区的妇女工作经验时提到,运动早期在鼓动妇女参加纺织厂时,即引起了乡村男性的抵制:"赚几个钱,老婆没有了怎么能行?"杰克·贝尔登在他的《中国震撼世界》中,则详细讲述了一个乡村女性金花如何利用中国共产党的妇女组织迫使她的公公和丈夫就范的故事。金花迫于乡村习俗和父母的意愿,嫁给一个大自己十多岁的"丑"男人。丈夫和公公、公婆、小姑子的虐待,使她了无生趣且充满仇恨。共产党在村里组织妇女会之后,金花依靠组织的帮助"教训"了丈夫,而教训的手段,则是妇女会集体出动,把男人痛打一顿,并迫使他答应不再虐待妻子。那个丈夫最后充满怨毒地逃离了家乡:"……我认为女的就应该听男的。可是,你看,在八路军管辖地区里,女的都狂得很,不听男人的话。"金花也和他离了婚,并满怀希望地畅想未来的新生活。[①]——正是上面

[①] [美]杰克·贝尔登:《中国震撼世界》,第340—382页。

这个故事,使贝尔登得出结论,认为中国共产党找到了"打开中国妇女之心的钥匙"。尽管故事发生的时间在"四三决定"之后,且区域也不一样(冀中而非陕甘宁边区),但从故事描述的内容上看,金花及其所在村庄的妇女会的行为,显然并非延安新政策鼓励的方式。"四三决定"批评此前妇女政策的错误时,列举的内容与金花的故事有许多相似之处:"在宣传男女平等、婚姻自由,鼓励妇女向封建势力做斗争的过程中,采取了一些比较激烈的斗争手段。例如给虐待媳妇的婆婆戴高帽子游街,在大会上批斗打骂妻子的丈夫,轻率的处理婚姻纠纷等等。"①

但上述局面,显然与中国共产党力图形成广泛的社会动员,赢得乡村农民(尤其是作为军队核心构成的男性农民)的支持这一目标发生冲突。为了减少妇女运动造成的乡村矛盾,"四三决定"偏向于寻找一种避免冲突的方式,即只强调妇女参与生产和增强她们对于经济生产的贡献。事实上,一旦把"经济工作"作为"首要任务",就意味着在妇女解放和共产党的乡村动员之间偏向了后者,而前者因此成为"过于激烈""主观主义""形式主义""没有群众观点的作风"等"妇女主义"的错误倾向。毛泽东在阐述新妇女政策的必要时,明确地提到需要得到乡村男性的认可:"提高妇女在经济、生产上的作用,这是能取得男子同情的,这是与男子利益不冲突的。从这里出发,引导到政治上、文化上的活动,男子们也就可以逐渐同意了。"②这事实上是通过从妇女解放"后撤"到保障妇女的工作、劳动权利,来达到既开发剩余劳动力,又能维护乡村稳定的目的。"四三决定"列举的妇女参与经济生产的诸项能力,既包括传统家庭女性的活动,"能煮饭、能喂猪"以及能"把孩子养好,保护了革命后代",也包括此前不允许女性(尤其

---

① 中华全国妇女联合会:《中国妇女运动史》(新民主主义时期),第510—511页。
② 《毛泽东周恩来刘少奇朱德论妇女解放》,第46页,北京:人民出版社,1988年。

是年轻女性)参与的纺织、种地、理家等活动。① 在此,一方面新决定并未在任何意义上质疑传统乡村的男女两性分工,而把家务劳动视为女性理所当然的任务;另一方面,鼓励女性参与社会工作,事实上也有着相当实际的考虑,即补充由于战争动员造成的男性劳动力的缺失。如尼姆·威尔斯(Nym Wales,即海伦·斯诺)在描述陕甘宁边区的妇女状况时提到:"红一方面军初到西北时,在几周内竟在这个人口稀少的地区补充了 2 万名新战士,原因不外乎由于妇女组织起来了,可以在后方顶替男子劳动。"②

把经济生产作为农村妇女工作的"首要任务",极大地调节了乡村的性别矛盾并提升了妇女的社会地位,但也始终存在着不能解决的问题,其根源在于乡村传统的父权制家庭结构。事实上,"四三决定"及其多种阐发、说明文件中,很少谈论乡村伦理、宗族、家庭关系结构对于妇女的特殊压迫,尤其是农村女性在婆媳关系、夫妻性关系上面临的矛盾。相反,特别强调的是"婆姨汉一条心,沙土变黄金"③,强调家庭和睦。维护并巩固传统家庭结构,不仅止于防止引起乡村(男性)的骚动,更关键的是家庭被作为共产党新政策的基本生产单位。整风运动之后发起的"大生产运动"的一个重要构成部分是纺织业,早期施行的集体大工厂生产由于战时环境、交通、组织生产等方面的问题,而改为以家庭为单位的作坊式生产。在这种生产方式中,由于原材料的获取、产品的流通等因素使妇女直接介入社会活动。但这不是破坏而是强化了家庭结构,如迪莉亚·戴维指出的:"家庭是基本的经济单位。这种家庭并不是资本主义社会的那种小的(纯婚姻上的)家庭,而是乡村中的'大家庭',它的目的在于有效地利用劳动力。这种大家庭

---

① 全国妇联:《更进一步发动解放区妇女参加生产卫生文化运动》,《解放日报》社论 1943 年 3 月 7 日。
② [美]尼姆·威尔斯:《续西行漫记》(1939),陶宜、徐复译,第 272 页,北京:解放军文艺出版社,2002 年。
③ 蔡畅:《迎接妇女工作的新方向》,《解放日报》1943 年 3 月 8 日。

是正在支持抗战的农村经济的基础。所以,作为行动的基点,应该重新构造和巩固这类家庭。"①也就是说,不仅是由夫妻、公婆组成的小家庭,还包括由宗族、邻里等构成的乡村伦理秩序,亦同样被保持和巩固。尽管战争时期,由于男性被征调到军队而造成的空缺有可能削弱家庭内部男性对女性的压制,但由于维护家庭结构关系和乡村伦理秩序,事实上压制女性的父权制结构并未松动。而且因为生产成为唯一目标,往往是那些此前控制家庭资金和有更熟练技术的老年女性(母亲或婆婆),更能在生产运动中得到好处,且她们对年轻女性的控制不是减弱而是增强了。② 因此,如果说经济生产能够把妇女从家庭中解放出来的话,但却不能改变由于资本的引入而导致的农村女性内部在年龄、经济地位、技术掌握等方面形成的新的控制等级。

"四三决定"与"延安道路"的新政策是密切相关的,即不再强调"反封建势力",而以动员民众为核心,与以父权制为核心的乡村伦理秩序形成一定的协商关系。如果说"妇女主义"主要强调的是农村妇女(尤其是年轻女性)的利益,那么"四三决定"出于经济和文化动员的考虑所形成的乡村组织方式,势必会抹掉那些因前者而造成的不和谐音。作为一种可能的结果,在贝尔登的故事中,金花或许将不是以打跑丈夫、扬眉吐气地规划自己的新生活作为结局,而是为了不造成农村矛盾,忍气吞声地和她所痛恨的丈夫、公婆生活下去,尽管也许在共产党的威慑下,他们将不能如以前那样随心所欲地虐待她。

---

① [瑞典]达格芬·嘉图:《走向革命——华北的战争、社会变革和中国共产党1937—1945》,杨建立、朱永红、赵景峰译,第281页,北京:中共党史资料出版社,1987年。
② [瑞典]达格芬·嘉图:《走向革命——华北的战争、社会变革和中国共产党1937—1945》中提到"老中年妇女却在生产运动中占据着领导地位。这是由于后者有熟练的纺织技术,纺织是她们主要的生产活动,她们是'劳动群众中仅有的有足够资金购买纺车、织机和其他设备以及原材料的人'。地主和富农出身的妇女也成为妇女协会的成员"(第281页)。

二 延安新女性和离婚事件的争议

"四三决定"形成的另一个重要偏向,是把农村妇女的重要性提高到了整个妇女工作的核心地位。它发出号召,要求"妇女工作者""女党员""机关里的知识分子出身的女干部"(这些人可以被统称为延安"新女性"),"深入农村去组织妇女生产"。新女性在"延安道路"中的处境,与专家、知识分子的处境有极为类似之处。整风运动之后,延安文化人都经历了向"工农兵"立场的转移;此前他们对于延安政权内部的等级制、政治/文艺关系等提出的批评,均被视为"自由主义"倾向而受到严厉批判。王实味事件即是典型。与王实味同时受到批判的,是1942年3月9日在《解放日报》上发表杂文《"三八节"有感》的作家丁玲。似乎并非偶然的是,尽管丁玲并非"妇女工作者",但她提出的却是新女性问题,且其矛头所向,是延安政权未公开讨论的性别观念及延安新女性在婚姻、家庭关系上遭受的"无声的压迫"。

《"三八节"有感》是丁玲即将卸去《解放日报》文艺副刊主编之职前写就的杂文①。她曾这样回忆文章的写作经过:"3月7日,陈企霞派人送信来,一定要我写一篇纪念'三八'节的文章。我连夜挥就,把当时我因两起离婚事件而引起的为妇女同志鸣不平的情绪,一泄无余地发出来了。"②丁玲提及的两起离婚事件无法找到具体的文字材料,但尼姆·威尔斯提供的一则材料或可作为参照:一位老布尔什维克"仅仅由于美学上的理由",提出和"曾随他长征,而且刚生了一个壮实的男孩"的妻子离婚。这一事件在延安引发了争论和"斗争"③。当威尔斯询问康克清对这一事件的态度时,后者一方面支持"双方的政

---

① 值得一提的是,此时的丁玲刚刚和陈明结婚不久(1942年2月),陈明是离开妻儿与丁玲结合的。见周良沛:《丁玲传》,第427页,北京:北京十月文艺出版社,1993年。
② 丁玲:《延安文艺座谈会的前前后后》,《新文学史料》(北京)1982年第2期。
③ [美]尼姆·威尔斯:《续西行漫记》,第166—168页。

治态度不同,完全应该离婚",同时也对女方提出批评:"李同志的妻子算不得一个贤惠的家庭主妇,政治上也很落后,我并不同情她。……有些妇女甘心依附男子,为他们生儿育女,李同志的妻子就是这种类型。"①与康克清这种指责女方个人品质的态度不同,丁玲几乎将她全部的同情都倾注于为婚姻和生育、育儿所拖累的女性身上。她充满感情地写道:"我自己是女人,我会比别人更懂得女人的缺点,但我却更懂得女人的痛苦",进而她发出了这篇文章受到最多批评的呼吁:"我更希望男子们尤其是有地位的男子,和女人本身都把这些女人的过错看得与社会有联系些。"在描述延安女性的处境时,丁玲格外强调"社会"而非"个人"因素:她指责包围延安女性的各种流言蜚语中隐含的未曾受到批判的性别观念——"不管在什么场合都最能作为有兴趣的问题被谈起。而且各种各样的女同志都可以得到她应得的非议";她更批判结了婚且生了小孩的女性之间的不平等——"被逼着带孩子的一定可以得到公开的讥讽:'回到了家庭的娜拉。'而有着保姆的女同志,每一星期可以有一次最卫生的交际舞,虽说背地里也会有难听的诽语悄声的传播着";更重要的是,她提出在离婚问题上不应该简单地批评女性"落后",而应该"看一看她们是如何落后的"。显然,强调社会因素的丁玲认为造成女性"落后"的因素之一,在于革命政权没有提供保障性措施来分担女性因怀孕、养育孩子而遭受的"无声压迫";另一更重要的因素是一种普遍的观念,即女性"天然"应该怀孕、生育和抚养孩子还包括照顾男性,女性因承担这些"看不见"的额外负担而付出的代价,被看作"自作孽,活该"。因此即使一些女性愿意放弃社会工作做一个"贤妻良母",她"落后"于革命时代的命运也并不被人同情。

丁玲就离婚事件提出的女性问题,不仅涉及延安社会的敏感话题,即男女两性关系,而且特别关注已婚且生育的女性群体在家务劳

---

① [美]尼姆·威尔斯:《续西行漫记》,第226页。

动上遭遇的社会歧视和性别压迫。与农村女性相比,延安新女性面临的问题不再是是否"走出家庭"的问题,而是在拥有社会工作之后,迫于工作和家庭的双重压力而承受的身体、心理压力,以及被迫"退回家庭"之后遭受的歧视。当丁玲指责延安女性永远处在流言蜚语的包围之中,且同情所有女性的"血泪史"时,她强调的是,尽管延安新女性表面上获得了与延安男性同等的社会工作权利,但那些制约她们的父权制秩序和性别观念并未更动,那些来自"男同志"的讥讽,或许是更能引起身处革命圣地的丁玲的愤怒的;而她关于已婚且生育的女性所受到的家庭牵累,则更触及家庭结构内部的性别关系模式。丁玲在此提出的问题,正是马克思主义关于女性解放提出的解决方案——即通过赋予女性社会工作权利、参与社会事务来获得解放——的盲区。在某种意义上,她提出的是60年代西方女权运动中的激进女性主义者提出的问题,即那些与男性并肩战斗在民主运动前线的女性,发现她们必须同时承受来自父(男)权的压制。这也是70年代社会主义女性主义者提出马克思主义和女性主义是"不快乐的婚姻"时的具体情境。

  性别观念并没有作为独立的问题在延安得到讨论,但从相关的史料中仍可隐约看出一些端倪。经常被提及的是红一方面军的30位女性高层领导。① 尼姆·威尔斯写道,这些女性所赢得的重要地位,是因为她们"进行了长期艰苦的斗争,自己赢得了在红星下的合法地位"。她并且提到一个有趣的现象:"无论对待大小问题,她们都是志同道合的集体。红军中只有真正有胆识的勇士才敢在大小问题上冒犯这个集体。"这些女性的团结一致,颇有意味地显露出女性革命者在性别问题上自觉的一面。但她们在延安的权力,显然也因为她们"作为苏维埃上层领导人的亲密伴侣和多年的老战友","又在宝座后面更确切地说是在政治局幕后,执掌着传统的大权"。红军战士将这些人称为

---

① 参阅郭晨:《巾帼列传——红一方面军三十位长征女红军生平事迹》,北京:农村读物出版社,1986年。

"通天人物"①,不经意地显露出这种联姻给她们带来的特殊地位。在生育问题上,这30位女性或为避免麻烦,大多选择不生育,如康克清;或即使生育,也几乎无力照料孩子,如刘群先;或因身体虚弱和生育退回家中,如贺子珍。从这些相关的史实来看,丁玲在《"三八节"有感》中提出的问题并非虚词。尽管她提出的解决方案仅仅是一些关于个人品质锤炼的"小话",但如若女性真正具有如此独立而"理性"的品格,就不仅仅关乎女性,而几乎要改变革命秩序的主要构成。同时,由于意识到革命话语本身的性别等级,丁玲的指向是相当尖锐的,她拒绝拿"首先取得我们的政权"的"大话"来掩盖这些问题的存在。

尽管丁玲的立场或许称不上是今天所理解的西方式"女性/女权主义",但她赋予女性的特别的同情,她对于性别观念的敏感,以及对于造成女性弱势地位的"社会"因素的强调,都使她必然站在女性立场上,与有意无意间把性别问题视为"看不见的问题"的延安主流社会形成冲突。因此,丁玲和她的《"三八节"有感》在整风运动中首当其冲,只因受到毛泽东的庇护才得以幸免于与王实味同样的命运。②在检讨文章中,丁玲仍旧拒绝否定自己提出问题的真实性:"我在那篇文章中,安置了我多年的痛苦和寄予了热切的希望",但她承认"我只站在一部分人身上说话而没有站在党的立场说话",而重新摆正"党"和"女性"的位置,承认前者比后者更重要。③ 如同解决"四三决定"与"妇女主义"关于农村妇女政策的冲突一样,丁玲和延安政权间的冲突,最终的解决方式,便是搁置性别问题,以"党性和党的立场"作为收束。正是这种"不了了之"的方式,使得隐约呈现的性别问题被强行抑制下去。这种冲突留下的余音,构成此后中国革命实践中的问题,也是今天重新清理这段历史借以提出问题并展开理论讨论的有限空间。

---

① 郭晨:《巾帼列传——红一方面军三十位长征女红军生平事迹》,第128页。
② 丁玲:《延安文艺座谈会的前前后后》,《新文学史料》(北京)1982年第2期。
③ 丁玲:《文艺界对王实味应有的态度及反省》,《解放日报》1942年6月16日。

三 马克思主义和女性主义的结合

不仅是延安新政策,事实上整个20世纪中国革命实践,都倾向于把妇女解放作为整个民族解放和阶级运动的现代化议程的统合而非分离的部分。从1920年代向警予等左翼领袖把妇女运动纳入劳工运动开始,20世纪中国妇女运动一直包含着一种潜在的冲突。蔡畅在1951年回顾共产党与妇女运动之关系时,提及的"右"和"左"两种错误倾向大致可以看出冲突的关键所在。"右"的倾向即"以资产阶级妇女运动的观点来代替无产阶级妇女运动的观点","只和上层妇女进行团结","做了资产阶级的尾巴"而"脱离了广大工农劳动妇女";所谓"左"的倾向,则是"将妇女运动突出,把它从整个的革命斗争中孤立起来,离开当时的中心政治任务来谈妇女解放"。① 一是妇女内部的阶级差异,一是妇女运动和"党的中心政治任务"的关系,蔡畅的倾向性是明确的,即强调"无产阶级妇女运动"比"资产阶级妇女运动"重要,同时强调妇女运动必须服从党的中心工作。其中蕴涵的恰是阶级/性别议题的结合以及以何种方式结合的问题。

如果说性别问题的阶级偏向不只表现于"四三决定"之中("四三决定"不过表现得更明显并将其制度化),而有着更深远的历史脉络的话,则可以追溯到五四后期左翼革命话语如何整合女性话语,尤其是整合现代都市激进女性文化的方式。在此,丁玲是另一个值得分析的恰当个案。作为后五四时代的都市知识女性,丁玲在她早期的作品中,相当清晰地表现了对现代都市资本体制中女性"色相化"处境的自觉。她的处女作《梦珂》(1927)以遭性骚扰的女模特事件为开端,以梦珂清醒地被迫步入由男性色相目光所构造的"女明星"位置而结束,显露出女性所遭遇的制度化的性别压制处境。罗岗相当敏锐地借

---

① 蔡畅:《中国共产党与中国妇女》,《人民日报》1951年6月27日。

用"技术化观视"这一范畴,提出"丁玲不是在理性的层面上讨论'娜拉走后怎样',而是在都市的消费文化、社会的'凝视'逻辑和女性的阶级分化等具体的历史背景下把抽象的'解放'口号加以'语境化'了"。① 丁玲后来陆续在《莎菲女士的日记》(1928)、《阿毛姑娘》(1928)等作品中,深化了她在《梦珂》中提出的女性问题。30年代初期,有着激进女性立场的丁玲转向"革命"。就"革命"的本义来说,如果丁玲早期小说显露的是资本体制和男权体制的结盟,则女性解放势必应该在颠覆双重压制(性别和阶级)的意义上提出。但当时的权威左翼理论家冯雪峰在判定丁玲早期小说的性别批判的意义时,却认为那仅仅是"殖民地和半殖民地所传播的那种最庸俗和最堕落的资产阶级的'恋爱文化'"②。即通过将激进女性文化指认为"资产阶级的"和"殖民主义的",而取消其合法性。就更普遍的历史意义而言,冯雪峰的判断并非纯然是简单粗暴的,而是与第三世界、后发现代化国家的女性主义理论暧昧的现代性特征联系在一起,即这种源自西方的以中产阶级女性作为主体想象的激进理论,显然需要更为复杂的转换环节才能得到"半殖民地"中国的阶级解放理论的认可。而这种"转换"无论在作为左翼理论家的冯雪峰还是在激进女作家丁玲那里,都没有成为自觉的问题。这不仅是造成丁玲"向左转"后的革命小说取消了女性视点和性别议题的个人原因,也可以说是革命运动简单取消激进女性文化的历史原因之一。

"延安道路"中存在的性别问题,事实上也与国际共产主义运动所依据的妇女解放理论有着密切关联。朱丽叶·米切尔(Juliet Mitchell)在关于马克思、恩格斯、倍倍尔、列宁女性观的描述中,指出马克思

---

① 罗岗:《视觉"互文"、身体想象和凝视的政治——丁玲的〈梦珂〉与后五四的都市图景》,《华东师范大学学报哲学社会科学版》2005年第5期。
② 冯雪峰:《从〈梦珂〉到〈夜〉》,《中国作家》第1卷第2期(1948)。

主义理论始终强调"社会主义即等于妇女解放"①。后来的社会主义女性主义者称这一纲领为"性别盲"(Gender-Blind)。马克思主义理论侧重从经济角度关注与工作相关的妇女问题,并把妇女受压迫的根源指认为资本制度,因此,解放妇女的实践方案就是鼓励妇女进入公共劳动领域。类似的妇女解放观念同样被实践于中国的革命运动中。在战争时期和建国后,共产党领导的中国革命把建立和建设独立的民族国家政权作为目标,并且动员"半数的女同胞积极参加",但这种动员是以"男女都一样"(一种未经反省的男性主体)的方式提出的,而掩盖了女性的特殊问题和性别要求。从中国共产党在乡村展开的社会动员和经济发展来说,相当程度地借重了传统的家庭结构,父权和夫权中心的性别模式依然存在。女性介入公共领域及其社会地位的提高,都是在不改变家庭内部的性别秩序的前提下进行的。这种对父权制的让步导致了女性的双重负担问题,即在承担社会工作的同时,还承担家庭劳动。如果说马克思主义始终将女性解放作为阶级解放的同一议题,那么在对待父权制的方式上,则显示出女性解放与阶级/民族国家解放的冲突面向。其中的问题是:其一,建立社会主义政权之后,女性解放是否是"自然而然"的事情?其二,妇女解放运动是否不如民族解放和阶级解放重要?也正是在这两点上,女性主义者和马克思主义者发生了理论冲突。海蒂·哈特曼(Heidi Hartman)用了一个形象的比喻来比附两者关系:"马克思主义和女性主义的'婚姻'就象大英法律所描述的丈夫和妻子的结合一般:二者合而为一,而这'一'是马克思主义。"②这种"不快乐的婚姻"导致社会主义国家仍以"父权制社会"的形态存在,而关键原因正在于"马克思主义的概念范

---

① [英]朱丽叶·米切尔:《妇女:最漫长的革命》,李银河主编:《妇女:最漫长的革命——当代西方女权主义理论精选》,第8—45页,北京:三联书店,1997年。
② [英]海蒂·哈特曼:《马克思主义和女性主义不快乐的婚姻:导向更进步的结合》,收入《女性主义经典:十八世纪欧洲启蒙,二十世纪本土反思》,台北:女书文化事业有限公司,1999年。

畴,就像资本本身,都是没有社会性别视角的","马克思主义者倾向于认为,妇女的受压迫远不如工人的受压迫那么重要"。于是,女性主义者提出不仅应当对资本制度提出批判,同时应该向父权制挑战,妇女解放应该在反抗资本主义和父权制的"两个战场"作战。① 由此,以更为激进和积极的方式把女性主义结合进社会主义实践。类似发生于60—70年代西方女性主义理论界的讨论,或可作为思考中国妇女运动历史的参照。

"延安道路"中蕴涵的女性内部的阶级差异、女性运动和党的工作孰重孰轻的冲突,事实上正是女性主义面对传统马克思主义时发生冲突的普遍问题。努力地浮现20世纪中国革命实践和妇女运动中那些被压抑的声音,并不是要简单地重复它们(正如80年代的女性文化所做的那样),而是意在将具体历史情境中的复杂面向重新浮现出来,为进一步思考提供线索。某种程度上,对阶级/性别问题的话语脉络的浮现,既是一种历史清理,也可说是一种理论建构;而更丰满更有想象力的表述,则需要更长时间的探索和更为艰难的实践。

(《南开大学学报》2006年第6期)

---

① [美]罗斯玛丽·帕特南·童:《女性主义思潮导论》,艾晓明等译,武汉:华中师范大学出版社,2002年。

三个女性形象与当代中国
社会性别制度的变迁

关于女性问题的探讨一般以女性为中心,并强调要有女性的立场。但"女性的立场"应怎样理解?有女性立场并不意味着只谈"女性",或始终站在女性的位置和角度上来看问题,而需要意识到更广阔的规约并塑造着女性存在方式的社会制度和权力结构。关于这种社会制度,理论界已经提出了一个概念"社会性别制度"(gender system)①,用以指称一整套关于社会如何安排一个人成为"男人"或"女人",怎样理解自己的性别身份,以及如何从中获得性别身份的满足等层面的制度形态。这一理论范畴突出了女性自我意识、社会身份、组织方式等的"社会建构性",很大程度上开启了文学、美学或文化研究之外的政治经济学讨论面向。

当代中国女性一个非常重要的特征,是她们主要在社会场域中活动。"社会"一词和"家庭"相对,指女性不是在私人空间而主要在公共场域里活动。自 1949 年以来的六十多年时间里,当代女性的处境和活动方式与现代时期有很大不同。谈及现代中国女性,研究界经常提及戴锦华与孟悦论著的标题"浮出历史地表"②,用以比喻女性进入

---

① 这一范畴最早由美国人类学家盖尔·卢宾(Gayle Rubin)在《女人交易——性的"政治经济学"初探》(1975 年)中提出,进而被理论界发展为性别研究的重要范畴。该文中译收入《社会性别研究选译》,王政、杜芳琴主编,王政译,北京:三联书店,1998 年。

② 孟悦、戴锦华:《浮出历史地表——现代中国妇女文学研究》,郑州:河南人民出版社,1989 年初版;北京:中国人民大学出版社,2004 年修订版。

现代社会领域、从"不见"到被"看见"的变化过程。现代时期的女性常常出现在私人场域——比如家庭内部，最多是婚姻或情爱关系中。当代女性由于经历了毛泽东时代的妇女解放运动，不能仅仅用"内"和"外"、"私"和"公"这样的范畴来讨论男女差别，因为女性同样在公共场合活动。当然她们同时也在家庭内部活动，这种双重角色也是造就当代女性许多问题的关键所在。如何呈现当代女性社会化的复杂遭际，需要更多地借重对社会性别制度的考察。这里对"社会性别制度"的理解并不亦步亦趋地遵循盖尔·卢宾等美国学者的理论，而更强调对女性社会化的诸种组织形态的具体分析。

本文拟从三个女性形象的分析出发，结合社会性别制度与形象/表演理论范畴，探讨女性主体塑造在不同时期的表意实践，由此呈现当代中国社会性别制度的历史性变迁与共时性结构。这三个形象分别是1950年代末到1960年代初期的李双双、1980年代的陆文婷和21世纪的杜拉拉。她们是三个历史时期的经典女性形象，也是当代女性主体叙事的主要表征。就"历史性"而言，分析这三个形象的文化内涵及其与不同历史语境的关系，特别是在社会文化的公共场域里，性别与阶级如何互相构建，人们在讲述女性故事的同时怎样也在讲述阶级的故事；就"共时性"而言，这三个不同时期的女性形象有一个共同的、内在的意义结构，涉及父权、男权和女权的三元关系。可以说，权力总是以一种性别化的面孔呈现的，只不过当人们谈"男女关系"时，看不到这样一种权力结构的存在。这也是需要从社会性别制度角度展开相关分析的原因。

一 三个女性形象及其文本演绎

李双双、陆文婷、杜拉拉是三个由文艺作品虚构的人物形象。以往相关文学研究称其为"人物形象"时，关注的是作为叙事文本的特性，而本文强调其"形象"特性，采取的分析方法与此有所不同。这里不在乎它是小说还是电影,关注的是这些小说、电影共同演绎的"image"。与汉语"形象"一词的涵义有所不同,英文中的"image"同时还包含了"扮相""影像"等视觉层面的表意,并强调其内涵并非本质性的,而是表演性和展示性的。这三个女性形象都被不同的叙事媒介——小说、电影、连环画、话剧、电视剧等——所演绎。李双双这一形象首先出现于小说,继而拍成电影,同时有连环画、地方戏等形态。陆文婷既是小说也是电影,在80年代影响较大的还有连环画。杜拉拉是最典型的一个,她首先出现于网络小说,继而印成纸本出版,接着在2009年变成了话剧,2010年改编成电影和电视剧。同一个女性形象为什么被人们这么热衷地用不同媒介来演绎?如要把握这样的问题,就不能单纯地从文本或媒介的叙事形态进入,而需把握在这些媒介表述中的共同东西,这就是"image"。为了表述上的方便,本文仍旧采用"形象"这一说法,只是其涵义与一般的"人物形象"有所不同。

这三个形象被不同文本和媒介演绎时,同一形象的具体内涵均有不同。比如杜拉拉,在小说中她是精明的,简直可以说就是当代版的"甄嬛";电影版会强化"爱情",而且突出"时尚"特性;话剧版是一个很"菜鸟"的杜拉拉,刚刚大学毕业,坚持不改自己的张扬个性;电视剧版很现实地展现杜拉拉怎样从刚入行的"菜鸟"变为"狐狸精",精通办公室权力斗争的种种规则。总之,文本的具体阐释是有差异的,但作为同一个"形象"又具有一些共同要素,这些要素也决定了人们赋予"女性"这个能指以时代性内涵的理解方式。

(一)李双双

李双双形象最早出现在李准的小说《李双双小传》里。小说题目本身很有意思。李双双是一个普通农村女性,给她列传,就如同鲁迅当年写《阿Q正传》:阿Q是一个底层人,一个不被知识分子和上流社会重视的人,但鲁迅为他写"正传"。给李双双写传有同样的意思。在本名出现之前,李双双一直被丈夫孙喜旺说成"孩子他妈""我家里做饭的""我屋里的"等等,总之她不是一个独立的人,而是丈夫的附属品,其身份由丈夫或孩子决定。这部小说试图强调的是女性如何获得她的主体性,所以叫"小传"。小说最早在《人民文学》1960年第3期发表,写作时间是1959年,也就是当代中国的"大跃进"时期。改编成电影(导演鲁韧)之后,去掉了"小传"二字,一定意义上变成了"正传",叫《李双双》。电影公映是1962年,比小说晚了两年。这晚了的两年也很值得重视,因为60年代初是中国政治变化特别快的时期。

李双双最经典的形象是电影海报上的,一个健壮、爽利而张扬的女性形象。她特别有主体性。怎么理解这个主体性呢?女性的身体语言会传递某些有关自我感知方式的信息。比如一些女性会很在意身体的表达,她们把这个叫"教养"。"教养"就是说女性不能张扬、不能无礼、不能"随便",你必须很拘谨地按照某种优雅、文静等等形象来规约你的身体。但是这种自我规约的身体语言,在毛泽东时代的中国女性身上不大容易看得到,特别是我们再看李双双时,觉得她是有充分的主体性的,因为她的身体是完全放松和自然甚至张扬的。这样的形象后来演变到了样板戏舞台上的女性,她们的身体都像钢铁一样的"刚直"和强悍。这种身体语言也可以成为解读的对象,是"形象"叙事的一部分。

另一种电影海报强调了李双双的故事是一个夫妻之间的喜剧性冲突故事。扮演孙喜旺的演员仲星火有一张特别喜剧性的脸,选他很符合故事本身的喜剧性,他也因此获得了最佳男配角奖。电影导演鲁韧比较愿意合作的男演员可能是仲星火这类演员,扮演李双双的演员张瑞芳曾提及更愿意合作的演员是赵丹①——如果由赵丹来饰演孙喜旺的话,"味道"会发生变化。当然最成功的是张瑞芳的表演,她因此获得了当时刚设立的百花电影奖最佳女演员奖。人们称她演"活"了李双双,因此在那个年代,许多人心目中的李双双就是张瑞芳所塑造

---

① 张瑞芳:《扮演李双双的几点体会》,《电影艺术》1963年第2期。

的这种形象。

李双双形象在小说和电影文本再现中有较大差别,这种差异对这个形象的表意来说很重要。小说的背景是"大跃进"时期,"人民公社"这种新的社会制度形态已经出现,但更多的地方还是"高级社"。电影的时间往后延了两年,"人民公社"已经作为稳定的制度形态固定下来。因此,小说主要讲李双双怎样办食堂——这是"大跃进"的标志,而办食堂的意义是要让女性从家务劳动中解放出来;电影叙事的重心则是"工分制",每个人劳动了多少就得给他/她多少报酬,即"按劳分配"。毛泽东当时提出了一个词,叫"资产阶级法权","文革"期间张春桥详尽地阐释了这个概念。相对而言,小说是否定"法权"的,而电影则站在"法权"一边。电影里有一个小细节:孙喜旺当了记工员,李双双和他讨论时,孙喜旺说他看过一本书,好像是马克思说的"要'按劳分配'",李双双反驳说是列宁说的,孙喜旺则肯定地说:就是"姓马的"说的。

另一个差别是,小说特别侧重女性的问题——女性怎么走出家庭,成为像男性一样的劳动力。当然要求女性走出家庭的原因是很现实的,因为生产队缺少劳动力,所以需要把女性从闲置在家的劳动力转变为能够生产的劳动力。所以小说的重心是女性如何走出家庭,成为一个社会化的主体。但在电影中,这个问题似乎已经解决了,重要的是劳动者怎么可以变成一个"无私"的人,而"无私"的目标是"公"。关于"公"的理解可以有很多讨论。孙中山最著名的说法是"大道之行,天下为公",这个"公"的涵义是很大的。但人们对"大跃进"形成了一种漫画式的理解,在谈论"公"时,总是把它理解为"国家"或"集体",并将其视为"个人"的对立面,也即总是在"个人"与"国家"的二元对立关系中理解"公"。但是,在中国的思想传统中,"公"的内涵是非常丰富的。① 某种程度上,小说所表现的李双双作为"新人"的"公"

---

① 参阅[日]沟口雄三:《中国的公与私·公私》,郑静译,北京:三联书店,2011年。相关讨论另见《重新思考中国革命——沟口雄三的思想方法》,陈光兴、孙歌、刘雅芳编,"公私",第9—108页,台北:台湾社会研究杂志,2010年。

的品质也有超出国家(集体)主义含义的地方。

因为有这些差别,李双双的身份在小说与电影中也有所变化:在小说中,她是炊事组的组长,其活动的场域仍是半私人性的,因为做饭经常会被认为是属于女性的家务活;而在电影中,她的身份更加社会化了,她是妇女队长,顶替男人劳动并获得了粮食大丰收。

可以说李双双代表的是毛泽东时代的经典女性形象。其特点可以概括如下:

首先她是农村女性——不是知识分子、资产阶级或工人。她的时代性在于她被视为社会主义新人——"新人"是60年代提出的重要问题。在这之前,从《讲话》到60年代前期,理论界一直在讨论"英雄人物""中心人物"等等,但在这个时期,伴随着社会主义再教育运动,开始提出"新人"这一说法,其最重要的形象是雷锋。李双双也被视为一个"社会主义新人",在阐释其"新人"之"新"时,特别要强调她心底无私,是一个没有任何阴暗、肮脏私欲的人。

其次,李双双经常被注意到的是一些性格化的要素,有时我们用"生活气息"这类词来说明它。60年代初,很多作家——比如说浩然等——都在写"社会主义新人",但相对来说,李双双被认为是最性格化的,而这些性格化因素可以和人们的生活经验和文化传统关联起来。李双双的特点是快人快语。中国文化传统里也有这样的快嘴女人形象,比如话本小说《快嘴李翠莲》,但那个形象快嘴到了饶舌的地步。而李双双的情况是,有些话别人出于世故的考量而不说时,她会说出来。因此,她的快嘴和她有些虚荣的丈夫之间形成了喜剧性的对比关系。她是个"热心人",和她无关的事也会去管,比如孙桂英的婚姻。本来孙桂英和二春相好,可是她爹妈想给女儿找个城里人,李双双就堵在半路上把城里人小王给劝退了。按照中国民间传统伦理,这样的事情是不能做的,可是她也做了。她是个"直性子",有什么说什么,她的"里面"和"外面"是一样的,是一个非常干净的人,不因自己私利的考量才说,而是心里就是这么想的。同时她很泼辣,这种农村妇女的泼辣,是小资女性想都想象不到的,只不过李准把她文艺化了。这种泼辣如果用一个很感性的词来形容就是"疯"。人们会说小孩"人来疯",即表现出了一种超乎常情的快乐。对李双双来说,情形也有点相似:在这之前她只是丈夫的附属品,活动空间只是在家里,可人民公社和社会主义的到来,使她拥有了无比广阔的空间,而她本来就是一个能力很强的人,所以她觉得很舒心。这种"舒心"使她的举止有时候不太得体,有点"疯"。这是这个形象最明确和最引人讨论的地方。

其他一些特点还包括:李双双的主体性强,她张扬的身体语言是别的时期与国度的女性所没有的。关于"主体性"是一个很有意思的话题,社会性别制度的存在并不只是观念,而是在所有的生活细节层面都会有所表现;她是一个"已婚"的女性,关于这个形象的呈现直接和毛泽东时代的家庭婚姻制度联系在一起;另外,这个形象同时具有乡土气息和"民族特色"。这一点在电影中表现得很明显,比如说片头字幕的水墨画效果、片中的地方戏等,这也使这个人物形象与民族传统关联在一起。但是这个"传统"不是封建传统,不是"三从四德",而是毛泽东时代建构出来的民族特色或民族形式。

(二)陆文婷

如果把《人到中年》中的陆文婷与李双双放在一起,就会意识到李双双是一个多么张扬的形象了。小说《人到中年》1980年发表,由它改编的电影拍摄于1982年。陆文婷是一位医生,是眼科大夫,电影中最引人注目的是演员潘虹的那双大眼睛。故事开始是躺在病床上病危的陆文婷,接着是她自己与周围人关于她的回忆。她本来是医院眼科最重要、最出色的大夫,而且很年轻,谁也没想到她会突然病得这么严重。最后她终于从死亡线上挣扎回来,病愈出院,小说写她"迎着朝阳和寒风向前走去",关联着人们对于80年代历史语境的理解。

电影获得多个奖项①,其中最为人称道的是潘虹的表演。潘虹把她个人的气质和理解加入了陆文婷形象,而这种形象的诠释与小说和电影的主题颇为一致。当时潘虹很年轻,才 28 岁,可是她演了一个中年的陆文婷,并获得高度认可(不过也有人说她身上还有"少妇气",不够"中年")。潘虹给自己的定位是悲剧性形象,她愿意去诠释的是忧郁美或悲剧美。她 1981 年因主演电影《杜十娘》,被誉为"悲剧明星",此后主演的《井》(1987)、《最后的贵族》(1989)等,演绎的都是一些悲剧性的女性故事。这些因素在观众接受层面都会叠加到陆文婷这个形象身上,而这常常是人们理解"女性气质"时绕不开的内涵。

陆文婷形象的演绎媒介还有连环画,与潘虹演绎的陆文婷不一样。潘虹的形象太美了,连环画会更朴实一些。有关病人的意识流动,小说中写得比较详细,作者谌容也曾经做过医生;但电影没有完全传递,使得病人情绪的缥缈流动不能以视觉的方式看到。但陆文婷的意识流在连环画中会通过视觉表意很好地展示出来,这也是连环画为人称道的地方。

陆文婷形象包含这些要素:第一,她是一个外表温婉、沉默寡言,但内心很要强的职业女性,这个形象所传递的韵味与李双双很不一样。这种不同首先是阶级的分别:她是一个知识女性,甚至作家谌容在创作小说和导演王启民、孙羽在拍摄电影时考虑的主要并不是女性问题,而是知识分子问题。作为一个知识女性,陆文婷更多的是作为知识分子镜像出现的,被视为知识分子的自我表达。不过,当知识分子的自我认同是女性形象时,背后又会有一种权力关系的投射。

第二,陆文婷是在家庭与工作两个场域里活动的女性。李双双是一个走出家庭的女性,"走出"这个动作表明她以前一直在家庭内部,小说中洋溢着一种"走出"的快乐,所以她很"疯"。可是在陆文婷的

---

① 电影《人到中年》由长春电影制片厂出品,曾获得 1982 年文化部优秀影片奖,1983 年金鸡奖最佳故事片、最佳女主角、最佳编剧(提名)、最佳音乐奖(提名),第六届百花奖最佳故事片、最佳女演员(提名)等。

故事里，我们看到走出了家庭，但同时要承担工作和家庭两个领域事务的女性，是心力交瘁、不堪其重的。陆文婷在工作领域非常出色，她是工作狂，是极其出色的医生，可在家里却是一个不称职的妻子和母亲。当然并不是真的"不称职"，而是她自己觉得"不称职"，因此充满了负疚感。如果陆文婷真的没心没肺，不管也不关心她的孩子和丈夫，那是另外一回事；可实际上电影和小说要告诉我们的是，她非常爱她的丈夫和孩子，但没有时间和精力去爱和照顾他们。这种负疚感和自我意识涉及她对自己女性身份的理解。

第三点是最突出的，她是一个"病妇"形象，一个躺倒在病床上的女人。她是脆弱的，特别是患病的人更脆弱。在小说里，陆文婷的上级孙主任称她是"一茎瘦草"。在他的回忆里，第一次见到陆文婷，觉得她"安静得像一滴水"，非常沉静但并不脆弱。而当他看到病床上濒于死亡的陆文婷时，他说出的是"一茎瘦草"。这样一种病妇形象构成了80年代初期一种值得关注的文化现象，当时文学与电影中有很多重要的女性形象，都是病人，躺倒在病床上，她们的活动空间在医院里。而陆文婷不一样的地方在于，她既是病人，也是医生，这两种身份汇聚在一起，故事既在医院也在家庭里展开。

第四点涉及陆文婷形象最核心的内涵。潘虹演绎的陆文婷和张瑞芳演绎的李双双，获得了同样多的赞美。潘虹为此写过一篇文章，讲述她演绎陆文婷的感受和理解，以及对自己忧郁气质的评价。[①] 她说一开始用"忍"字来理解陆文婷。俗语说"忍字心头一把刀"，这是很恐怖的，要发作又不能发作，很难受却不能说，即所谓"隐忍"。"忍"意味着有无数的东西压在身上却必须默默承受。所以潘虹说由于一开始要完全进入人物的感知状态中，以致几乎患上忧郁症。但后来她认识到陆文婷身上不仅仅是"忍"，还有另一个字"韧"，这是比较

---

① 潘虹：《陆文婷银幕形象的体现》，收入《1983年中国电影年鉴》，北京：中国电影出版社，1984年。

积极一点的东西。在这样的理解下，潘虹演绎的陆文婷有一种悲剧美，一种忧郁感伤的气质。实际上小说特别是电影也在传递着一种感伤，这种情绪色彩最集中地由影片的主题音乐表达了出来。

陆文婷形象的这一特点，在今天拉开较长的时间距离之后，会觉得这种美感是很有意思的，同时也觉得这种感知方式和用以表达这些感知方式的事件之间是有距离的，因此显得有点矫情，因为事件本身不值得那么感伤。洪子诚曾把80年代前期文学的特点概括为"感伤"①。"感伤"是一种情绪，带着自怜和自恋色彩，然后夸张地表达出来，可是人们很愿意沉浸在这种情绪里。梁实秋曾举出关于"感伤"状态的一些例子，比如离家不到百里，就想着自己如何如何地客居他乡、远离故土；不小心手指划破了一道口子，就说如何如何自杀未遂……诸如此类②。陆文婷形象的再现或演绎方式中包含了这样的感伤气质。如果不是由潘虹来饰演，或主人公不是一个女性形象，那么这个故事带来的效果会怎样？类似的有1992年的电影《蒋筑英》，讲述一个男性知识分子的故事，从表演到影像风格都没有也不能赋予蒋筑英如同陆文婷那样自虐性的、感伤的悲剧美，而是强调这个男性虽然儒雅、不那么强悍，但他并不自怜。③ 这种差别背后包含着人们对何谓"女性气质"和"男性气质"的理解。这种"女性气质"的内涵，比如那种受虐性的献身精神，那种将自我他者化的忧郁情绪和美感体验，都关联着女性在社会性别制度里的客体性地位及其主体内涵的文化表达。

（三）杜拉拉

21世纪的杜拉拉不是农村女性，也不是知识女性；她可以算知识

---

① 洪子诚：《作家的姿态与自我意识》，第一章"感伤姿态"，第3—40页，西安：陕西人民教育出版社，1991年初版。

② 梁实秋：《现代中国文学之浪漫的趋势》，收入《浪漫的与古典的·文学的纪律》，第15页，北京：人民文学出版社，1988年。

③ 电影《蒋筑英》，长春电影制片厂1992年出品，导演宋江波，魏子饰演蒋筑英。

女性,但和陆文婷不一样,她是一个资产阶级女性,或用今天时髦的话说,是一个职场女性。这个形象最早出现在网络小说中,纸本小说2007年正式出版,然后有徐静蕾版的电影、王珞丹版的电视剧和姚晨版的话剧。这么多时髦明星都如此热衷于演绎这一形象,是特别值得关注的现象。

杜拉拉形象的小说初版由陕西师范大学出版社出版,之后很快出了续集(二集《华年似水》、三集《在这战斗的一年里》、四集《与理想有关》)。"杜拉拉的故事比比尔·盖茨的更值得参考",是小说封面的广告语。比尔·盖茨是全世界最有钱的几个人之一,说杜拉拉的故事更值得参考,意思是说:我们不指望都成为比尔·盖茨那种顶尖富人,但我们每个人都可以成为杜拉拉。电影《杜拉拉升职记》的英文题目是"GO Lala GO",表明她勇往直前的勇气。这个形象不像陆文婷那样隐忍,她也可以说是张扬的,但这种"张扬"带着很多的装饰,不像李双双那样的天然和健康,可以说是一种时尚性的、修饰得很得体的"image"。用理论术语来说,就是一种有意识的"表演"(performance)。这种张扬的品性与杜拉拉作为21世纪中国社会一个"新"的阶级——中产阶级——的想象和理解联系在一起。电影中杜拉拉每次出场时穿的衣服都不一样,而且都是大名牌,给她做形象设计的是好莱坞著名服装设计师帕翠西·菲尔德(Patricia Field)。最引起争议的是电影的植入式广告:人物喝一杯茶,要把牌子亮给你看;用电脑时,要把"联想"两个字让你看见;走过一栋大楼时,要让你看见上面的广告……它的每一个镜头都在进行商业性的广告宣传。这种对待资本和物欲的态度,使得电影比小说更有意味:它是一个资本时代的象征。

杜拉拉形象在小说、电影、电视剧和话剧里存在一些重要差别。小说是非常现实主义的,甚至不能说是"现实主义",而叫"写实"。实际上《杜拉拉升职记》出现时人们给它的定位并不是"小说",而是"职场指南",一种实用性读物。如果你是一个职场"新手",通过阅读小说中的内容——杜拉拉怎样进入DB公司、怎样一步步升上来、遇到哪些问题以及如何解决——你会觉得这些经验很有帮助。不过当然它不是职场实录,而是在讲故事。这种虚构性和实用性结合起来,使小说的性质变得很暧昧,其创新之处也在于此:它打破了某些现实主义小说的叙事成规,改写了人们有关小说"真实观"的理解。

小说特别强调办公室里的"小政治",那种微观的人际关系,让读者觉得很像《甄嬛传》,被人戏称为当代"宫斗"故事。① 之所以可以被这样理解,第一因为它是实用性的,含有丰富的职场经验描述;第二是其对性别的态度。小说中变态、可怕的人物都是女性,相反男性都是杜拉拉的上司或帮手。那个上司再"没劲",但是通过不断地接近他,会发现他就像你的父亲一样可以帮助你。这也是一种不自觉的对待权力(男权)的态度。第三是让读者没有任何批判与反省地进入办公室这样一个权力空间。人们读了小说,会获得很多实用性的经验,可因此也把自己的自由都交出去了,而不能与现实本身保持任何批判的距离。

电影对性别的态度相对小说有变化,女性间的关系表现出某种姐妹情谊,但对资本主义物欲的表现则是十足的"拜物教"。马克思说资本主义就是拜物教,人们对物的迷恋是狂热的、丝毫没有理性的,就像"宗教"一样。《杜拉拉升职记》电影里许多镜头都在赤裸裸地表达对物质的热爱,很多地方让人想起电影《小时代》(郭敬明导演,2013年)。它们是非常接近的,是我们这个时代的人对物质、对我们置身其中的社会权力结构的认知方式。电影的另一特点是突出男女主人公的"爱情"。一个大的改动是:小说中王伟和杜拉拉是在工作冲突中慢慢走近,进而发展出恋情的;但电影一开始就安排了电梯中相遇这一场景,让杜拉拉得以偶然窥见王伟内心最脆弱的东西,即他的幽闭恐惧症。这是情感萌发最重要的契机,也使"爱情"成为影片中唯一超脱

---

① 电视连续剧《后宫·甄嬛传》,郑晓龙导演,孙俪、陈建斌主演,2012年首播,是近年最受关注的电视剧之一,它开启了一种独特的电视剧叙事类型,因其内容描写后宫女性的权力斗争,也称"宫斗"剧。

(不如说"漂浮")于物欲之上的精神依托所在。

王珞丹主演的电视剧回到了传统的现实主义叙事,讲述一个没有什么关系背景、在外闯荡的女孩,怎样通过自己的努力成长为白领。姚晨主演的话剧版有很多表现主义的成分,演员的表演风格比较夸张,突出人物的性格化特征;舞台布景也比较抽象化地呈现一种观念性主题,令人联想外企空间中的权力关系。相对而言,小说与电影的叙事影响更大。

杜拉拉形象包含这样一些要素:首先,她是一个中产阶级的成功女性。她不是失败者,不是底层人,也没有陆文婷身上隐忍的味道,而是一个张扬的、成功的、对自我特别有把握的人,而且最重要的是:她可以充分满足自己的物欲。这是人们消费、关心杜拉拉的前提,也是人们对于"成功"的具体理解。如果杜拉拉不是一个成功女性,人们会这样关心她吗?这个时代人人都想要成功,没有谁愿意成为失败者,所以人们特别愿意去关心像杜拉拉这样的成功者。

其次,获得成功的方式也很重要。杜拉拉的方式是自我奋斗。她受过良好的教育,这是她成为白领或中产阶级的前提。杜拉拉没有任何的家庭关系背景,不是富二代、官二代,不靠她的爹妈,这使她区别于佟大为主演、表现80后的电视剧《奋斗》(2007年);她也不靠男人,在这个意义上它也区别于电视剧《蜗居》(2009年)。杜拉拉形象摈弃了浪漫主义小说中人物的不切实际的风格,她特别自傲的一点是:她可能会失败、受伤或遭遇挫折,但她能够及时总结经验,然后成功反击。这使她很有能力在外企生存下来,并懂得各种生存法则;但另一方面她也变成了丛林法则的接受者。她说:"我很现实,我知道他们,我不会那么不切实际地说我想要改变他们,我只是要适应他们,而且在这个过程中我自己活得很好。"这种现实性表现在她对自己以及想要的东西的认知都符合她的理性。每当杜拉拉遇到问题时,她都能客观地分析自己,找到解决问题的方式,因而具体地演绎了什么是独立的"知性美"。这种个人奋斗的品质也是杜拉拉能够成为中产阶级成功女性的时代象征的重要内容。

杜拉拉形象的第三个特点是很时尚。杜拉拉是"都市白领",是21世纪最引人注目的时尚阶层,也可以说是"文化英雄"。《杜拉拉升职记》因此而被视为都市白领的成功学。这种"时尚"又是以性别方式来演绎的,所以包含着一些"女性气质"的演绎,可以称为商业化的女性气质。它是通过对物欲的满足与表演来呈现的。小说会写到杜拉拉穿什么衣服、买什么东西、有怎样的品味等,这些在电影中被极大地放大了。将物欲与时尚等同,使电影对于商品的态度是充分自然化的,认为掌握丰富的物就是"成功",而无法意识到物对人的异化和控制。其中有 DB 公司的午餐场景,摄影机摇过一排排的杯子和美酒、无数美食,仿佛在赞美:"多好啊!"但如此丰富的商品之物,在视觉的层面也构成了对杜拉拉形象主体性的极大压抑——这既表现为演员徐静蕾的身体表演与时尚之物之间的生硬关系,也表现为人物主体内涵的"空洞"感(这也是人们普遍认为电影不如小说成功的地方),使人觉得似乎不是"人"在使用"物",而是"物"在控制"人"。到了电影《小时代》里,年轻的俊男美女很自然地与时尚之物融为了一体,但他们也把自己变成了物本身:他们的脸,其实已经不是人的脸,而是时尚的、表演的、物化的脸。从这个角度而言,《爵迹》(郭敬明导演,2016年)摈弃"活人"的"蜡像"表演方式的出现绝非偶然。

二 社会制度场域中的当代女性

(一)当代女性的社会化

这三个女性形象的共性在于她们是社会化的女性。可以说,当代中国女性与现代中国女性的差别在于,当代女性是充分社会化的,而现代女性只是在"浮出历史地表"的"浮出"过程中,而且会被强大的惯性拉回家庭中。传统中国女性位于家庭之内,传统性别分工是"男主外女主内",女人不可能进入社会的、公共的场域。如戴锦华所说,如果有女性进入社会场域,她就必须化妆,像花木兰那样化妆成男人,或像穆桂英作为一个特别的、传奇性的存在。①

"五四"一般被视为中国妇女解放的起点(当然现在这些叙述会被具体化和复杂化,人们会强调"晚清"的重要意义等,但相对来说断裂性的变化还是发生在"五四"),这个时期的女性要走出家庭,其主体镜像是易卜生话剧《玩偶之家》中的娜拉,而"解放"的动作就在于从家庭"出走"。由此理解女性解放有一个直观的要素,即其与家庭的关系,她是不是仅仅被家庭所定义、所局限。毛泽东时代之后,妇女解放在更大规模上变成了具体的社会改造实践,而不仅停留于观念层面。现代中国历史怎样理解女性的"现代性"是很不一样的,有主张女性成为独立的国民和社会人,也有"新贤妻良母主义"——这种观点认为女性还是应该待在家里。毛泽东时代特别强调女性要走出家庭,参与社会活动。这种社会化实践,在城市是职业化,大部分城市家庭妇女都会就读职业学校,然后为她们分配工作;在农村,则倡导女性参加劳动。西方女权运动几个世纪以来一直追求的受教育权、工作权、参政权、继承权等,在毛泽东时代的中国都已实现。这也使当代中国女性的处境区别于韩国、日本等国家和中国香港等地区。比如日本法律固然没有否定女性成为户主的权利,但规定夫妻只能有一人能为户主,而一般情况下,这个户主都是丈夫,所以大部分女性婚后必须改随夫姓,这对其社会身份和形象是极大的改变。这也是一种变相的对女性继承权、财产权等的剥夺。通过这个例子可以了解关于女性解放的种种。因此在评价毛泽东时代时,首要前提是了解这个时代确实赋予了女性很大的权利。

当然在赋予权利的同时也存在着问题。毛泽东时代的女性是真正的国民,她和男性一样都是国家的公民,那个时代最著名的口号是

---

① 戴锦华:《涉渡之舟——新时期中国女性写作与女性文化》,绪论"可见与不可见的女性",第4—9页,北京:北京大学出版社,2007年。

"男女都一样""妇女能顶半边天"。不过"男女都一样"的问题是,这里的"一样"是"男的跟女的一样"呢还是"女的跟男的一样"?其实是"女的跟男的一样"。也就是女性的主体想象是依据男性来决定的,所以才会出现"女强人""女铁人"这样的形象。女性丧失了保有性别差异的权利。这不是说女性一定要柔美、文静,一定不能像李双双那么张扬,但"我是女性,我和男性不一样"的权利却没有了。这是毛泽东时代后来的问题。

总之,当代女性的总体特点是社会化,充分地进入了社会场域,享有与男性同样的社会权利。需要更深入地分析的,是女性社会化的不同历史时段,及其置身其间的社会场域的具体形态。"场域"即空间权力。权力的存在形态并非抽象的,所有的权力都在具体场域中运行。只有那些以空间的形式安排的权力才是真正的权力,那种非空间式的、只在偶然性关系中展开,或仅是观念性的权力,不是最持久的权力。讨论当代中国的这三个女性形象,一要分析她们的时代性和历史语境,同时重要的是分析她们置身的社会场域形态——场域本身与女性形象同样重要,或者说这些女性形象的代表性是与具体场域直接相关的。

(二)李双双:"大跃进"与人民公社

李双双是活跃在1950—1960年代中国社会与文化场域、且影响最大的一个形象,她被视为一个时代的象征。与这个形象相关联的制度场域是人民公社,相关的历史事件是"大跃进",所以当时的典型说法是:"大跃进"跃出了李双双。

"大跃进"这段历史的定型化想象往往是荒诞的、可笑的和不可理喻的,但李双双的故事会使人意识到历史不是只有一张面孔。这不是说像电影《活着》(导演张艺谋,1994年)那样的叙事都是谎言,那种大炼钢铁、浮夸风、放卫星等的行为是存在的,问题是"大跃进"的历史过程非常复杂,这个过程中也产生了一些好的东西,比如对女性的社会态度。人们常常会忘记,"家务劳动社会化"、女性走出家庭全面社会化,事实上正是"大跃进"时期才全面开始的。从这个角度来看,李双双故事所呈现的丰富历史内涵不应被忘记。

"大跃进"的发动在于一种强烈的落后意识和快速发展经济的愿望,当时的口号是"超英赶美"。一般而言,"发展"有两种方式,一种是技术密集型,另一种是劳动力密集型。发展高科技的结果是利润很高,但导致人口大量失业;密集型劳动力投入也可以完成发展的过程,同时还有一个优点——充分就业,和一个缺点——效率很低。"大跃进"的方式是,当时中国资金与技术欠缺,因此需要利用中国的"人多力量大",很多事情靠大量投入人力来完成,劳动力就变得特别重要,中国庞大的人口由此变成一种发展的优势。① 也是在这个前提下,女性才能走出家庭,变成和男性一样的劳动力。

"大跃进"时期出现的新的制度形态是人民公社。80年代后,人们对人民公社基本持否定态度,但它的出现也有其历史原因,而且从1958年出现后,一直持续到1982年"中央一号文件"宣布解散人民公社(事实上从1978年开始施行农村联产承包责任制,这种制度就基本解体了)。也就是说,它曾经在20年的时间内,作为中国社会一种非常重要的制度形态而存在。但一般来说,文学或文化研究者并不关心这种制度是怎么回事,这使我们对很多问题的讨论是情绪式的,停留于价值判断的美学式讨论。

人民公社最早出现的地点是河南。电影剧本《李双双》和小说《李双双小传》由李准来写作并非偶然。李准是河南人,他对河南农村展开的"大跃进"和"人民公社化"活动的了解,有"近水楼台先得月"的地域上的便利。第一个人民公社"嵖岈山卫星人民公社",在河南驻马店附近,1958年7月成立。当地农民率先实践了这样一种样态——当

---

① 相关论述参见[美]莫里斯·迈斯纳(Maurice Meisner):《毛泽东的中国及其后——中华人民共和国史》,第十二章"大跃进期间的经济",杜蒲译,第191—198页,香港:香港中文大学出版社,2005年。

然不只是农民,而是包括地方基层官员、河南省官员、理论家们以及记者们一起参与这件事,最后提出了关于公社的理论性描述:一是一切生产资料和公共财产归公社所有,由公社统一核算、统一分配——这是对所谓"公有"的理解;二是社员分配实行工资制和口粮供给制相结合——"工资制"就是把农民当作工人一样对待。实际上"工资制"在农村是很难实践的,所以电影《李双双》里要谈"工分制","按劳分配"的"劳"是按"工分"来核算的。这是非常现代化的方式,按照黄仁宇的说法就是"数目字管理"①,把农民当作福特式工业大生产流水线上的工人来管理;三是推广公共食堂,成立托儿所、幼儿园、敬老院、缝纫组。这些都是家务劳动的社会化和制度化形态;四是设立农业、林业、畜牧、公交、粮食、卫生、武装等若干部或委员会,实际上是把一个国家的部门浓缩到一个公社里;第五点就是人们经常批判的:分级管理和组织军事化、生产战斗化和生活集体化。但军事化、战斗化并不是必然的,而和1950年代后期紧张的国际地缘政治关系导致的严酷生存处境密切相关。

李双双这个形象的出现与这场社会与政治运动直接相关。在小说中,办食堂是最重要的事情;在电影里,就变成了工分制和妇女参加劳动。相对而言,小说更有历史感,也更与女性相关,因为它涉及李双双怎样从家庭里走出来。李双双在中国女性解放史上的代表性是:她是一个正在走出家庭的女性,处于"走"的过程之中,可以说当代女性社会化的过程是在李双双这样的情境中完成的。李准同一时期的其他小说(如《农忙五月天》《三月里的春风》等)也在讲怎么办托儿所、养老院,这些都涉及对家庭事务的安排以便让女性从家庭中解放出来。当前学界有一种普遍说法,认为"大跃进"时期之所以让女性从家里解放出来,并不是替女性着想,而是当时缺少劳动力,这些在小说里也有所表现。但并不能因此就抹杀了走出家庭对女性的意义——特

---

① 主要参见[美]黄仁宇:《万历十五年》,北京:三联书店,1997年。

别是千百年来在家里充当丈夫附属品的底层农村女性。在乡村父权制家庭和宗族关系里，李双双只是孙喜旺的"我家里的""孩子他妈"，她没有身份，也不是作为一个劳动的主体。但"大跃进"时期给予了女性充分的主体性，让她们参加劳动，把曾经专由女性承担的家务劳动用普遍的社会组织形态管理起来。

当时的说法叫"家务劳动社会化"，也是讨论毛泽东时代的妇女解放实践时经常涉及的理论问题。按照马克思主义或马克思主义女性主义的理论，父权制和资本主义对女性的剥削主要体现在认为她们在家庭里的劳动不算"劳动"，女性做家务、带孩子、照顾老人等事情是"免费"的。资本家榨取工人创造的剩余价值的方式在于，它虽然榨取的是男工人，但是在男工人完成其再生产（比如要吃饭要穿衣要休息要养育后代等）的过程中，女性的劳动是隐形的、看不见的，因此同时也榨取了女性。在这个意义上，资本制和父权制家庭是紧密勾结在一起的。"家务劳动"是马克思主义女性主义理论最关心的问题之一，当代中国的社会主义实践也同样考虑了这一问题。而且，办食堂、托儿所、养老院并没有随"大跃进"的消失而消失，而成为了一种制度性存在，中国社会的"单位"制度即是这样一种变形存在。这与资本主义公司化的处理家务劳动的方式并不相同。

"人民公社"这一制度形态，也是一种实验性的社会化场域，其实验性表现在它打破了既有的社会权力秩序和社会组织形态（比如父权制家庭、宗族关系乃至资本主义公司形态等），出于某种激进的、乌托邦的理念而构造一种新的社会/经济形态。当然它自身也有很多问题，这也导致了它的短命。在这样一种社会场域里，权力关系仍旧具体地存在着。在李双双的故事中，人们看到的都是喜剧性的夫妻吵架，往往会忽略背后自上而下的权力结构，忽略老支书的存在，但如果没有老支书，李双双是"跃"不出来的。

（三）陆文婷："新时期"与医院

陆文婷这个形象和80年代这个"新时期"连在一起，那是知识分子特别受重视的时期。她活动的场域是医院。"医院"这个空间在80年代有其特殊意义。就陆文婷形象而言,作为病人,这是一个象征疾病的场域;而作为医生特别是眼科大夫,则代表着高科技的存在,这也呼应着80年代崇尚科技、科学主义的时代氛围。同样重要的是,"医院"也是中国作为社会主义国家的一种独特组织形态即"单位"的具体显影。"单位"制度与"人民公社"一样具有中国特色。这些单位也有食堂、托儿所,员工和单位的关系是"生老病死有依靠",也就是说家务劳动由单位承担,从而把女性从家庭中很大程度(不是全部)解放出来。可以说,单位制与人民公社在许多方面是相似的,不过一个是全民所有一个是集体所有,一个在城一个在乡。但是,如果说李双双这个形象显现的是人民公社的解放性,那么陆文婷这个形象显示的则是单位的压抑性。尽管也有托儿所、食堂等机构,但单位并不全面地取代家务劳动,在《人到中年》电影和小说中这一点是明显的。孩子虽然可以上幼儿园,但是孩子生病了、放学了还是得家长照顾;职业女性回到家,还得做饭(有些单位是有食堂的)。真正关键的是,单位的存在并没有取代家庭特别是核心家庭,家务劳动还是需要在家庭内完成。这也是造成陆文婷双重压力的制度形态的关键。

  80年代相对于毛泽东时代,很多方面都有大的变化。有两点特别值得注意:第一,在经济和生产发展方面,从注重劳动力密集型转向技术密集型。邓小平提出"科学技术是第一生产力",特别强调要学习新的高端技术,因为70年代的中国落后于西方国家,也落后于世界的发展潮流。毛泽东时代完成的是国民经济的基础建设,构造出了工业、农业、轻工业等完备的基础体系;但这个体系已经建构起来之后,如果还停留在密集型劳动、基础教育等层面,就无法进入世界市场的交换体系,或停留于结构性的滞后位置,为此强调科学技术就成为必须。第二点,80年代以来强调的是高端教育、精英教育,而区别于此前的普及型农村教育、基础义务教育。同时发生的事情是,知识分子这个社会阶层变成了"文化英雄":为知识分子平反,同时恢复高考,提高知识分子的待遇等。所谓80年代是知识分子的"黄金时代",主要不是说他们受到了多好的待遇,而是他们的象征资本、社会看待他们的方式发生了很大的变化。

《人到中年》在这个时代("新时期")和这个场域("医院")中凸显的陆文婷这一女性形象,特别强调她在社会和家庭之间的两难;而这"两难"说的是女性的事,指向的则是知识分子的待遇问题,也就是说女性的故事成为了一种能指性的表达。

电影不断强调陆文婷的工作压力有多么大,以至让她牺牲了家庭,不能做一个称职的妻子和称职的母亲;她如此热爱她的工作,可是国家/单位没有给她应有的待遇和报酬:她的房子很小,她的职称问题18年都没有解决……所有这些最终使她身体崩溃。值得分析的是这个社会问题如何由小说或电影这种叙事媒介叙述出来:影片中有陆文婷的一个生活片段,是她抱着生病的女儿在医院门口徘徊,使用的是大俯拍镜头,显示人物强烈的无助感。影片同时还让人们看到,陆文婷在医院和家庭里是两种完全不同的神态:在家里,她总是疲惫的、无能为力的、忧伤的;可在医院里,她就像打了吗啡一样,极度地情绪高涨。这两种空间和两种精神状态的张力,最终导致她心力交瘁,躺倒在医院,成为一个病妇。这也是对女性所承受的双重压力的直观呈现。

但与人民公社中的李双双相比,最有意味的恰恰是"医院"这个单位空间里的陆文婷形象所呈现的家庭与工作二元性撕裂的具体方式及其隐含的意识形态。李双双和孙喜旺经常为谁做家务而争吵,而这里傅家杰为支持陆文婷的工作,自觉承担家务,因此浪费了十年的光阴,但《人到中年》提出的仅仅是知识分子待遇这样的"社会问题"。是否给了他们更大的房子、更好的职称问题就解决了呢?电影和小说都极大地凸显了陆文婷不能做好妻子好母亲的内疚感,但从未将如何解决家务劳动问题作为明确的问题提出,而近乎想当然地将之视为纯物质的待遇问题,并将之与女性角色的自我规约关联在一起。陆文婷的故事内在地将"社会"(工作、医院)和"家庭"(爱情、婚姻、家务劳动)区隔开来,显示了80年代以来一个越来越明显的总体社会趋向,即家务劳动将越来越被视为"个人"(尤其是女性)的问题,而渐渐地在公共问题视域中趋于消失。

(四)杜拉拉:"新世纪"与外企

杜拉拉生活的"新世纪"是全球化、后冷战,更准确的说法是全球资本主义时代。她的故事发生的场所是跨国资本企业在中国的"外企"。跨国企业在中国的落地生根,也是一种"新世纪"的时代象征。在小说叙事中,外企显然是一种更"高级"的企业形态:相对于民企的"土豪"老板,以及台企那样的企业,外企意味着现代、高端、时尚和全球化,最重要的是"公正"——一个有能力的人可以在这里实现自己的价值。

更有意味的是,关于外企生活的叙事,集中于"办公室"这一企业权力决策空间,从而将杜拉拉这个外企员工叙述为"管理者"而非"劳动者"形象。这或许更吻合于人们对于都市白领作为后工业时代的"新阶级"的理解。相应地,另一种可见的企业空间形态是员工们的度假、消闲场所,由此"时尚"和丰裕的物质生活才能由工作于外企的杜拉拉来演示。封闭于"办公室"的外企叙事视野,也是一个时代的大众社会关于经济、劳动、财富等的主流理解方式。在这种视野里,看不见跨国企业的全球运作,看不见企业经济运转的全过程,也就看不见其间种种资本与权力的运作方式。甚至也可以说,是清晰地意识到一种"世界"与"中国"之间的等级关系,因而外企办公室就像漂浮于"落后""无序"的中国社会之上的新时代飞地,带来全部关于现代乃至后现代的想象。在此,外企之于中国("非西方")企业,"办公室"之于企业本身,都是一种极富意识形态意味的经济再现形态。

由于抽离了"办公室"和外企置身其间的整个经济结构,杜拉拉形象中有关外企办公室生活的叙事,充满了种种人际关系的"小政治"。

其作为"职场指南"的意义,也正因为小说、电影、电视剧诸文本都会详细展示办公室内的微观政治形态,传授种种关于取胜、升职的秘密经验。在这一点上,小说被视为电视剧《甄嬛传》的当代"宫斗"版。值得关注的是,21世纪流行的大众文化现象《甄嬛传》或"清宫戏"①等,其最大的消费群体,其实是那些办公室的都市白领。人们把这些历史剧视为一种"演习"微观权力斗争的方式,通过看《甄嬛传》《雍正王朝》《康熙大帝》而学到很多生活和社会经验。"小政治"意味着"政治"从来就没有消失过,其残酷性也一点不弱于"大政治",人们如此热衷这种形态的政治,或是不把它视为"政治",或认为这才是最真实的政治。这种政治叙事的特点在于,细致地展示一个固定空间里人群内部和人际间展开的微观权力斗争,其叙事要素之一是空间的封闭性,其二是权力的唯一性和秩序的不可撼动,由此,"办公室"和"后宫"之间可以迅速转换。

在"办公室"这个空间里,杜拉拉的故事想象并叙述了什么是中产阶级以及什么是"阶级"、什么是时尚、什么是公正等等,从而颇为典型地再现了21世纪中国一种新主流的社会组织方式及其价值形态。与小说主要叙述杜拉拉之"升职"不同,电影更关注的是杜拉拉作为新时代之"新人"的全部特点,因此也会在办公室"工作"之外,更多地展示她在"恋爱""消闲""家庭"等场所的活动。作为一种"公共"领域,办公室摈弃了任何"私人"意味,在这里员工谈恋爱是禁止的。如何叙述这个恋爱过程以及男女恋人的最终选择,也是小说性别态度的具体呈现。拜女导演徐静蕾所赐,电影中是王伟而非杜拉拉离开了办公室,看似显现了更为平等的两性观念。不过,这并不意味着杜拉拉的故事在解决女性问题上的新进展,毋宁说杜拉拉故事是以完全摈弃女性特殊问题的叙事为前提的。在这个故事里,无论在办公室这个工

---

① "清宫戏"是对以清朝历代帝王将相及后宫故事为主要内容的影视作品的戏称,代表作有《雍正王朝》《康熙王朝》《铁齿铜牙纪晓岚》等。自1990年代中期以来,这成为中国电视剧历史正剧制作的重要内容,并构成了引起广泛关注的大众文化现象。

作场所,还是恋爱、消闲等生活场所,都规避了女性在社会性别制度中可能遭遇的独特问题,将其视为真正的"私人"问题撇到一边。"工作"与"家庭"的二元区分完全被内在化,并使后者彻底消失不见。

三 女性与时代:阶级的能指

三个女性形象分别代表了三个历史时期中国社会对于女性的主流理解方式。这三个时期的阶段性差异,由三个代表性形象充分地显示了出来。每一个时期都有其"时代英雄",这些英雄以女性的面孔显现出来。李双双、陆文婷和杜拉拉不只是"女性"的化身,也代表了一个时期的主流文化认同和审美理想。这是人们对于女性身份理解的时代性呈现,也经由女性形象而表达了其对时代主流的认知方式。

(一)李双双:农民的能指

将李双双这一形象称为"农民的能指",是因为李双双的故事既是在讲述"女性"的故事,同时也在讲述"农民"的故事,其作为"社会主义新人"的特性离不开她作为"农民"这一阶级属性的叙事。

在李双双的时代,工人虽然被称为社会各阶级的"老大哥",但文化再现中的工人形象却并不多见。实际上,毛泽东时代的文学、电影、地方戏等文艺再现中的主要形象都是农民,因为农民实际上是这个时期人数最多、也是最需要去动员的社会群体。同时有意味的是,虽然农民是毛泽东时代最重要的阶级,但其文化再现中的形象却一直是女性;与之相参照,工人和解放军则是男性形象。理念上的"工农兵"总是对应着明确的视觉性别表象,比如天安门前的工农兵雕像,比如人民币上的三大阶级等。

为什么农民会被再现为一个女性的形象?主要源自农民作为一个"阶级"的暧昧性。"以工农联盟为基础的人民民主专政国家",工人排在前,因为其代表的是无产阶级的觉悟,有最先进的历史意识,而农民只有在获得"无产阶级意识"之后,才能成为工农联盟的一员。也就是说,农民一边是社会动员的主要对象,一边其阶级主体又是有问题的,因此有"最重要的是教育农民"的说法。这种主体性与客体性混融的特性,也是农民作为阶级的暧昧性所在。而从女性在社会结构中所处的位置来看,具有同样的双重性,即一方面传统女性的阶级属性往往由男性(父亲和丈夫)决定,另一方面一旦被纳入相应的社会阶级(阶层),她又可以成为这个阶级主体性的呈现。正是共同的双重性特点,使得在毛泽东时代,由女性来再现农民阶级变成了一种普遍的文化现象。李双双则是这些形象中最典型的一个。

决定李双双作为时代"文化英雄"的阶级属性必然是农民的,还与毛泽东时代中国革命特点紧密联系在一起。农民不仅是土地革命的主体,也是建国后农村社会主义革命改造的历史主体,李双双所负载的"社会主义"属性,唯有农民形象才更恰当。她同时作为"农民"和"女性"对于"革命"与"解放"的强烈诉求,使其成为50—60年代之交"社会主义新人"的经典形象。与之相参照,由《青春之歌》小说(杨沫,1958年)与电影(崔嵬,1959年)等塑造的林道静形象,则因其知识分子特性,而丧失了作为时代"新人"象征的普遍性。

(二)陆文婷:知识分子的能指

陆文婷的时代是知识分子——用当时庸俗的话叫"吃香"——的时代。在80年代,无论是文学还是电影作品中,知识分子都是最为醒目的主要人物形象。更值得注意的是,从70年代后期开始,人民币设计上,"知识分子"取代了"兵",是工、农、知而不再是工、农、兵了。

《人到中年》的主题在80年代并不被视为女性问题,而是知识分子问题;而且很明确地,是知识分子的待遇问题,说的都是很物质性的诸如房子、入党、职称这样的具体问题。《人到中年》之后,当时被广泛宣传的知识分子"文化英雄",除了数学家陈景润,还有从事高科技研究的理工科知识分子蒋筑英。在学习蒋筑英的热潮中拍摄的电影

《蒋筑英》中,他大部分场合的形象都是一个贫寒的知识分子,衣裳是破破的,有点像《人到中年》里的傅家杰。可以说80年代人们形成了关于知识分子的定型化想象:他们是贫寒的,同时又非常地执着;他们受到了不公正待遇,可是依旧忠诚。这样一种形象,也与传统女性形象有很大的相似性,即同样作为社会结构中的客体,在被忽视的情形下仍旧保持了对秩序的忠诚。因此,是陆文婷而不是蒋筑英,变成了80—90年代关注度最高的知识分子形象。当然,作为一种女性化的形象,这背后还是会存在某些性别观念的制约。比如傅家杰可以穿一件破衣服——露着洞的、袖口有毛毛的,可陆文婷的衣服还是穿得很体面的。但她那种感伤的姿态、受虐性的承受,整个传递出来的"女性气质",实际上是知识分子最愿意认同的:那是一种认为自己受了很多委屈、许多压抑而又不屈服的形象。当这样一种自我形象被表达出来的时候,她被知识分子群体视为自我镜像的"英雄"。这个"英雄"近似于"殉道者",即她为了理想或别人的事情而付出了很多。这种受虐性的献身感是在这些层面和细节中体现出来的,它非常恰当地以一个悲剧性女性形象传递出来。在她的身上,传统社会性别观念体制中的女性气质和知识分子的自我想象得以统一起来。

从一种历史的眼光来看,"新时期"文艺有其局限性,因为许多作品都是知识分子在写作自己的故事。如果研究者只是局限在这样一种阶层主体的视野里,就看不到当时中国社会的整体结构以及知识分子阶层的有限性。此时,知识分子是一个新主流阶级,其主体想象是文化英雄式的,对其形象的建构也是一种意识形态的招募或收编。陆文婷的感伤气质,吻合于知识分子的自我理解和文化诉求,其内在情绪就是要夸张地表达自己受了苦、受了伤,整个社会也鼓励这样的表达,这种感伤情绪才会变得那么泛滥。

(三)杜拉拉:中产阶级的能指

杜拉拉不仅是一个女性形象,更是一个阶级即中产阶级的形象。

在电影《杜拉拉升职记》里,"阶级"是直截了当地出现的,可以用钱和职位来区分:如果你是秘书,每个月大概4000块钱,你出门只能打车,你是"小资";如果你当了总监,就可以出国度假,或者像王伟那样到户外活动健身,用钱的方式去找回你的青春,当然也有车有房,这是中产阶级;更高级别是富人阶级,可以住豪华别墅——这里关于"阶级"的讲述没有任何羞耻感和情绪上的障碍:你有什么样的职位,你就可以拿到什么样的钱;你有什么样的钱,你就可以享受到什么样的生活。"中产阶级"在这样的叙事中,就是可以通过劳动所得而充分满足自己物欲、享有"高品质"生活的阶级,固然不是"富人",但却是多数人的"理想"。

中产阶级影像不是80—90年代出现,而是直到21世纪,其声音和形象才被构造出来。

"中产阶级"不同于90年代流行的"小资"。"小资"不是一种明确的社会阶级区分,而更多是某种精神状态的表达。其时,中国社会阶层的分化已经开始,但还没有像"新世纪"这样被固定下来,人们更愿意强调的是某种符号性的东西。《上海宝贝》(卫慧小说,1999年)被视为这样的"小资"呈现,是因为其中还带有某种反叛的情绪。但到"新世纪"以后,衡量是否是中产阶级的最低限度标准,就是有房有车(这里暂不考虑更为复杂的诸种社会学式的"中产阶级"定义),它变成了一种"实打实"的用物质来区分的社会群体。

中产阶级在当前中国已经形成了人数庞大、难以忽视的阶级或阶层存在。但中产阶级群体在中国社会结构中到底处于怎样的位置,特别是其文化再现和文化认同如何,还是一个难题。在"韩流""日剧"里,中产阶级对他们的身份是不怀疑的,既没有坠入底层的恐惧,也没有对比他们阶序更高的"富人"有"酸葡萄"心理,他们对待自己的阶级身份是一种充分自然化的接受方式。之所以会这样,是因为日本和韩国是一种中产阶级为主体的国家。所谓"国民—国家"的理想状态是每个人都是同等的国民,也即中产阶级主导的国家。日本社会有一个说法叫"1亿中产",就是说这个国家几乎所有的人都是中产阶级。这种国家形态与日本以帝国主义战争的方式完成现代化原始资本累积、二战后在美国庇护下经济起飞的特定历史紧密相关,而不像西方社会学家所描述的那样,这是一种普遍的发展形态。而在中国,无论就国土资源还是全球资源而言,要让所有的人都成为中产阶级,几乎是不可能的。因此,虽然中产阶级群体在中国社会拥有不小的数目,但其社会与文化形象却颇为暧昧。比如"韩流"主要表达的是韩国中产阶级的生活和感觉,但它会让人觉得那是"所有人"可以享有的生活。但在中国,做中产阶级似乎是一件很不安全的事情,哪怕你有了房有了车,也总觉得自己会"掉"到下面的阶级去。这可能也是一种中国特色。比如近年的《失恋三十三天》(电影,2011)、《小时代》(电影,2013)、《奋斗》(电视剧,2007)、《蜗居》(电视剧,2009)等,其表达方式就越来越趋于凸显"中产阶级"作为一个特定社会群体而非"全社会"的表述。《奋斗》《小时代》打的旗号是代际的"80后""90后"群体,其实表现的是高端中产阶级、有钱人家的孩子,它们从来也没有试图将"财富""成功"表现为所有人都可能拥有的生活。

与这些作品相比,《杜拉拉升职记》显得很特别,它充满了羡慕和向往、充满激情地表达了对中产阶级的认同和赞美,这是少见的。它把中产阶级作为一个真实的、正常的梦来接受。在这里,杜拉拉并不仅是在表达一个特定阶级——中产阶级——的主体想象,也在力图表达一种普遍的社会理想:人们关于富裕、品味、有质量有地位的生活等等的想象,正是通过杜拉拉这个形象传递出来。同时,在实际的作为社会阶层的中产阶级,和作为理想主体想象的中产阶级表达之间,还存在着很大的裂缝。2007年杜拉拉网络小说出现的时候,是中国中产阶级发展势头最好的时候,所以杜拉拉被电影、电视剧、话剧、音乐剧等不同的媒介集中演绎,绝不是偶然的。

中国的中产阶级群体在寻找自己的镜像时,杜拉拉很大程度上能够满足其自我想象。她的理性、个人奋斗、务实和丰沛的物欲等,都吻合这个时期人们对于中产阶级及其生活情调的想象。同时,这个"新阶级"在中国社会的不稳定性和暧昧性,则使其更适合用女性面孔来加以呈现。如果说男性镜像更多是表明一种社会/阶级群体不可置疑的主体地位,那么正是杜拉拉的女性面孔,赋予这个"新阶级"以一种尚未真正获得主体性的、仍在梦想/镜像之中的欲望化表达的可能性。

(四)性别与阶级:女性作为阶级的能指

可以说,这三个女性形象代表了三个不同时期的"时代英雄",是每个时期大众社会的主体想象。这种形象不仅是女性的,同时也是阶级的,而且,阶级形象与女性形象之间形成了别具意味的互相指涉关系。为什么一个时代的英雄形象,常常由女性来呈现?

首先因为这种完满的女性形象,其实是一个时期社会主流想象的理想镜像。陈欣瑶有一个很有意思的发现:李准写作《李双双小传》其实是以他妻子董冰为原型的,董冰原来的名字叫董双双,李准把他妻子的名字用到小说人物李双双身上,而他妻子就再也不能叫董双双而只能叫董冰了。更有意味的是,董冰后来写了一本书叫《老家旧事》,我们看到董双双其实并没有像李双双那样走向社会,而是在家里当家庭主妇。[①] 这种现实和想象之间的差异,使得我们必须把李双双、陆文婷和杜拉拉作为一种镜像来看待,她们是一种完满的、想象性认同对象而非真实。作为一种镜像,具有被向往、被消费、被想象地占有等特点,是一种客体性的可欲对象。就这一层面而言,人们无疑认为女性形象更适合充当一种欲望化的、客体性的理想镜像。

其次,女性总是作为阶级的能指,也与女性在社会结构中的客体性地位密切相关。每一个历史时期,那个最能够满足各个阶层的欲望化主体形象,大都是女性的形象,如果把它想象成一个男性形象,大多

[①] 陈欣瑶:《"李双双"始末——40—60年代小说中的农村新女性形象》,北京大学中文系硕士学位论文,2013年。另见陈欣瑶:《重读"李双双"——历史语境中的"农村新女性"及其主体叙述》,《中国现代文学研究丛刊》2014年第1期。

是在确认一种社会现实而非表达一种"理想"。导致这种现象的内在原因,是因为女性本身在社会结构中的流动性特点:女性作为一个列维-斯特劳斯所谓亲属关系制度中的"流动的商品",可以从父亲的家"流动"到丈夫的家。① 女性似乎没有一种固定的本质,她在社会身份上具有可流动性:可能你出生在一个农民的家庭,可如果你嫁了一个有钱的丈夫,你就变成了有钱的阶级。正因为女性具有这样的社会特性,所以可以充当不同时期"新阶级"的主体镜像。

性别与阶级的互相指涉,还涉及两者作为一种"政治"形态的密切关系。"阶级"是一个社会性概念,也是一个政治性概念,它和人的生理没有任何关联,是非生物性的划分范畴:你是一个穷人,不是因为你长得丑,长得不够高不够壮。也正是这一点,与"性别"不同,性别和人的生理是有关系的:你是一个男人或女人,与你身体的生理构成有直接关系,虽然这种关系不是本质性的。因为性别和生理之间有这样密切的关系,所以常会被自然化:人们觉得你是一个女人,是因为你生下来就是一个女人,或认为一个人成为一个男人或女人,是一件自然而然、不需要去讨论的事情。这种自然化还被诸种性别制度和性别理念固定下来,即所谓"惯习"或"常识",关于一个人怎样做女人或男人,形成了一种定型化的社会想象和文化要求,这也是主体有时候必须去面对的压迫性力量,如果你不顺从它的话。正是在这样的意义上,"社会性别制度"这个理论范畴特别重要。它探讨的是一种生物性的构成怎样被转化为一个社会性的认知,由此认为,人们的性别身份并不是生物性或本质性的,而是被建构出来的。正是在这个从生物性到社会性的建构过程中,有一种政治化实践的可能性。所以性别是一种政治,叫性别政治。而且没有哪一种政治比性别政治更敏感,因为它和所有的人(男人和女人或其他人)都有关系,是一种日常生活的、

---

① 这一说法最早见于[法]列维-斯特劳斯的著作《亲属关系的基本结构》(1969年),盖尔·卢宾在《女人交易——性的"政治经济学"初探》中对此做了批判性的理论阐释。

可能每时每刻在所有事情上都会表现出来的"政治"。在这一点上可以说,性别政治是比阶级政治更广泛、更敏感、更难以逃脱的一种政治形态。

但同时,阶级政治与性别政治又很难完全分开。首先性别政治中必然包含了阶级政治的运作,比如女性群体内部的阶级区分;同时,阶级政治总是必然涉及性别政治,比如阶级贫富差异中的性别问题等。但一般来说,不是所有的女性主义者都是倡导阶级政治的人,也不是所有社会主义运动都会支持女性主义。

中国的女性解放运动始于晚清和五四时期男性精英知识分子的倡导,女性解放被作为现代国族构建的一部分,强调为拯救中华民族、强国强种,需要给予女性更多的权利,也就是所谓"新贤妻良母主义"。发展到20—30年代,出现了丁玲式的都市激进女性主义,但这种布尔乔亚式的、知识女性的自我解放,在中国的实践一直是不彻底的,而且经常被批判。与此不同的是,在农村展开的、把女性作为农民阶级或受压迫阶级的一部分,用阶级政治结合或替代性别政治这样一条实践道路则非常成功。这也构成了毛泽东时代无论阶级政治还是性别政治的重要特点。正因为中国的女性解放运动是这样展开的,所以80年代以后形成的一种关于女性问题的主要讨论方式,就是要把阶级问题和性别问题分开,认为阶级话语关联的是国家话语或政党政治,要强调女性的独立和女性话语的独立性,就要和阶级政治分离开来,从而使女性(主义)话语和"新启蒙"自由主义思潮紧密地连在了一起。按照这种理解方式,对毛泽东时代的妇女解放运动主要采取一种批判态度,认为国家/阶级在盘剥女性,而不大容易客观地讨论毛泽东时代在何种意义上也解放了女性。

当我们把女性的问题放置在每个历史时期的社会结构和制度场域里来分析时,可以看出,女性的问题从来就没有独立过,女性的主体性实践总是不能脱离特定历史时期所属社会阶层的属性。比如说,李双双的主体性不能脱离农民的主体性,陆文婷的主体性不能脱离知识分子的主体性,而杜拉拉的主体性也不能脱离中产阶级的主体性。这是当代中国性别问题的一大特点。

由此带来的问题是,作为农民的李双双、作为知识分子的陆文婷和作为中产阶级的杜拉拉,她们作为女性的共同性可以超过她们阶级的和时代的差别吗?从表面上看,这三者的差别是明显的,她们时代的和阶级的差别似乎远大于她们作为女性的共性。但尽管如此,她们仍旧共享着作为当代中国女性的这一共同特点。从人民公社的李双双、医院的陆文婷到外企办公室的杜拉拉,她们有着内在的连续性与相似性,分享着共同的内在权力结构。很大程度上应该说,正是制度形态和权力结构的规约性,而不是作为"人"的"本质",决定了女性问题之政治性的同一性内涵。也就是说,女性的主体性议题源自她们在社会结构中的非主体性处境。对这种非主体性的社会结构和处境的分析、批判与反抗,构成性别政治的基本内涵。

四 权力的性别化面孔:男权、女权、父权

按照福柯理论,任何主体都是与知识、权力紧密勾连在一起的[①]。一般讨论性别政治,大致是指作为"男性"所拥有的权力,和作为"女性"所失去的权力:男性天然地拥有那个象征性的菲勒斯,而作为女性就天生地失去这种权力。这是一般的女性主义或社会性别研究会讨论的问题。但与此同时,在社会化的权力体制里,权力的出现永远都不是抽象的,而是具体的;而且因为所有人大概只能分成这两种人——男人和女人,所以权力的面孔是以性别化的、具象的形态出现的。

人们经常在男女二元关系里谈权力问题,很多时候会忘记有一个

---

① [法]米歇尔·福柯:《什么是批判:福柯文选Ⅱ》,汪民安编,严泽胜译,第169—198页,北京:北京大学出版社,2016年。

更大的权力即父权。比如毛泽东时代,男女都一样,女人拥有和男人一样的权利,但无论怎么谈论那个时代的解放意义,都还是不能忘记存在着一个更大的父权或类似于父权的权力。而且毛泽东时代塑造出来的这样一种权力结构,实际上在当代中国是一直在延伸的,只不过具体表现形态有所不同。可以说当代中国的社会性别制度普遍地存在着内在的父权制结构。

比如李双双形象,表面上看这是一个小夫妻闹矛盾的故事,李双双和孙喜旺一回回地你打过来、我打过去,作为电影的看点就是这个。其实每次吵架李双双都输了,她去干什么呢？她就说:"我找老支书去。"老支书在电影里出现得不多,但每一次都是化解李双双情绪的最后力量。他扮演着一种结构性的功能,就是支持李双双,来说"你做得对"。李双双写大字报、去告状等,都获得了这个体制性权力/父亲的支持。电影中有一个夫妻吵架的片段:李双双带着妇女们去工地劳动,孙喜旺消极反抗不做午饭,最后夫妻俩打起来了,李双双一不小心把孙喜旺推倒在地上。就因为李双双说"我要去找老支书",就把孙喜旺吓跑了。而结果是老支书夸奖了李双双,孙喜旺态度大变,夫妻和好。

因此这里的权力关系始终不是两元而是三元的,包含了"父亲"、女性、男性三种力量的角逐。更有意味的是,"父亲"是通过抑制男权而在叙事结构上充当了女性的支持者。但这也并不就意味着"父亲"对女性的无条件认可,而是因为与男性相比,女性更能代表父亲的需要与意愿。李双双主动走出家庭,写大字报批判金樵和喜旺,与其说出于对男权的反抗,莫如说他是一个比孙喜旺更合格的"好社员"。但老支书是一个非常温和可靠的老父亲形象,说话从不盛气凌人,这使得这种代表着既是具体的也是抽象的"父亲"的权力的出现不那么引人注目。

同样值得注意的是,每个人物都不单纯是性别化面孔出现的个人,同时也是一种制度性力量的显影。老支书也并非个人,他是生产队的支部书记,同时也带出生产队这一社会体制背后的一套机构——人民公社。最后老支书也解决不了问题,李双双就找到公社去了,公社书记和她谈了话,于是矛盾彻底解决。孙喜旺和李双双的形象也同样如此。

孙喜旺是李双双婚姻关系上的丈夫,电影的喜剧性就表现在李双双其实一点都不想和丈夫作对,所以这个故事并不是讲女权反对男权。为什么电影没给我们这样的感觉?是因为李双双喜欢她丈夫,而且愿意为他做很多的忍让,同时故事也强调,孙喜旺也喜欢李双双。小说和电影都有"先结婚后恋爱"这样的噱头——当然我们可以说这是"调味剂",使得不怎么好吃的东西吃起来很舒服。但电影并没有抹掉男权本身:孙喜旺的男权虽然是以喜剧性的面孔出现的,但这个男人的权力其实有结构性的社会基础,就是孙喜旺的兄弟们(生产队长金樵和原会计孙有)。孙喜旺作为一个喜欢他老婆的男人,其实并没有那么反感李双双的做法,迫使他做出那些反应的,是金樵和孙有说"管管你家老婆吧",所以他才回家管管他老婆。他被迫在他们面前发誓说,"我要是这回驯服不了她,就……",其实他也说不出就怎样。

实际上,支持孙喜旺男性权力的并不是孙喜旺个人的品质,而是传统中国乡村社会的家庭制度和性别观念。孙喜旺这个人物的喜剧性其实有一种"原型",就是"怕老婆"的民间笑话故事。这种故事的喜剧性因素很多就源于妻子比丈夫强,丈夫其实怕他老婆。为什么这可以成为喜剧性的内容呢?当然是因为按照一般性别关系模式,人们认为丈夫应该比妻子强。李双双其实是一个没有多少毛病的形象——除了快嘴和急性子之外,她是家里家外的能干女人,在家里做家务很麻利,在外面生产队长也当得很好。她的这种强势使得女性在走出家庭的过程中和走出之后面临的问题,暂时并没有显现出来,所以她和陆文婷的那种作为母亲和妻子的愧疚感是不同的。

与此同时,李双双作为女性的权力/权利也可以找到社会性支撑,即女人们基于共同的命运而产生的彼此同情。电影里有几个李双双的好姐们儿，李双双说好的事情她们就说好，一直支持李双双。还有一个女性人物金樵的妻子，是李双双用姐妹情去打动的。金樵妻子靠着丈夫是基层干部，就瞧不起人，也不干活，可以说是一个屈服于夫权的女人。金樵被李双双气走后，李双双到她家探望说：我家的那口子也走了。打动李双双的是，当她看到金樵妻子在给肚子里的孩子做鞋子，就说：我是过来人，可以照顾你。于是，两人同病相怜，开始成为好姐妹。小说和电影中的这些叙事因素使得李双双作为女性的含义并不能完全被"好社员"所涵盖，而自觉不自觉地显露出颇为丰富的性别政治内涵。

可以说，孙喜旺、李双双的处境和遭遇都不是个人性的，而是乡村社会一种结构性因素的具体显现；同时，他们还置身在与父亲——老支书/公社的关系里。其中，喜剧性的是孙喜旺和李双双的关系，但结构性的、决定性的、支配性的力量还是从老支书/公社那来的。

这种人物关系结构在《人到中年》里也被复制。电影里有权利回忆陆文婷过去生活的人，一是陆文婷自己，倒叙结构的主要叙事人；另一是丈夫傅家杰，他也是知识分子，而且是和蒋筑英一样的科技知识分子——80年代知识分子的地位和形象，很多都是经由科技知识分子塑造的。在夫妻关系里，陆文婷一直觉得自己是一个不称职的妻子和母亲。另外还有三个人有权利回忆陆文婷的生活，他们是孙主任、赵院长和焦副部长。孙主任是眼科主任，他是技术的、体制的权威，与赵院长和焦副部长一样，他们都是男性，是医院机构或国家体制的决策人与掌管者。在电影叙事中，当陆文婷显现为病人形象时，大都是和丈夫及孙主任同时出现的场景；而当她作为医生与病人打交道的场合，其精神状态是完全不一样的。这也显示出这个形象与男性人物关系的潜在权力模式。

导致陆文婷在家中的愧疚感、她的待遇和职称得不到解决，是和体制性力量联系在一起的，只不过电影要说，孙主任和赵院长他们也觉得：虽然我们掌握着医院这个机构，可是真正能决策的并不是我们。小说和电影都相当有意味地设置了一个"坏女人"形象即焦副部长的妻子秦波,被嘲讽地称为"马列老太太"。她满口义正辞严的马列话语,实际上却肆无忌惮地享受着体制的特权,一心谋取个人私利。由此造成电影的社会批判性指向是相当暧昧的:既然孙主任、赵院长和焦副部长都是"好人",那么到底是谁造成了陆文婷的悲剧性命运呢?从影像和叙事效果而言,显然是秦波这样的"坏人"。但秦波不过是依仗丈夫的权威而已。因此秦波这个"马列老太太"的出现,固然指认出体制性的缺陷源自各种教条主义和官僚主义的管理者,但她的形象却也在另一表意层面转移了关键所在,似乎一切问题都因为"坏女人"的存在。因此,在女权、男权和体制的三元关系中,既指认出问题源自体制,同时又以暧昧的女性化修辞模糊了导致问题的最终源头。

杜拉拉故事的三元权力结构是同样的,而且比前两个形象要更直接。杜拉拉的上级是李斯特,一个敷衍塞责、什么责任都不想担、只想安全退休的人,该他主持公道的时候,他也绝不会伸手。但杜拉拉的原则是,跟你的上级保持一致;她把这作为升职的秘密。这种态度也表现在小说和电影如何描写何浩德,这个 DB 公司中国区的最重要负责人上:只因为杜拉拉做了一个很漂亮的企划,何浩德就如此欣赏她,以至每一次杜拉拉的升职,其实都是何浩德一句话。这简直有点像底层的白日梦:他们一厢情愿地爱上了权力的拥有者,无论权力的拥有者多么坏,他们都会积极地去表达他们的爱慕。这种对权力的认同背后是和资本、外企的权威关联在一起的。

相应地,王伟是杜拉拉的恋人,一个同伴和帮手,而且他的男性权力有一部分是因为他是杜拉拉的上级。杜拉拉是勤奋上进的好员工、好下级,她所在的女人群总是勾心斗角,只有她比较老实本分,所以幸运地被上级赏识、提拔(电影里徐静蕾对女性关系做了一定改写)。同样值得分析的是,杜拉拉是无家的,尚未进入婚姻状态。但如果杜拉拉和王伟真的结合了,他们也可能会重复王伟和玫瑰的命运。后者分手的原因是他们同居的房子水管漏水,需要找人去修理,而王伟说他没时间;如果他没时间,大概只有杜拉拉可以了。影片增加了关于杜拉拉家庭生活的片段和小细节：和弟弟及其女友一起吃完饭，杜拉拉带了一罐汤回家，坐公交车时洒了。这个细节说明杜拉拉是一个顾家的"好女人"。可以想见，如果她和王伟结婚了，修水管之类的事情大概都是她做吧。这样的问题之所以可以提出来，是因为无论在办公室这样的公共场所，还是在爱情这样的私人叙事中，杜拉拉的个人奋斗故事似乎都从未意识到有性别问题的存在。也正因此，权力关系的实质被性别化面孔所转移、抹消和掩盖了。

概括地说，三个女性形象所呈现的当代社会性别制度诸场域，内在地保有着父权制的权力结构。男性和女性看起来处在同等的位置上，但是有一个比男权更大的权力即父权，或通过资本或通过体制表现其权威。父权的面孔也是生动的，在李双双那里，表现为父亲一样的老支书；在陆文婷那里，是和她一样书生气的孙主任；而在杜拉拉那里，则是明察秋毫的老板。如果女性的问题总是只有在这些"上级"的干预下才得以提出并解决，那就意味着只要这种制度存在，女性就永远不能通过她们自身的意愿和能力消除问题本身。

结语

女性主义理论与实践普遍有一个纠结的议题，即平等和差异的关系。女性要的是和男性一样的自由吗？如果不是一样的自由，那种有差异的自由又是怎样的呢？毛泽东时代说男女都一样，80年代又要说女人和男人不一样，那么差异和平等的关系到底怎么看？其次是"反抗"议题，女性在主流社会性别制度中确实是一个受剥夺更多的群体，当然需要反抗不公正的权力体制。与之相关的问题是，该如何"反抗"？"解放"的内涵又如何理解呢？朱迪斯·巴特勒的"表演"（也译"操演"）理论，强调每个人作为"男人"和"女人"都是建构性的和表演性的，作为一个"女人"可以去表演你的角色，因为当你在主动"表演"时，你就不再被动地接纳这个角色，而可以利用这种性别惯习和游戏规则来表达你的主体性。①但"表演性"反抗本身是有限度的，因为每个人只能在既有的权力结构内部来构建或展示自己的性别身份。也正是从这个角度，本文在探讨每个女性形象的构建性和叙事性内涵，关注其主体性实践的同时，也同样关注这些形象/"表演者"所置身的社会性别制度和权力场域。意识不到后者的存在，女性的主体性及其反抗实践不过是一厢情愿的空想。

盖尔·卢宾曾提出这样一种理想："我个人觉得女权主义运动必须有比消灭妇女压迫更多的梦想。她必须梦想消灭强制性的性欲和性别角色，我觉得最能鼓舞人的梦想，是建立一个雌雄一体的、无社会性别的、但不是无性的社会。在这个社会中，一个人的性—生理结构同这个人是谁、是干什么的、和谁做爱都毫不相关。"②这是一种乌托邦式的理想，而且有其偏向性（比如过度强调性权利），但对于理解女性问题而言，这种理想是必要的存在，是性别政治的起点。这也就意味着，当人们在谈论女性主体性时，需要充分意识到主体性实践由以展开的具体权力场域和制度形态，因为每个人都处在诸种社会关系和文化惯习里，总是在与它们的推拉关系中形成自身的主体性。这是"自由"与"平等"的辩证法，也决定了"解放"的历史内涵及其可能的方式。

(《中国现代文学研究丛刊》2017年第5期)

---

① 主要参见［美］朱迪斯·巴特勒（Judith Butler）：《性别麻烦——女性主义与身份的颠覆》，宋素凤译，上海：上海三联书店，2009年。
② ［美］盖尔·卢宾：《女人交易——性的"政治经济学"初探》，收入《社会性别研究选译》，第65页。

丁玲的逻辑

一

在20世纪中国的经典作家中,丁玲可以说是唯一一个与"革命"相始终的历史人物。这不仅指作家活跃程度和创作时间之长,也指终其一生她都对革命保持了一种信念式的执着。从初登文坛的1920年代后期,到"流放者归来"的1980年代,丁玲一生三起三落,都与20世纪中国革命及其文艺体制的曲折历史关联在一起。革命成就了她,革命也残酷地磨砺了她。丁玲生命中的荣衰毁誉,与20世纪中国革命实践不分彼此、紧密纠缠。

在她青春犹在的革命辉煌时代,她是革命的迷人化身。孙犁写道:"在30年代,丁玲的名望,她的影响,她的吸引力,对当时的文学青年来说,是能使万人空巷、举国若狂的。不只因为她写小说,还因为她献身革命";在她的晚年,革命衰落的年代,她是革命漫画式刻板面孔的化身。王蒙评价,她一生至死未解"革命"情意结,是一个"并未成功地政治化了的,但确是在政治火焰中烧了自己也烧了别人的艺术家典型"。

丁玲的一生,可以说活生生地演示了20世纪中国不同的革命形态。1909年,中国末代皇帝溥仪登基的第二年,丁玲跟随作为湖湘"新女性"的母亲一同入读新式女校:31岁的母亲读预科,5岁的丁玲读幼稚班。那应是她革命生涯的开端。1984年,80岁高龄的丁玲雄心勃勃地创办了"新时期"第一份"民办公助"刊物《中国》。很多人对这一举动表示不解。李锐说："我总觉得象办刊物这样繁重的工作,决不是一个八十老妪能够担当的了。"①丁玲生命的最后两年,也耗尽在这份新式刊物上。其间的77年中,从五四新文化运动时期的反抗封建包办婚姻、无政府主义革命时期的"自己决定自己的生活"而走向革命政党的"螺丝钉",从延安边区的明星作家、新政权文艺机构的核心组建者、新中国的文艺官员和多次政治批判运动中的受难者,到"新时期"不合时宜的"老左派"作家,丁玲不止用手中的笔,更用她的生命书写了20世纪中国革命的历史。

英国历史学家霍布斯鲍姆曾将20世纪称为"短促的""革命的"世纪。他的纪年法主要以欧洲为依据,这个世纪只有77年。事实上,中国革命的历史比霍布斯鲍姆所论述的,要更长、更广阔、更深刻,也更复杂和更酷烈,以至费正清说,历史上所有的革命形态,在现代中国都发生了。而丁玲,是(这些)革命的一个活的化身:她是革命的肉身形态。

二

如何评价丁玲这样一个作家在20世纪中国的存在,不仅是文学史的核心问题,无疑也是思想史乃至政治史的难题。

一般研究著作,主要关注丁玲作为文学家的一面。人们记住的,是那个在20—30年代上海文坛"挂头牌"的先锋女作家丁玲。在"民国范儿"风靡一时的今天,《良友》杂志上排在"十大新女性"之首的年轻丁玲,成为那个被美化的时髦时代的象征。人们又或者愿意记住的,是那个延安时期的"明星作家"丁玲,一身戎装的西北战地服务团主任,由"昨日文小姐"而为"今日武将军",满足了无数人的传奇想象。而丁玲最辉煌的时期,是她50年代初担当新中国文艺机构首席

---

① 李锐:《丁玲纪念集》,第133页,长沙:湖南人民出版社,1987年。

官员的时候。亲历者这样描述见到丁玲的场面:"先从大门口传来一串朗朗笑声,丁玲来了!只见一大群人簇拥着她,那情境,我毫不夸张,就像迎接一位女王……"

但是,仅仅从文学家的角度去理解丁玲,便会忽略她生命中许多更重要的时刻。

1933至1936年,被国民党秘密囚禁的三年,是丁玲一生最幽暗的时段。一个风头正健的革命女作家的人间蒸发,曾使鲁迅慨叹"可怜无女耀高丘",更是此后丁玲革命生涯最重要的历史"污点",最要说清又难以说清的暧昧岁月。晚年丁玲曾以"魍魉世界"为题,记录这段历史。鬼魅一般的影子生存,对于一生以"飞蛾扑火"般的热情和决绝投身革命之光的丁玲,是多么不堪的记忆,恐怕很少有人能够体会吧。

1943年,是丁玲一生中"最难捱的一年"。她因批判性杂文《"三八节"有感》和小说《在医院中》,在1942年"整风运动"中被点名批评,因主动检讨和毛泽东的保护,未受大碍。但南京被捕的历史,却使她成为"抢救运动"中的重点审查对象。亲历者描述,"丁玲当时精神负担很重"。那"可怕的两个月"对她是"恶梦似的日子","我已经向党承认我是复兴的特务了"(丁玲日记)。虽然不久"特务"问题得到澄清,但这个"历史的污点"此后伴随丁玲一生。"新时期"平反的作家中,丁玲是最晚的一个,仅次于胡风,关键原因就在这"污点"无法在一些革命同志那里过关。1984年拿到"恢复名誉"通知的丁玲感慨:"40年的沉冤终于大白了,这下我可以死了!"

另一重要时期是1958年后,丁玲从辉煌的顶点跌落至另一幽谷,她珍惜的一切都被剥夺:政治名誉、文坛位置,特别是共产党员的党籍。她被从革命队伍中开除出去了:"以后,没有人叫你'同志'了。你该怎么想?"54岁的丁玲,追随丈夫陈明去往北大荒,像一个传统妇女那样,靠丈夫的工资,在冰天雪地的世界生活了12年。在脸上刻着"右派"金印的岁月里,丁玲记住的仍旧是许多温馨情义和充满着劳动欢愉的时刻。她后来的关于北大荒的回忆,题名"风雪人间"。虽有

"风雪",却还是"人间"的生活。但是,那些文字中留下的被"文革"造反派审讯、暴打和批斗的时刻,那个一脸血污的"老不死",无疑也构成了革命历史中最难堪的记忆之一。

真正的难题,其实不在丁玲那里,而在人们无法理解处于"新时期"的"丁玲的逻辑"。

1979年,丁玲回到离开了21年的北京。这是王蒙慨叹"故国八千里,风云三十年"的时期,是张贤亮从"灵"到"肉"地书写"唯物论者的启示录"的时期,是曾经的"右派"书写"伤痕"、"反思"历史的时期。但是,丁玲却说,她真正要写的作品,并不是记录伤痕的《"牛棚小品"》,而是歌颂共产党员模范的《杜晚香》。她对"新时期"引领风潮的年轻作家发出批评之声,她猛烈抨击30年代的故交、不革命的沈从文,她与重掌文坛的周扬在许多场合针锋相对,她在"清除精神污染"运动中强调作家是"政治化了的人",特别是她出访美国,当那些同情她的西方文人们希望听到她讲述自己的受难经历时,丁玲却很有兴味地说起北大荒的养鸡生活……所有的这些"不合时宜",使得曾经的"右派"丁玲,在"反思革命"的"新时期",又变成了人人避之唯恐不及的"左派"。

20世纪的中国历史,无疑也是一部知识分子与革命爱恨(怨)交织的心态史和精神史。亲历者的故事,常常有两种讲法。一种是"受难史",在压迫/反抗的关系模式中,将革命体制的挤压、改造、批判和伤害,视为一部具有独立人格的思想者受难的历史;另一种讲法是"醒悟史",在革命已不为人们所欲的年代,忘记了曾经的革命热情,而将自己的革命经历描述为一部充满怨恨的屈辱史。"往事并不如烟",可是留下来的,都是"思痛录",是受伤害被侮辱的记忆。但丁玲是例外。她的故事无法纳入其中。

2014年热映电影《黄金时代》的编剧李樯,在访谈中称丁玲是"浓缩了百年中国意识形态的活化石"。在这部萧红传记电影中,丁玲也是怀旧目光中光彩照人的民国文人群中的一个。但那是革命的"风暴"未来之前的"黄金时代"。萧红和丁玲,同为左翼文坛最重要的女作家,在30年代战火中,她们对延安政权一去一留的不同选择,实在意味深长。《黄金时代》的宣传纪录片取名"她认出了风暴",似乎萧红有历史的先见之明:她预先认出了"风暴"而选择避开,在南方战乱中的小岛寂寞地留下了传世之作。而丁玲则始终"飞蛾扑火",在"风暴"的最中心燃烧自己,然后历经炼狱而成"活化石"。这是故事的第三种讲法了,是丧失了独立思考能力的"异化史"。

对于丁玲与革命不弃不离的这种紧密关系,也有深思者尝试别样的故事讲法。李陀在1993年的一篇文章中,力图说明丁玲的"不简单"。他质疑那种"受难史"叙述,认为知识分子接受革命话语并非"仅仅靠政治压力"就可能,而是因为革命话语本身是"一种和西方现代性话语有着密切关系,却被深刻地中国化了的中国现代性话语"。正因为这一话语解答现代中国问题的有效性,才使得像丁玲这样的无数知识分子被感召,"心甘情愿"地进入并参与具体实践。因此,革命话语与知识分子之间,并非分离乃至对立的关系,而是一种"共生"的历史关系。

经历"新时期"的话语转型之后,指认历史失误成为一种新常识。这是"受难史""醒悟史"以及"认出风暴"的叙述成为可能的历史前提。但是,如果遗忘了知识分子与革命曾经的共生关系,遗忘了"知识分子都有过浪漫的、充满理想的'参加革命'的经历……",那就遗忘了历史的真实。这些记忆事实上构成了理解20世纪中国知识分子与革命的焦点问题。它们不应该被忘记,但也不应该在压迫/反抗的后见之明中轻易地遗弃。关键是,如果把知识分子与革命视为两个彼此分离的事物,那就失去了进入复杂纠缠的历史深处的契机,实则是一种后革命时代的金蝉脱壳之术。

在这样的意义上,丁玲确实是"不简单"的。与其说她是一个"活化石",莫如说她是革命的肉身形态:她用自己活生生的生命,展示了20世纪中国革命的全部复杂性。

三

  为丁玲作传,因此也是困难的。她的一生在荣辱毁誉之间的巨大落差,特别是她在后革命时代的"不合时宜",使得要讲述她的故事,总是难免捉襟见肘,顾此而失彼。

  同情和热爱她的人,容易把故事讲成"辩诬史"。丁玲是复杂的,因此围绕着她的种种误解和传说,常使熟悉和理解她的人不平。特别是,作为革命体制内最有才华的作家之一,丁玲的后半生,其实大部分时间都不是在写文学作品,而是在写"申辩书"。要告诉人们一个"真实的丁玲",总是要与复杂的历史人事关系相关的各种谣言、传说、误解和歪曲做斗争,总是难掩难抑辩护之情。但是,如果将丁玲的一生,固执在说明她之"不是",反而使人无法看清她之所"是"。更重要的是,辩护式写法其实也使写作者停留在丁玲置身的历史关系结构中,而无法超越出来尽量客观地描述这个结构本身,由此重新理解丁玲的所作所为、所思所想。20世纪已然远去,曾经与丁玲爱恨纠葛的当事人和利益格局,今天也大都已成历史。在这样的情境下,客观地描述丁玲的一生,不止具备可能,也是新的历史条件下重新认知丁玲和20世纪革命的必要步骤。

  讲一个完整的丁玲故事,或许最好的办法,是回到"丁玲的逻辑"。1941年在延安的时候,丁玲写了后来引起无数争议的著名小说《在医院中》。关于小说的主人公陆萍,丁玲说,这是一个"在我的逻辑里生长出来的人物"。这固然是在谈小说创作,其实也是丁玲的现身说法。

  丁玲是一个个性和主体性极强的历史人物,对她喜者恶者大都因为此。喜欢者谓之"光彩照人""个性十足",不喜欢者谓之"艺术气质浓厚""不成熟""明星意识",批判者谓之"自由主义和骄傲自满""个人主义"……所谓"丁玲的逻辑",就是她始终以强烈的主体意识面对、认知外在世界,并在行动和实践过程中重新构造自他、主客关系,以形成新的自我。她有强烈的自我意识,但并不自恋;她有突出的主观诉求,但并不主观主义;她有丰富的内心世界,但并不封闭;她人情练达,但并不世故;她的生命历程是开放的,但不失性格的统一性……尽管一生大起大落,经历极其复杂,晚年丁玲对自己的评价却是"依然故我"。

如何理解这种"丁玲的逻辑",实则构成理解丁玲生命史的关键。

四

在尝试以"丁玲的逻辑"完整地描述丁玲生命史的传记作品中,新近由中国大百科全书出版社出版的《丁玲传》,做出了特别值得称道的努力。

这本传记的两位作者李向东和王增如,多年从事丁玲研究,而且成果斐然。他们具备其他研究者所没有的一大优势:王增如是丁玲生前最后一任秘书,在她身边工作4年,耳濡目染丁玲的风采,并参与采集、整理了许多关于丁玲的第一手史料。这些史料,有的是对丁玲的录音采访,有的是丁玲的书信、日记与文件,还有一些以前未曾披露或未受到关注的创作手稿。与此同时,他们也细致阅读了丁玲的全部作品、既有丁玲研究的多种史料和学术成果,以及与丁玲相关的文学与历史事件的研究著作。在写作这部传记之前,关于"丁玲最后的日子""丁陈反党集团"及丁玲办《中国》的过程,他们都有专著出版。特别是2006年出版的60万字的《丁玲年谱长编》,综合各种史料,对丁玲的一生做了详细梳理,是目前丁玲研究的集大成之作。

在充分的文献和研究准备基础上,他们写作了这部传记,力图探索丁玲"曲折复杂的心路历程"。应当说,《丁玲传》颇为完满地达成了这一诉求。这是目前已有的多部丁玲传记中,史料最翔实、丰富,生平经历梳理清晰、准确,叙述语言生动、流畅且具可读性,评价方式也中肯而平实的一部。可以说,它写出了一个"活生生"而又"完整"的丁玲。

传记掌握了丰富的文献史料,因而对许多此前丁玲生平中模糊不清的人生经历、人际关系和历史事件过程,都做了清晰明确的描述。更重要的是,它体认丁玲的角度,是颇为"平民化"的。书中记录和描述丁玲一生经历的详细过程,既包括人际关系和重要事件,也包括日常生活的饮食起居行止,以及主要活动场所的历史氛围,从而颇为生动地还原出了某种历史现场感。丁玲当年住什么地方、居所的格局、吃些什么用些什么等等,都在传记中做了细致的呈现。缺乏对丁玲当年生活的详细勘察,缺少对历史现场中的人物的深入体认,这些日常生活细节恐怕也很难"还原"。这就把丁玲从历史的"抽象"中,拉回到作为一个普通"人"的生活状态中。

这部尝试写丁玲"心路历程"的传记,在丁玲所作所为的基础上,更关心她之所以如此作为的"所思所想"与"思想和情感"。对于后者,传记作者很少做介入式评价,而主要借助丁玲自己的作品、回忆录、书信和文件等,描述这些行为背后的心理动机和思想活动。事实上,像丁玲这样的极善书写自己内心活动的作家,这样的史料并不难得到,真正需要的,是仔细阅读作品和深入体察丁玲的内心世界。例一是1924年初到北京的丁玲。不体认此时丁玲对已故好友王剑虹的思念,就难以理解她之写出《梦珂》和《莎菲女士的日记》的内在情绪底蕴。传记将此时丁玲人际交往的基调,落实在与王剑虹的情感关系上:"'你像剑虹!'这是她择友的最高评价。"这种描述,实则相当准确地把握到了丁玲的内心世界。例二是1931年胡也频就义之后,丁玲不久即主编左联的机关刊物《北斗》,并加入共产党,担任左联的党团书记。丁玲这一急剧左倾的过程,一般解释为她受胡也频牺牲的激励。固然有很大这方面的因素,但传记也用一小节"我是被恋爱苦着",写丁玲与冯雪峰的恋情及其对丁玲革命行为的影响。事实上,当年在《不算情书》中,丁玲就毫不隐讳地写到了她与冯雪峰的情感关系。传记结合相关的书信史料,展示这一时期丁玲颇为复杂的心理过程,仍需要一定的勇气。

基于对丁玲作品和相关史料的详细解读,从丁玲自身的逻辑出发,对她生命中丰富的情感世界和人际关系做出准确把握,这样的例子在这本传记中很多。这包括丁玲南京时期与冯达的关系,延安时期与萧军、毛泽东、彭德怀等人的交往,包括她与陈明的恋情,也包括她与周扬的矛盾,以及50年代初期与萧也牧的关系等。值得称道的,是叙述者的态度。显然,作为现代文学史上"绯闻"不下于萧红,曾风传与毛泽东恋爱、要和彭德怀结婚的明星女作家,丁玲的"传奇"故事并不少。但是,《丁玲传》采取的基本态度,是不回避也不猎奇,而是据可靠的史料陈述历史过程,道出丁玲的真实心态。

解志熙称道这部传记的一大优点,是"叙述事迹的平实道来和分析问题的平情而论"。所谓"平实",是以史料说话,所谓"平情",是力求实事求是的客观分析。这也使本书摆脱了"辩诬史"的态度。重要一例,涉及1940年代后期,周扬阻挠《太阳照在桑干河上》的出版。这是丁玲与周扬结怨的关键。不同于一般研究者只站在丁玲的立场上看问题,《丁玲传》也尝试从周扬的心理和动机出发,解释他之所以如此的缘由。另外一例,涉及50年代初期丁玲主持文坛期间对萧也牧小说《我们夫妇之间》的批判。与那种简单地评判丁玲用一篇文章(《作为一种倾向来看》)"消灭了萧也牧"不同,传记分析了萧也牧小说的内容、丁萧的私人交往、新中国建立初期解放区干部及解放区文学在京津沪等大城市面临的处境,和作为文艺界领导与解放区干部代表的丁玲的态度,从而较为丰满地呈现了这一事件的不同侧面。这使传记表现出了颇高的历史研究的"客观性"。所谓"客观",并不是一定能够有确凿的史料坐实历史人物的行为逻辑,而是超越"私怨说",不仅站在传主的立场,也体认相关其他历史人物的心理和处境,尽量对事件作出相对合理和公正的解释。这就是"平情而论"的真实涵义了。

与叙述角度、叙述态度相关,《丁玲传》的叙述结构也颇值得一说。它以10章、101小节和生动准确的"小标题",讲述丁玲的生命历程。这10章分别以丁玲生活过的地方为对象,叙写她在生命的不同时段,在不同地点和历史氛围中的作为和思想。这就好像一幅"生命地图",

形象而明晰地勾画了丁玲一生的行止,格外具有可读性,也避免了一般传记研究的学术腔和八股气。丁玲一生在中国许多地方生活过,这些地方往往是某一历史时期的文化、政治中心,而同时丁玲也卷入这些"中心"之核心。丁玲的生命历程、特定地域的社会文化氛围、时代的地理学之间,因此被建立了有意味的历史关联。在中国现当代文学史上,丁玲并不是一个特别有地域性标记的作家。与之构成对比的,仍然是萧红。萧红一生行迹是"从异乡到异乡",而精神的世界却一直停留在故乡呼兰。但丁玲的一生,却真如"游子"一般,是以"四海"为家。湖湘是她生命的起点,上海、陕北和北京是她生命的高潮段落,而南京、北大荒则是她生命的低潮期。丁玲的生命遭际与地域场所的这种关联性,在《丁玲传》中做了极好的呈现。这既方便于组织传记的叙述结构,也恰如其分地揭示出了丁玲生命的历史广度、流动性和开放性。那同样是革命的20世纪在丁玲生命中的投影,也是丁玲以自己独特的生存态度和生存逻辑对革命做出的回应与呼应方式。

五

可以说,《丁玲传》以尽可能完美的方式、用"丁玲的逻辑"书写了丁玲完整而丰富的生命史。它同时涉及了所需的三个层面:外在性或客观性的丁玲一生行止,内在性或主观性的丁玲心路历程,分析性或阐释性的在历史关系格局中评价丁玲。在这部传记的"后记"中,作者道出写作意图,即"贴近丁玲复杂丰富的内心世界"来写丁玲的一生,以"让传主眉目清晰"。尽管是一部如此丰富而复杂的生命史,但作者指出,丁玲仍有她之为"丁玲"的独特性所在,那就是其"性格"的三大鲜明特点:"孤独、骄傲、反抗。"

这一概括方式可以说并非传记书写本身所需,而是写作者对丁玲人格的一种体认方式。这也是难题所在。尽管从个人性格而言,确可说丁玲有这样的气质,但是仅有这样的气质,并不能使丁玲成为革命者,并与中国革命历史相始终。贯穿丁玲一生的,与其说是一种性格,莫如说是一种生存态度和独特的生命哲学。那就是"丁玲的逻辑"。

最能显示这种"丁玲的逻辑"的,是她用小说塑造的女性人物。从上海时期的梦珂和莎菲,到延安时期的贞贞和陆萍、桑干河畔的黑妮,再到晚年的杜晚香,人们普遍能辨识出这个女性形象序列的巨大变化,但也很快能意识到她们的某种一致性。这种巨大变化和内在一致性,共同构成"丁玲的逻辑",正如她丰富广阔、多变多舛的生命经历。"性格"可以解释丁玲的"一致性",但无法解释她如此强大的生命可塑性和承受能力。

理解"丁玲的逻辑"离不开"革命"。可以说,"丁玲的逻辑"就是"革命的逻辑"。瞿秋白曾评价丁玲是"飞蛾扑火,非死不止"。对"火"的向往,包含着对"在黑暗中"的现实的反抗,和对"光明"的未来的追逐。这是革命者的内在精神气质。晚年的丁玲仍如是说:"革命是什么?革命就是走在时代最前面的一股力量,是代表时代的东西。"这种理想主义的气质,固然可以说是20世纪进化论史观的投影,不过,没有这种气质就不可能有任何革命的行动。这是历史赋予丁玲而被她内在化的一种精神气质。

在丁玲的意识中,"革命"有其具体所指,那就是共产党和社会主义革命。丁玲早在她少女时代的湖湘,就已通过母亲的好友向警予而知道了革命,更在上海平民女校和上海大学与瞿秋白、王剑虹等交往的时期,直接进入革命文人圈,但是,直到1932年才加入共产党。而一旦加入,终其一生她都对革命保持着"爱情"般的忠诚。特别是"新时期"仍旧如此。许多研究把"新时期"丁玲对革命信念的表白,视为受周扬等宗派挤压而被迫做出的"表演"。这可以解释丁玲在某些场合与周扬针锋相对的行为和言辞,但无法解释她"新时期"之后写作的两百多篇文章。在这些作品中,丁玲仍旧是那个"革命的丁玲"。考察一下丁玲如何言说她理解的"党"是有意思的,因为其中很少理论性的阶级分析,而是情感性的表白和信念式的执著。她说:"共产党员对党只能一往情深,不能和党算账,更不能讲等价交换",表达的正是一种"忘我""无我"的投入状态,而且是一种情感结构式的精神状态。在这里,革命体制的酷烈和挤压,可以与革命信念剥离开来,"受难史"也可以转化为"考验"和"磨砺"。由此衍生出一种独特的反抗性革命哲学,就像她在1940年代给予陆萍的赠言:"人是在艰苦中生长。"

1931年之前,丁玲就是向往"革命"的,但那是无政府主义式的革命,是"自己安排自己在世界上的生活"。这使丁玲甫一出现在文坛,就是最激进最摩登的个人主义姿态。如福柯理论所言,这种现代个人主义实则深刻地内在于西方基督教文化传统。它所塑造的现代个人,是一种"内在的人",一种实际上与外在的现实相隔离、丧失行动能力的人。莎菲时代的丁玲也是如此。加入革命政党而自愿做"螺丝钉",对于丁玲是一次巨大的跳跃,但非彻底的"断裂",而是以革命的方式改造了这种自我的结构:它赋予这一结构一种不断地朝向外部、通过实践而更新自我的能力。无产阶级政党革命召唤的固然是"献身",是"无我",也是"更人的自我"的获得。那意味着在革命的斗争实践中,在与"艰苦"展开搏斗的生活经历中,不断地磨砺自身,不断地认知外在世界,并通过实践转化成自我的构成部分,以塑造新我。莎菲式向内的个人主义是脆弱的,但陆萍式"在艰苦中生长"的主体却是坚韧的。这种主体哲学的终点形态,就是那个卑微而强大的杜晚香:她像是一枝被人遗忘但生命力顽强的"红杏",在不断地吸纳世界的美好愿望中塑造自己的新品质,最终用她的生命感动了世界。

《杜晚香》实则是丁玲最有意味的作品。那是丁玲在历经磨难的晚年,终于完成的革命者形象。据王增如对丁玲创作手稿的考证,还在写《在医院中》时,丁玲就说其实她并不想写陆萍这样"脆弱""感伤"的小资产阶级知识分子,而是想写一个"共产党员"。只是苦于无法在生活中找到模型,不得已写成了那个"未完成"的陆萍。杜晚香是其完成形态。她身上包含着两个关键要素:其一是主人公孤独地生长,其二是外在的革命之光全部转化为个人的内在修炼。至此,革命者终于可以超越革命体制而独立存在了：她不是革命体制的附属品，而是革命信念的化身。丁玲就是以这样的方式，超越了受难史的逻辑。

显然，要理解丁玲的生命史，需要理解这样的属于丁玲的"革命的逻辑"。她以理想主义的气质、以对革命信念爱情式的投入、以在艰苦中生长的生存态度，独自承担了革命和革命的全部后果。"新时期"的丁玲对革命史的反思，显然并没有达到应有的深度。但有意味的是，她只批判革命中的"封建"（宗派主义），从不否定革命信念和革命体制。真正使得丁玲显得不合时宜的，其实是"新时期"的历史情势。具体到文艺体制的重构方面，很难说80年代的丁玲就一定是落伍的。"新时期"是以破竹之势展开的，共同的历史情绪使人们将那次断裂看作"历史的必然"。但正是丁玲的存在，显示出了"新时期"的"时"之建构性。80年代已成历史，在"新时期"的社会变革产生了如此复杂的历史后果的今天，更为心平气和地理解丁玲的"逆时"之举，或许并非不可能。这并不是要在"左"与"右"之间重新肯定丁玲，而是去思考革命体制自身的断裂与延续，是否可能以更深厚的方式展开。在"新时期"的主流逻辑中，革命已成漫画式的刻板面孔，是人人不欲甚或厌弃的对象，但人们常常忘记，新的历史其实就是从那样的革命史中生长出来的。

丁玲是一个历史人物，"她的一生凝聚了太多中国现、当代文学史乃至思想史的内涵"。深入丁玲的逻辑中去理解她的生命史，才能把握丁玲"不简单"在何处，更是超越丁玲的时代性、更深刻地反思其革命经历的前提。而且，这种理解，显然不止关乎丁玲个人，同时也是进入20世纪革命者"丰富复杂的内在世界"，深入到革命史的肌理层面以把握历史的复杂性，从而更为自觉地承担20世纪中国革命作为"遗产"与"债务"的双重品性的契机。没有这样的理解，20世纪的历史将始终缺少必要的现实重量：它或将被迅速地遗忘，或将换一种方式重复归来。

（《读书》2015年第5期）

第四辑

民族书写

"民族形式"建构与当代
文学对五四现代性的超克

由五四新文化运动开启的现代中国文学,在20世纪的实践形态并非均质的,而包含着对现代性具体内涵的不同理解。这突出地表现为"当代文学"与"现代文学"之间的断裂。

"当代文学"与"现代文学"两个概念最早出现于1950—1960年代之交的激进文学史写作运动之中,其实质是要求将社会主义的新中国文学从普泛的"新文学"中分离出来,将其命名为一种更"高等"的文学形态。① 在以毛泽东的《新民主主义论》为依据所构造的革命文学(历史)叙述模式中,"当代文学"指的是具有社会主义性质的新中国文学,而"现代文学"则指五四新文学运动所开启的"新民主主义文学"。也可以说,当代文学的合法性始终是建立在对五四新文学的反思与批判基础之上的。作为一种具体的文学实践形态,当代文学的源头被指认为是1942年毛泽东在《在延安文艺座谈会上的讲话》中提出的"工农兵文艺",其起点则是1949年新中国建立后的"人民文艺"。②

这种文学形态的分类和等级关系,到了"新时期"的1980年代,被体制化的学科体系(现代文学与当代文学学科方向)所加固,但悖谬的是,当代文学的合法性却受到了前所未有的质疑。这不仅表现为有关当代文学能否写"史"的争论,表现为以包容和纳入革命文学之外

---

① 洪子诚:《"当代文学"的概念》,《文学评论》1998年第6期。
② 参见洪子诚:《关于五十至七十年代的中国文学》,《文学评论》1996年第2期;另见朱寨主编:《中国当代文学思潮史》,北京:人民文学出版社,1987年。

的非左翼作家为主要取向的"重写文学史"思潮,更表现为"20世纪中国文学""新文学整体观"等新的学科概念和史学概念的提出。在这种新的文学史图景中,当代文学是一种缺少文学性的、由强制的政治运动所构造的"畸形"文学,偏移了由五四新文化运动所开启的"正确"方向。因此,1980年代以来的文学实践和文学研究,就是要重新回到五四的轨道上,实践以"人性""文学性""现代性"为主要内涵的启蒙文学。在这样的研究视野中,当代文学与现代文学的关系被颠倒过来:不再是渐次上升的历史进化关系,而是用现代文学之现代性重新统一中国文学的现代化实践史。由此,现代中国的历史和文学运动,经历的是一个高起点—低落—回归的"圆圈"运动,1940—1970年代是一段应该被排斥出去的错误时段,而1940—1950年代的转型则被视为一个政治"外力"粗暴迫使下的历史变动。①

显然,要在百年(甚至更长)的历史视野中重新估价五四新文学运动的意义,无法绕开对1940—1950年代转型与当代文学实践史的评价。从1980年代迄今,这一直是一个广受关注但充满了意识形态分歧的问题域。背后的关键问题,其实不在关于五四现代性的具体内涵,而在如何理解五四现代性与中国之关系。如果不能历史地讨论1940—1970年代中国的独特内涵,当代文学以及与之关联的"社会主义""现代化"、民族认同等问题,显然就只能停留在抽象的"现代性"讨论层面。在诸多相关的研究和讨论中,问题总是集中在有关"现代""当代"的关系以及文学实践的具体方式,而对于这一实践的具体场域"中国"之历史内涵及其现代化的独特轨迹,却缺少相应有深度的分析。表现在有关当代文学的研究中,人们常常关注的是《讲话》与新中国建立的政治性,而对1939—1942年在抗战背景下发生的有关新文艺"民族形式"建构的论争却研究不多。关注"民族形式"以及与之

---

① 相关论述的批判性分析参见贺桂梅:《"现代"·"当代"与"五四"——新文学史写作范式的变迁》,《现代中国》第1辑,武汉:湖北教育出版社,2001年。

关联的马克思主义中国化,不仅仅是关注一场思想与文艺讨论,更重要的是这场论争之发生的历史意义:它是中国共产党以无产阶级政党而建构国家政权的起点。可以说,如果忽略民族与国家的视野而讨论当代文学的发生和实践,就忽略了文学现代性构造之所以发生的具体空间和历史场域。在这一意义上,关于"现代""当代"与"文学"的理解,其实从来就离不开对"中国"的想象和构建。正是在"中国"这一具体场域中,"现代""当代"和"文学"获得了其具体的地方性也是世界性的形式。

基于这样的考虑,本文尝试从"民族形式"建构角度,重新思考1940—1970年代当代中国文学实践的历史机制。这里不希望重复左与右的意识形态争执,而试图呈现文学实践活动的具体场域及其历史化形式。在这样的视野中,当代文学在何种意义上既延续了五四的现代化诉求,又塑造了当代中国现代性书写的独特路径,或可得到相对客观的讨论。

一 从"民族形式"思考当代文学

这里对1940—1970年代当代文学的"民族形式"建构问题的讨论,并不局限于一般理解,以为民族形式仅仅是文学(文艺)的"形式"问题。"民族形式"作为一个基本范畴在1930—1940年代之交的那场大论争中提出时,它的含义就不局限于"形式",而包含着民族(中国)和文学(人民文学或当代文学)这样的双重理解。也就是说,如果不是基于对"中国"的新的想象方式,文学的民族形式问题显然是不可能提出的。但同时,这也并非说"中国"想象可以从文学实践中独立出来,文学的民族形式建构仅仅是对"中国"的一个点缀性和辅助性说明,相反,任何关于文学的"民族形式"的建构和书写,事实上都内在地包含了对"中国"这一想象的共同体的新的理解和塑造方式。因此,讨论"民族形式"问题并不是要重复"形式"与"内容"的二分法,真正值得探究的,恰恰是这一范畴在"民族"(民族—国家,中国)这一社会—政治构造体与"文学"(文艺)这一文化实践活动之间建立的历史性关系。

(一)民族主义与马克思主义

值得分析的是,在1940—1970年代有关"当代文学"的自我表述及其相关研究中,"民族性"事实上并不是一个得到广泛讨论的问题。如洪子诚所说,"50年代以后的近30年间,中国小说(指大陆部分)的整体趋向,是更加强化小说与政治的关系,同时,小说的大众化、民族化的问题,也总是被放置在首要位置上加以考虑"①。不过,民族化问题在1940—1970年代虽然重要,但这一时期的当代文学无论在自我建构意识,还是在客观的历史实践过程中,都被表述为"社会主义文学"或"社会主义时期的文学",因此得到反复讨论的是"无产阶级""阶级斗争""(反)帝国主义""人民""社会主义""资本主义""英雄人物""典型"等马克思主义理论脉络上的基本语汇。也就是说,对"当代文学"的自我理解与实践,都更强调其超越性的政治意识形态层面,而并不总是纳入民族、国家的分析视野。因此,从"民族形式"这一问题角度切入对1940—1970年代当代文学的讨论,具有怎样的意义,仍是值得说明的问题。

这首先涉及以马克思主义基本理论语汇表述的社会主义中国的合法性与民族主义理论的关系该作何理解。正如人们在探讨民族主义问题时广泛引用美国学者本尼迪克特·安德森那本名著《想象的共同体——民族主义的起源与散布》时,常常会有意无意地忽略的一点是,安德森对民族主义理论的建构,正是从对马克思主义理论的批判开始的。他写道,"直接引发我写作《想象的共同体》初稿的",正是

---

① 洪子诚编:《二十世纪中国小说理论资料(第五卷)1949—1976》"前言",第3页,北京:北京大学出版社,1997年。

"那场1978年到1979年在中南半岛的武装冲突"。① 这种发生于社会主义国家之间的战争,在他看来,表明"我们正面临马克思主义思想与运动史上一次根本的转型"②。因为正是这些冲突本身,显示"民族主义理论代表了马克思主义历史性的大失败"③。显然,在这里,安德森要强调的,不仅是民族主义对社会主义的国际主义实践的挑战,同时也指在经典的马克思主义理论中,事实上没有有效地处理民族与国家这一理论问题。这在1970—1980年代的全球性转变,特别是1980年代英语世界出现的关于民族主义理论研究的热潮之后,几乎变成了一种关于马克思主义理论的基本论断。④

从这样的理论视野来看,1940—1970年代社会主义中国对民族问题在实践上的重视与在理论上探究的忽视这种矛盾现象,可以获得别样的阐释。它一方面表明,在传统或经典的马克思主义、社会主义理论中,没有更明确地处理民族与国家问题,但这并不意味着民族与国家问题在国际共产主义运动和冷战历史中,并不被社会主义国家所重视。相反,安德森实际上要说,正是"民族主义"导致了"社会主义"的失败。也可以说,他认为"民族主义"问题在这些社会主义国家的自我理解中,实际上比"社会主义"要更重要。而他的《想象的共同体》一书事实上正是在这一思考脉络上展开的。他以民族—国家的建构与民族主义的全球扩散,作为描述现代世界体系的基本框架。在这样的

---

① [美]本尼迪克特·安德森:《想象的共同体——民族主义的起源与散布》(增订版),第二版序,第1页,吴叡人译,上海:上海人民出版社,2011年。
② [美]本尼迪克特·安德森:《想象的共同体——民族主义的起源与散布》(增订版),第一章"导论",第1页,吴叡人译。
③ [美]本尼迪克特·安德森:《想象的共同体——民族主义的起源与散布》(增订版),第一章"导论",第3页,吴叡人译。
④ 参见[英]安东尼·吉登斯:《批判的社会学导论》,郭忠华译,上海译文出版社,2007年。安德森的《想象的共同体》与盖尔纳的《民族与民族主义》、霍布斯鲍姆的《民族与民族主义》、安东尼·史密斯的《民族的族群根源》以及柄谷行人的《日本现代文学的起源》等讨论民族主义和民族—国家理论的重要论著,均出现于1980年代中期。这些理论著作取向各不相同,但可以说共同构成了一种关于民族主义研究的热潮,并与马克思主义的落潮有对话关系。

现代世界史图景中,民族主义不仅成为最核心和最重要的问题,事实上,他也认为"社会主义"不过是那些自称为社会主义的国家的一种修饰而已。这一点在增订版的第九章"历史的天使",直接处理前苏联与中国的民族问题时,得到了更明确的表现。这种用"民族主义"取代乃至取消"社会主义"实践的理论意义的研究,无疑又走到了另一极端。他所忽略或不能解释的,是社会主义国家与同样基于现代民族—国家意识的资本主义或民主主义国家的差异性,特别是"社会主义"为这些国家所提供的超越民族主义与资本主义现代性的独特面向。

因此,更深入的研究,并非如安德森那样,用民族主义的研究范式来取代(或取消)社会主义的研究范式,而是应当更为历史化地讨论这两种理论或意识形态在历史实践中实际上如何交互作用。特别是对理解当代中国而言,这一问题显得尤为重要。1940—1970年代的社会主义中国,固然包含着现代民族—国家确立这一基本现代性面向,但是,中国的民族与国家建构却与其对"社会主义"的理解与实践紧密相关。可以说,离开了对"社会主义"的理解,实际上就无法真正了解当代中国作为一个现代民族与国家确立的独特历史。因此,仅仅用民族主义研究范式取代社会主义范式显然是不够的。

那么,重新探讨"民族形式"问题的意义何在?这就意味着需要将当代中国的社会主义实践"还原"到具体的历史语境与全球性的社会—历史结构体系中加以探讨。"民族形式"问题,提供的是在传统的马克思主义理论视野之外,理解当代中国的民族与国家认同,理解当代中国置身的国家关系体系,以及在此基础上形成对民族文化传统和自我认同的独特构造路径的基本视角。某种程度上,如果说以经典马克思主义理论表述的"社会主义",是当代中国的自我表述与自我认同的话,那么可以说,对"民族形式"问题的探查,则是在显现此种主体性实践置身的世界性(地方性)权力体系和关系结构。它不是将民族主义与社会主义中国对立起来,而是要探询当代中国的民族主义与社会主义彼此塑造的历史形式。

正是在这样的研究思路上,从"民族形式"问题角度进入对1940—1970年代当代文学的讨论,不仅要处理"民族"("国家")与"文学"的问题,同时还要处理由"社会主义"这样的政治实践所要确立的人之社会存在方式的主体性问题。由此,关键是,如何能够形成一个理论性的阐释框架,将文学、民族(文化)、国家(政治)、社会的问题放置在同一分析框架之中来加以讨论?

(二)现代文学的三位一体结构

日本学者柄谷行人在其影响广泛的《日本现代文学的起源》一书中,相当有意味地将对现代文学的讨论,与现代民族—国家体制的塑造,以及现代人的想象形态"内在的人"这三者关联起来,并认为它们实际上构成了现代文学三位一体结构。也就是,现代的文学与"内在的人"、民族—国家实际上是同时出现并互相构造的话语装置。这一研究思路在中国现代文学界产生了广泛的影响。不过有意味的是,柄谷行人在书中并没有明确提及,而且也很少有研究者意识到,这种理解和探讨现代文学的方式,实际上正是福柯关于"批判"工作的理论性阐释的基本内容。

在1978年于法国索邦大学发表的著名演讲《什么是批判》①中,福柯以罕见的历史广度从"治理术"角度论及了现代主体和社会结构的起源。福柯写道:"基督教牧师或基督教教会发展了这种观念——我相信这是一种奇特的观念,与古代文化完全不同——即,每个个体,无论年龄和地位,从生到死,他的每一个行动,都必须受到某个人的支配,而且必须让自己受支配,即是说,他必须在那个人的指引下走向拯救,他对那个人的服从是全面细致的。"他认为这种"治理人的艺术",

---

① [法]米歇尔·福柯:《什么是批判》,收入汪民安主编:《福柯读本》,严泽胜译,第135—149页,北京:北京大学出版社,2010年。

从 15 或 16 世纪开始,事实上已经从"狭窄的精神团体"的实践,转化为了现代社会的基本问题:"在当时治理这个词的广义上,倍增的各种各样的治理艺术——如果你们愿意,可以说教育的艺术、政治的艺术、经济的艺术——与各种各样的治理机构,所要回答的正是这个基本问题。"福柯描画出了这一"治理人的艺术"的基本结构,或用他自己的说法是"问题化形式"。这包含三重关系,第一是"被理解为教条的真理",第二是"对个体的特殊的、个别化的认知",第三是各种"反思技巧","包括普遍规则、特殊知识、感知、检讨的方法、忏悔、交谈等等"。

福柯描述的现代治理术的三重关系,实际上与他从主体与真理的关系角度所勾勒的"历史—哲学研究的一般框架"是一致的,包含的正是知识—权力—主体的三重维度。相当有意味的是,福柯认为他所提出的这一批判路径是"普遍的"。他说,这里所谓"普遍性","并不是为了表示,应当在元历史学的连续中穿越时空以重新描述这种普遍性,也不是说,应当追寻跟踪它的各种变种",而是表现为在种种特殊的历史形象中反复出现的"问题化形式"。在这里,"问题化形式"正是一般所说的"话语装置",它"规定着对象物,规定着行为规则,规定着人们相对自身的关系方式"。因此,这种批判工作的"普遍性"表现为,"对问题化形式的研究(也就是对那种既非人种学的常数也非编年史的变化的东西的研究)是一种对于具有普遍意义的问题就其在历史上的奇特形式所进行的分析"①。从这一角度,作为"问题化形式"的现代治理术三重结构也具有它的普遍性,因为从西欧发源并伴随资本主义向全球扩张的现代民族—国家体系,其基本的社会理论,都建立在这一"欧洲神学"模式基础之上②。从这样的世界史视野出发,来

---

① [法]米歇尔·福柯:《何为启蒙》,收入杜小真编选:《福柯集》,第 541—542 页,上海:上海远东出版社,1998 年。
② 王铭铭:《从礼仪看中国式社会理论》,收入《经验与心态:历史、世界想象与社会》,桂林:广西师范大学出版社,2007 年;汪晖:《跨体系社会与区域作为方法》,收入《亚洲视野:中国的历史叙述》,香港:牛津大学出版社,2010 年。

理解作为现代社会治理术之一种的"现代文学",其普遍性的话语装置,也正是柄谷行人所指认的三位一体结构,即"大他者"(表现为"上帝",在现代社会中即"民族—国家"),个体的新形态(即"内在的人"),与两者之间的反思技巧(即"现代文学")。也可以说,源发于西欧社会的现代文学也是普遍的。被迫卷入现代世界体系的现代中国、由五四新文化运动塑造的现代中国文学,都是这一普遍性历史进程的构成部分。

但这一现代治理术的三重结构及其纵向的神学透视关系本身源发于西欧基督教传统。这也决定了这种治理术的地方性特点,即它仅仅是建立在西欧文化传统基础上的一种社会模型。其现代的普遍性主要因为,现代世界体系本身是由源发于西欧的社会建构模式在全球扩散的结果,因而地方性的文化成为了普遍性的文化。由此,对于那些并不建立在基督教神学传统基础之上,并具有自身文明传统的社会与国家,特别是中国而言,这种话语装置的适用性显然是成问题的。

问题的提出首先是从民族—国家这个侧面展开的。正如越来越多的历史学和历史理论的研究者①强调,中国并非一个典型的西欧式民族—国家。它的漫长的作为王朝国家或帝国的历史,塑造了别样的文明形态和文化传统。中国的现代化历史,事实上是从"帝国"向"民族—国家"转化的过程。在这一过程中,"帝国"的文明传统与现代民族—国家之间形成了独特的交互关系。即便到1940—1970年代,共产党中国建立之后,这个"中国"也并非典型的现代民族—国家,而包容了丰富的"帝国"历史因素。

更有学者从反省整个现代社会理论的角度出发,强调应该重新理解

---

① 相关研究在不同脉络上展开,美国二战后中国学研究的成果主要参见[美]列文森:《儒教中国及其现代命运》;美国"加州学派"历史学者的观点主要参见[美]彭慕兰:《大分流——欧洲、中国及现代世界经济的发展》、[美]王国斌:《转变的中国——历史变迁与欧洲经验的局限》;现代世界体系理论学派的观点主要参见[美]贡德·弗兰克:《白银资本——重视经济全球化中的东方》;中国学者的研究主要参见费孝通主编:《中华民族多元一体格局》、汪晖:《现代中国思想的兴起》、韩毓海:《五百年来谁著史》等。

古典中国基于儒家文化传统所构造的独特的"社会"理论，因为这种社会理论完全不同于"欧洲神学"模式。其基本特征被描述为，"'家、国、天下'和'乡民、士绅、皇权'二者之间，相互分阶序交错着，形成不对应的关系体系。这个交错的关系体系，造就古代中国'社会'的基本模式"。而这个关系体系是由独特的"人"即"士大夫"这一特殊群体构筑的观念体系，他们"规定行为规范并支持这个结构"①。这事实上也就是说，作为现代社会理论基础的"人"（或"内在的人"），也并非是普遍的，毋宁说其合法性有限地根植于欧洲神学模式基础之上。

引入上述理论视野来考察"民族形式"与当代文学的关系，牵涉到几个相互关联但又层次不同的问题。其一，文学问题可以纳入与民族（文化）、国家、社会等相关的总体性权力体系中来加以考察，并且彼此间形成了互相生成、互相制约的结构性关系；其二，福柯的"现代治理术"、柄谷行人的"现代文学三位一体结构"，其真正意义不在提供了一个普遍的阐释模型，而在这一模型对于理解现代文学所提供的方法论上的理论启示，即一种将文学、人、民族—国家置于同一阐释框架的分析方法；其三，如果说当代文学是一种不同于现代文学的文学，那么需要考察的就不仅仅是"文学"的问题，而必须同时考察在民族与国家建构、人的想象这两个方面，当代文学是否表现出了自身的独特性。

（三）思考当代文学的方法

如何评价1940—1970年代社会主义中国实践过程中出现的当代文学的意义，是一个广受争论的问题。一般的讨论，往往只在"社会主义"这个面向上展开，因而其意义总是限于"政治"评价的层面。特别是由于这种政治实践在"文革"后遭受的普遍批判，所以，"当代文学"

---

① 王铭铭：《中国之现代，或"社会"观念的衰落》，收入《经验与心态：历史、世界想象与社会》，第157页。

就成为这种政治实践的附属品而被质疑。对它的否定,放置在普遍性的"文学"与"政治"二元框架中,认为存在一种普遍性的"文学",而当代文学作为一种特例,则是失败的社会主义国家政治的产物。但有意味的是,当人们论及"文学"时,没有意识到他们所理解的这种文学,事实上仅仅是现代文学,很大程度上,也是柄谷行人所说的那个现代文学、民族—国家、内在的人的三位一体结构,因此,"文学性""人性""现代性"与"民主""个性自由""科学"等形成一个互相循环指涉的话语体系。如果说"当代文学"并不仅仅是一种"非文学"的"政治"替代品,而是提供了别样的想象文学、人、民族与国家的关系结构的独特形态的话,那么,能够对"当代文学"做出另外的阐释吗?

显然,无论如何评价"当代文学"的历史意义,都不能否认的是,当代文学确实是一种与现代文学不一样的文学。在当代文学的自我表述中,这种独特性被指认为是超越了新民主主义的现代文学,而隶属于社会主义这一"更高历史阶段"的文学。其意义往往被表述为"人民"(或"工农兵")这一更广泛、更人众化的、更具阶级进步性和超越性的政治主体的塑造。与资产阶级性质的国民—国家不同的是,这里的"人民"超越了特定阶级的局限,并且其政治形态的想象也要求超越民族主义的国家,而指向"无产阶级世界革命"。与此同时,反复申辩的,是这里的"人民"要超越"个人主义",以形成一种新的政治主体想象,其隐含的批判对象即是民族—国家所谓的"国民"(或"内在的人")。不过,这种"阶级"与"世界革命"视野中的当代文学自我表述,实际上纠缠着第三世界国家的"现代化"诉求与"一国社会主义"的历史限制,在1940—1970年代严酷的冷战历史结构中,其实践的空间和环境受到地缘政治、国家关系体系特别是落后国家的物质条件的严酷挤压,因此,充满了不稳定性及其引发的难以掌控的历史暴力。这表现为当代文学的建构过程,一如社会主义中国的实践过程,总是被种种暴力性的批判运动所主导。

不过,即便如此,这也不是将当代文学的实践史用一句模棱两可的"政治"加以打发的理由。历史研究需要做的,恰恰是超越实践主体的"主观视野",而在更广阔的历史关系格局中重新讨论其文学与政治实践的意义。如果说,当代文学确实提供了不同于普遍性的现代文学的历史实践,那么该如何讨论这种实践的独特内涵呢?

与那种否定当代文学的历史意义、将其视为"畸形"文学形态的新启蒙思路不同,另有代表性的思路认为,当代文学不过是现代文学的一种延伸与变形。后者更多地强调了当代文学的现代性意义,将其视为一种"民族—国家文学"的特殊形态("新中国文学"、共和国文学等)。这种将当代文学看作"国家文学"的思路,其实潜在地突出了1940—1970年代中国的现代性意义,实际上是"现代化理论"在文学研究中的具体实践。不过,一方面它没有意识到1940—1970年代当代中国作为"国家"的独特性,也更没有考虑"社会主义"在其中扮演的重要而复杂的角色。因此,这种研究固然不同于"文学"与"政治"两分的新启蒙视野,但它也无法凸显这个时期中国当代文学作为一种"别样的现代文学"的特殊意义。

显然,上述无论从阶级论还是国家论的角度对当代文学阐释的模糊性,在于它们都无法清晰而自觉地阐释现代文学的基本特性,因此,当代文学的当代性内涵,无论在肯定还是否定的意义上,都缺少探讨的理论语言。很大程度上,如福柯、柄谷行人那样,将现代文学视为一种文学、人、国家的三位一体话语装置,可以提供讨论当代文学的方法论启示。如果说当代文学是一种尝试努力克服现代文学局限性的新的文学形态,而现代文学的基本"问题化形式"事实上正包含在三位一体的话语装置中,那么当代文学的独特意义,正可以从它如何对现代文学"对于普遍意义的问题就其在历史上的奇特形式"所展开的质疑之处入手而得到阐释。这事实上也正是"民族形式"问题对于当代文学研究所提供的方法论意义。

二　超克当代中国的三重性

中国的现代文学,正如柄谷行人所论及的日本现代文学,事实上都是一种普遍性的文学形态。它固然是在非西方国家发生的,但却以一种"压缩"的方式复制并更为清晰地呈现了西方国家现代文学的内在结构①。其在中国的典型存在样态,就是由在都市展开的五四新文学运动所塑造的现代文学。显然,在如何理解现代文学体制、内在的人与民族—国家想象这三个层面,中国的五四新文学和所有的现代文学一样,并没有建立更独特的内涵。在这一意义上,五四新文学的现代性与西方性及其发生的场所(西方化的现代都市)之间,可以说形成了同构性关系。

使得五四式现代文学成为问题的,是发生于抗日战争期间的"民族形式"论争。这场论争的基本问题意识,是五四式新文学无法完成更广泛的民族动员和更为大众化的文化实践要求,因而提出了更具包容性的"民族形式"构想。正是在这次论争过程中,一些并未进入五四新文学现代性视野的核心范畴,如"地方形式""旧形式""民间形式"等,开始成为构想更高形式的中国文学的基本构成部分。这些因素的进入,事实上也成了当代文学发生的重要契机之一(可以说,"民族形式"论争与毛泽东《讲话》是当代文学的两个真正"起源")。

不过,人们很少去进一步讨论的是,当代文学的发生事实上是现代化实践在中国内部的地域性转移的结果。也就是,从此前主要在东南沿海、沿江地区的西式现代都市,转移到西北、华北、西南等内陆乡村。这一地域性转移并非毫无意义,相反应该说构成了当代中国与当代文学发生的最重要原因,因为这一地域性转移事实上呈现出的是现

---

① 参见[美]弗雷德里克·詹姆逊:《重叠的现代性镜像》,林少阳译,收入《日本现代文学的起源》,第229—246页。

代中国两种国家与社会构造形态的历史性相遇。正如王国斌在其研究中指出的,自19世纪中期开始的中国现代化进程并非均质的,相反,这一过程导致的是一种"结构性鸿沟"的出现,即卷入现代世界体系的东南沿海沿江都市社会,和仍旧滞留在传统帝国生存状态的内陆乡村这两者之间的分裂。与此同时,也导致了"两种类型的民族"的分裂:"一个属于崛起中的、受西方影响的城市精英文化,与属于仍然存在的大量农业人口的帝国文化的差距,正在日益扩大。"①可以将当代文学的发生,视为直面并克服中国社会这种"结构性鸿沟"的现代化实践的结果。一方面,"民族形式"论争并没有彻底地否定五四新文艺,而认为新的"民族形式"应当建立在推进这种现代性的基础上;另一方面,这场讨论又要求将中国传统内陆乡村的诸种文化形态(这在理论上被表述为"民间形式""旧形式""地方形式"及"方言土语"等),纳入对新的民族形式的构想中来。也就是说,新的民族形式实际上是要创造一种包容"两种类型的民族"的新的文学形态。

从这样的历史视角来看,当代文学的建构首先就内在地包含了如何创制出同时包容西欧式民族—国家与古典中国的"帝国"传统的政治主体和政治形式这种历史要求。在这一意义上,1940—1970年代的共产党中国,既不是经典的西欧式民族—国家,又不是传统中国的"帝国"或"王朝国家"。更考虑到1940—1950年代冷战格局在亚洲的形成,资本主义与社会主义两大国家体系的尖锐对立,使得当代中国一方面延续了抗日战争时期由共产党政权形成的内陆国家形态,另一方面其关于国家政体的构想,内在地包含了"社会主义"革命的历史要求。

因此可以说,理解1940—1970年代当代中国的国家建构与文化认同,至少需要在三个基本维度上展开:

其一,作为落后的发展中国家完成现代民族—国家建构的基本历史

---

① [美]王国斌:《两种类型的民族,什么类型的政体?》,收入《民族的构建——亚洲精英及其民族身份认同》,[加]卜正民、[加]施恩德主编,陈城等译,第139页,长春:吉林出版集团有限责任公司,2008年。

要求。这包括在全球国家关系体系中的民族独立,包括国家内部统一市场的形成,以及作为一个独立政治单位的主权诉求与一个经济单位所需完成的现代化原始累积。在此,无论革命中国如何理解自身,它在全球民族—国家关系体系中,都必须获得作为独立的民族—国家单位的合法性。事实上,考虑到第二次世界大战结束后,亚非拉地区的独立建国和非殖民化热潮,而中国正是在这一历史时期出现的最重要国家,"现代化"这一基本面向显然应该成为新中国最为根本的内在要求之一。

就这一层面而言,当代中国遭遇的,其实是资本主义现代世界体系确立过程中,所有落后国家和地区,特别是非西方国家和地区的普遍历史情境。由于现代化初始发生的被动性与被迫性,这些国家和地区首先面临的就是现代化诉求与原有社会和民族传统之间的矛盾。因此,这一现代化过程总是同时包含两个相反的面向,即接受西方式现代性与反抗这种现代性而确立自身民族主体性。① 五四新文学是基于在现代世界体系内部争取合法的政治权力(爱国主义)和文化权力(新文化)而在都市和知识阶层中展开的文化运动,因此其民族认同以一种"反传统的民族主义"的形态展开。与此不同,当代文学实际上是在抗日战争争取民族解放与独立建国这一过程中同步发生的,同时由于国际共产主义地缘政治的影响,其民族认同需要兼顾现代性与民族性的要求。第二次世界大战结束后,原有帝国主义国家垄断格局的瓦解和重组,带来的也是原有殖民地半殖民地国家独立建国的普遍要求。② 而这种建国诉求,是以现代民族—国家作为基本政治认同单位而展开的。因此,基于现代民族—国家构想的民族主义诉求,实际上是二战后出现的新国家的普遍要求。1949年建立的新中国,也正是在这一基本历史情境中确立起自身的主体性的。这事实上也是现代

---

① [美]艾恺:《世界范围内的反现代化思潮——论文化守成主义》,贵阳:贵州人民出版社,1991年。
② [美]斯塔夫里阿诺斯:《全球通史——从史前史到21世纪》,董书慧等译,北京:北京大学出版社,2005年。

文学所基于的中华民国与当代文学所基于的人民共和国,两种文学构想与其国家形态的基本不同之处。

其二,新中国又不同于二战后建立的其他新国家的地方在于,中国所具有的漫长的"帝国"或"王朝国家"的历史与文化传统,深深地内在于共产党中国确立其政权基础的中国内陆乡村。一般研究很少讨论到的,是共产党中国作为内陆国家的特性。这也就是说,其现代化实践的主要场所,是在西北、华北、西南、中原等未曾深刻卷入19世纪后期以来中国殖民与半殖民化进程的区域。一方面是日本帝国主义的全面侵华战争切断了内陆地区和沿海都市的通道,这也是造就中国共产党通过"农村包围城市"而夺取政权的历史契机;另一方面是1950年代初期形成的冷战格局,特别是美国构筑的"雁行包围圈",事实上使新中国被固定和封锁在这一内陆国家的形态里。而正是这些内陆地区,与中国作为"帝国"或区域性"王朝国家"的历史有着深刻的渊源。特别是考虑到,作为"帝国"的传统中国,事实上形成了一个独特也独立的经济体(也包括政治体与文化体),其现代化的过程是被迫打乱自身的市场体系而加入全球资本主义体系,因此,经由抗日战争形成并被美国冷战包围圈所加固的"封锁",其实也是复活"帝国"市场体系的契机。这也被解释为共产党政权为什么能够在日本帝国主义和国民党政府的双重锁闭中存活并发展的历史因素①。从这个层面上看,构筑新中国的政体形态和民族认同,无法不与"帝国"的历史与文化传统发生深刻的意义交涉关系。

也许可以认为,撇开与作为"内陆性帝国"的传统中国之历史与文化的关系,来理解1940—1970年代新中国的独特性,几乎是不可能的。一方面,传统中国与现代中国的分裂以城市与乡村、沿海与内陆、东部与西部等差异性的空间形态而存在,成为新中国完成其现代化实

---

① 许倬云:《万古江河——中国历史文化的转折与开展》,上海:上海文艺出版社,2006年。

践首先需要面对的问题,另一方面由抗日战争到冷战的帝国主义封锁,使得共产党中国实际上是以内陆中国作为其主要活动场所。从这样的角度来看,1930—1940年代之交提出的"民族形式"问题,第一次将"民间形式""旧形式""地方形式与方言土语"等纳入到对新的民族与国家认同的建构中,实际上也是直面这种历史结构性鸿沟的开端。而"民族形式"问题在1950—1960年代一直延续下来,也正因为直到1980年代开始的改革开放之前,社会主义中国其实主要是一个内陆性国家形态。因此,国家建设的主要内容,不仅在完成工业化,更在如何重新组织乡村(内陆、西部)社会。

相应地,文学书写的中心内容也就主要不是在城市空间,而与乡村改造实践密切相关。这一特点,可以由洪子诚统计的1950—1970年代"中心作家"的主要特点得到印证:当代作家中,"出身于山西、陕西、河北、山东、河南等西北和中原地区的,约占百分之六十",这就不同于现代文学作家大多"出身江浙、福建的东南沿海和四川";另外,当代主流作家"在写作前和从事文学创作期间,大都活动于河北、山东,尤其是晋察冀、陕甘宁的根据地(解放区)";并且,"文学创作中心(作家地域构成、题材地域性质、文学风格)的这种由东南沿海向西北的转移的状况,并不因为新中国成立后,许多作家又重新向北京、上海等大城市集结而发生改变"。①

当代作家与传统内陆中国的这种紧密关系,使得从一种长时段的连续性历史视野中,考察当代中国与"帝国"传统的关系,显得尤为必要。事实上,这一特点在1980年代以来的研究中也曾得到指认,不过却是以一种相当意识形态化的方式,将其判定为毛泽东时代的"前现代"品性,或者"封建主义"的特性。② 从"民族形式"问题考察的角度,对当代中国这一特性的研究,需要意识到1940—1970年代的新中国

---

① 洪子诚:《当代文学概说》,第96—97页,南宁:广西教育出版社,2000年。
② 参见李泽厚:《中国现代思想史论》(东方出版社,1987年),及《中共中央关于建国以来党的若干历史问题的决议》(1981年)。

对于"传统""民族性"等的认知,无法与"帝国"历史相分离,因此,作为传统内陆性帝国的古典中国,事实上构成了新中国的"内在他者"。这一方面指新中国总是需要在"反封建"这一面向上努力地与传统"帝国"分离开来,以确立自身的现代性与主体性;不过,另一方面,同样需要意识到,新中国现代性的建构也常常是在与传统"帝国"的对话关系中来塑造自身的合法性,特别是传统"帝国"的地域性文化差异、乡村社会的社会礼俗与文化活动,以及作为"公"的传统而延伸至当代的社会实践形态与"社会主义"的关系等。也就是说,固然在"反封建"的层面,新中国要明确地将自己区别于传统"帝国",但是在"民族形式"构造的层面,却始终需要获得"帝国"历史与文化传统的支援。这不仅表现为一种有意识的民族主义政治的现代构造,在许多时候,也表现为中国长时段历史的稳定结构而延续至当代的历史惯性与文化惯习。

其三,新中国构筑的政体形态与文化认同,同时还包含着超越现代民族—国家与传统"帝国"的历史要求,那就是对"社会主义国家"的理解。这与冷战格局中社会主义的世界性实践密切相关,其基本内涵,则是"人民当家做主"与超越民族—国家视野的"无产阶级世界革命"想象。区别于资本主义体系中的现代民族—国家所构筑的国民—国家想象,可以认为"社会主义"与"革命"的诉求和实践,事实上建构了一种"人民—国家"的形态。其特性在于,以"人民"这一政治社会的主体为主要推动力,形成一种不同于均质化和凝固化的国民—国家的政治实践方式。它以一种动态性的交互关系,形成了国家的自上而下动员、乡村社会自下而上的要求与知识分子(干部)借助现代性话语的自内而外的书写与连接这三者勾连的实践性政治形态。① 并且,另一不同于国民—国家的地方是,这种政治主体的实践并不被圈定在民族—国家视野的内部,而具备着突破民族—国家的边界,构造一种

---

① 蔡翔:《革命/叙述:中国社会主义文学与文化想象(1949—1966)》,北京:北京大学出版社,2010年。

世界性与国际性的连带关系的可能性。在这一意义上,"阶级"的政治意义超越了"民族"与"国家"的限定,而突出了一种能动的政治主体实践的可能性;同时,超越民族—国家的"世界革命"视野,又与传统"帝国"历史的"天下"意识之间形成某种内在的关联。因此,在1950—1970年代的当代中国,民族主义并不总是绝对正确的合法性意识形态,它总是与国际性的社会主义实践联系在一起,并且在1950—1960年代之交中苏论战和中苏分裂之后,后者主导了中国社会运动的激进力量,从而以"文化大革命"的方式,构造出一种以中国为中心的去民族化与去地域化的世界革命想象图景。

综合上述三个层面来看,可以说1940—1970年代的当代中国,其国家构筑与文化认同的基本形态,是现代的民族—国家、"帝国"的历史传统与冷战格局中的社会主义国家这三者的混杂。很难说这三者已经互相统一成了一种新型的国家形态,或许应该说,这一时期当代中国社会与文化实践中的诸多矛盾和冲突,正是这三种结构性的历史力量和文化力量碰撞重组的结果。

不过,更重要的是,这三者的混杂与冲突,并非仅是主观的选择和构造,而是客观性的历史结构,或者说是展开社会主义、中国、文学实践的"场地"。脱离这一结构性的历史"场地"的限制而理解当代中国的社会与文化实践,显然也就使问题的讨论陷入抽象化和非历史化,既无法显现当代中国的民族性(或地方性),也无法显现其(反)现代性(或世界性)。

某种意义上可以将1940—1970年代的当代中国称为"第三世界国家"的独特形态①。"第三世界"这一概念,出现于第二次世界大战

---

① 美国理论家弗雷德里克·杰姆逊曾用"第三世界文学"这一概念阐释全球化时代落后国家的文学处境(《处于跨国资本主义时代中的第三世界文学》,收入《新历史主义与文学批评》,张京媛主编,北京大学出版社,1993年),与这里的理解有所不同。一则杰姆逊对第三世界的理解是非历史的,主要强调其相对于发达国家的落后状况;二则杰姆逊对第三世界的理解是同质性的,并将其描述为"民族寓言"这一特性。对杰姆逊"第三世界文学"的相关批评,参见艾贾兹·阿赫默德《詹姆逊的他性修辞和"民族寓言"》(《后殖民主义文化理论》,罗钢、刘象愚主编,中国社会科学出版社,1999年)。

结束、冷战格局的形成过程中。"'第三世界'一词起源于最近,第二次世界大战以后才刚刚开始使用。就在这样一个短时期中,这个词的用法已发生了变化,由政治的内涵转变为经济的内涵。"其"政治的内涵"最先指的是,"在1945年战争结束以后的冷战时代,以美国为首的资本主义世界和以苏联为首的社会主义世界之间划出一条严格分明的界限。……这些自行其是的国家渐渐被统称为'第三世界',以区别于西方集团的第一世界和苏联集团的第二世界"。其"经济的内涵"则指的是,"随着50年代冷战的解冻,'第三世界'一词失去其政治涵义的理论基础,逐渐被赋予经济的内涵,并用于称呼世界上那些欠发达的地区,以别于发达的资本主义第一世界和发达的社会主义第二世界"①。显然,"第三世界国家"有着特定的历史内涵,一方面它指的是那些经济落后地区和国家,另一方面这一范畴又与资本主义和社会主义的冷战冲突紧密地联系在一起。这意味着,这些国家普遍要完成独立建国和现代化的历史任务,但同时这种完成现代化的方式,可能既不是美国式的资本主义现代,也不是苏联式的社会主义现代,而需要在与国家主权所限定的地域范围内的历史传统所建立的关系基础上,形成其独特内涵。由此,"民族"问题对于这些第三世界国家而言,变成了极其重要的主体性标志。

理解1940—1970年代当代中国的复杂性,也涉及上述面向,并且需要同时包容这些面向。中国正是在第二次世界大战后才完成国家统一与民族独立,被视为战后世界体系中出现的最重要的新国家之一。尽管经历了1950年代前期向苏联的"一边倒",但是中国的社会主义实践始终有其独特的民族主义内涵。特别是1950年代后期中苏关系破裂之后,中国开始有意识地与经济落后而面临发展问题的第三世界国家建立广泛的外交关系,并提出了"自力更生"的发展道路。这

---

① [美]斯塔夫里亚诺斯:《全球分裂——第三世界的历史进程》,迟越、王红生等译,第9—10页,北京:商务印书馆,1993年。

一超越民族—国家,超越美国式与苏联式的另类发展形态,正是1960年代第三世界国家和资本主义世界的左翼知识群体,理解中国"文化大革命"的基本内涵。① 1970年代初期,为了应对美国和苏联的双重封锁,毛泽东曾提出关于"三个世界"的战略构想。② 不过,其基本内涵并不同于这里提及的"第三世界国家"。这里的"第三世界国家"首先应被理解为一种历史性的范畴,即它们是二战结束、冷战格局中的另类国家,同时,伴随着1970—1980年代全球体系的结构性转型,这些国家事实上已经不再具有"政治的内涵",而纷纷被重新纳入资本主义全球体系之中,成为名副其实的"欠发达"国家。③

某种意义上,这里借用的"第三世界国家"范畴,正是试图描述出1940—1970年代当代中国的不同面向:作为落后的欠发达国家,面临着完成工业化与现代化的强大压力;作为冷战格局中的社会主义国家,又尝试独特的发展道路,因而有着与"现代化"同样深刻的"革命"诉求;同时,还包含着作为一个并未完全沦为殖民地且有着悠久历史传统的非西方国家,在西方式现代化与革命之间,顽强地构筑自己独特的民族性主体的这一面向。这三个面向的融合及其超克,构成了1940—1970年代当代中国的独特性。理解这种复杂性和丰富性,是理解当代文学独特历史实践的前提。

三 "新人"与民族性书写的历史脉络

如果说普遍意义上的现代文学建立在"内在的人"与民族(国民)—国家的透视关系基础之上,那么应该说,在"第三世界国家"、

---

① [美]阿里夫·德里克:《世界资本主义视野下的两个文化革命》,林立伟译,香港《二十一世纪》总第37期,香港中文大学中国文化研究所,1996年。
② 毛泽东:《关于三个世界划分问题》,收入《毛泽东文集》(第8卷),第441—442页,北京:人民出版社,1999年。
③ 参见贺桂梅:《"新启蒙"知识档案——80年代中国文化研究》,第28—31页,北京:北京大学出版社,2010年。

"帝国"传统与社会主义实践这三重历史结构制约之下的当代文学,其关于个体—社会的内在想象方式,也不同于欧洲基督教神学模式。这一特点突出地表现在当代文学对"新人"的书写方式上。力图超克"内在的人"而创造出社会主义中国的"新人"(英雄人物),这一核心目标形塑了当代文学最基本的另类品性。所谓"内在的人",其实质是"国民—国家"的主体想象方式,是一种中产阶级主体的社会构造。但对作为"第三世界国家"的当代中国而言,这一均质化的中产群体毋宁仅仅指向西方式都市社会,无法包容广大的乡村社会和内陆地区。从这个意义上可以说,"新人"的塑造,不仅是社会主义革命实践的必需,也是有着地区、阶级、族群等多重内在差异性的当代中国完成现代化的必要过程,因而必然与民族文化资源的创造性转换紧密地关联在一起。

(一)"新人"构造的难题

可以说,当代文学的合法性首先建立在对现代文学的超越意识基础上。这一特点被周扬表述为"继续"和"发展"两重关系,即一方面需要继承由五四新文学运动所开辟的现代化("革命")道路,另一方面又需要抛弃五四的"形式主义",而在作家们"与工农相结合"的基础上创制出更为大众化的"工农兵"("人民")文艺。① 在反对"个人主义"而将其称为"万恶之源"②,批判抽象的"人性论"而强调"阶级性"与"党性",进而要求塑造社会主义"英雄人物"这一面向上,建立在"内心独白""心理深度""风景"等透视法则描写基础上的现代文学及其人物形态,显然是当代文学批判的对象。

但是,这种对"新人"的塑造,事实上直到"文化大革命"的"样板戏"实践中,也并不是已经解决了的问题。或许关键在于,当代文学对

---

① 周扬:《发扬"五四"文学革命的战斗传统》,《人民文学》1954年第5期。
② 周扬:《文艺战线上的一场大辩论》,《人民日报》1958年2月8日。

于"新人"的构想,事实上缺少某种社会理论的自觉,因此在超越"内在的人"的同时常常又会从另一方向落入"国家主义"的限制中。可以说,在马克思主义理论脉络上提出的"新人"问题,其实也是社会主义实践运动中的一个难题。

竹内好在阐释赵树理文学的"新颖性"时,颇具启发性地论及这一问题。他认为赵树理文学借助中国的"中世纪传统"而克服了西欧现代性,同时也超越了类型化的"人民文艺",从而塑造出了一种"新人"的书写形态。竹内好批评"人民文艺"是"从整体中将个体选择出来,按照作者的意图加以塑造这样一种具有单方面倾向的特点",从而个体性的人物不过是某种整体性阶级观念的"类型"。而赵树理文学的人物,则是"以个体就是整体这一形式出现","采取的是先选出来,再使其还原的这样一种两重性的手法"。① 竹内好的这篇文章直接针对的是1960年代日本社会流行的西欧存在主义思潮中的个人主义取向,同时在一种日本视野中强调了赵树理所借助的中国"中世纪文学传统"。这样的两个面向背后的思考框架,一方面包含了个人主义与集体主义的对立,另一方面也包含着西方与东方的对立,并将同时溢出这种二元对立框架的部分视为赵树理文学的独特性所在。不过,竹内好并没有进一步讨论这种"新人"的具体轮廓,而只是强调了这种人物形象(比如《李家庄的变迁》中的铁锁)的新颖性。这使得问题并没有得到真正的解决:那种克服了西欧式的个人主义,又暧昧地具有某种中国"中世纪文学传统"的残留物,同时还超越了人民文艺的类型化缺陷的"新人"样态到底是怎样的呢?

这也是当代文学建构面临的核心问题。《讲话》所确立的"工农兵"主体,是从阶级的政治意义上论述其合法性的。毛泽东将"人民大众"描述为"最广大的人民",即"占全人口百分之九十以上的人民,是

---

① [日]竹内好:《新颖的赵树理文学》,收入《赵树理研究资料》(乙种),黄修己编,太原:北岳文艺出版社,1985年。

工人、农民、兵士和城市小资产阶级"①。这里所依据的大众化取向，事实上也是现代民族—国家的基本特点。盖尔纳将由工业化所导致的普遍而均质的国民的出现，视为现代民族—国家的基本前提②，毛泽东从人口比例上所强调的最大多数的"人民大众"，事实上也接近这种对现代国家的理解。而且，需要意识到的是，这种从阶级角度界定的"人民"，实际上也表明共产党中国需要跨越的正是王国斌所论及的那个"结构性鸿沟"。正因为广大的内陆乡村社会，仍旧被排斥在现代民族—国家之外，才有了"社会主义革命"和构筑"工农兵文艺"的必要性（这也是毛泽东所阐释的普及与提高的辩证关系）。而考虑到所谓"工农兵"的社会主体其实是"农民"，因此也可以说，当代中国的"社会主义革命"实际上首先要完成的乃是将乡村社会转化为现代国家的构成部分，将乡村社会的农民人口转化为"人民"。特别是意识到这里的"工人"在全国人口中所占据的比例之少，而其作为"领导阶级"的意义主要表现为意识形态的先进性，因此，将新中国的政治主体描述为"工农兵"或"工农联盟"，无疑更多还是在"现代化"这一层面展开的。也就是通过将广大的"工农兵"创造为"人民"这种革命实践而完成的现代化（"新民主主义"）构想。这也是"人民—国家"的社会含义。

但是，人民—国家更重要的是其政治构想层面，即通过政治社会的能动实践，使人民广泛地参与政治事务，形成国家、人民之间的直接关联；并且，由于"人民"具有超越国家的"世界无产阶级"品性，所以，也可以同时塑造一种超越国家的国际主义世界图景。与这样的政治理想相比，"工农兵文艺"无疑缺乏更为超越性的"世界"面向。因此，1950年代初期，与向苏联"一边倒"的同时引入的"社会主义现实主

---

① 毛泽东：《在延安文艺座谈会上的讲话》，收入《毛泽东选集》（第3卷），第855页，北京：人民出版社，1991年。
② ［英］厄内斯特·盖尔纳：《民族与民族主义》，韩红译，北京：中央编译出版社，2002年。

义"创作原则,强调"艺术描写的真实性和历史具体性必须与用社会主义精神从思想上改造和教育劳动人的任务结合起来",事实上更突出了超越性的"社会主义精神"层面。这里的"社会主义"不再仅仅由"工人阶级"这一马克思主义理论所构筑的先进阶级来显示,而更表现为一种普遍的历史观念和社会形态。这也与1950年代中国纳入社会主义阵营而更强调国际主义面向是紧密相关的。这一时期文学创作所突出的"新英雄人物的典型形象"①,也与此相关。

"典型"理论强调具体人物形象的描写,必须包含对于社会整体的理论性勾勒和判断。这种理论与马克思主义的社会想象关系密切。其中,人物作为某一阶级的缩影式呈现,对应于有关社会群体关系的总体性理解。在此,人群并不是以均质的"国民"形态出现的,而是阶序性的群体结构,并经由对抗性的矛盾关系和革命运动而推动新社会的出现。不过,正如马克思主义理论作为一种"社会理论"本身存在的问题,这里构想的新人—阶级—新社会的图景毋宁说仍是含糊的。最大的问题在于,在这一图景中,一方面"国家"仅仅被设想为一种要消灭的或过渡性的对象,但另一方面,实际上"国家"又被作为"阶级统治的暴力机器",扮演着极其重要的角色。当国家完全回收了阶级斗争的内在动力时,社会主义实践就变成了一种国家(社会)主义的政治形态。② 最关键的原因在于,国际性的共产主义运动事实上是以"一国社会主义"的历史形态展开的,如果说资本主义世界体系是以民族—国家的形态出现的,那么,国际共产主义运动也并没有提供更丰富的超越民族—国家的历史经验。

1950年代后期,由于中苏论战和中苏分裂,毛泽东、周扬等基于创

---

① 参见朱寨主编:《中国当代文学思潮史》,第3章"社会主义现实主义思潮的高扬",北京:人民文学出版社,1987年。
② 相关论述参见[日]柄谷行人:《世界史的构造》,北京:中央编译出版社,2012年。另参见汪晖的《去政治化的政治、霸权的多重构成与六十年代的消逝》(《开放时代》2007年第2期)中关于"党—国"与"国—党"体制的论述。

造"中国特色的马克思主义美学"这一诉求,而将社会主义现实主义理论改造为"两结合"创作方法(革命现实主义和革命浪漫主义相结合),其实质内涵,是更突出了"理想主义"与"浪漫主义"的理念面向。江青等"文革"激进派在构造无产阶级文艺的"样板"时,则进一步提出了"三突出"的人物塑造方式。表现在中心(主要英雄)人物、英雄人物、正面人物之间的层级关系,内在于样板戏实践的各个层面;更重要的是,这种层级关系固然否定了个人主义的主体,但森严的等级秩序,又使人感觉到其与"封建主义"的暧昧关联。①

这也使得当代文学作为"社会主义中国"的文学实践,尽管存在着超越"内在的人"与"民族(国民)—国家"的诉求,但"新人"与"人民—国家"的构想始终存在含糊性和内在的紧张。借用竹内好的说法,"人民文艺"中的"新人"常常未能摆脱"类型化"(或概念化、理念化)而缺少自身的丰富性。从理论反思的层面,这事实上也是西方式马克思主义理论脉络上的"内在的人"与"国家(主义)"之间同构关系的呈现,其背后总是隐含着个人/集体之间的二元对立。也可以说,不打破个人与集体、人物个性与理念类型之间的二元思维框架,"新人"的塑造毋宁说总是处于困境之中。关键在于,建立在欧洲神学模式基础上的"内在的人"与"民族—国家"的同构,已经先在地预设了这种对立的存在。也正是在这个关节点上,基于建构"民族形式"的诉求而引入的中国历史与文化资源,某种程度上提供了突破这种框架的可能性实践。

如果并不仅仅在"封建主义"与"世界革命"的两极关系中思考问题,那么样板戏舞台上那种"中国式世界革命"的"新人"想象形态倒是有其可深入分析的地方。事实上,从"地方戏移植"到"京剧革命",从"现代戏"到"样板戏",有意味的是"京剧""地方戏"的民族性与地方性,与"样板戏"的世界性普遍性之间的辩证关系,表明这种理解

---

① 洪子诚:《浩然和浩然的作品》,《北京日报》2000年11月22日。

"民族形式"的方式,已经与之前有了很大变化。这也涉及"当代文学"建构与"民族形式"塑造之间一种极富意味的历史关系。

(二)民族性书写及其转型

可以说,"民族形式"作为重要的创作方法与理论问题,主要存在于1940—1960年这个时段。从1960年代中期特别是"文化大革命"开始,民族性问题被激进的超民族的世界革命诉求所取代。这固然因为中国主体性的建构,已经摆脱了与苏联社会主义之间的地缘政治考量,而被置于第三世界国家的"世界革命"视野中,所以此时所构造的革命想象便要求具有普遍的世界性品质。不过,由此凸显出来的有关民族主体性书写的历史症候仍是值得关注的。

如前所述,于1930—1940年代之交开始提出的"民族形式"问题,既与抗日战争的民族解放诉求和国际共运中的地缘政治相关,也与当代中国作为内陆国家的"结构性鸿沟"的内在分化相关,因此,有关"民族形式"的建构总是与传统中国乡村社会的书写和改造紧密关联。事实上,与"民族形式"问题相关的民间形式、旧形式、地方形式和方言土语等,都是在中央与地方、传统与现代、普遍性与特殊性等民族—国家的内部视野中展开。这一文学问题所呈现的当代中国社会关系,乃是城乡二元结构。在此,旧形式、民间形式与地方形式都是当代中国通过重构在地性的文化因素和历史传统,而完成"现代化"的合法性形式。民族性书写与反封建诉求之间的紧张关系,就是在不断地凸显这一面向。

但是,与一般第三世界国家处理传统与现代之间的关系不同,1940—1960年代中国的"民族形式"建构还包含着另外的实践面向。霍布斯鲍姆曾将现代社会对民族传统的调用,称为"被发明的传统"。这种传统"意味着一整套通常由已被公开或私下接受的规则所控制的实践活动,具有一种仪式或象征特性,试图通过重复来灌输一定的价值和行为规范,而且必然暗含与过去的连续性"①。也就是说,在现代社会中出现的传统仪式或行为规范等,常常具有"被发明"的"人为"特性。出于民族主义政治的需要而从民族—国家的主观视野出发所构筑的民族传统,就更被视为这种发明的典范。不过,正如霍布斯鲍姆同时区分了"传统"与"习俗""惯例"间的差别,需要意识到并非所有的"传统"都完全是现代的人为构造物,而可能存在在长时段历史中、由稳定的生活与文化实践保留下来的活的"习俗""惯例"、文化认同和情感结构。对于理解1940—1970年代中国的现代化实践而言,这种意识尤其必要。这一方面因为共产党中国所继承的内陆中国有着漫长的"帝国"或"王朝国家"历史,其"乡土中国"的历史与文化特性并不会在一夜之间改变,另一方面,即便到1970年代,当代中国也很难被称为一个典型的现代民族—国家,而仍旧保留着诸多"帝国"的差异性因素。

最突出的表现是,当代中国对乡村社会的社会主义改造,并不完全是一个自上而下的强制性过程,而努力地将源自传统乡村社会的自发诉求包容其中,因而其政治动员结构中,始终保留了经由"群众""自下而上"地参与其中的(非)政治制度空间。在文学书写中,表现农村合作化运动历史的小说,如赵树理的《三里湾》、柳青的《创业史》及浩然的《艳阳天》等,表现革命历史的小说如《红旗谱》等,都特别会突出小说的"新人"或"主要英雄人物"是乡村社会的当地人:他们充当着乡村社会与国家体制、"下"与"上"之间的中介人角色。更重要的是,在这些小说中,"新人"常常并不总是占据小说的中心位置,不是像现代小说那样作为构筑文学世界的意义支点,相反,这些小说的真正主人公常常是一个空间(村或镇)。人物并不是这一空间的中心主体,毋宁乃是这个空间的结构性因素与力量的呈现。这一方面表

---

① [英]E.霍布斯鲍姆、T.兰格:《传统的发明》,顾杭、庞冠群译,第2页,南京:译林出版社,2004年。

明,这种当代小说事实上不同于将其叙事支点建立在"内在的人"的透视法则基础上的现代小说,另一方面,主人公超越个人主义的主体形象,也并非可以完全用社会主义的"阶级"理论来涵盖。

值得分析的是,这样一种空间—主体的书写模式,关于人物主体性内涵及乡村社会人际关系的描写,事实上潜在地吻合于传统中国"礼仪社会"的构想。其中,个体并非是以纵向的欧洲神学模式的方式建立起其社会关联。有学者强调这里建立的,是在横向的身—家—国—天下与纵向的乡民—绅权—皇权的关系结构中确立的一种"圈"式主体,并认为这正是一种基于"礼仪"的独特的中国社会理论的呈现。① 尽管这一说法仍有可商榷之处,但是,关键在于,并非建立于基督教神学传统基础之上的中国社会,有其独特的处理个体与社会、主体与国家的想象形态。如果不是如同现代文学体制那样,将这种社会传统斥之为"封建"而予以摈弃,那么,在民族合法性建构过程中被调用的那种仍旧存活于乡土中国及"民间社会"中的社会想象与人伦安排,到底是怎样的呢?这显然也构成了"民族形式"书写的内容之一种。事实上,同样是书写乡村社会的民族形式,赵树理、周立波、梁斌、柳青、浩然等都各自形成了不同的描述形态,其中交织着现代文学体制的透视法则与乡村社会"活"的传统之间的紧张关系。

更有意味的是,常常被视为完全现代性(西方式)的"社会主义"与"世界革命"的想象,某种程度上也与"帝国"历史传统自身的丰富性关联在一起。比如,日本学者沟口雄三反复论证,共产党中国的乡村合作化运动,实际上是经由"井田制"而形成的"公的传统"在当代中国的复活。② 而共产党领导的土地革命、土地改革以及社会主义改

---

① 王铭铭:《中国之现代,或"社会"观念的衰落》,收入《经验与心态:历史、世界想象与社会》,第157页。
② [日]沟口雄三:《中国的历史脉动》,乔志航、龚颖等译,北京:三联书店,2014年;《中国的冲击》,王瑞根译,北京:三联书店,2011年;《中国的公与私·公私》,郑静译,北京:三联书店,2011年。

造运动，确实与中国乡村社会的"耕者有其田""大同"等传统形成了密切的意义交涉关系。

特别是，传统中国并非一个西欧式的民族—国家，而是一个内在地包含着差异性和非均质性空间样态的独特国家形态。在国家内部，这不仅指不同地域及其文化传统之间的差异，也指皇权国家与乡村社会之间的不同治理形态。当代中国所呈现的城乡二元分治结构，从现代化的层面可以被视为需要弥合的"结构性鸿沟"，而从具体实践层面，则存在着由乡村自治性社会空间发展出某种超越国家主义的现代性实践的可能性（这一特点更明显地表现在赵树理文学中）。从国家外部关系的角度，"帝国"本身即是一种超民族—国家的形态，它在身—家—国—天下之间建立的差序格局，使得一种超越国家的想象（"天下"）成为可能。这一特点，与"社会主义国家"在独特性的"国家"与普遍性的"社会主义"之间形成的复杂关系，具有一定的可比性。也许可以说，在以"天下主义"（"文化主义"）作为其内在统治逻辑的"帝国"传统，与由"民族主义"意识形态圈定的民族—国家构成的现代资本主义世界体系，和以"社会主义"为统合性意识形态形成的"世界革命"想象之间，显然可以看到"天下主义"与"社会主义"的某种相似性。[①]

样板戏舞台上的"世界革命"想象，在地方性（民族性）与世界性（普遍性）的关系理解上，呈现出一种不同于资本主义民族—国家体系的特点，而可以说是以"天下主义"的方式重新构造了社会主义革命的普遍性。关键在于，革命与世界的普遍性，总是以中国式"民族形式"为基础（如京剧、地方戏等），并力图在地方—民族—世界之间建立一种同一性关系原则。显然，如何理解这种新的辩证关系结构的独特内涵是值得深入的话题，简单地用"世界主义"（国际主义）或

[①] 中国学者如甘阳（《中国道路：30年与60年》）、强世功（《中国香港：政治与文化的视野》）等，从儒家文化传统出发将中国社会主义称为"儒家社会主义"。

"(新)华夏中心主义"来概括,都有可商榷之处。

从民族性书写角度对当代文学历史发展脉络的考察,特别值得注意的是1960年代初期"民族形式"建构的转型。某种意义上可以说,这一时期当代文学的"两条路线斗争",实则也包含了"复古主义"(姑且如此称呼)与"中国特色的社会主义"的内在冲突。从粗浅的观察角度看,1960年代前期事实上存在着某种文学"复古"的热潮。此处所说的"复古"指对中国古典文化资源的重新调用,即重新在当代问题与古典中国资源之间建立的特殊关系。这不仅指历史小说(黄秋耘、陈翔鹤、冯至等)的兴盛,特别是历史剧的热潮(《海瑞罢官》等)和戏剧中心化趋向(现代戏汇演、地方戏移植和京剧革命),也包括散文的古典化风格(如杨朔、秦牧等)和《燕山夜话》《三家村札记》等杂文对古典知识的重新阐释,更包括毛泽东将"民歌"和"古典"指认为新诗的"两条出路"而对60年代新诗写作的普遍影响。这一现象常被解释为历史"影射"论或新诗的形式主义等。不过,很大程度上,这也可以说是中苏分裂之后关于如何构造"中国特色"的不同理解。无论怎样,"文化大革命"以对"鬼戏"和一部"清官"历史剧的批判作为开端,并且以京剧这一中国戏剧作为主要文艺实践形态,这一现象本身就是值得分析的。特别是后来的评法批儒、"批林批孔"、批《水浒》等,更表明"文化大革命"在如何理解中国性与社会主义革命的世界性上的暧昧特征。这种当代中国与帝国历史之间重新建立的历史关系,简单地用"反传统"或"封建主义复辟"并不足以解释其复杂性。

1960年代后中国社会与文化实践的激进化,是以中国经验的普遍化和世界化作为基本趋向的,从而使得"民族形式"问题表现出新的形态。在这里,中国与世界的新关系同时表明的是中国自身所发生的变化。一方面从国家内部可以说,伴随着人民公社的建立,对乡村社会的现代化组织已经完成,当代中国此时实际上已完成了现代国家的内部组织,"结构性鸿沟"已经弥合或以保留"结构性差异"的方式将其转化到国家内部构成中;另一方面从国家外部关系来说,摆脱与前苏联式社会主义的依附性关系，挣脱美国冷战的封锁，通过与第三世界国家的联盟，建立起一种新的超民族—国家的"世界"关系形态，就成为当时中国的某种必然诉求。可以说，1960—1970年代当代文学的转型有着其内在的结构性历史动力。更值得一说的是，这种普遍化的诉求显示出的，是当代中国寻求世界市场的内在需要。这在某种程度上也预示了1970—1980年代转型的发生。

结语　1970—80年代转型与"历史的反复"

1970—1980年代当代中国的转型塑造了"新时期"，也造就了当代文学的悖论和危机。这是当代中国和当代文学自身的调整，也是全球体系结构性转变的结果。

这一时期中国社会转型的结构性推动力，源自全球性国家关系体系的变化。这首先指构成"革命的60年代"①主体的第三世界国家阵营的瓦解，这些国家大都重新被纳入资本主义体系而形成依附性的政治经济关系。很大程度上，这也是中国"文化大革命"试图构筑的"世界革命"图景的崩解②；就社会主义国家阵营而言，"改革"也成为主要的内容；同时，资本主义的全球市场也完成了自身的转型，即以美国为代表的资本主义国家结束战后的"黄金时代"而遭遇1970年代的金融与能源危机，并转化出一种新型的资本主义形态即"灵活累积"的全球流动的跨国资本主义；这种新资本主义内在地需要更大的全球市场，因而也与作为资本主义体系之外的最大新兴国家的中国，形成了一种新的关系形态。③ 从这样一种全球性社会—历史视野来看，中国

---

① ［美］弗雷德里克·詹姆逊：《60年代断代》，收入《六十年代》，王逢振等编译，天津社会科学院出版社，2000年。
② 相关分析参见［美］阿里夫·德里克：《世界资本主义视野下的两个文化革命》，林立伟译。
③ 相关分析参见贺桂梅：《"新启蒙"知识档案——80年代中国文化研究》，第22—31页。

进入(也被接受进入)昔日的资本主义国家体系(准确地说是美日主导的"太平洋经济体系")是一件迟早的事情。如果说1960—1970年代的中国通过与第三世界国家的结盟而创造了一个"革命新世界"的话,那么此时的"世界"则亦新亦旧:它是民族国家构成的昔日资本主义世界,也是现代化范式大获全胜的今日"地球村"。

更大的推动力来自中国社会内部。一方面这指的是"文化大革命"在中国社会内部造就的危机和困境,另一方面还指中国社会性质的变化。如果说"文革"的发生,某种程度上意味着当代中国作为现代国家及其工业体系构造的完成,那么,很清楚地,"新时期"的发生同时伴随着中国社会的重心开始从农村向城市转移。相当有意味的是,如果说1930—1940年代"民族形式"问题的提出,是中国知识界从城市被迫进入乡村的流动,并且这一流向因为冷战结构的加固而并没有在1949年后得到根本的改变,乡村社会改造仍然是主要的社会问题,作家们的"根据地"仍旧是农村的话,那么,1970—1980年代的转型则伴随着同样的知识群体的流动,但流动的方向却截然相反:大批在"文革"中受到批判的官员和知识分子得到"平反"而重新进入城市,"上山下乡"运动中进入农村的大批知识青年也于此时重新回到城市。

这种人群的结构性流动并非毫无意义。如同傅高义所指出的,邓小平时代的改革对于中国的最大历史意义在于:中国从一个农业国家转变为了"城市国家"。① 也就是说,1970—1980年代之交开始的中国社会转型,不仅包含着政治、经济与文化层面上的变化,也是中国社会性质的转变。这就是从一个第三世界性质的农业国家,转变成了一个更具普遍现代性特征的城市国家。同时伴随的,是当代中国从"内陆国家"向"海洋世界"的开放。从经济特区的建立,到东部沿海城市的发展,可以说,1980年代以来的当代中国某种程度上又回归到19至20世纪之交五四时代的那个全球格局。不过,根本性的变化在于,此

---

① [美]傅高义:《邓小平时代》,冯克利译,北京:三联书店,2013年。

时的中国内陆乡村,不再滞留于传统"帝国"的生存状态,经历毛泽东时代的社会主义与现代化改造之后,它们已经成为了东部沿海城市推进和发展现代化的强大"腹地"(或中国内部的"第三世界")。

中国社会的转变,从不同层面影响了当代文学书写体制。一方面,作家们的地域构成、知识结构与体制性存在方式(包括作协、文联的重建,也包括文学传播体制、教育体制等的专业化与精英化),与毛泽东时代"走向农村"以完成乡村社会现代化改造的实践方式,有着根本性的不同。毋宁说,作家们的存在方式再度回复到了五四新文学体制的专业化、科层化面向上来。另一方面,文学的受众及传播、流通体制,与城市社会形成了紧密关系。文学书写的主要题材和内容,也开始关注知识分子、市民等阶层(至90年代之后,他们成为中国中产阶级的主要构成)。更关键的是,文学书写所塑造的主体,不再是"工农兵"或"人民",毋宁正是建立"人性""人道主义""文学性"等话语基础上的"内在的人"。批判性"新人"视野的消失,是革命话语消失的必然结果,是城市化浪潮的内在驱动,也是中国认同方式发生基本变化的结果。

"新时期"中国已然脱离了那种第三世界国家的现代化建国、社会主义革命与帝国文化传统紧密纠缠的历史结构,似乎真正进入到了"地球村"之中。在这个现代世界里,民族—国家成为了唯一、也似乎天经地义的政治合法性认同单位,有关现代性的理解标准是统一的而不再有丰富性与差异性。以革命的方式完成现代化的社会主义中国,在这个世界中并非合格成员,毋宁再次确认了自己作为"落后"的"欠发达国家"的特性。民族主义从来就是置身普遍性世界结构而返身建构内部特殊性的一种话语装置,正是两个世界(毛泽东时代的第三世界和新时期的"地球村")的巨大落差,使得一种新的民族主义再次在中国勃发出来。此时的作家们,不再努力从乡村社会去挖掘"民族形式"的现代性,或将民族性传统转化为世界革命的普遍表述,而是站在城市现代性这一边,将所看到的民族传统指认为"落后"与"封建",同时又焦虑地从中发现了自我那并不光彩的"根"。基于这一充满张力的主观视野,传统中国与乡村社会成为真正的"他者",与现代化诉求一体两面的"寻根"冲动,也由此而发生①。

在这样的历史结构中,"当代文学"某种意义上再度成为了"现代文学",其文学体制与"内在的人"、民族—国家构想,是真正的三位一体。在这一点上,没有什么比"五四的复归"更能体现出"新时期"的自我意识和历史诉求。这是真正意义上的"历史的反复"②。它是"短促的20世纪"这一世界史结构的投影,也是后革命时代中国意识形态修辞术之一种。这一"反复"过程所遗漏的,是当代中国和文学在超克五四现代性过程中创造的独特历史经验,以及在如何理解中国主体性这一根本问题上的"视差之见"。

(《文艺争鸣》2015年第9期)

---

① 具体阐述可参见贺桂梅:《"新启蒙"知识档案——80年代文化研究》,第3章 "'跨越文化断裂带'——'寻根'思潮",第164—219页。
② [日]柄谷行人:《历史与反复》,王成译,北京:中央编译出版社,2011年。

40—60年代革命通俗小说的叙事分析

在50—70年代的"当代文学"中,革命历史题材小说,与农村题材小说一起被视为创作数量最多,并且"达到的艺术水平"也最高的两类作品之一。① 由于其在当代文学建构中占据的重要位置,所以50年代迄今,相关的研究成果极为丰富。其中,有两个关键问题得到反复讨论,一是"革命历史"叙述与当代中国合法性建构的关系,另一即是这类小说大都采取的"通俗化"叙事形态,作为一种"有意味的形式"的历史内涵。

对于后一问题,许多研究或许过分关注其"意识形态"意味,而对"形式"本身的历史性构成分析不够。因此,常常笼统地将"革命历史小说"视为一个内在差异不大的整体性存在,较少勾勒其形成、变异与转化的历史轨迹。对"通俗化"形式本身,也缺乏足够的细致辨析,它常常是"民间""乡村伦理""传统"或"隐形结构""无意识"等的化身,而这一形式的内在差异,比如英雄传奇与历史演义,比如英雄说部与武侠小说的分别等,及其如何被革命文学接纳,则较少展开历史分析。即便关于"革命历史"的具体指涉内涵,相关的理解也较为粗糙。比如很少有研究注意到,这类小说所讲述的"革命历史",固然包含了中国共产党革命历史的不同时段,但主要集中于抗日战争和国共内战。尤有意味的是,除少数例外,那些被视为具有"传奇色彩""通俗化形式"

---

① 洪子诚:《中国当代文学史》,第84页,北京:北京大学出版社,1999年。

的小说,基本上都是抗日战争题材的作品;而那些"史诗性"的作品,则经常与国共内战的历史直接相关。

类似的问题经常被统摄于传统/现代的分析模式中加以讨论,其关键在如何理解革命中国及其文学的性质,它是否"现代",其内涵如何界定,特别是与古典中国/文学的关系到底怎样?1980年代的"新启蒙"思潮将其指认为"古典文艺"或"封建文艺",强调其前现代性;①1990年代后的"再解读"研究提出"反现代的现代性",凸显其现代内涵,②背后都涉及这一问题。本文将以革命通俗小说为媒介,力图更深入具体地重新探讨相关问题。

一 "革命历史""通俗化"叙述与"民族风格"

论及革命历史题材小说的"通俗化"问题时,评论家与研究者大致涉及如下作品:柯蓝的《洋铁桶的故事》(1944)、马烽、西戎的《吕梁英雄传》(1945)、孔厥、袁静的《新儿女英雄传》(1949)、知侠的《铁道游击队》(1954)、曲波的《林海雪原》(1957)、刘流的《烈火金钢》(1958)、冯志的《敌后武工队》(1958)、李英儒的《野火春风斗古城》(1959)等。

将这些小说视为一种"类型"而展开的讨论,始于1957年《林海雪原》的出版。这部小说由作家出版社出版后,很快便在《文学研究》《文艺报》《人民文学》《解放军文艺》等刊物上出现了多篇评论文章。③侯金镜提出,新中国文坛出现了两种类型的"描写新英雄人物"的作品,一种是"在思想内容和艺术创造上都获得了一定成就的作品",如《万水千山》《保卫延安》等;另一种则是"虽然思想性的深刻程

---

① 李泽厚:《中国现代思想史论》,北京:东方出版社,1987年。
② 唐小兵编:《再解读——大众文艺与意识形态》(增订版),北京:北京大学出版社,2007年。
③ 作家出版社编辑部1958年7月将论文结集为《〈林海雪原〉评介》出版。

度尚不足、人物的性格有些单薄、不成熟,但是因为它们具有民族风格的某些特点,故事性强并且有吸引力,语言通俗、群众化,极少知识分子或翻译作品式的洋腔调,又能生动准确地描绘出人民斗争生活的面貌(如《铁道游击队》《新儿女英雄传》等)"。《林海雪原》就属于这后一类作品。① 何其芳也特别强调这部小说借鉴了中国古典小说的艺术特点,表现革命斗争的"传奇色彩的情节"和这种"民族形式结合得好",因此拥有"广泛的读者"。② 王燎荧则判断《林海雪原》"比普通的英雄传奇故事要有更多的现实性,直接来源于现实的革命斗争",同时又"比一般的反映革命斗争的小说更富于传奇性",他认为这是"一种特殊类型的小说",称之为"革命英雄传奇"。③

这些评论关注《林海雪原》的三个要点:一是小说借鉴了中国古典小说的传统和资源,特别是如作者曲波提及的"三国""水浒""说岳全传"④等。由此导致其文本叙事上的特点,是故事性强、情节完整、人物特点突出、语言通俗易懂。这些特点往往被描述为"民族形式""民族风格"。二是这种叙事特点,也造就了小说的缺点,即"思想性不深刻",人物性格"单薄""不成熟"。所以,相对于"思想性"与"艺术性"更强的作品,它们无疑处在"次一等"的位置上。当时的评论文章,一边为这部小说大声叫好,但一边也有人指出它人物描写(如少剑波的个人主义)、情节构成(如少剑波与白茹的爱情描写)以及在表现"人民"方面的不足。三是这种小说的最大优点,在于拥有广泛的读者群,具有很强的普及性。它"可以替代某些曾经很流行然而思想内容并不

---

① 侯金镜:《一部引人入胜的长篇小说——读〈林海雪原〉》,《文艺报》1958年第3期。
② 何其芳:《谈〈林海雪原〉》,《文学研究》1958年第2期。
③ 王燎荧:《我的印象和感想》,《文学研究》1958年第2期。
④ 曲波:《关于〈林海雪原〉》,《北京日报》1957年11月9日。

好的旧小说"①,"深入到许多文学作品不能深入到的读者层去"②。

《林海雪原》之后,1958年出版了好几部类似的作品,如中国青年出版社的《烈火金钢》(9月)、解放军文艺出版社的《敌后武工队》(11月)、作家出版社的《野火春风斗古城》(12月)等。这些小说在讲述革命历史时,均借鉴了中国古典小说的叙事传统,注重故事性和人物的传奇色彩。特别是《烈火金钢》出版后,引起了新一轮关于小说"民族形式"的颇为热烈的讨论。与《林海雪原》的"传奇色彩"比起来,《烈火金钢》的"民族风格"更直接地与一种独特的叙事文体即新评书体联系在一起,这也使相关讨论能更深入到小说结构、叙述章法等层面去。这些评论文章大多发表在《人民文学》《文艺报》《文学知识》等重要刊物上,因此可以将之视为与当时文学界有意识地发起关于《林海雪原》的讨论一样,是对文学普及问题与民族形式建构问题的进一步推进。

著名评论家侯金镜以"依而"为笔名发表的评论文章③,首先从一份读者调查报告说起。如同曲波在创作谈中将文学作品分为两类并且褒贬鲜明④,调查报告也提及读者更容易被《水浒传》《三里湾》《林海雪原》这类小说吸引,而对《死魂灵》《子夜》《山乡巨变》《百炼成钢》等则印象不深;进而概括出长篇小说创作的几条要求,诸如故事有头有尾、情节曲折、用行动来描写人物、语言通俗明快、叙述人的介入等,其典范则是中国古典小说中的"英雄的说部",如"《水浒》、《三国》以及《说岳全传》"。侯金镜认为这份调查表提出的是一个重要问

---

① 何其芳:《谈"林海雪原"》,《文学研究》1958年第2期。
② 侯金镜:《一部引人入胜的长篇小说——读"林海雪原"》,《文艺报》1958年第3期。
③ 依而:《小说的民族形式、评书和〈烈火金钢〉》,《人民文学》1958年第12期。
④ 曲波在《关于"林海雪原"》一文中,把读过的作品分为两类:一类是"钢铁是怎样炼成的""日日夜夜""恐惧与无畏""远离莫斯科的地方",另一类是"三国""水浒""说岳全传"。前者是不能"讲"的,而后者则"像评词一样的讲出来,甚至最好的章节我可以背诵"。

题,即"文学和人民群众的关系问题,普及与提高在创作实践当中的一个文学形式的问题"。与这一理论性问题相关的社会文化现象则是,"我们从五四以来虽然产生了许多好小说,但是在茶肆、曲艺厅、农村、厂矿里,讲述中国古典小说的评书仍然始终不衰,甚至占有相当优势"。某种程度上,《烈火金钢》的成功也印证了这种现象的存在。小说出版后不久,著名评书艺人袁阔成①播讲的同名评书即在广播电台播出。有回忆文章这样写道:"1958年……不论大街小巷,或是穷乡僻壤,凡有收音机或大喇叭的地方,平头百姓都尖着耳朵听'肖飞买药'。"②

在这样的评论视野中,有意味的问题不仅在小说的"民族形式"与五四式的新(西方)文艺传统之间的某种对立,更在一个特殊社会/文化群体的凸显,即中国古典小说传统滋养的读者群,和他们在当代文学中所处的暧昧位置。一方面,他们代表着"人民群众","不积极地从民族风格方面去努力,就不能使新小说在劳动人民中大量普及并且生根";但另一方面,他们所习惯的文化传统与文学趣味又具有某种暧昧性,而使得在"普及"的同时也需要"提高",既要"适合他们的欣赏口味"又"能够教育他们"。"民族形式""民族风格"问题,紧密地关联着这个暧昧的"人民群众"/"读者"群体。

蔡翔在论及这一问题时曾提出,正因为"'群众'这个概念被有力地'嵌入'到当代文学的结构之中",才导致了"当代文学的通俗化倾向"。但是,"群众"这一政治性概念和"读者"这一文学性概念之间的关系是颇为复杂的,"'读者'既来自政治的合法性支持,同时,也有着自身的某种传统"。蔡翔在这里引入了本尼迪克特·安德森的民族主义理论:"某些传统文艺形式——这一形式包括古典文学、民间说书、

---

① 袁阔成(1929—2015)在1950—1960年代播讲的十大评书分别为:《水浒外传》《东周列国—商鞅变法》《薛刚反唐》《林海雪原》《三国演义》《烈火金钢》《西楚霸王》《敌后武工队》《吕梁英雄传》《封神演义》。

② 参见王立道:《烛照篇——黄伊和当代作家》,西宁:青海人民出版社,1995年。

曲艺、甚至口头故事,等等——的传播过程,已经构成了中国下层社会(乡村和城市)庞大的'读者'群落,这一群落或许可以被称为某种'想象的文化共同体'",安德森的理论正是指认出了这个"文化共同体"与现代民族—国家的紧密关系。① 不过,安德森虽然指出了现代民族认同与传统王朝国家、宗教共同体的瓦解及印刷资本主义之间的密切关系,但他并没有具体讨论,在现代的"想象的共同体"构造的过程中,传统的"共同体"记忆如何发挥作用。论及这一点,其实涉及的是中国民族认同的独特性。区别于一般民族主义理论所依据的西欧式民族国家,中国作为一个"在20世纪以前是农耕帝国后来却将它的政治凝聚性保持到了20世纪末的国家"②,现代中国民族认同的建构有其独特的历史经验。特别是帝国时代的共同体经验与记忆,和现代国家认同之间,有着既连续又变异的复杂关系。很大程度上应该说,当代文学"民族形式""民族风格"问题的暧昧处境,作为"读者"的文学趣味与作为"人民群众"的政治身份之间的落差,都与这一问题密切相关。因为"读者"的欣赏趣味关联着帝国时代的文学传统和阅读经验,而"人民群众"无疑是一种现代构造。

中国古典小说资源及其塑造的文本叙事方式,经由无数已经内化并习惯这种文化趣味的"读者"/"人民群众"而延伸至当代中国的现实中。产生问题的原因是,这种传统美学形式和趣味固然可以被称为"民族形式""民族风格",但仅仅有这样的形式与风格却不足以使文学成为"中国的"(特别不是"革命的"),因为这里所谓"中国"固然与古典中国文化记忆相关,但更是一项"现代的发明"。因此需要追问的是,古典中国的文化共同体记忆(文学形态及审美惯习、欣赏趣味),

---

① 蔡翔:《革命/叙述:中国社会主义文学—文化想象(1949—1966)》,第194—196页,北京:北京大学出版社,2010年。
② [美]王国斌:《两种类型的民族,什么类型的政体?》,收入[加]卜正民、[加]施恩德编的《民族的构建:亚洲精英及其民族身份认同》,陈城等译,第129页,长春:吉林出版集团有限责任公司,2008年。

与革命中国的关系到底是怎样的?

事实上,关于中国传统/古典文学资源的位置,当代文学的主流建构者并非没有规划。1954年中国作家协会讨论并公布了一份"文艺工作者学习政治理论和古典文学的参考书目"①,其中的三大构成部分,一是马恩列斯等"理论著作",二是19世纪西欧与俄罗斯文学及苏联作品,三是中国古典文学名著。这也可以看作当代作家需要吸纳的三种资源。与曲波及刘流等明确地倾向于"三国、水浒、说岳全传"等中国古典文学以求能接近"民族风格"不同,被认为在"思想性与艺术性上更高"的《红旗谱》的作者梁斌,则这样写道:"开始长篇创作的时候,我熟读了毛主席的《在延安文艺座谈会上的讲话》,仔细研究了几部中国古典文学,重新读了十月革命后的苏联革命文学。"②显然,如若要关注同样是叙述革命历史,为何《红旗谱》表现出比《林海雪原》等更高的"现代性",或许关键便在文学资源的借鉴上,前者更多地吸纳西欧现代文学传统的缘故。从这样的角度来看,围绕"通俗化""民族风格"与"民族形式"问题,而对中国古典文学传统的肯定与倚重,事实上并不是一个简单的作家"素养"问题,而涉及当代文学创作应当吸纳怎样的文学资源,才能创造出更好的"人民文学"这样的根本性理论问题。

强调应当更多地借鉴中国古典文学传统而凸显"民族风格"的小说观念,显然并不是《林海雪原》《烈火金钢》等出现的1950年代后期才有的。当时,对这类小说的讨论,关联着特定历史语境下对当代文学"民族化"问题的理解,特别是与"大跃进"前后提出的新一轮文艺大众化路线有密切的关系。不过值得注意的是,正是在这次讨论中,这种小说形态才得到了理论性的命名,并且以此为契机,这类小说在当代的历史流脉,也得到了明确指认。侯金镜、王燎荧在评论《林海雪

---

① 刊载于《文艺学习》1954年第5期。
② 梁斌:《我怎样创作了〈红旗谱〉》,《文艺月报》1958年第5期。

原》时,已将之作为某种"类型"来看待;在评论《烈火金钢》时,侯金镜进一步认为相关的"有成效的努力",已经构成了当代文学的一个创作脉络。他提及的作品,除了赵树理之外,还有《吕梁英雄传》《林海雪原》《铁道游击队》《新儿女英雄传》。当这些于不同时间出现的作品被视为同一种"类型"时,"革命通俗小说"的命名事实上已经呼之欲出了。

在这一作品序列中,《铁道游击队》占有特殊的位置。这部作品出版的1954年,评论文章在肯定其"强烈的故事性""朴质的作风"①"生活内容的'新鲜别致'"与"惊险的战斗"②的同时,主要关注它所表现的革命斗争的真实性与历史意义,并对人物性格刻画的"简单化"和敌人描写的"漫画化"提出批评。可以看出,这一时期批评话语关注的重心是现实主义问题,"民族形式"问题似乎并不那么重要。这也使小说出版后的"畅销"与它在批评界的"冷淡"形成某种对比。

从文学史的视野来看,《铁道游击队》在当代文学"民族形式"的讨论话题中,具有承前启后的性质,既是"滞后"的作品,也是"超前"的作品。说其"滞后",是相对于1940年代出现的具有同类文本特征的作品,如《洋铁桶的故事》《吕梁英雄传》《新儿女英雄传》;说其"超前",则是相对于1950年代后期出现的《林海雪原》《烈火金钢》《敌后武工队》等。文本形态上,《铁道游击队》更接近于1950年代后期的作品:讲述对象为一支小型非正规的武装力量,情节富于传奇色彩,人物性格鲜明,更具有"英雄传奇"的文体特点;而从创作过程来看,更接近1940年代的三部新章回体小说:为现实生活中真实存在的战斗英雄立传,相对更注重英雄人物的对敌斗争故事的全过程及其斗争经验。这两个时期的两种文本特色,被蔡翔概括为从"英雄"到"传奇"、从"真实"到"浪漫"、从"凡"到"奇"的变化。③ 事实上,1940年代三部以"英雄"为名的新章回体小说,与1950年代以"……队"为主体的

---

① 招明:《评〈铁道游击队〉》,《文艺月报》1954年5月。
② 吕哲:《读〈铁道游击队〉》,《文艺月报》1954年第16号。
③ 蔡翔:《革命/叙述:中国社会主义文学—文化想象(1949—1966)》,第168页。

传奇小说,还存在着许多差别,比如前者主要是从以"事件"为主体的英雄报道转化而来,并都曾在报刊上连载,因此其章回体形式与报刊传媒紧密相连;后者主要是以英雄群体人物为主、带有"回忆"和自传性质的写作,并且缺少报刊连载这一环节而直接以书的形式出版。这些因素在影响作品的"真实"与"浪漫"、"凡"与"奇"的具体想象方式方面,都产生了直接影响。

不过,尽管存在着这样时间上的变异过程,但两者仍旧有着更大的共同点,即借鉴古典文学资源以构造通俗形式和"民族风格"。如果说在当代文学建构过程中,存在着从1940年代的《吕梁英雄传》等到1950年代后期的《烈火金钢》等这样一个"革命通俗小说"的创作脉络,那么革命叙述与古典通俗小说因何、如何发生勾连的具体历史情境,就格外值得关注。正是在具体的历史情境中"散布"着的诸种话语要素的耦合,导致了"当代文学"的出现,而并非仅仅是毛泽东的一篇《讲话》便决定了当代文学的方向,毋宁说,《讲话》恰恰是诸要素耦合而成的"新话语"出现的标志。历史研究的深入不是去追溯这一话语的"起源",而是去探究"一切已经过去的事件"如何"保持在它们特有的散布状态上"①。这也就意味着,需要去考察在何种历史情境中,古典小说传统与革命话语以何种方式发生了关联,耦合的诸要素发生了怎样具体的意义交涉。

二 "旧形式"与"民族形式"、"老中国"与"新中国"

在探讨革命通俗小说时,人们常常会有意无意地忽略,这里所谓的"通俗小说"并非现代的"通俗文学",而是真正意义上的"旧小说",即近代之前的产物。这也就意味着,作为革命中国"当代文学"构成部

---

① [法]米歇尔·福柯:《尼采·谱系学·历史学》,收入汪民安、陈永国编:《尼采的幽灵——西方后现代语境中的尼采》,第121页,北京:社会科学文献出版社,2001年。

分的"革命历史小说",其所借鉴的通俗小说传统并不是现代文学中的通俗文学,而是前现代中国的小说传统。因此首先要问的问题是,在怎样的历史情境下,革命历史的书写需要"调用"古典文学传统,或者说,古典传统如何进入到"当代文学"建构者的视野中?

洪子诚曾注意到,"言情、侠义、侦探等的通俗小说,是近代都市的文化产物。它们主要以城市中具有初步阅读能力的市民阶层为对象,在阅读上具有消遣、娱乐的'消费性'",但这种新型的通俗小说往往被五四新文学作家看作"封建性和买办性文化的体现而受到排斥"。因此,他将"革命通俗小说"的出现,视为左翼文学大众化实践的一种"替代"性的产物。① 李杨也提到,从晚清开始的中国文学现代性的建构中,通俗文学一直作为新文学的"他者"而存在,特别是五四新文化运动对古典文言文学与晚清通俗小说的激进批判。② 不过,在五四时期,尽管存在如李杨提到的周作人对《西游记》《水浒传》《封神传》等作为"迷信的鬼神书类"的批判,但新文化运动倡导者对中国古典文学传统的态度事实上并不统一。"白话文运动"的倡导中,一直存在着对传统文学"文白雅俗"的辨析,因而通俗的古典白话文学与现代的新文学之间形成了独特而紧密的关系,新文学的倡导者正是通过《白话文学史》(胡适,1928年)与《中国新文学的源流》(周作人,1932年)这样的学术著作,力图从传统中国历史中为新文学寻求合法性。这也就意味着,即便是以"激进地反传统"而著称的新文学,其对中国文学传统的态度也并非一致。毋宁说,在打倒"野蛮的传统"与"再造文明"之间,始终存在着内在的紧张。事实上,比起现代性的晚清通俗文学,新文学与古典白话通俗文学的关系似更亲密,只是在"反封建"和吸取"民族文化精华"之间的分寸不好把握而已。比如,与周作人对《水浒传》等的激进否定态度不同,胡适在《白话文学史》及古典文学

---

① 洪子诚:《中国当代文学史》,第125、128页。
② 李杨:《50—70年代中国文学经典再解读》,第2—3页,济南:山东教育出版社,2003年。

研究中,事实上对其多有肯定。

自命为新文学运动继承人的左翼文学界,一方面如同新文学倡导者一样对现代通俗文学采取严厉的批判和否定态度,另一方面对古典白话文学的态度则较为含糊。而值得探讨的是,直到抗日战争背景下的"民族形式"大讨论中,左翼文坛对中国古典文学传统的正面论述及基本评价方式才得以确立。

1939—1942 年间发生于延安、重庆、香港、成都、桂林等地左翼知识界的"民族形式"论争,在塑造和构建当代革命中国与当代文学的过程中产生了重要影响。如汪晖所说,这场讨论中涉及的所有问题,都"围绕着'抗战建国'和如何'抗战建国'的'民族'目标。文学及其形式在讨论中成为形成'民族'认同和进行'民族'动员的重要方式"。① 其中,有五个关键概念成为讨论的焦点:其一是"民族形式",讨论者都承认这是尚待创制的新形式,也是这次讨论的目标;而另四个则是借以创制新形式的资源,分别为"旧形式""民间形式""地方形式"和五四新文艺。主要的争论发生在"民族形式"的创制应当是以"民间形式"为中心源泉(向林冰等),还是应建立在五四新文艺的基础上或以五四新文艺为中心(胡风等)。最终的压倒性意见,则是陈伯达、周扬、茅盾、郭沫若、光未然等人提出的,在新文艺基础上吸收和利用"旧形式"而创制更高的"民族形式"。

在讨论过程中,"民间形式"与"旧形式""地方形式"的内涵与关系常常是含混不清的。所谓"旧形式",常被认为是古典中国或正统或通俗的普遍性文艺形式,一方面与新文学之"新"相对,一方面与地方形式之"地方"相对;所谓"民间形式"则常指留存于民间的"活泼的"、为老百姓所"习闻乐见"的旧形式,与"正统""庙堂"相对。如茅盾认为,"民间形式"往往是指那些尚存活于民间社会的"旧形式",因此,

---

① 汪晖:《地方形式、方言土语与抗日战争时期"民族形式"的论争》,收入《亚洲视野:中国历史的叙述》,第 239 页,香港:牛津大学出版社,2010 年。

可以被包容到"旧形式"的范围内。① 就其指涉的资源和对象而言，"地方形式"的含义是相对清楚的，它指的是尚存活于某一特殊地域范围中的地方性文艺形态，与"全国性"相对，往往与方言土语、地方戏曲、地方通俗文化等直接关联。汪晖的文章《地方形式、方言土语与抗日战争时期"民族形式"的论争》，正是从方言、语音中心主义与现代民族—国家建构这一理论角度着手，探讨了论争过程中地方性的文艺与语言实践，如何仅仅是民族形式建构的一部分，而不是如同西欧国家的方言民族主义那样，对普遍性的中国认同构成了挑战。但是，涉及"旧形式""民间形式"，问题就相对复杂，它们并不仅仅只在语言差异、地域差异、空间差异的维度上与现代民族—国家建构发生关联。"创造文化同一性"特别是"创造超越并包容地方性和汉族之外的其他民族的文化同一性"，往往被视为民族国家建构中的核心问题，因为正是在将差异性"创造"为同一性的过程中，现代的民族认同才得以形成。② 但是，当"旧形式"与"民族形式"关联在一起时，涉及的并不是"差异性"与"同一性"的问题，毋宁说乃是"旧的文化同一性"与"新的文化同一性"，或"旧的全国性形式"与"新的全国性形式"的关系问题。这是远比"地方形式"更深地涉及中国历史独特性的问题。

在本尼迪克特·安德森、厄内斯特·盖尔纳等人的民族主义理论中，现代民族国家作为"想象的共同体"乃是一种彻底的"现代的发明"，它主要通过语音中心主义的方言运动而运作。在这种理论视野中，不存在文化意义上的"民族"与政治意义上的"国家"同构的前现代共同体，而只存在文化与政治不一致的"帝国/王朝"或"宗教共同体"。但是，正如已有的许多理论研究指出的，这种民族国家理论乃是以西欧国家形成的历史为模型的，它无法解释那些拥有漫长的"国

---

① 茅盾：《旧形式、民间形式与民族形式》，《中国文化》第2卷第1期，1940年9月25日。
② 汪晖：《地方形式、方言土语与抗日战争时期"民族形式"的论争》，收入《亚洲视野：中国的历史叙述》，第243页。

家"历史和民族记忆的政治共同体,特别是有着完全不同于西欧式国家历史传统的中国。① 因此,一种关于 20 世纪现代中国民族认同更恰当的论述是:"20 世纪中国的民族主义既是一段历史悠久的文化建构过程,远早于欧洲民族国家的形成,也是 19 世纪和 20 世纪时与西方势力交锋后的特殊产物。"②事实上,早在 1987 年的一次演讲中,社会人类学家费孝通就将中华民族表述为"多元一体格局",是"自在"与"自觉"的产物。③ 这也就意味着,考察 20 世纪现代中国认同,总是需要同时在两个面向上展开,一是与王朝国家的文化共同体记忆的关系维度,一是与现代西方特别是帝国主义侵略与压迫的关系维度。探究这两者的交互作用如何影响到民族建构的历史方式,才是理解现代中国认同的关键。

具体到关于"民族形式"论争,需要意识到的是,正是在这次论争中,"旧形式"才得以作为"合法"的文化资源进入左翼知识界的视野,并确立了一套延续至 50—70 年代的话语体系。重新解读"民族形式"论争,需要意识到"旧形式""民间形式""地方形式"并非笼统的概念(如论争中大多数论者所认为的那样),而是呈现出了不同的历史和理论向度,需要做具体的辨析。其中,特别是"旧形式"与"民族形式"建构的关系值得做更深入的讨论。这涉及中国共产党在反抗日本帝国主义侵略过程中建构民族认同,和在国际共产主义运动地缘政治中寻求主体性时,如何与既有的帝国文化共同体记忆(特别是其现实性的负载者:广大内陆乡村社会和农民)建立协商关系,从而将自己确立

---

① 参见[美]王国斌:《转变的中国——历史变迁与欧洲经验的局限》,李伯重、连玲玲译,南京:江苏人民出版社,1998 年;汪晖:《现代中国思想的兴起》(第 2 版),北京:三联书店,2004 年;韩毓海:《天下——江山走笔》,北京:中国海关出版社,2006 年。

② [美]王国斌:《两种类型的民族,什么类型的政体?》,收入《民族的构建——亚洲精英及其民族身份认同》,第 130 页。

③ 费孝通主编:《中华民族多元一体格局》,北京:中央民族大学出版社,1999 年。

为"历史的中国"的真正继承人。① 这是比克服地域差异而构造新的共同体想象更重要的问题。因为抗战时期对中国共产党的民族认同构成真正挑战的,并不是地方分裂主义或区域自治主义,而是如何与"历史的中国"建立真正的文化与政治关联。

关于"民族形式"论争的起源,都会提到毛泽东1938年发表的《中国共产党在民族战争中的地位》提出的"中国作风和中国气派"。这种理论建构是朝向两个面向展开的。其一是向内,面向与同样自诩为"历史的中国""继承人"的国民党,后者从1934年即开始展开"新生活运动",以求诉诸儒教中国的民族传统来确立自己的正统性;其二是向外,面向主导国际共产主义运动的社会主义国家苏联和中国共产党内的亲苏教条主义者,他们仅仅将中国视为这一国际运动的区域性存在,而非民族—国家主体。特别需要提到的是,这种竞争性的政治主体关系,是在日本帝国主义侵略中国的战争背景下展开的。正如有越来越多的研究者指出的,在现代中国民族主义的构筑与成型,特别是民国以后中国人的民族认同方面,日本对华侵略战争扮演了极其重要的角色。美国学者柯博文(Parks M. Coble)认为,如何应对日本"巨大而无休止的压力",对南京时代(1931—1937)的中国政治产生了"巨大而又复杂的影响","促成了更加伟大的民族团结"。到1937年,统一的民族国家意识与民族主义已经成为了最具"吸引力"的社会力量。② 事实上,对于在抗日这一历史过程中获得政治合法性,并最终战胜国民党而取得中国政权的共产党来说,民族主义是其内在的构成部分。毛泽东所说的"爱国主义就是国际主义在民族解放战争中的实施",表达的正是这样的意思。

---

① 毛泽东:《中国共产党在民族战争中的地位》,收入《毛泽东选集》(第2卷),第534页,北京:人民出版社,1991年。其中说道:"今天的中国是历史的中国的一个发展;我们是马克思主义的历史主义者,我们不应当隔断历史。从孔夫子到孙中山,我们应当给以总结,继承这一份珍贵的遗产。"

② [美]柯博文:《走向"最后关头"——中国民族国家构建中的日本因素(1931—1937)》,第401—403页,马俊亚译,北京:社会科学文献出版社,2004年。

从这样的历史格局再来看"民族形式"论争,需要探讨的问题是,抗日战争中的民族主义、国际共产主义中的地缘政治、两种中国现代政治主体的角逐,以及人民战争的革命动员,是如何与文艺界关于民族文化认同的论争建立起关联的呢?

毛泽东关于"中国作风"与"中国气派"的讲话发表后不久,延安文艺界就试图将其转化成文艺问题的讨论。这在一开始被作为"理论与实践统一"的方式①,或将其视为"旧形式"利用的基本原则②,也有将其视为斯大林的"社会主义的内容,民族的形式"的中国式转换③。陈伯达则以明确的方式对不同话题的关系做了统一的表述:"近来文艺上的所谓'旧形式'问题,实质上,确切地说是民族形式问题,也就是'新鲜活泼,为中国老百姓所喜见乐闻的中国作风与中国气派'"④。在这里,"旧形式""民族形式"与"中国作风与中国气派"虽然做了无缝对接,但事实上,真正关键的变化在于,这三种原本并非处于同一层次、场域的话语形态被置于"民族"构建这个共同话题之下。其中,改变最大的,莫过于关于"旧形式"的讨论方式。

"旧形式"的利用,是自抗战开始进行民众动员时就被广泛讨论的问题,不过这种讨论一直停留在较为实用主义的层面。所谓"旧瓶装新酒",其中"旧瓶"的含义是不清晰的,它假定"旧形式"如同瓶子一样是一种"空"而"固定"的形式,而忽视"瓶"与"酒"之间的一体性;同时也忽略了所谓"新酒"特别是抵抗的民族主义自身的构造性,而将其视为自然而然的产物。但"旧形式"作为问题的提出,又是如此重要,它是战争背景下现代中国社会结构性鸿沟的具体呈现。这种"结构性鸿沟"指的是都市与乡村、沿海区域与内陆农村、知识分子与农

---

① 柯仲平:《谈"中国气派"》,《新中华报》(延安)1939年2月7日。
② 艾思奇:《旧形式运用的基本原则》,《文艺战线》第3期,1939年4月16日。
③ 萧三:《论诗歌的民族形式》,《文艺突击》新1卷第2期,1939年6月25日。
④ 陈伯达:《关于文艺的民族形式问题杂记》,《文艺战线》第3期,1939年4月16日。

民、新文化与旧文化的巨大分裂。而导致这一分裂的关键原因在于，中国的现代化进程是在西方列强侵略下被迫展开的，主要沿东南沿海（江）的现代城市展开，而广大的内陆乡村则基本上仍旧延续着古老的帝国生存形态。这种分裂被王国斌描述为"两种类型的民族"的分裂："一个属于崛起中的、受西方影响的城市精英文化，与属于仍然存在的大量农业人口的帝国文化的差距，正在日益扩大。"①日本全面侵华战争导致的结果，便是将中国大部分知识分子从沿海城市驱赶至西北、华北、西南的内陆地区和乡村。当年周扬如此描述："抗战给新文艺换了一个环境，新文艺的老巢随大都市的失去而失去了，广大的农村与无数小市镇几乎成了新文艺的现在唯一的环境。"②因此，才有了新文艺工作者"认识老中国"、利用"旧形式"的诉求。

但是，将"旧形式"问题与"民族形式"直接挂钩，意味着讨论性质的飞跃，那就是，使有关"旧形式"的讨论，从实用主义的思路中摆脱出来，而纳入具更高现代性的民族国家规划中。"民族形式"这一理论问题源自一种自上而下、由外向内的视角，其立足点侧重于世界性、现代性的一面。问题不是从中国内部向外追求现代性（这是"启蒙"的视角），而是从现代世界格局向内来追求革命中国的民族性，即有了马克思主义、社会主义与现代世界文学，但却不能与广大的中国农村社会结合，于是生发出"民族形式"问题。因此，"两种类型的民族"的碰撞在这里导致的，就是如何融汇两种民族认同和文化共同体想象而创造更高的"民族形式"。

从"民族形式"论争到1942年毛泽东《在延安文艺座谈会上的讲话》的提出，两者看似没有直接关系。但是，如果说"民族形式"论争关注的是新国家的文化形式问题的话，那么《讲话》则提出了新国家

---

① ［美］王国斌：《两种类型的民族，什么类型的政体？》，收入《民族的构建——亚洲精英及其民族身份认同》，第139页。
② 周扬：《对旧形式利用在文学上的一个看法》，《中国文化》第1卷第1期，1940年2月15日。

的主体问题。"工农兵文艺"这一说法强调文艺的重心不再是城市/新文艺/知识分子,真正需要表现的对象是农村/旧形式或民间形式或地方形式/农民,而这种新的民族形式/文艺的创制者,则是"脱胎换骨"后的新文艺作家们。如果说《讲话》解决的是实践主体和表现对象的问题,那么"民族形式"解决的是民族文化认同方向问题,而新的国家政治构想方案,实际上在1940年的《新民主主义论》中已经完成。从这样的历史关系来看,将"旧形式"讨论提升至"民族形式"这一理论层次,或在"民族形式"论争中引入"旧形式"问题,远远不仅是"形式"问题,而是在一种新的政治诉求和政治主体意识的推动下,包容并改造尚未从传统的帝国社会与生活秩序、古典文化共同体记忆中摆脱出来的乡土中国的过程。

三 "旧形式"与当代文学的建构

"民族形式"论争一方面将"旧形式"明确地引入了左翼知识界的新中国文化政治构想中,另一方面也给定了它的话语等级地位。由于利用"旧形式"的目标必须是"新文艺运动的新发展",所以它的位置始终是次等的、普及性的。在这场讨论之后,"人民性""阶级性"以及民族文化"精华"与"糟粕"的两分法等批评话语,开始从苏联批评界引入,从而为确立中国古典文学的经典序列和评价尺度提供了标准。这种重新评价传统文学的工作主要在两方面展开。一是在古典文学批评与研究领域,如何用新的马克思主义批评话语取代自五四时期开始,在"白话文运动""整理国故"、文学研究专业化过程中确立的"资本主义"学术话语。[①] 到1950年代,一方面,《水浒传》《三国演义》《西游记》《红楼梦》等已成经典而列入文学工作者的必读书目;另一

---

① 参见罗志田:《裂变中的传承——20世纪前期的中国文化与学术》,北京:中华书局,2009年。

方面,1953—1955年发动的对俞平伯《红楼梦》研究和对胡适思想的批判运动,便是这种"重写"文学史的主要实践活动。另一则是在文学创作领域,如何借鉴古典文学经典(作为有效资源之一)而形成当代文学的"民族风格"。

在如何利用"旧形式"以创造当代文学方面,存在着不同的实践路径。同样书写革命历史,梁斌追求的是"比西洋小说的写法略粗一些,但比中国的一般小说要细一些"①,也就是试图同时完成中西两面的融合与超越。不过,"革命通俗小说"代表的是另一种路向:它们试图更多地倚重中国古典通俗小说的书写传统,在一种更为民族化的文化视野中来书写革命。这种实践的最早形态,便是《洋铁桶的故事》和《吕梁英雄传》。

《洋铁桶的故事》的作者柯蓝写道:"我写这本书的时候,正是我刚刚开始向民间文艺、向我们古典文学学习的时候,也正是我在毛主席的《在延安文艺座谈会上的讲话》发表之后,在党的文艺方针指导下,培养下,初入陕北农村,学习写作通俗文学作品的时候。"这就直接点明了小说创作的历史语境和文化诉求。在具体的叙述形态上,小说主要借鉴了传统章回体小说的形式和讲故事的方法,力求学习"农民群众是怎样讲故事,是怎样有头有尾来讲述一件事情,又是怎样交错地来讲述同时发生的许多事情的"。② 茅盾读到《洋铁桶的故事》后,曾将其与后来的《吕梁英雄传》《李家庄的变迁》并称,认为是新文学运用"旧形式"的"极有价值的'实验'"。③ 值得一提的是,这部新章回体作品最初事实上并不被称为"小说",而有一种特定的称呼,即"通俗故事"。与小说所强调的"虚构性"不同,这种"通俗故事"更重视故事的纪实性和形式的通俗性。作品以1942—1945年间发生于山西的"沁源围困战"为原型,讲述外号"洋铁桶"的民兵吴贵,组织当地

---

① 梁斌:《漫谈〈红旗谱〉的创作》,《人民文学》1959年第6期。
② 柯蓝:《洋铁桶的故事》"重版后记",北京:人民文学出版社,1960年。
③ 茅盾:《再谈"方言文学"》,1948年3月1日《大众文艺丛刊》(香港)第1辑。

农民武装、协同八路军将日军赶出沁源县城的故事。虽然以"英雄"为书名,但是主人公的形象并不鲜明,人们除了记住他因"性情暴躁,说话声音粗重"而获得外号"洋铁桶"之外,几乎不能对其留下多少印象。作品的主要内容是介绍事件的展开过程,人物成为事件中的一个个功能性符号,缺乏生动细致的刻画。但是此后章回体革命通俗小说的基本叙事特征,在这部最初的尝试之作中都已具备。比如抗击日军的过程成为组织小说叙事的内在动力,英雄人物主要是作为这个叙事过程的行动者而非性格鲜明的人物形象,以人物行动带动情节发展叙述等;又比如抗日背景下小型武装力量的人物关系模式(包括作为主人公的英雄、八路军指导员、英雄同伴、日本鬼子、伪军、汉奸、地主、村民),和基本事件模式(如鬼子烧村、民兵袭击、除汉奸、收买伪军、威慑地主、组织新政权、拔除鬼子炮楼据点等);又比如口语化和通俗化的叙述语言。

到一年后发表的《吕梁英雄传》中,同样是讲述一个村庄组织民兵武装抗日的故事,叙事规模和人物刻画两方面都有了很大进展,而且更多地注意到了故事所在地的自然风景、风俗习惯、方言土语与当地民情。马烽、西戎在介绍写作经验时,强调了与通俗化报刊编辑工作关联在一起的民间文艺形态:"除了编报和下乡之外,陆续写了不少快板、故事、小秧歌等,同时还搜集整理一些民间故事。写这些东西完全是为了报纸的需要,为了配合一定的政治任务。《吕梁英雄传》就是在这种情况下写成的。"①甚至《吕梁英雄传》的最初写作,就是想把民兵英雄的斗争事迹编成"连载故事":"当时并没有计划要写成一本书,也没有预先拟出通盘的提纲,只是想把这许多生动的斗争故事,用几个人物连起来,并且是登一段写一段,不是一气呵成……"②显然,在这样的写作过程中,章回体的形式起到了十分便利的作用。茅盾读到

---

① 马烽:《坚持为工农兵的方向》,《文艺报》1952 年第 10 期。
② 马烽、西戎:《〈吕梁英雄传〉的写作经过》,《晋阳学刊》1980 年创刊号。

这部小说后,赞美它"对白的纯用方言",却批评了它"人物描写粗疏……未能恰如其分地刻画人物的音声笑貌"。同时也提及并评价了小说所采取的章回体形式:"在近三十年来,运用'章回体'而能善为扬弃……应当首推张恨水先生",与之相比,《吕梁英雄传》"在功力上自然比张先生略逊一筹"。[1]

虽然从当时批评界的评价上看,这两部小说都被认为存在缺陷,但是它们出版后所引起的热烈反响,却表明这种写作形式在解放区农村乃至解放后的城市仍有着巨大的读者市场。《洋铁桶的故事》印成单行本出版后,1940年代在各解放区就有9个之多的版本流行。[2] 关于《吕梁英雄传》,袁珂描述道:"它曾风行各地,翻印了若干版,畅销了若干部。去年单在天津一地,就印行了二万五千部,等于过去文人出了十四五版的集子(以二千部为一版计)",因此如此评价这类作品:"也许在思想性、艺术性的成就上不能算是最好的一种,但在故事性和民族形式的通用上,却收获到了很大的成功,更为人民大众所喜见乐闻。"[3]

从延安文艺的整体格局可以看出,如何融汇新的政治诉求、五四新文艺和中国古典文学传统这三者,而创制出新的"工农兵文艺"或"人民文艺",存在着不同的实践路径,而且彼此之间并非不冲突。姑且不谈戏剧、美术、音乐等领域,仅在叙事文学领域,就有赵树理对于民族形式的灵活制作,有丁玲、周立波、柳青等在西化新文艺形态中创制的"方言土语",也有李季诗歌采取的"信天游"等地方形式。《洋铁桶的故事》《吕梁英雄传》的特点,则在明确借用了"旧形式",即传统诵俗小说的章回体形式,而且是其中的特殊类型:历史演义与英雄传奇的混杂。值得分析的是,正是在最后这一类小说中,"思想性、艺术性"与"故事性和民族形式"发生了分裂。

---

[1] 茅盾:《关于〈吕梁英雄传〉》,《中华论坛》第2卷第1期1946年9月。
[2] 柯蓝:《洋铁桶的故事》"重版后记",北京:人民文学出版社,1960年。
[3] 袁珂:《读〈吕梁英雄传〉》,《川西日报》1950年7月3日。

茅盾在评价赵树理的《李有才板话》时,也提及《吕梁英雄传》:"《李有才板话》是一部新形式的小说,(这和章回体的《吕梁英雄传》不同)然而这是大众化的作品。"①也就是,《李有才板话》是"新形式"的,而《吕梁英雄传》则仍旧是"旧形式"的。1946年晋察冀边区文联将赵树理树立为解放区文坛的"方向"作家时,如此解释他的"新形式":"他的创作很明显的批判的接受了中国民间小说的优秀传统,然而他以今天群众的活的语言描绘了当前的斗争现实,经过自己的提炼,他创造了一种新形式。"②有意味的是,同样接受了"中国民间小说的优秀传统",所谓"批判的"和"不批判的"界限到底是怎么区分的呢?赵树理的形式之"新"就在于,他的小说虽然保留了旧形式的一些要素,但通过重新组合和制作,它已经不再是"旧形式"而成为"新形式"了。而《洋铁桶的故事》《吕梁英雄传》之所以仍旧是"旧形式",不仅因为它们保留了章回体的外在结构形式,而且保留了一定的"英雄的说部"的类型元素/叙事程式。也许可以说,正是"类型"要素的存在,使这些章回小说的内容无论如何"新",其总体却还是"旧"的。

事实上,在保留一定的类型化要素这一点上,不仅是延安时期的《洋铁桶的故事》和《吕梁英雄传》,也不仅是40—50年代之交的《新儿女英雄传》和《铁道游击队》,包括50年代后期的《林海雪原》《烈火金钢》和《敌后武工队》,都是同样的。如果不仅关注其所借鉴的通俗文体,也关注其所借鉴的具体叙事类型与叙述内容,就会注意到,这类书写革命历史的现代通俗小说,其实一直未能摆脱延安时期开辟的叙述模式。这包括三个方面:一,借鉴的是旧章回小说的一个特定类型,即"英雄的说部"(英雄传奇)。虽然茅盾将《吕梁英雄传》的章回体与张恨水同提并论,不过张恨水是对章回体中的"世情小说"这一类型的发展和转化,而《吕梁英雄传》与其他革命通俗小说延续的则是英

---

① 茅盾:《关于〈李有才板话〉》,《解放日报》1946年11月2日。
② 荒煤:《向赵树理方向迈进》,《人民日报》1947年8月10日。

雄传奇类型。因此,值得去问的不仅是为何是"章回体",更重要的还有为何是"英雄传奇"?第二个特点是其叙述内容都是革命战争题材。洪子诚曾提到:"这些长篇小说与《新儿女英雄传》一样,都是表现战争生活的。用'通俗小说'的形式来表现现实生活,又是个未被试验的难题。"①而且,特别的是,所表现的战争,又大都是抗日战争。在所列出的革命通俗小说中,除了《林海雪原》,几乎都是书写抗日战争题材。这与表现国共内战(解放战争)题材的革命历史小说均更注重"史诗性"这一特点,形成了某种参照。第三个特点是在叙述方法上都注重"说书人"这一叙述视角,注重故事性与语言的口头性。这使其"讲故事"的意味远大于"写小说"的意味。这三者的结合,毋宁说乃是革命通俗小说的最大特征。

这种文体形式并非毫无意义,相反应该说充满了"意识形态"意味。这关系到的乃是革命中国与古典中国在文学形式上的具体交涉和选择,关系到"旧"的类型要素如何可以延续至现代革命的叙述中,又因为什么而最终不能被彻底转化为现代/革命的。

四 类型化的"知识":历史演义与英雄传奇

革命通俗小说的"英雄传奇"类型和主要表现战争特别是抗日战争的叙述内容,这两个特点是特别值得深究的。它们背后共同关联着这一小说形态借以从"旧形式"转换到现代的"民族形式"的意识形态内涵表现在何处。

"英雄传奇"并非现代意义上的武侠小说。如果说武侠小说的主题是"恩仇"的话,那么英雄传奇的主题则可说是"家国"。其中的关键差别在于,"英雄传奇"中的"英雄"并不是现代武侠小说中"不轨于正义"、游离于社会秩序之外的作为主体的个人,而更接近于古典通俗

---

① 洪子诚:《中国当代文学史》,第128页。

小说中家/国、神/人伦理阶序结构中的个体。

"英雄传奇"是中国古典长篇章回小说一种叙事类型的描述,这种描述出于"小说史家的概括"①。正如许多古典小说研究者都提到的,长篇通俗小说这一文体自其从元末明初成型开始,在题材上和文本形态上就表现出了鲜明的类型化特征。② 一般将其描述为神魔、世情、历史演义与英雄传奇四种基本类型。不过,这种描述方法也有一个历史的发展过程。这种分类描述的最早源头,可追溯到南宋时期的"说话"分类以及明代学者胡应麟等的研究。③ 晚清时期倡导"新小说"时,曾有人将章回小说概括为"英雄、儿女、鬼神"三大派。④ 当鲁迅开始"自觉建立中国古代小说类型理论体系"时,他提出的分类法是三种,即"历史演义"("讲史")、"神异小说"("神魔小说")与"人情小说"⑤,其中"英雄传奇"并未作为一种独立的类型看待。"英雄传奇"的说法最早见于胡适的《〈水浒传〉考证》,并在郑振铎的研究中明确为一种小说类型概念,其最早被指认的典范作品是《水浒传》。到20世纪中期,将章回小说的类型描述为四种,即历史演义、英雄传奇、世情小说、神魔小说,成为一种普遍的观点。⑥ 英雄传奇与历史演义的差别,被孙楷第概括为:前者"以一人一家事为主而近于外传、别传及家人传者",后者则"演一代史事而近于断代史者"或"通演古今事与通史同者"。⑦ 其(英雄传奇)代表性作品,除《水浒传》外,常提及的有《水浒传》续书(如陈忱的《水浒后传》、青莲室主人的《后水浒传》及俞万春

---

① 刘勇强:《中国古代小说史叙论》,第241页,北京:北京大学出版社,2007年。
② 参见鲁迅的《中国小说史略》、齐裕焜主编的《中国古代小说演变史》(兰州:敦煌文艺出版社,1990年)、刘勇强的《中国古代小说史叙论》、陈大康的《明代小说史》(北京:人民文学出版社,2007年)等中的叙述。
③ 参见鲁迅的《中国小说史略》第1篇"史家对于小说之著录及论述"。
④ 侠人:《小说小话》,《新小说》第13号,1905年。
⑤ 陈平原:《论鲁迅的小说类型研究》,《鲁迅研究月刊》1991年第9期。
⑥ 参见刘晓军:《章回小说文体研究》,第213—219页,上海:华东师范大学出版社,2011年。
⑦ 孙楷第:《中国通俗小说书目·分类说明》,北京:人民文学出版社,1982年。

的《荡寇志》)、《杨家府演义》(及《说呼全传》《万花楼演义》《五虎平西前传》《五虎平南后传》等)、《说岳全传》与《飞龙全传》等。

可以看出,在基本的四分法中,"英雄传奇"是最晚近得到命名的一种类型。此前它主要隶属于"历史演义",因此与历史叙述关系密切。将"英雄"从"历史"中独立出来加以命名,一方面表明它与《醉翁谈录》(罗烨)、《都城纪胜》(耐得翁)等中提及的"小说"分类,如公案、朴刀、杆棒、说铁骑儿等,在渊源关系上的内在发展;另一方面更重要的是,这提示的是一种新的主体与历史的关系。这种新的关系直到现代时期才得到命名,某种程度上表明"英雄"与相关的其他称谓,比如"侠""豪强"乃至"帝王将相"等,均有所不同。也就是说,在明初即已实存的类型化文本与近代的命名之间,存在着某种既连续又断裂的关系,表明"英雄传奇"这一叙事类型的独特性,可以说介乎现代与传统之间。这种暧昧的品性,正是英雄传奇这一小说类型在当代中国得以延续的内在原因。

事实上,关于这种小说形态的命名,当代批评家的说法并不一致。《吕梁英雄传》曾被称为"英雄的史诗",因为它写了革命斗争的历史过程和英雄的"成长"[①];依而在评论相关文学时,称之为"英雄的说部";王燎荧在评价《林海雪原》时,则从"现实性"与"传奇性"两个维度,将其称为"革命英雄传奇"[②]。这也成为人们后来使用"英雄传奇"来称呼这类小说的源头。这说明,如何命名这类小说,是在与对中国古典小说传统的理解中确立的,"英雄传奇"(或英雄说部)的说法并不简单是"英雄"与"传奇"("说部")的组合,而是在指称一种具有悠久历史传统的小说类型。

考虑到问题的这一层面,就是需要重新审视中国古典通俗小说在叙事文体上的类型化、模式化特征。正是这一特征,才培育出了欣赏

---

① 杜庸:《读〈吕梁英雄传〉》,《新华日报》(重庆)1947年1月30日。
② 王燎荧:《我的印象和感想》,《文学研究》1958年第2期。

口味、审美惯习相近的传统中国广大的读者群,并作为一种共同的文化记忆延伸至现代中国。也正是这一特征,使得当代的革命文学创作者们,在组织其复杂的历史经验时,几乎是下意识地参照古代中国经典小说文本的类型模式而展开叙事。这也是人们考察通俗文学时经常会关注的内容。但是,常常被人忽略的一点是,与现代通俗文学基于现代性的文化传播机制不同,古典中国的通俗文学固然有其市场化诉求(印刷、传播、阅读等),但并不存在现代意义上的"文学"观念体制,也就是那种仅仅把文学视为"消费""娱乐""休闲"等的观念,而是处在文学—生活—伦理—世界观等混溶的前现代状态。这也就意味着,文学的分类体制并非仅仅是"文学的",也同时涉及借以如此分类的生活、伦理与世界观。

张炼红在研究50—60年代中国戏曲改造运动时,曾提出传统戏曲分类与"民众生活世界"的紧密关系,认为戏曲中"人情戏、鬼魂戏和神话戏"的分类也是支撑起"传统文化基本脉络的人、鬼、神三界"。[①] 这是相当有启发性的洞见。事实上,在文艺并未从社会体制中"独立"出来的古典时期,不只是戏曲如此,可以说所有的文艺样态都包含了与"生活世界"的同一性,特别是后来被称之为"通俗"种类的文艺就更是如此。这也是赵树理在指出传统民间文艺的"自在性"时指涉的内涵。[②] 因此,小说(也包括文艺)的分类知识,事实上也是指导社会伦理、生活秩序、世界想象的同一套知识。这就使我们在考察神魔、世情、历史、英雄等小说类型时,可以具有别样的思想与文化视野,探询连接文艺与社会的关联通道。

在这方面,美国学者浦安迪(Andrew H. Plaks)关于明代四大小说的研究,特别值得一提。与一般侧重史料考证、文本与修辞分析的古典文学研究不同,浦安迪从思想史的角度,将明代四部小说的主题分

[①] 张炼红:《历炼精魂——新中国戏曲改造考论》,第356页,上海:上海人民出版社,2013年。

[②] 赵树理:《〈三里湾〉写作前后》,《文艺报》1955年第19期。

别概括为"修齐治平"的反面实践,即《西游记》"不正其心不诚其意"、《金瓶梅》"不修其身不齐其家"、《水浒传》"不治其国"、《三国演义》"不平天下"。① 这就颇有意味地将一般小说分类中的"神魔""世情""英雄传奇""历史演义",分别与儒家文化(宋明理学)差序格局中士大夫的"身""家""国""天下"联系起来了。不过,由于浦安迪将四大小说视为"文人小说"的创作形态,所以,他基本上把"神魔"视为文人修身养性的内心修炼形态,而可能忽略了在古典中国的世界观中,"神魔"或"鬼神"所占据的独特位置。"鬼戏"在当代戏曲中占有重要位置。特别是1960年代初期,关于"鬼戏"的争议成为"文革"发生的前奏之一。但在现代文学中,很少能找到"鬼"的身影。不过,古典文学的情形却并非如此,特别是"神魔"书写,构成了古典小说的四大类型之一。"神魔"一说源自鲁迅的概括,这一小说形态出现于明万历年间,盛于明清,其成因与儒释道三教合一的普遍社会潮流密切相关。在神魔小说出现之前,书写"鬼"以及"精怪"的大量作品,则构成了"志怪"一类小说形态。② "神魔"的出现,很大程度地改写了"鬼""怪"的位置,将其置于更低阶序,同时,关于"人"的主体想象方式也发生了变化。展开相关的讨论,显然需要更丰富的论证过程,这里仅通过与更为大众化的传统戏曲的参照,关注古典文学如何理解"人"。应意识到明清古典文学中,除了士大夫式的"身""家""国""天下"的横向差序格局外,还有更普遍的"人""鬼""神"纵向的三界,共同构造出一种独特的主体/文艺形态。

从这样的视野来重新考察"革命历史小说"与通俗化的"英雄传奇"之间的关系,问题就会变得格外有趣。这使我们不仅关注类型化叙事文本的结构、模式和修辞形态,也同样关注文本叙事据以类型化

---

① [美]浦安迪:《中国叙事学》,北京:北京大学出版社,1996年。另见[美]浦安迪:《明代小说四大奇书》,沈亨寿译,北京:中国和平出版社,1993年。浦安迪又译普安迪。

② 参见齐裕焜主编的《中国古代小说演变史》第五章"神魔小说",第270—277页。

的生活、伦理、世界观内涵,从而打通文学研究与思想史研究的通道,为探讨传统与现代的关联形式提供更开阔的分析场域。

当代文学中的"革命历史小说"一般可以区分为两种书写形态:一种以写"历史"为主,这指的是《红旗谱》《红日》《保卫延安》《青春之歌》等更主流的、被认为"思想性"和"艺术性"更高的作品,采取的是更为现代的"史诗"叙事形态;一种以写"英雄"为主,这就是本文所主要讨论的"通俗小说",其采取的是相对更通俗化的"英雄传奇"这一叙事形态。这两种叙事形态基本上接近于古典时期长篇章回体通俗小说的两种类型,即历史演义与英雄传奇。孙楷第所说的"演一代史事而近于断代史者"的历史演义小说,多是编年体,其四个主要特点,一是讲述主体为某一朝代的王朝国家,一是事件与人物多据史实即"七实三虚",一是其形态最早从宋代"说话"艺术中的"讲史"类发展而来,一是侧重正史、帝王将相与所谓重大题材。相应地,英雄传奇小说"以一人一家事为主而近于外传、别传及家人传者",多是纪传体,其同样具有的四个相应特征,一是讲述主体为英雄或其家族,一是多据传说故事因此"虚多实少",一是由"说话"艺术中的"小说"发展而来,一是更为野史与市井庶民化。①

事实上,类似的特点在许多方面也适用于革命历史小说与革命英雄传奇之间的分别。比如讲述主体,革命历史小说如《红旗谱》《红日》等,虽也重视塑造英雄人物,但是"史诗性"的追求使其更关注长河式的历史图景和真实历史事件的展示;相应地,革命通俗小说中"历史"的书写是弱化的,而英雄或英雄群体("……队")则占据了更重要的位置。由此需要思考的问题是,在古典时期改朝换代的"王朝国家"与现代的掌握了中国政权的共产党"革命中国"之间,所谓"历史"想象的分野表现在哪里?相应地,在这样的历史图景中,古典历史演义

---

① 齐裕焜主编:《中国古代小说演变史》,第206—209页;另见谭帆主编:《明清小说分类选讲》,北京:高等教育出版社,2007年。

中的"帝王将相"与英雄传奇中的"英雄"有何分别？现代时期革命历史小说中的"革命领袖"与革命通俗小说中的"英雄"又有何分别？以及现代与古典两者的历史分别又在哪里？

又比如历史叙述的"虚"与"实"问题。虽然革命历史小说与革命通俗小说都强调其真实性与纪实性的特点，但是，两者的性质还是有所不同。革命历史小说一般讲述的是有史实依据的重大事件和重要人物。它固然允许一定的虚构性存在，但是如何叙述这样的史实，从来就不仅仅是"文学"的事情，而更是"政治"事件，必须高度吻合"党史"对相关事件和人物的描述。比如《红旗谱》对高蠡暴动的书写，以及它在"文革"期间被指认是为"王明路线"翻案；比如《红日》对山东战场上的涟水战役、孟良崮战役等的叙述，以及它因"第一次在小说中书写中共的高层领导人物"而在"文革"期间受到批判等，都表明这种历史书写的高度规约性。相对来说，英雄传奇小说虽然都有一定的真实生活原型，但是从进入"故事"和"小说"的叙事形态开始，它们就不断地偏向传奇性的虚构叙事。如同知侠在回顾《铁道游击队》写作过程时明确表示的那样，"生活的真实和艺术的真实是两回事。艺术的真实更高，更集中"①。这就是对《讲话》文艺观的直接表述了。特别有意味的是，几乎所有这些英雄传奇小说的写作，都可以说是"延安道路"具体运作的产物，其创作动因都与1943—1944年前后，各根据地和解放区树立"战斗英雄""劳动模范"等新政治运动相关。这些小说的作者都提到诸如1943年山东军区"战斗英雄、模范大会"（《铁道游击队》）、1943年"晋察冀边区第二届群英会"（《烈火金钢》）、1944年的"晋绥群英会"（《吕梁英雄传》），以及作为"敌后抗战中的模范典型"的沁源围困战（《洋铁桶的故事》）等。这也就是说，在小说叙事上，英雄传奇固然是"七虚三实"即在真实经验的基础上纳入了许多虚构的成分，但是，更值得注意的是，它也并非讲述个人的行为，而

---

① 知侠：《〈铁道游击队〉创作经过》，《新文学史料》1987年第1期。

是社会主义中国运作体制的一个构成部分。即通过"英雄""模范"的示范作用来教育广大群众这一意识形态运作机制,其实是催生英雄传奇小说的同样重要的现实媒介。因此,在"虚"与"实"关系上,值得去问的问题是,一方面,革命历史小说的高度政治性其实一如古典时期的历史演义小说,它们很大程度上是成王败寇式的"胜利者的言说",另一方面,古典时期的"帝王将相"和改朝换代的"天下"之历史,与现代时期的"革命领袖"和创世纪式的"世界史"/"革命"之间,将个体经验提升为历史叙述的那一套背后的理论性知识,从古典到现代的延续性是如何构成的,最根本的分歧又是什么?相应地,如果说古典时期的"英雄"与当代时期的"英雄"实际上都保持着某种艺术与生活的"同构性",那么两种"英雄"的异与同,以及造成这种异同的深层制约机制又是怎样的呢?

同样,在偏重"讲史"与偏重"小说"之间,在偏重"主流"与偏重"民间"之间,革命历史小说与革命英雄传奇的分别,也一如"历史演义"与"英雄传奇"。

总体而言,从讲述主体、虚实关系、叙事形态、主流与民间的分野这样四个共有的层面来看,讲述当代革命的革命小说,与讲述古典王朝国家的古典小说,都具有引人注目的内在同构性,同时又具有现代的变异性。如果不能解释这种"内在同构性"因何及如何产生,那么可能会忽略革命中国与古典中国的延续关系如何呈现,或者颠倒过来,将革命中国仅仅视为古典中国的复现,而无法在更具体的层面来讨论两者的连续与变异关系,以及它们的发生机制。

五 主体的装置:英雄与"国","新人"与世界史

讨论的切入点,乃是小说叙事文本的类型化得以成型、文艺/生活同构的那一套"知识"即生活—伦理—世界观。如前文提到,古典小说中的神魔、世情、历史演义、英雄传奇这四种分类,提示的是"人""鬼"

"神"的等级序列与身、家、国、天下的差序格局,其本质是古典特别是明清时期有关"人"的诸种知识。福柯曾称"人是一项现代的构思(更准确的翻译是'发明')"①。这也就是说,人类中心主义的现代启蒙思想,事实上与古典时期一样是一种"知识"的结果,从古典到现代时期的变化,并非从无"人"的神的时代向有"人"的世俗时代的转变,毋宁说乃是"知识之基本排列发生变化的结果"。从这样的理论角度,可以让我们获得一种从长时段历史视野,将古典与当代置于同一考察平台之上,分析其小说叙事、文本类型与"人"的知识这三者的关联形态。

正如浦安迪相当有意味地将《三国演义》和《水浒传》叙述的世界,区分为"天下"与"国",实际上可以说,历史演义小说所讲述的乃是普遍性的"天下",而英雄传奇所叙述的则是特殊性的"国"。最有意味的是,这里所谓的"国"在唐宋转型期发生的历史性变化,使其超越了囿于华夷之辨的"天下"之诸侯的"国",而具备了现代民族主义意义上的国家/民族认同的雏形。与历史演义小说涉及各个时期的朝代不同,英雄传奇小说的故事基本上集中于宋,成书年代则在明清之间,情节都涉及抗击异族、立边功的内容。固然,英雄传奇也有《飞龙全传》这样的帝王发迹史,但是这里书写的仍旧是一个"宋代"的皇帝。与历史演义小说所涉朝代的广泛性相比,英雄传奇小说集中于宋代与抗击异族这两点绝非偶然。很大程度上可以说,它们重新定义了历史的想象方式、作为主体的英雄,及二者的关系。这种变化可以从两个侧面来加以描述:其一是英雄传奇小说的主体英雄,乃是国家/民族意义上的家国英雄,而非个人性或普遍性的"侠"或"帝王将相"。这使英雄传奇区别于武侠、侠义、公案等小说类型。其二是"英雄"与"国"的密切关系。正是在保护国家、争立边功的过程中,曾经的"匪"

---

① [法]福柯:《词与物——人文科学考古学》,莫伟民译,第506页,上海:上海三联书店,2001年。

或"侠"才得以成为"英雄"。这里的"国"固然是华夷之辨中的"国",因此有汉族的中国正统与异族的鬼魅魍魉,但是这个"国"却是有清晰的边界的,超越这个"国"的界限(投敌)成为英雄绝不可能去做的事情。这就接近于现代意义上的民族与国家含义,其基本特征是清晰的边界,而帝国(天下)内部诸侯之"国",其特征在于边境的模糊性和可变异性。① 比如《三国演义》中,关羽对刘备的忠诚被解释为个人性的"义",而在杨家将故事、说岳故事与《水浒传》中,类似的拒绝降敌行为则被解释为对国家的"忠"和最高的"大义"。显然在"天下"的视野中,一朝一代之"国"是可以超越的,因此有"亡国"与"亡天下"之辨;但是,在英雄传奇中的"国",却更接近于现代意义上的民族/国家,它是英雄忠诚的最高对象。

"英雄"与"国"的同构性,特别是"国"的现代性,正是英雄传奇这一小说类型既古典又现代的暧昧品性的来源。葛兆光在他的新著中提出,近代意义上的"中国"意识凸显于宋代。由于宋、辽、金对峙的紧张关系,汉民族主义和中国正统意识正是在这个时期才被发明出来。他因此认为,中国的近世民族主义,实际上并非仅仅形成于鸦片战争以来对西方侵略的反抗,以及民族救亡和文化启蒙一体两面的五四运动,而是宋代的"中国"意识本身就可以成为中国现代民族主义的"远源"。他认为这正是中国民族主义与西方式民族主义的不同之处。② 这种观点固然有进一步商榷之处,不过考虑到历史学界特别是思想史界关于"唐宋转型"的论述③,宋在中国历史上的特殊位置,特别是国家形态及其认同方式发生的变化,却是一个需要认真对待的问题。从英雄传奇小说的叙事形态及其叙事内容的层面,这一变化也可

---

① [英]安东尼·吉登斯:《民族—国家与暴力》,胡宗泽等译,北京:三联书店,1998年。
② 葛兆光:《宅兹中国——重建有关"中国"的历史叙述》,北京:中华书局,2011年。
③ 参见[美]包弼德:《斯文:唐宋思想的转型》(刘宁译,南京:江苏人民出版社,2001年)、[日]内藤湖南:《中国史通论》(夏应元等译,北京:社会科学文献出版社,2004年)、傅乐成:《唐型文化与宋型文化》(《编译馆馆刊》第4卷第4期,1972年)等。

以得到比较清晰的印证。甚至可以认为,英雄传奇这一小说类型,它所书写的家国英雄、所讲述的抗击异族的情节、所表现的"中国"正统意识,都可以视为近世民族主义雏形的症候。——如果这样的结论可以成立的话,古典的英雄传奇小说类型在当代中国有意无意地被重新调用,也可以得到某种历史性的解释。

"英雄"与"国"的同构性及其暧昧的现代性,在当代中国复活的重要契机,乃是抗日战争这一重要历史事件。如前文已提到,抗日战争的过程也是现代中国民族主义普遍成型的时期。这指的是两方面的含义。一方面,现代的民族主义彻底地取代了传统中国的"天下主义"。"天下主义"的特点可以被称为"文化主义",即只要皈依帝国的文明,野蛮的异族也可以"以文化之",纳入我族①,因此,华夷之间、他我之间的边界是不固定的。而"民族主义"强调的则是国族之间的明确边界与不可跨越性。另一方面,就中国完成现代化的过程来说,也就是从天下主义的"帝国"转向民族主义的现代民族——国家的过程。可以说,晚清与五四时期的知识界变革是现代民族主义的开端,但其普遍化并最终完成,则是中国共产党领导的人民战争。在这一过程中,人民革命的民主主义与反抗帝国主义的民族主义合二为一,从而使现代民族与国家意识渗透到社会最底层。也正是在这一过程中,古典英雄传奇的汉民族主义,几乎是"自然地"被调用到现代中国的民族主义认同之中。以"战斗英雄""英模"为原型的当代英雄传奇小说,大都是以抗日战争作为叙事内容的,《洋铁桶的故事》《吕梁英雄传》《新儿女英雄传》《铁道游击队》《烈火金钢》都是如此。在被称为"英雄传奇"类型的小说中,只有《林海雪原》是个例外。这一点并非偶然。正是在反抗日本帝国主义战争的过程中,古典时期处于"家""国"之间的英雄,才能与现代的民族、民主主义诉求完成真正的"无

---

① 程美宝:《地域文化与国家认同:晚清以来"广东文化"观的形成》,第21—26页,北京:三联书店,2006年。另参见[美]列文森:《儒教中国及其现代命运》,郑大华、任菁译,北京:中国社会科学出版社,2000年。

缝对接","英雄"与"国"的同构性才能形成。其中,"英雄"因其报"国"的崇高性而得到认可,同时,"国"的合法性也因英雄的"正义性"而得到深化。

更有意味的是,英雄传奇小说在英雄与国的同构性上呈现出来的基本意义序列,也同样表现在古典与当代的小说中;同时,又在一个关键面向上发生了根本性转变,这也是古典与当代的分歧所在。

在古典的英雄传奇小说中,事实上存在着"鬼"—"人"—"神"三个纵向等级序列。人们不会忘记,《水浒传》中的108条好汉本是地洞里的鬼怪与妖魔,他们出世而为豪侠,但只有在立边功、报效朝廷之后才晋升为"神"。类似的由地下之"鬼"升格为"人"进而成"神"的上升序列,在《水浒传》续书中重复。"鬼"的身份,表明他们曾经为"匪"为"盗"的不光彩出身,必须经历报国的赎罪,才能升入"神"界。不同的是,在说岳、杨家将故事中,则呈现的是一个反向的序列:由"神"而"人"并复归为"神"。比如岳飞原本是天上神界的"大鹏鸟",他抗击金国的壮举,被解释为贬入凡间而与同由神界下凡为魔的金兀术斗法,并最终复归于神界。又如杨家将的故事序列中,也有名为《大宋杨家将、文武曲星包公、狄青演义传》,表明杨家将如同包公、狄青一样,本是天上的神仙而下凡,与外在的异族("魔")和内在的奸臣("鬼")抗争而保护国家——这种简单化的分析力图呈现的,乃是古典时期的知识排列和分类方式,正是在这样的知识—伦理—世界观中,"英雄"的合法性和正当性才得以呈现。而有意味的是,如果没有"国"这一最高"大义"及其边界的存在,"鬼"与"魔"的非正义性都无法体现,"英雄"的天赋异禀也无从说起。但悖谬的是,正是象征"天下"的"神"界的存在,又使得"国"的正义性显现为无。当英雄升天、归入神界之后,英雄传奇在叙事中累积起来的强烈情绪(抗击异族、反击奸臣),突然表现为某种虚无。这大约是导致现代读者在阅读说岳故事、水浒故事结尾部分时产生异样感受的原因。

在这些方面,当代的英雄传奇小说一方面延续了古典时期的内在等级结构,一方面又在"神"界这一序格上做了根本性的改写。当代革命英雄传奇小说普遍包含这样一个人物关系序列:日本鬼子(妖魔)—汉奸(鬼)—伪军、伪政权(非人非鬼、亦人亦鬼)—村民(凡人、"群众")—英雄或英雄群体(半人半神,党员或以党员为核心)—共产党组织(神界)。与那些书写重大历史事件的革命历史小说不同,革命英雄传奇一般叙述视点主要集中于日本鬼子与共产党组织之间的部分,即铲除汉奸、争取伪政权、发动群众,最终拔除日军据点,然后英雄(群)回归到共产党大部队中去。一方面,从凡人中超拔出来的"英雄"通过加入共产党而得到最后的命名,另一方面,也正是单个共产党的带头作用而使对凡人/群众的动员成为可能。

不过,在类似的鬼—人—神的意义序列中,其内在的结构方式被一种极为"现代"的方式改变了,从而使古典的等级序列转换为现代的革命/动员过程。这大概也可以被称为福柯所谓的现代治理术实施的过程。福柯在勾勒西欧社会的现代变迁时,曾如此描述:"基督教牧师或基督教教会发展了这种观念——我相信这是一种奇特的观念,与古代文化完全不同——即,每个个体,无论年龄和地位,从生到死,他的每一个行动,都必须受到某个人的支配,而且也必须让自己受支配;即是说,他必须在那个人的指引下走向拯救,他对那个人的服从是全面细致的。"由这种基督教神学发展出的现代社会治理术的三元结构,福柯称之为"与真理的三重关系",即"被理解为教条的真理""对个体的特殊的、个别化的认知"和"反思的技巧"即"普遍规则、特殊知识、感知、检讨的方法、忏悔、交谈等"。① 从理论化的抽象层面而言,这种三元结构也正是柄谷行人在《日本现代文学的起源》中所阐释的,导致了现代民族—国家、"内在的人"与现代文学体制同构性的那种话语装置。②

---

① [法]福柯:《福柯读本》,汪民安主编,第136页,北京:北京大学出版社,2010年。
② 参见[日]柄谷行人:《日本现代文学的起源》,赵京华译,北京:三联书店,2003年。

在古典的英雄传奇小说中,"神界"的存在是一种意义的等级序列,可以简要地将其视为古典中国独特的社会理论"礼仪"的具体呈现。这种社会礼仪"反对将人当做基督教意义上的面对'绝对他者'的个体,而将人社会化为有特定等级身份的团体,再将之'嵌入'于一个作为整体的文明秩序中"。[①] 从这样的人类学视野来看,鬼—人—神的三个等级序列实际上是区分人的社会身份的"礼仪",它是一种关系性的存在而非绝对性存在。因此,在"人界"(凡间)的格序中成为"民族英雄",一旦回复到"神界",其"国"族身份的绝对性就消失了。比如说岳故事中的岳飞,一旦他死后归于神界,他就回复到"金翅鸟"的身份,宋金之间的民族冲突就成为凡人、人间的骚扰而远离了他。但是有意味的是,在"历史演义"小说中,并不存在英雄传奇小说中的"鬼"与"神"格序,而只有"人"的世界。比如《三国演义》,只讲"人力"不讲"鬼神",而"人力"体现的乃是"天道"即所谓"历史"。但是,与现代意义上的"历史"不同的地方在于,古典时期的"天道"某种意义上也是一种空间性的等级身份关系,它的主体乃是"天下"。在这种更高的格序中,"国"不仅是可以被超越的,而且正是不同的"国"构成了"天下"。因此可以说,历史演义基于"天下"视野的"天道"超越了英雄传奇中的"国",从而使与"国"同构的"英雄"成为一种暂时性的身份。更重要的是,这种"天道"与现代的历史观最大的不同,乃在它是空间性的而非时间性的存在,因此超越"国"之"天下"的历史是循环的、借助于天启的神学式权威的,其呈现的历史景观便永远是"天下大势,分久必合,合久必分"。

与此相对,在福柯勾勒的现代治理术中,有一些根本的东西发生了改变。由于源自西方基督教神学的治理术被作为现代社会的普遍结构法则,可以说,现代中国社会的基本构造方式与古典中国的区别正发生在这里。与古典中国基于礼仪的差序格局最大的不同在于,现

[①] 王铭铭:《人类学讲义稿》,第446页,北京:世界图书出版公司北京公司,2011年。

代社会治理的中心转移到了"内在的个体"。现代的个体在"与真理的三重关系"中,确立起了作为"绝对他者"的代理人角色。民族国家正是通过将社会关系中的个体创造为"内在的人"(国民),而构造出自身的合法性与不可超越性。从现代民族主义的颠倒视野中看,不是民族—国家创造了现代的国民,而是基于地缘与血缘共同体的国民创造了现代民族国家。原本存在于中国社会礼仪格序中的"天下",在现代民族—国家的视野中消失了。① 同样重要的是,由基督教神学发展出来的现代社会治理术,也将一神论的世界观作为现代社会的内在构成,并使神学式的末世论时间转化成了现代社会的"历史"。国族的主体被置于进化论的长河式历史景观中,从而与"天下"那种共时性的同心圆式("圈")图景大不相同。

不过,当代的"革命中国"不同于"现代中国"的地方,就在于通过阶级斗争、世界革命而构造出了一种新的超越了国族的"天下"视野,那就是无产阶级的国际主义与世界想象,其主体是"人民"(工农兵)。但不同于"天下"的共时性,这种世界想象是在进化论的历史序列中展开的,黄子平所谓"作者和读者都深深意识到自己置身于滚滚向前的历史洪流之中,浩浩汤汤,顺之者昌,逆之者亡"②的历史图景,正是与这一新的超越性视野联系在一起。在革命英雄传奇小说中,占据古典小说中"神界"位置的共产党组织,既是民族英雄的命名者,也是其超越者。一方面,它与英雄构成了现代治理的关系,即参照共产党组织/新中国这个"绝对他者"而将自己创造为"内在的个人",使自己从"群众"中超拔出来而"成长"为有着无产阶级觉悟的新人。在这个面向上,成为民族的"英雄"和成为无产阶级的"新人"是同构的。但是,另一方面,"英雄"与"新人"又是有差别的。可以说他们分别代表着两种不同的"人"的知识形态:"英雄"是一种等级性关系中的存在,他

---

① 王铭铭:《人类学讲义稿》,第472—478页。
② 黄子平:《"灰阑"中的叙述》,第26页,上海:上海文艺出版社,2001年。

们是"非常人",这就使其与古典的差序格局有着内在关联;而"新人"则是一种内在性的主体存在,他们是"平凡的儿女,集体的英雄"①,这就使其更是福柯意义上的现代治理术中的个体。两种人的知识装置同时交错地存在于革命通俗小说中,使其在叙事上存在着结构性的内在矛盾。革命英雄传奇一般将叙事的重心放在驱除异族和阶级敌人这一行为上,"凡人"(群众)正是在这个过程中,不断克服困难,最终胜利而成为"英雄"。其作为"英雄"的分量是与其敌对力量的强度成正比的。正是在与"非人"的鬼、魔的对抗中,"英雄"才成为"超人",这也是其"传奇性"所在。但是,由于叙事的重心被局限在这种"超人"的诉求中,所谓"平凡儿女"的面向就无法显现出来。比如,不同于史诗性的革命历史小说侧重书写历史的面向,革命英雄传奇总是将叙事的重心放在"神"(共产党)、"魔"(日本鬼子)之间的部分,它们书写的是在"鬼""神"参照之下的"人"的世界,而无法如史诗小说那样直接书写"人"的历史本身。实际上,使得超常的英雄再度回复到"平凡的儿女"的,是一种新的历史视野,即无产阶级觉悟和世界革命的"世界史"视野。在那样的视野中,"英雄"将超越其国族而获得新的历史命名,即"新人"。那是一种"新"的"人"的世界,一个普遍的世界史的现代世界。

简要地说,英雄传奇类型小说中的"英雄",在故事的宋代、书写的明清、被命名的现代和被挪用的当代之间,连续性的是对"国"的认知,一种类似于现代民族主义的形态。但是,实际上,古典中国差序格局下的社会礼仪、现代中国的民族主义与当代中国的社会主义革命,这三者之间存在着结构上的相似性与话语装置上的不一致性。这使得英雄传奇因其相似性而作为一种叙事类型被调用,同时又因其话语装置上的不一致性而无法超越古典,从而必然被置于次一等的位置。

---

① 郭沫若:《新儿女英雄传》"序",袁静、孔厥:《新儿女英雄传》,新 1 页,北京:人民文学出版社,1956 年。

结语：现代、当代、古典与"当代文学"

革命通俗小说别具意味的地方，就在于它以一种独特方式串联起了古典、现代与当代的文学形态之间错综复杂的关系，从而为讨论古典、现代与革命"中国"的连续与断裂关系，提供了一个具体的场域。在分析了这种小说形态的历史命名、发生的历史语境、类型化的知识形态、主体的书写装置等之后，一种历史地理学向度的阐释仍需在最后提及。这就是小说写作、阅读和传播的具体历史—地理空间场域。

革命英雄传奇小说无论就其故事发生的场域，还是写作与传播的场域，都与中国西北、华北等地的内陆乡村关系极其密切。不关注这一地理空间的存在，就无法理解作为革命中国表征的"当代文学"的发生。洪子诚的研究提及，当代文学作家的地域构成与其活动区域，相对于现代文学发生了很大变化，变化之一是"文学思潮、文学创作从重学识、才情、文化传统、城市，向着重政治意识、现实政治和乡村的倾斜"，一是"文学创作中心（作家地域构成、题材地域性质、文学风格）的这种由东南沿海向西北的转移的状况，并不因为新中国成立后，许多作家又重新向北京、上海等大城市集结而发生变化"。① 显然，在"学识、才情、文化"与"政治"的对立描述中，包含着洪子诚对这种变化的某种价值判断，但是，当代文学（特别是40—70年代）与中国内陆乡村区域的关系，却正在这样的描述中清晰地显现出来。这种地理／人文空间的转移并不是无足轻重的，相反，应当成为理解"当代文学"的入口。这意味着文学实践借以发生的场域、人群、文化环境、传播机制、接受视野与内在知识构成等，都发生了一些根本性的变化。王国斌所谓"两种类型的民族"正是要揭示出这背后关于现代中国的结构性鸿沟的存在。造成这种结构性鸿沟的原因是多层次的，一是中国被迫展开现代化的发生方式，一是日本的全面侵华战争切断了沿海与内

---

① 洪子诚：《当代文学概说》，第96—97页，南宁：广西教育出版社，2000年。

陆的连接，一是冷战加固了这种内陆与沿海的区域分割等。革命中国正是在被迫深入到中国内陆乡村进而与之建立起复杂关系这一基本情境下发生的。这一地理空间的转移，也是导致"现代文学"向"当代文学"转移的更为根本的原因之一。

革命通俗小说的出现与写作实践，必须置于这样的历史—地理空间关系中加以考察。一方面，它是"革命的"又非主流的文学；另一方面，它也不是都市市民主体的"现代文学"意义上的通俗文学；更重要的是，它透过内陆乡村民众的阅读记忆与文化惯习，以及与之伴生的生活—伦理—世界观，而与古典中国小说/社会传统建立起了直接的关系。在讨论这一文学形态涉及的问题时，有一些前提性的观念需要反省：其一是文学与政治的二元对立，它通过将毛泽东时代的文化实践斥为暴力性或强制性的政治行为，而贬低其文学意义和被研究的意义；其一是传统与现代的二元对立，它通过将一种启蒙主义的"现代"观绝对化，而拒绝在更丰富与灵活的意义上去理解传统的变异方式，特别是古典中国的复杂存在。本文对革命历史通俗小说的探讨，一方面希望将政治的力量、文学的实践，还包括非现代文学意义上的传统文化实践，置于同一讨论的平台上，观察它们遭遇时的互动与意义交涉。另一方面，将古典、现代和当代中国/文化都视为某种特殊性的也对等的形态，来考察文化与意义的变迁。这意味着在理解现代中国与革命中国发生的内在逻辑的同时，也将古典中国社会与文化视为一种有着内在完整性的形态，它如何遭遇"现代"，特别是遭遇作为"现代"之另类的"当代"，由此尝试这三者之间是否存在着"互为主体"的考察视角的可能性。

显然，探讨这样的问题，革命通俗小说仅仅是一个媒介，而且可能是一个力不胜任的媒介。不过，要相对深入地去理解革命中国及其"当代文学"在1940—1960年代出现与成型过程中错综复杂的关系格局，这却可能是一个有意义的媒介。

(《中国现代文学研究丛刊》2014年第8期)

赵树理的乡村乌托邦

在 1953 年的一篇文章中,日本学者竹内好曾称赵树理文学具有别样的"新颖"性,因为他"以中世纪文学为媒介",超越了"西欧式现代文学",同时又摆脱了"人民文学"的缺陷。竹内好评价的主要是赵树理 1945 年的长篇小说《李家庄的变迁》。事实上,在古典文学、现代文学与当代文学三者关系的维度上,如何界定赵树理文学的意义,是值得进一步展开的问题。特别是他建国后创作的长篇小说《三里湾》,更值得重新解读。

赵树理文学创作大致可分为几个序列:其一是《小二黑结婚》《传家宝》《登记》等涉及家庭婚姻主题的小说,其二是《李有才板话》《地板》《邪不压正》《"锻炼锻炼"》《卖烟叶》等"问题小说",其三是《孟祥英翻身》《庞如林》《福贵》《套不住的手》《实干家潘永福》等人物传记,其四则是《李家庄的变迁》《三里湾》及未完成的《灵泉洞》等表现较长历史的长篇小说。这大致构成了赵树理小说创作的四种类型和基本要素("家长里短"、社会问题、人物传、历史叙述)。而这些要素的集大成之作,是 1955 年发表的《三里湾》。

作为第一部表现农业合作化运动的长篇小说,《三里湾》的主题无疑可以纳入"问题小说"序列。赵树理称这部小说的写作是为配合中国革命"新的历史任务",即"从反帝、反封建、反官僚资本主义的新民主主义阶段转入以社会主义建设和社会主义改造为内容的过渡时期",其主要内容被概括为写"农业生产"。但与一般问题小说不同的是,它写的并不是已经有了确定政治方案的"群众工作"中的某一具体环节,而是对合作化运动本身做出历史评价。小说既书写了乡村社会的现实状况,更涉及对农村合作化运动的理想与可能未来的描述。可以说,这是赵树理唯一一部带有乌托邦式的浪漫想象色彩的小说。而小说侧重表现的六位年轻人的离婚与结婚,王、马、范三个家庭的分化与重组,则无疑延续了婚姻家庭叙事主题。正是后一层面,使得这部写"大事"的小说,充满了乡村日常生活的家长里短、鸡毛蒜皮和喜怒哀乐。同时,这部以写"事"为主的小说,也不乏重要人物形象和体现这一时期乡村社会矛盾的主要人物类型。但是,这些人物既不是经典现代小说中的个人化主体,也不是社会主义现实主义小说中的"典型",毋宁说更接近笔记体人物序列。小说所赞赏的主要人物,其形象总是在事件发展、人物行动、人际交往、趣闻轶事、乡村闲话甚至插科打诨之间确立,而不存在一个基于人物内心活动以透视世界的叙事支点。与这些要素相关,"时间"在《三里湾》这部小说中得到了前所未有的重视。小说叙事的起承转合和大的结构单位,都由明确标示的日常生活时间(一夜、一天、一月)来确认。"走向社会主义的过渡时期"这种大历史想象,与乡村生活世界的具体时间融洽地统一在一起。

《三里湾》可以说是赵树理对自己的乡村经验、文学观念具有双重"自觉"的产物。就乡村经验的自觉而言,这一方面是1949年赵树理进入北京,在城市环境中创作以市民为主体的大众文学遭到碰壁之后,重新回到农村题材的代表作品,另一方面也是他自觉地介入关于农村合作化运动在当时中国是否可行的理论论争的产物。就文学观的自觉而言,这是不满于新文学"文坛"而立志做"文摊"文学家的赵树理,在系统阅读西方文学名著、接受和消化社会主义现实主义创作原则的基础上,对他文学观的一次自觉演示。《三里湾》创作前后,赵树理少见地发表了多篇创作谈文章,较为系统地提出了"两套文学"(知识分子与人民大众)、"三份遗产"(古典的、民间的、外国的)以及"两种艺术境界""两种专家"等说法,并特别明确了以戏曲、曲艺为主要渊源的说唱文学传统的重要性。可以认为,《三里湾》是赵树理调集所有经验、知识、理论和文化储备而有意识地制作的一部文学"巅峰"之作,其中包含着文学书写和历史想象的双重创造性实践。

这也使得这部小说即便在表现合作化运动历史的诸多当代农村题材小说序列中,也是特殊的。它并不完全吻合于当代文学的主流话语,而更多地带有赵树理对中国乡村社会现代化与社会主义化的独特理解。

有意味的是,《三里湾》发表3个月之后,毛泽东推动全国农村合作化运动高潮的政治报告《关于农业合作化问题》才出台。这似乎又一次印证了赵树理与毛泽东的"不谋而合":正如赵树理的成名作《小二黑结婚》,虽然被树立为"实践了《讲话》方向"的经典作品,但是在1943年根据地发布毛泽东的《讲话》之前,这部小说其实就已经完成了。《三里湾》同样如此。这似乎表明赵树理是农村合作化运动的先知先觉者。不过,到1959年展开人民公社化运动的时候,赵树理却成了反对者:他写给《红旗》杂志主编、人民公社运动的主要理论阐释者陈伯达的书信和文章,被作为"右倾"言论而受到党内严重批判。赵树理与毛泽东及陈伯达的对话与碰撞,其实始于《三里湾》这部小说的创作:1951年,农村合作化运动自发地开始于赵树理的家乡山西长治地区,山西省委将要求扩大互助组而组建农业生产合作社的报告提交给中央时,引起了高层的争论。毛泽东点名要求赵树理参加了全国第一次关于合作化运动的中央会议。在那次会上,赵树理表达了他的疑虑,并促使他回到自己的家乡晋东南地区,亲身了解农业生产合作社的组建过程。《三里湾》的写作则是这一调查实践的结果。在小说还在写作中的1953年前后,全国的农村合作化运动一度呈收缩状态。但赵树理在小说中仍旧赞成合作化运动的必要性,并用《三里湾》来具体呈现这一过程应怎样展开。

赵树理对农村合作化运动的态度,很难简单地归入支持或反对的两极:他一方面与推动合作化运动的50—60年代主流话语并不相同,然而另一方面也并非如新时期的一般理解那样,是合作化运动的反对者。他对农村的社会主义改造运动有着独特的理解脉络。这使得它可以成为一个特殊的参照系,呈现出50—70年代农村合作化历史运动的不同面向及其内在论争场域。

在如何理解农村合作化运动历史这一问题上,迄今存在三种主要理论阐释模式:其一是1940—1970年代形成的社会主义理论范式,强调合作化运动作为"两条路线斗争"的意义,即资本主义道路与社会主义道路的冲突。阶级斗争的政治运作方式、社会主义作为替代资本主义社会方案的优越性和必要性,以及"人民"作为政治主体的合法性,构成了这种理论范式的主要内容。但是,由于忽略了合作化运动展开的冷战历史结构的限制,忽略了作为后发展国家完成工业化原始累积所承受的历史压力,特别是忽略了60年代以来农村社会主义实践遭遇的困境和造成的社会问题,这种理解范式到了新时期之后,受到巨大的质疑。而从1978年开始,中国农村施行联产承包责任制的新政策,事实上也否定了合作化运动的历史合法性。由此在80年代形成的主导性"启蒙主义"理论范式,将1950—1970年代农村运动称为是"封建主义"的错误政策,突出合作化运动的强制性、暴力性,并用"人性""现代性"以及普世性的公民权等理论范畴,取代了此前的"阶级""社会主义"和"人民"范畴。但是,这种批判方式"告别革命"的政治取向,使其完全不能呈现当代中国历史的复杂性,而以简单的否定性评价取代了具体的历史分析。自1990年代开始,出现了另一种新的阐释模式:研究者尝试在直面合作化运动中的历史失误的同时,也正面地探讨这一运动的意义和价值。这种大致可以称为"现代化理论"的阐释模式,一方面突出了前30年经济发展和国家现代化建设两方面的成就,认为正是基于合作化运动,当代中国才得以完成工业化所需的原始资本累积,从而为此后成功地进入全球资本市场交换体系奠定了基础;另一方面,与此同时,冷战格局的限制、作为第三世界国家完成现代化的历史压力,特别是被迫牺牲农村(农民、农业)以完成"内向型的国家资本原始累积"(相关论述见温铁军、胡鞍钢等人的文章),也得到正面讨论。

三种理论范式(社会主义、启蒙主义、现代化理论)背后都涉及对二战后现代世界主导秩序的判断和中国在其中的特殊位置。在这样的关系框架的参照下,《三里湾》另有其特殊意义。

启蒙主义理论范式无疑是一种内在于资本主义现代逻辑和意识形态的理解方式,它无法讨论中国作为第三世界国家的特殊性质,以及超越资本主义实践的可能性,而简单地用资本主义普世价值观将独特的中国社会主义实践视为落后、倒退的"封建主义"实践。这种理论范式的一个基本前提和衡量标准,是现代社会个体/个人的确立。它将伴随西欧现代社会形成、基于基督教传统而塑造的现代个体、"内在的人",视为普世性的现代主体标准。而有意味的是,正是在赵树理的小说中,这一"内在的人"从未出现。赵树理的小说(特别是《三里湾》)中,叙事主体和推动合作化运动的现代政治主体,并非具有自我意识的个人,也非具有阶级自觉意识的现代政治主体,而是一种结构性的社会单位(家、户、村、社)中的伦理性个人。在《三里湾》中,真正的叙事主体其实是三里湾这个村庄。如果因此将这种叙事主体视为缺少现代自觉的"自然人",也就错失了反思个人主义的现代主体之构造性和历史性的机会。在这样的思考层面上,《三里湾》缺少个人性主体,不应依照启蒙主义的逻辑简单地斥其为"封建主义""前现代"的复归,而应视为一种不同于西方基督教传统的中国"内生性现代"主体构造的独特尝试。

现代化理论强调了中国作为后发展国家的特殊性,但是它将工业化、现代国家、资本主义市场交换体制视为另一种普世性体系,合作化运动只不过是以一种另类的经济组织形态完成了现代化的普世要求,其中,不存在超越资本主义(换成了去政治化的"现代化"表述)的历史可能性。可以说,这是另一种内在于资本主义世界体系的现实主义理解范式。莫里斯·梅斯纳曾将此概括为"社会主义"理想与"现代化"现实的冲突。不过,正因为这里的"现代化"被理解为一种源发于西欧的资本主义普世形态，所以，它可能忽略了中国自身的经济传统，特别是作为一个有着漫长历史的独立经济体而言，中国社会可能存在自身的经济现代化方式。《三里湾》这部小说，因为是基于对山西晋东南农村社会自发产生的合作化实验的调查而写成的，所以，对于"合作化"这种社会主义形态的理解，带有更多的中国乡村社会传统"内生性"特征。它一方面强调了合作化的经济意义，另一方面也呈现了合作化与乡村社会自身文化传统的紧密关系。小说别有意味地写到了机械化的想象、农村自发的技术创新、传统农耕技术的提升、地理环境的改造和自治性乡村社会的协作传统，特别是合作化的经济效益等问题。这也使得这部小说的文学书写，不仅为人们呈现了新中国农村现代化的历史场景，同时这种历史也是以"现代化"与"社会主义"相互推进而非对立的方式展开的。

1950—1970年代社会主义理论范式虽然强调了中国道路的独创性，但也有其历史局限性。一则，这种革命实践是以国家为主体展开的，"是中央政府主办的国家工业化对全国城乡进行资本原始累积。其间，农村发生的从合作社、集体化到村社集体经济的一系列制度变迁，只是这个特殊历史时期宏观环境制约的结果"（温铁军），因此无法摆脱冷战二元结构的意识形态限制和国家自上而下的运作方式。与此不同，赵树理的《三里湾》是当代农村题材小说中，少有地突出了村庄自治性，采取自下而上叙述视角讲述合作化运动的过程，并强调国家只应扮演"辅助性"角色的小说。从这一层面上，《三里湾》更多地表现出了一种超越国家视角的可能性。另一则是，1940—1970年代社会主义理论范式，实际上是一种资本主义世界体系的内在反叛形态，因此关于社会主义的理论表述和想象资源，更多地源自苏联模式与马克思主义的经典理论，而对农村合作化运动在其中展开的中国乡村社会自身传统，缺少足够的历史自觉和文化自觉。与此相关，作为一个经常因为惯于表现"旧农民"、不善于表现"新农民"而受到主流话语批判的作家，赵树理表现出了更多的从乡村社会自身的组织形态、文化惯习、情感结构中寻求合作化运动的合法性动力的努力。

特别有意味的,是《三里湾》关于农业生产合作社这一组织单位的叙事形态。一方面,这是一种农村现代化的经济组织形态,另一方面,这也是一种与婚姻家庭等直接关联在一起的社会组织形态,涉及在传统社会关于"公""大同"理解的基础上展开"社会主义"想象的可能性。小说结尾写到范灵芝和王玉生领了结婚证(户),但并未另立一个新的户口(家),而仍旧分别与父母住在一起,吃饭到食堂、穿衣到裁缝店。作为"私"的具体依托形态的"家"(特别是核心家庭),在这样的生活实践中被取消了:人成为真正社会化的个人。如恩格斯所言,家庭、私有制与国家是同步发生的,那么,这种去核心家庭化的户与社关系想象,已经预示着一种新的社会形态的形成。事实上,后来在人民公社化运动中出现的公共食堂、托儿所等,在三里湾人准备开渠的过程中都出现了。有所不同的是,这种"全新的社会,全新的人"是建立在公共性社会劳动的基础上,并在劳动者自我管理的过程中自发地出现。

赵树理在《三里湾》中书写的乡村乌托邦,并未如其预期的那样,被实践为"人间天堂"。在1950年代后期人民公社运动的过程中,赵树理就脱离了当时的主流话语:他支持合作化但反对公社化,原因在于国家的过度管理破坏了乡村生产社区的自治性和主体性。与此同时,整个中国社会城乡结构关系的变化,也使赵树理文学塑造的历史主体丧失了现实土壤。他在"文革"期间的检讨书中,悲叹自己的农民文学其实并不被农民阅读,原因是新一代农民迅速地城市化了,"事实如此,不以人的意志为转移也"。而到了施行包产到户的新时期,赵树理文学遭遇了更大的历史遗忘。

值得注意的是,赵树理在21世纪以来重新受到重视。2006年赵树理诞辰百周年纪念活动,在山西省文化机构的主要推动下,形成了一次不大不小的"赵树理热潮"。以此为契机,赵树理也越出了地域性限制,在文学研究界和思想界得到重新讨论。

根源或许在于赵树理文学暧昧的现代性。自1940年代"明星"般地出现于中国文坛起，赵树理文学就始终是"另类"的。无论五四式新文学、社会主义现实主义文学、启蒙主义文学、地域文学，都无法全部涵盖其独特的内涵。就其根本而言，赵树理塑造的毋宁乃是某种基于中国乡村社会传统的另类现代性，它既不是中国古典的，也不是西方现代的，并与社会主义经典话语保持一定张力关系，同时又在这三者基础上创造出了一种别样的现代（包括文学与历史想象）形态。赵树理文学的这种"新颖性"自1950年代竹内好提出之后，再未受到重视。不过，21世纪中国变化了的城乡社会结构和农村问题、全球格局中"文化自觉"的内在诉求，却与赵树理小说的另类性形成了具有历史意味的对话关系。

如果说1950—1970年代巨大的城乡差距，特别是城市工业化的历史压力，是农村合作化、集体化运动无法摆脱"内向型的国家原始资本累积"的根本原因，那么，21世纪中国的最大变化在于，它实际上已经成为一个"城市国家"。这个剧烈的城市化过程，是以乡村社会的停滞、破坏乃至崩解为前提的，因此世纪之交提出的"三农"问题才格外严峻。在新的城乡关系结构中，如何修复乡村社会并在传统社区基础上重建"公共性"，成为重要议题（相关论述见黄平、温铁军等人的文章）。赵树理书写的乡村乌托邦，或可提供别样的历史资源和重新构想中国社会理想的契机。

（《中华读书报》2015年4月30日）